乡村志

村医之家

贺享雍 著

四川文艺出版社

图书在版编目（CIP）数据

乡村志. 村医之家/贺享雍著. —2版. —成都：四川文艺出版社，
2019.7
ISBN 978-7-5411-5466-9

Ⅰ. ①乡⋯ Ⅱ. ①贺⋯ Ⅲ. ①长篇小说—中国—当代
Ⅳ. ①I247.5

中国版本图书馆 CIP 数据核字（2019）第 126146 号

XIANGCUN ZHI CUNYI ZHIJIA

乡村志·村医之家

贺享雍　著

编辑统筹　罗月婷　　王梓画
责任编辑　罗月婷
内文设计　史小燕
封面设计　叶　茂
责任校对　汪　平
责任印制　唐　茵

出版发行　四川文艺出版社（成都市槐树街2号）
网　　址　www.scwys.com
电　　话　028-86259287（发行部）　　028-86259303（编辑部）
传　　真　028-86259306

邮购地址　成都市槐树街2号四川文艺出版社邮购部　610031
排　　版　四川胜翔数码印务设计有限公司
印　　刷　成都国图广告印务有限公司
成品尺寸　168mm×238mm　　　　　　开　　本　16开
印　　张　16　　　　　　　　　　　　字　　数　269千
版　　次　2019年7月第二版　　　　　印　　次　2019年7月第一次印刷
书　　号　ISBN 978-7-5411-5466-9
定　　价　38.00元

目录

■ CONTENTS

目录

CONTENTS

楔　子

哎呀，是大侄儿?！大侄儿这是三十天坐磨子——想转了，怎么舍得到老叔的诊所来坐坐？听说清明节你回贺家湾给祖先烧纸，烧完纸就走了，也不到老叔这里坐一坐，大侄儿的脚步硬是金贵呢！我还以为你把老叔忘了呢……没有忘？没有忘就好！我还记得那年收稻子，天气太热，大侄儿你发急痧，口死眼闭，人事不知，我回去拿药来不及了，幸好我口袋里随时都备有两个铜钱，就用手指夹住铜钱，在你颈项、背上、手弯、膝弯，来回用铜钱刮，才把你刮醒过来。那个时候你可不像现在，瘦得一把筋，黑得像牛屎，走路打趔趄，风都吹得倒……我说这些你不生气吧……不生气就好！这人一老，就喜欢翻一些陈谷子烂芝麻来说。好，我不说这些了！几年不见，大侄儿其他没变，就是头发白得差不多了！我想想，你是属龙的，比我要小七八岁呢，我的头发还没怎么白，怎么你的头发白得那么厉害？哟，我当然不能和大侄儿相比，大侄儿是写书的，用的是脑，用脑过度则容易伤精伤肾，所以我给大侄儿说一个补脑的偏方，回去叫侄儿媳妇多买些银耳和核桃仁给你吃！你看那白花花的银耳和黑乎乎的核桃仁，像不像人的大脑？所以你长期吃下去，保证大侄儿活到一百岁还耳聪目明、齿固精旺，再写一部《红楼梦》出来都没有问题！你不要瘪嘴巴嘛，我这样说，也是有依据的！我们中医讲究的是象形。啥叫象形？打个比方说吧：你有时觉得自己走路无力，上坡脚杆软，下坡腿打闪，去看中医，中医说：去买一对牛蹄炖了吃！他为啥要叫你去买牛蹄吃？原来"牛蹄""人蹄"都是蹄，十分相似，你照他说的去办，自然会腿脚健壮，步履生风。这就是象形了。还比如说现在得关节炎的人很多，是吧？关节炎在我们中医称为啥？叫"痹症"。痹者，不通之意也。啥意思？就是说产生这病的原因是因经络不通所致。既是经络不通，就当疏通经络，于是像忍冬藤、青风藤、雷公藤、络石藤……皆成了治关节炎之药。又由于痹症多发于四肢，形如树木之枝，于是桑树也加入了治关节炎药的队伍。又由于痹症总生于关节，形如树木之节，于是松树节也成了治关节炎的良药。这下你懂得啥是我们中医的象形了吧？所以除了上面我说的银耳和核桃补脑外，我还给大侄儿说两样东西，回去也叫侄儿媳妇买了给你吃。一样是黑芝麻，一样是何首乌。这两样都是黑的，黑色属肾，都属于乌发的，你把它们请进肚里，天天请，月月请，年年请，我告诉你，别看你现在满头华发，只要你坚持不懈，我保管你一两年后，白发转青，青春回归，走到大街上，说不定那些年轻妹儿还要拿媚眼勾你呢……

哎呀，你看我说着说着，就说些乱七八糟的东西了！我听说大侄儿把我们贺家湾的贺世龙、贺世凤、贺世海、贺世忠、贺春乾、贺端阳、贺世普，还有郑锋、贺兴成、贺兴仁这些都写到你的书里去了。哈哈，这下他们可是高山上挂喇叭——名声在外了！也好，他们出名，我们贺家湾星星跟到月亮走，也傍着他们出名了！我不是给大侄儿戴高帽子，大侄儿现在大小也算得个名人了，可还没有忘记贺家湾，这就是好的。你就好好把我们贺家湾写出来吧……啥，你要写我？我有啥好写的？我一不像贺世普那样学富五车，二没有贺世海那样腰缠万贯，是啥企业家，就一个乡村医生，给病人摸脉的……有写的？还是专门回来听我摆龙门阵的？我说嘛，大侄儿是大忙人，无事不登三宝殿。那好吧，既然大侄儿这么抬举我，我也不好扫你的面子，你要写就写吧！不过我可要给大侄儿提一个要求，我晓得你们这些作家写的那些故事，是吃竹子，屙背篼——肚子里编的，你们叫"虚构"，可在我们看来，却是"瞎编"。你真想把我的故事写出来，你就按我讲的写，不要张飞杀岳飞，杀得满天飞，牛胯扯到马胯，扯得乱七八糟。反正我这辈子，也没做过啥见不得人的事，为人不做亏心事，不怕半夜鬼敲门，是怎么就是怎么……你答应？那好，自从你彩虹婶去世以后，我这嘴巴都闭得发臭了，我们两叔侄就坐下来慢慢吹，今天吹不完，明天接着吹，明天吹不完后天又吹，啥时吹完大侄儿就啥时走……不不不，一点也不会打搅我！不瞒大侄儿说，现在诊所不像过去了，生意冷淡得很，你看那些输液架都生锈了，我有的是时间和大侄儿摆龙门阵，你放心好了！好，老叔就去给你泡杯茶来。不过老叔有言在先，老叔可没有竹叶青、龙井、碧螺春这些名茶招待你，老叔这里只有靠山吃山，从山上采回来的金银花、菊花，不过喝了包比上面那些名茶安逸！老叔就是长期喝菊花、银花茶，你看我现在看书看报，还不像你要戴眼镜呢……好，菊花茶来了，大侄儿你慢慢饮用，老叔就开始讲了哈！

第一章　我爷爷和我爹都是乡村郎中

　　我爷爷和我爹都是乡村郎中，但他们死得太早了。我爷爷死的时候，我才一岁零两个月，下面这些事，都是我娘告诉我的。我娘说那年的腊月二十三，我爷爷吃过午饭就被人叫去看病了。我爷爷看完病回家时，走到湾里那棵老黄葛树下碰到一个人。这人头戴一顶破毡帽，身穿一件露出棉花的单棉袄，拦腰系着一根草绳，脚穿一双麻窝子，肩上捎了一根斑竹，斑竹两端各挂了几把灯芯草，一边走，一边用手里的竹片敲着斑竹唱着一首谣儿：

　　　　　灯芯草、灯芯草，点灯烧油少不了。
　　　　　清热解毒是良药，今天吃了明天好……

　　我爷爷一见，便立即喊住那人道："灯草客，几个钱一把？"那人抬头朝我爷爷一看，两人都同时吃了一惊。我爷爷见那人四十来岁的样子，面孔黧黑，浓眉厉眼，朝别人看时，眼角斜斜地向上，有种恶狠狠的感觉。我爷爷心里"咯噔"地跳了一下，这人似乎在哪儿见过，可一时又想不起来了。那人也是一样，看着我爷爷呆了半天，然后才咧开嘴角，一边朝我爷爷谦恭地笑着，一边走过来说："五个小钱一把，十个小钱买一把送一把！"我爷爷从怀里掏出五个小钱递到那人手里，说："给我来一把！"我爷爷在说话时，又搜肠刮肚地想了一遍，没错，这汉子确实眼熟，可把五脏六腑旮旯儿都想遍了，就是想不起在哪儿见过。我爷爷正想问他时，只见那汉子一面从斑竹上取灯草，一面悄声对爷爷说："贺神医，你今晚不出诊呀？"我爷爷觉得这人问话奇怪，便说："没有病家来请，我出啥诊？"

那人说："那我给你说个病人，田家坝的田老二害夹湿伤寒，躺了好几天了，吃了好几个郎中的药，越吃病越重，你号称'神医'，不妨过去看看！"我爷爷说："今晚送灶王菩萨上天，又是过小年，我不出诊，你跟他说，要是他信得过我，叫他家人明天亲自来请！"那人听了这话，脸上露出一丝失望的表情，说："那就罢了，反正我给你说了的。"说罢把灯草递给我爷爷，重新把斑竹捐在肩上，又一边敲竹片一边唱起来：

> 地不爱宝出灯草，灯草乃是居家宝；
> 焚膏继晷价最廉，休嫌室内灯光小；
> 灯草客，卖灯草，卖到河里遭狗咬；
> 狗子狗子你莫咬，少了灯草不得了……

我爷爷看着那灯草客捐着灯草走远了，还在盯着他的背影看。但他还是没有想起来在什么地方见过。可那人的声音像幽远的古韵一样飘舞在寂静的冬日的黄昏里，像是给谁唱的招魂曲一般。我爷爷甚至觉得眼前飞舞着许多黑色的纸蝴蝶，有种怪怪的感觉。

爷爷的灯芯草就是给我买的。现在的年轻人，都不知灯芯草是个什么样儿了，大侄儿当然你是见过的。灯芯草又名通草、虎须草、碧玉草，就盛产在我们川东这一带。可是大侄儿你只知道灯芯草可以用来点灯、打草鞋、编草席，却不知道灯芯草还是一味中药。我跟你说，灯芯草气味甘、寒，无毒，生煮服之，治"五淋"；败席煮服，效果更好。此外，灯芯草还有止血通气、散肿止渴的功效，小娃儿流口水，盘一小把灯芯草熬水一喝，包管就不流口水了。大侄儿你把这个偏方记住吧，今后你的小孙子小外孙子如果流口水，你就到药铺去买一小把灯芯草煮在牛奶里给他们喝，既省事效果又好。

哈，你看我说着说着又说到一边去了，还是继续说我爷爷吧。我爷爷那年五十八岁，他个子不高，身材瘦小，面皮白净，上穿一件自染的靛蓝色棉长袍，外罩一件蓝灰色长衫，下穿一条单棉长裤，脚着一双平底圆口布鞋，要不是肩上捝着那只满是中药口袋的黄布包袱，活脱脱就是一个私塾里的教书先生。我爷爷回到家的时候，娘正把我抱在她的膝盖上，坐在阶沿上一抹夕阳的光线里，一边轻轻地抖着我，一边对我唱祭灶王菩萨歌：

年年有个家家忙，二十三日祭灶王，

两边摆下两盘果，中间献上一碟糖。

黑豆干草一碗水，灶神贴在灶板上，

炉内焚烧香一炷，前面明火明晃晃。

当家的忙过来祝贺，祝贺那灶王爷，

上天见到王母娘，好言一句降吉祥……

　　正唱着，我娘一眼看见我爷爷回来了，立即停止了哼唱，对我说："公回来了，公回来了，快喊公！"我娘说，我那时刚学会说话，长得胖胖的，身上裹着小棉袄小棉裤，头上戴了一顶用红绸子做的长尾棉帽，帽子前面缀着铜制的"十八罗汉"，长尾上吊着两枚大制钱，帽檐两边各挂一个响铃，只要我的头一转动，响铃就叮当有声，十分好听。我一看见爷爷手里的灯芯草，白白的，又圆又润，纤长洁净，觉得很美丽，就高兴得在我娘的大腿上跳了起来，一边张开藕节似的小手，一边用含混不明的声音喊了起来："公！公……"

　　我爷爷看见，高兴得眼睛眯成了一条缝，白白的国字脸上露出了一道道平时不大看得出的皱纹，下巴上那撮山羊胡子像被风吹着那样颤抖不停。他连肩上的黄布包袱都来不及放下，就过来把我从我娘怀里接过去，我一倒在他的怀里，就去抓他手里的灯芯草。爷爷马上把手拿开，说："莫抓，莫抓，一抓就断了！"又说，"这是治你流口水的药，谁叫你老爱流口水呢？"说着，就把灯芯草递给我娘，又对我娘说，"晚上熬小半汤碗水，放些红糖给他喝！"我娘答应了一声，接过灯芯草进屋去了。我一见娘把灯芯草拿走了，有些不高兴了，瘪着嘴巴要哭的样子，爷爷便马上用他的胡须来刺我的脸蛋。我被爷爷脸上又硬又密的胡须刺得咯咯地笑起来，用力去扯他下巴上的山羊胡——我爷爷那撮黑胡子中有几根白须像银针一样亮闪闪的。爷爷不但没生气，反而像我一样嘿嘿地笑起来。我娘后来说，那个黄昏，我们一老一少像有人在胳肢似的，一会儿少的笑，一会儿老的笑，一会儿一老一少对着笑，惹得一旁的我娘也露出白白的牙齿，脸上的一对酒窝儿一闪一闪的。

　　可就在这时，我娘说，忽然从擂鼓山方向传来两声"呱呱"的老鸹的叫声，声音十分尖厉、恐怖，就像一个传说中的魔鬼，躲在远远的地方，现在突然张牙舞爪地朝贺家湾扑过来似的，除了我以外，我爷爷、我娘似乎嗅到了一种不祥的气息，脸上的笑容登时僵住了。半天，我娘才朝地下啐了一口，然后说："快要过年了，死老鸹你叫什么？"爷爷听了娘的话，说："阎王爷要人的命，可不分过年不过年！"接着又说，"不知阎王爷这回又要哪个的命？"

我一见爷爷不拿胡子刺我了，便在他的怀里踢蹬起来，我娘一见，急忙把我抱过去。我爷爷便进屋去，从肩上取下黄布包袱，放到堂屋里的药案上，然后在药案后面的竹椅上坐了下来。我娘一看，急忙把我放到地上，进灶屋里拿出一把铜茶壶和一只茶碗，泡了茶——我爷爷也是长年喝菊花和银花茶的——然后往我爷爷面前轻轻一放，说："爹，你喝茶！"接着又说，"祭灶王菩萨的祭品都准备好了，你老人家说怎么祭我就把东西端出来！"我爷爷说："吃了夜宵把灶房打扫干净后再祭！"说完，端起茶碗，放到鼻子底下，对着那袅袅上升的热气猛吸了几口，接着微闭双目，屏息敛气，似乎陶醉在一种似神似仙的境界中一样。如此过了一会儿，突然长长地往外呼出一口气来，并且不由自主地先"啊"了一声，然后才撮起嘴唇，轻轻吹了一下浮在水面的泡沫和花瓣，将碗递到嘴边，蜻蜓点水般将嘴唇打湿，伸出舌尖品尝滋味后，方才就着满室的药香味道，慢慢啜饮起来。

大侄儿你还不晓得我爷爷当时的诊所开在什么地方吧？就在现在贺大成住的村口呀！你不相信？你不相信也是对的。因为我爷爷在那里开诊所时，可不是现在这个样子。我爷爷家是个四合院，院子后面是庙子坡，庙子坡除半山腰上的土地庙外，就是一片蓊蓊郁郁的李子树，每到春暖花开，漫山遍野一片雪白，连吸一口气都是香的。前面是一块明镜水塘，意味着明镜永照，泽被子孙。水塘门前是一条大路，直通我们贺氏宗祠。我爷爷为啥要把诊所建在村口？这是有讲究的。首先是这里的风水，叫作"后有靠，前有照"，四面也开阔，又靠近宗祠，风水好，祖宗也会保佑诊所永不出事。其次，诊所建在村口，病人来就诊不用进村，也就不会将疾病和污秽带入湾里，起到了将病人隔离的作用。只从这一点看，便知我爷爷被人称为"德行郎中"，不是没有道理的。

我爷爷给他的诊所取了一个好听的名字，叫"荣乐堂"。为啥叫这个名字？乃是寓了爷爷"治病救人，为荣为乐"的意思在里面。沿着一条青石小路走进院子，便看见迎面大门上方挂着一块黑漆匾额，匾上就是写的这三个字。两边门框上还有一联："但求世人莫多病，何愁架上药生尘"，均是我爷爷亲自书写。爷爷的诊所设在正堂屋里，跨进大门，只见正面墙壁神龛当中，除了"天地君亲师"

的牌位外，还有一张药王菩萨孙思邈的画像。那孙思邈赤面慈颜、五绺长髯、方巾红袍、彩带广袖，身旁卧着一只吊眼白额猛虎，看起来一副仙风道骨模样，却又仪态朴实，可亲可敬。那神龛下面一张供桌，桌上供果齐全，炉内香烟袅袅。左右墙壁，皆是高及横梁的中药药橱，那盛中药的抽屉一样大小，先用了桐油打底，再用生漆漆过，抽屉的左上角贴着用毛笔小楷写着药名的纸片，一样的黄铜拉手，显得整洁又漂亮。药橱上面，分别立着几只大小不一的青花药瓶，古色古香，里面盛满了各种中药制成的散剂丸药，皆用草纸封了口。一张大药案横在后面的药橱中间，几乎占了半间屋子，上面摆着黑铁碾草、紫铜药臼、制膏药的药灯、称药的药戥等常用工具和一沓裁得方方正正的牛皮纸，那便是包药的药纸了。离药案上面约半人多高的地方，悬吊着一个线锤，上面缠着红白两色的麻线，那便是扎药的药线了。我娘说，她最喜欢看我爷爷给病人包药、扎药了。她说那简直是在变戏法，不但包得快，而且有棱有角，整齐得像刀切出的一样。药常常不是一两服，往往三五服，多的时候甚至达十多服，不管多少服，我爷爷包好了，扯下线锤上的药线往药包上一扎，便将药包扎成长长的一摞，交给病人，让病人放心地拎去。只这一招功夫，也不是一两年可以练成的。药橱前面，便是一张红木诊案了。这红木诊案上，一角摆着几本线装的古代医书，有李时珍的《本草纲目》，孙思邈的《千金要方》等。那古书之下，又压着一张从孙思邈《千金要方》中抄来的两句话："人命至贵，有贵千金，一方济之，德逾于此！"也出自爷爷亲笔。爷爷压在案头，每逢给病人把脉开处方时，均要将这两句话细细地读上一遍。一角的诊案上，摆着一只方方正正的端砚，上面搁着毛笔，这便是爷爷给病人开处方时所用之宝了。每天有病人来就诊，爷爷便往红木诊案后一坐，一袭长衫，一顶小帽，面目慈祥，细细地为病人把脉、开方、配药，一副冷静和矜持的表情。可是也怪，我爷爷越是这样一副见得多说得少的样子，病人越是感到温暖，越是相信他，来找他看病的人，有时屋子里坐不下，都坐到外面阶沿上去了。诊完病后，爷爷最喜欢的事就两样，一是泡一壶菊花或银花茶，先观其色，后闻其气，然后才慢慢喝着，喝出人生百味；二是烫一壶清酒，就两样小菜，花前月下，独自小酌，直饮得心中有万千世界时，才带着微醺解衣上床，酣然入睡。

我爷爷喝完两盏茶，天就完全黑了，我娘过来点上桐油灯盏，灯盏里有两根灯芯，照得室内药橱、药案、药臼、药灯闪闪发亮。两盏香茶不仅让我爷爷觉得周身通泰，而且脸上也呈现出了古铜色的光芒。他等我娘转身后，将灯盏里的灯芯挑去了一根，然后将身子往椅背上一靠，微闭了双眼，一脸的安静平和，自去养神、养气、养心了。

正在这时，"呱呱"的老鸹叫声又忽然传来，这次不再是从擂鼓山传来，而是从屋顶上空劈下来。我爷爷立即睁开了眼，倏地坐了起来，衣袖把茶盏碰到地下，发出了清脆的破碎声。我娘正在灶房炒菜，也吓得将锅铲掉在了地下，这时也顾不得去拾，急慌慌地跑到堂屋里对我爷爷说："爹，喜鹊报喜，老鸹报丧，会不会是万山他爹进城买药出了啥事？"我爷爷听了这话，浑身又不由自主地打了个哆嗦，却说："老五他平时磨子都压不出个屁来，能出啥事？"娘听了爷爷这话，像是得到了一些安慰，于是也不说什么了，过来将打碎的茶碗碎片扫了，又进灶房去了。

不一时，我娘将做好的晚饭端上了桌，正要拿起酒壶去给爷爷温酒时，爷爷却对我娘挥了一下手，说："今晚上要祭灶王菩萨，就不喝酒了！"其实我爷爷从听了我娘刚才的话后，心里一直就有些慌慌的，有种不踏实的感觉。我爷爷虽然是一方名医，可他还是有些迷信。他觉得冥冥之中有许多事情说不清楚，比如说他这辈子一共生了八个子女，可阎王爷就夺走了六个，其中老三还是在娶了三婶，有了一子一女后才被阎王爷把命给圈走了的。尽管他是医生，也没法留住他们的性命，最后只剩下了我爹和一个嫁出去的四姑。因此爷爷觉得凡是说不清楚的事情就是鬼神的事情，对鬼神还是敬而远之的好。

我娘听了我爷爷的话，果然没去给他温酒了。

吃过夜饭，我娘去把灶膛前的柴草抱开，将灶屋打扫干净，取出灶王菩萨的像挂在灶壁上，端出香蜡供果摆在灶王菩萨像面前，出来对我爷爷说："爹，供果摆好了！"

爷爷听了这话，不慌不忙地站起来，腊月二十三送灶王菩萨上天，是当家人的事，旁人不可代替。可爷爷刚站起来，便觉得心跳得十分厉害，仿佛里面有只小兔子在蹦一样。可他忍住了，仍像平常一样过去将大门打开。大门刚刚才启开一条缝，一股凉飕飕的冷风立即灌进来，灯盏里的灯火晃了几晃，熄灭了。爷爷不禁又打了一个寒战，叫我娘重新点上灯，放到背风处，好给灶王菩萨离去时照路。我娘把灯重新点上后，爷爷这才走进灶房，先用清水净了手，过去点了香烛，双手执着，对着灶王菩萨的像拜了三拜，口里默默念诵了一番祈求菩萨"上天言好事，回家保平安"的话，然后把香烛插到供果中间的小香炉里，从我娘准备温给他喝的酒壶中倒出一杯清酒，徐徐地倒在灶膛前面的地上。在我爷爷祭灶王菩萨的时候，我娘抱着我，肃穆地站到旁边看着，大气也不敢吭一声儿。我爷爷奠酒完毕，恭恭敬敬地看着香炉里袅袅上升的青烟，这样过了一会儿，才转过身来准备离去。这时，忽然从牛栏里传来一声家里那头母牛的响鼻声。我娘说，那头母牛正怀着小牛崽儿，过了年就该生了。我爷爷听见牛的响鼻声，突然像是想起什么似的站住了，回头对我娘说："老五家的，牛喂了没有？"我娘说："我一会儿就去喂。"我爷爷说："把万山给我，你去喂！"又说，"俗话说，马无夜草不肥呢！"

说完这话，正准备来抱我时，外面忽然喊声大作："快跑呀，土匪来了……"爷爷一听，顿时变了脸色，也顾不得抱我了，立即三步并作两步，跑出门外一看，果见从圆通寺方向，有几十支火把晃动着，在朝上湾包抄过去，整个贺家湾已处在一片鸡飞狗跳的混乱中，人们一边惊恐地呼喊，一边朝村口这边跑了过来。爷爷一见，突然反身进来，从我娘怀里一把将我抱过去，此时也顾不得啥礼节不礼节了，一手抱我，一手去拉了我娘的手，口里说："五媳妇，快走……"

可是我娘却像是吓傻了，站着半天没动，我爷爷又狠狠拉了一下，我娘似乎才明白过来，却说："爹，爹，让我去把箱子拿走！"爷爷一听，就有些生气了，说："还拿箱子做啥，留住人就是好的……"一语未了，爷爷像是想起了什么，忽然又将我往我娘怀里一塞，说，"你抱到娃儿一下，我马上就来！"

我娘以为我爷爷要去拿什么财宝，打着哆嗦把我接过去，我爷爷却是走进灶房，手伸进锅底下抹了一把，然后走出来又往我娘脸上一抹，我娘的脸顿时便也成了一张锅底，然后才抱着我，拉着我娘往外面跑了。

刚跑到门口大路上，便遇着许多扶老携幼的人，一些来得及又动作麻利的，手里提了一只包袱或一口箱子或一两块腊肉，更多的人却只是赤手空拳，惶惶如丧家之犬。我三娘牵着堂兄堂姐也在人群中，见别人手里提了一些东西，自己什么也没拿，便哭了起来，说："天啦，你们还拿了一点东西，我可什么也没拿，可怜我孤儿寡母口攒牙积，上个月才给两个娃儿一人做了一套新衣服，只说正月间去他们外婆家穿，算路没往算路来哟……"说着说着，便把气撒在了手里的两个孩子身上，狠狠地推了他们一下，说，"就怪你这两个短命鬼，要不是你们拖累，我说啥也要拿点东西出来嘛！"我的堂兄堂姐被母亲一推，便抽抽搭搭地哭了起来。我爷爷一见，便对我三娘说："三媳妇，你对孩子发啥气？孩子知道啥？"又对我娘说，"去把你三嫂和两个侄娃儿叫过来，一家人要生生在一起，要死也死在一起！"

没一时，我三娘和堂兄堂姐都过来了，一家人都围着我爷爷，高一脚低一脚地朝村后的土地坪走去。这时，土匪已经洗劫完了上湾，转到中湾来了，大院子里到处火把乱晃，土匪奔来跑去的脚步声清晰可闻。我爷爷带着一群妇孺，终于来到了土地坪的树林里，一家人这才松了一口气。爷爷划了一根火柴一看，才见树林里到处是躲土匪的人，有的在高声咒骂，有的在低声叹息，有的在诉说屋子里还有啥东西，有的在惋惜杀了年猪，连汤也没舍得让孩子们喝一口，说是留着过年，这下全让土匪给抢去了……我爷爷一边听着这些话，一边劝说大家："钱财是小事，人才是大事，留得青山在，不愁没柴烧，大家都要想开一点！"说完，就傍着一棵树坐了下去。可屁股刚一挨地，我爷爷就像被毒虫咬了一下似的，马上又弹跳起来，把我举起来对我娘说："五媳妇，你把万山抱一会儿，我回去一趟……"

话还没说完，所有的人便都惊得叫了起来，说："你回去干什么？"我爷爷说："我想起了一个人！"众人又齐声问："啥人？"我爷爷没有直接回答，却说："是什么人你们不用管，反正这人有用！"众人见问不出什么来，也就不问了。我爷爷见众人不再说什么，转身便要走。可是我娘却不同意了，她也不管有那么多人在场，一把拉住了我爷爷的袖子，说："不，爹，你不能回去，那些土匪都是些杀人不眨眼的魔王！"说完这话，我娘又以为她刚才要带箱子，我爷爷没准带，这会儿有些失悔了，要回去给她取，便又接着说，"那箱子我不要了，强盗爱拿走便拿走！"

三娘真以为爷爷是回去给我娘取箱子，就有些吃醋了，于是说："对，爹，你刚才还说钱财是小，人才是大，怎么又连命都不想要，回去顾那点财产？"爷爷听了三娘这话，白了她一眼，想发作却没有发作，只是对她说了一句："你不说话没人把你当哑巴，难道你爹是个顾财不顾命的人？"我三娘便不吭声了。然后爷爷才对我娘说："没事，五媳妇……"可是我娘还是不同意，她想起了下午和晚上听见的老鸹的叫声，身上的汗毛都一下倒立了起来，甚至连我她都没有伸手去接，说："不，爹，你不能回去！要回去我们一起回去……"

爷爷见我娘固执不肯抱我，有些生气了，想把我放到草地上，却又不忍心，过了一会儿，才将我娘叫到一边，说出了一番话。只因这番话，让我娘惊喜交加，最后终于同意让我爷爷下山了。

你道我爷爷对我娘说的一番啥话？原来，从下午见了那个灯草客后，我爷爷一直在回忆此人在什么地方见过，可就是想不起来。刚才往地上坐的那一瞬间，爷爷的脑海像突然开了一片天窗一样，一道阳光泻了进来，那人从意识的混沌之处猛地跳到了阳光下，让爷爷想起了他——原来他是爷爷治疗过的一个病人。大约是前年秋天，两个汉子走进爷爷的诊所，对爷爷说要请他去看一个得了急症的病人。爷爷问病人在哪，那两人又不肯明说，只催爷爷快走，迟了恐怕会误了人的性命。爷爷见来人催得紧，只得对屋里的病人说了声"对不起"，背起药箱随那两人走了。走出贺家湾，爷爷又问那两人病人在哪里，那两人先说在彭家坝，可到了彭家坝又说是在沙坡梁子。爷爷见两人形迹可疑，说话吞吞吐吐，当下便有些怀疑起来。但他还是跟着他们走，因为他是郎中，不管什么人，他治病救人要紧。果然，那两人并没有把他带进村子里，而是带进了一个山洞。进了山洞一看，只见洞里稻草堆上躺着一个血肉模糊的汉子，嘴里直哼哼。我爷爷吓了一跳，急忙解开那汉子的衣服，一见，原来身上有好几处刀伤，一些伤口像小孩子的嘴巴一样张开，可以看见里面白森森的骨头。治刀枪伤尽管是我爷爷的拿手好戏，可一见这伤势还是吃惊不小，便抬头对那两个汉子说："怎么中了这么多伤？"那两个汉子互相看了一眼，却是什么也不愿说，只抬起手来，对我爷爷作了一揖说："贺神医你什么也不要问，治好了我兄弟的伤，我们自有重谢！"爷爷一听他们这话，又看了看三人的模样，心里便明白他们是干什么营生的了，于是不再说什么，为汉子清洗起伤口来。清洗完伤口，爷爷从一个玻璃小瓶里倒出一些药粉，均匀地敷在伤口上，然后用干净布条将伤口包好。又将玻璃瓶子交给两个汉子，让他们每天照此给病人敷药一次，又打开黄布包袱，抓了三剂中药，两天一剂，让他们熬煎了给病人喝。又叮嘱七天以后，再到他诊所来取药一次。交代完毕，我爷爷就把黄布包袱往肩头一搭，也不说药钱和诊费的事，便告辞而去。那汉子中的一人要送，被爷爷婉言谢绝了。

七天以后，那其中一个汉子果然来到爷爷的诊所，面露喜色，一进门就将两块大洋往爷爷的诊案上一放。爷爷急忙又将钱给汉子推了过去，那汉子不知爷爷为什么不收他的钱，便低声说了一句："贺郎中嫌我们这钱来路不正？"爷爷莞尔一笑，说："你错了，我们行医之人，对所有来求医者，一不问其贵贱贫富，二不问其是否是恩友仇家，所有病人，普同一等，都为亲人。我不收你这钱，是因为你给得太多了！"那汉子一听，急忙收了大洋，另给了两张纸币。爷爷这次把钱收下了，又给他包了药，让他拿着走了。

这件事一过，我爷爷也就忘了，加上他只见过那刀伤汉子一面，且又在山洞里，所以今下午在黄葛树下猛一碰面，似有所见，却又回忆不起来。现在一经想起，再细细地把他对自己说的话一嚼，心中便恍然大悟：原来那汉子是今晚这伙强盗中的探子，下午以灯草客的身份来湾里"踩水"，猛地见了我爷爷，有意报恩，却又不敢泄露土匪秘密，只得吞吞吐吐谎称田家坝有人害病，提醒我爷爷避开。无奈我爷爷只是凡夫俗子，无法领悟他的暗示。现在我爷爷明白了，明白过来的爷爷便想下山去，以曾经救过土匪命的身份，用三寸不烂之舌，劝土匪们手下留情，多少给贺家湾的小孩留下一点年货，好让他们在腊月三十这天也能有一点抹嘴的东西。

我爷爷要坚持下山去与土匪讲情而我娘最终又答应了，并非他们一时心血来潮做出的轻率举动，而是鉴于一个先例。原来几年前也发生过这样一件事，那天我爷爷从周家沟出诊回来，刚走到离村口不远的地方，突然看见路旁倒着一个汉子。这汉子满脸菜色，腿脚浮肿，口死眼闭，喊他也不答应，似是闭气了。可爷爷一探他的气息，鼻息尚存，便急忙放下肩上的包袱，从里面掏出一包银针，在他人中上扎了起来。扎了一会儿，那汉子醒了过来。爷爷把他扶起来，问道："你怎么在这里？"那人道："我就是来找你看病的，走着走着大腿一软，就倒在这里了。"爷爷一听他这话，就急忙把他扶了起来，说："既然是这样，那你就随我进屋吧！"说罢就扶着那人回到诊所。

到了诊所，爷爷给那人把了脉，又看了看舌苔，便对他缓缓而说："你这病非病，皆为饥饿所致，针石方剂非治你这病的良药，回去煮几顿大米饭吃，自然就好了！"谁知那汉子一听，眼泪竟扑簌簌地掉了下来，说："不瞒贺医生说，家里断炊已经半个多月了，天天熬野菜汤喝，哪还有大米？"接着又说，"不但是我，家里老婆娃儿的腿也都肿起来了。别说大米，就是有点烂苕片面搅到野菜汤里，都是好的了……"

爷爷一听汉子这话，心里一酸，便急忙对我三娘喊道："三媳妇，家里有什么吃的，快给这位大哥煮一碗来！"那时我娘还没有嫁过来，三叔也还活着，也没分家。三娘听了爷爷的话，说："有啥子吃的，柜子里还有一碗麦子面，留着晚上给你做面疙瘩吃的!"爷爷一听,便说:"我就不忙了,先给这位大哥煮来!"话刚说完,鸡窝里一只母鸡突然"咯嗒咯嗒"地叫了起来,接着跳出了鸡窝。我爷爷一看,便知是母鸡下蛋了,于是又对三娘说:"把那只鸡蛋也煎上!"三娘心里有一百个不愿意,但又不敢违背爷爷的旨意,只得嘟嘴马脸地去了。

没多久,三娘果然端了一碗面疙瘩汤上来,里面卧着一只黄澄澄的煎蛋。今天一碗面疙瘩汤不稀奇了,很多人甚至都不愿意吃它,可在那个年代,一碗面疙瘩汤赛过今天的燕窝鱼翅,何况还有一只鸡蛋呢!那汉子吃毕,扑通一下跪在地下,朝我爷爷磕了一个响头,站起来要走。这时爷爷又对三娘说:"三媳妇,你把我们缸缸里的米,倒几斤给他!还有柜子里的红苕片,也装一些给他!"

三娘一听爷爷这话,实在忍不住了,便对爷爷说:"爹,缸缸里的米最多只有三四升了,小麦还没开始打黄影,倒给了他你怎么办?"当时正是青黄不接春荒最紧的时候,爷爷虽然有份手艺,家里又有两三亩薄田,比一般人家好一些,但因为家里人口多,开销又大,日子也同样过得紧巴巴的。所以三娘忍不住对爷爷这样说了。可爷爷一听,却若无其事地说:"不要紧,不要紧,小麦没开始打黄影,大麦却开始黄了,把裤腰带勒紧些,度过这段日子就好了!"

三娘听了爷爷这话,知道爷爷已是吃了秤砣铁了心,便只好又黑着一张脸,去缸子里倒了几斤米在一只麻布口袋里,打了结,又拿撮箕去柜子里撮了半撮箕红苕片,端出来也倒进了口袋里,交给那汉子。那汉子接了口袋,千恩万谢了一通,提着口袋走了。汉子一走,爷爷看见三娘脸上仍然是一副雷公相,知她心里不高兴,便对她说:"三媳妇,你不要那样小气,像哪个借了你的米还了你的糠一样。他是来找我看病的,你不给他煮碗面疙瘩吃,他要是回去时又倒在路上,一气不来,就等于我是见死不救!你虽然赏了他一碗饭,没倒在路上,但回去没有吃的,要是死了,我仍然是在见死不救!为医之道,岂有见死不救的?你就不要心疼那几碗粮食了,从今以后,你每顿往锅里放米时,从瓢里抓半把出来,我们不是就节约出来了?"三娘听了爷爷这话,知道生气也没有用,慢慢地就不再黑着一张脸了。

这事就这样过去了,谁也没有放到心上。可是这年也是临近年关家家杀了年猪准备了年货的时候,一股土匪又来湾里洗劫了。那时世道很乱,我们贺家湾周围有两股土匪,一股土匪在孟公寨,一股土匪在崆峒山,两股土匪轮番下山抢劫。那天晚上天上有月亮,土匪下山来没有打火把,而是悄悄潜到了湾里,所以人们都没有发觉，等发现时，土匪已到了家门口，很多都被堵在了家里。好在土匪的兴趣主要在钱粮财物上，你只要不反抗，他们一般不会伤人性命的，但家里值钱的东西，往往要被洗劫一空，连圈里的猪牛都要被牵。那天晚上，爷爷和我三叔、三娘、我爹以及两个侄娃，也同样被一伙蒙面土匪堵在了家里。土匪进来，将我爷爷家里稍微值钱一点的东西包括屋梁上挂的腊肉，全部装进了两只箩筐里，一个土匪挑着正要走时，突然听到了圈里牛叫，两个土匪又急忙跑过去，解开牛绳拉着要走。洗劫东西的时候，爷爷像老母鸡护着小鸡一样，护着一大家人没说什么，可土匪拉牛的时候，爷爷实在忍不住了，跑过去抢了牛绳说："好汉，家里东西看得上眼的你们尽管拿走，可你们得把牛给我留下！"土匪一下愣了，说："凭什么要给你留下？"爷爷说："牛为庄稼人之本，一开春就要春耕，没有牛怎么春耕？不能春耕来年又拿什么孝敬各位好汉？"土匪们一听，觉得我爷爷说话有意思，便笑着道："你这个老头考虑得倒是周到！"可说完却讥笑地看着我爷爷问，"可要是我们不给你留下呢？"我爷爷说："各位好汉也都是懂道理的，怎么能杀鸡取卵呢？"土匪们见我爷爷还抓着牛绳，突然瞪着我爷爷吼了起来说："老子们吃了这碗饭，还讲什么道理？老子们只晓得今天吃了这顿饭，明天肩膀上吃饭的家伙还在不在都难得说，哪管今后不今后哟，快点给老子把手放开，不要耽误老子们干活儿！"可我爷爷还是没有放开，还想继续和土匪讲道理。土匪们这时更不耐烦了，一个土匪朝我爷爷举起了手里的刀说："你放不放开，不放开可别怪老子们的刀想吃人血了！"

正在这时，另一个土匪从院子外面匆匆跑了过来，一面跑一面朝院子里的土匪喊道："兄弟们慢着！"我爷爷听那声音有些熟悉，等那土匪走到面前这才认了出来，原来正是春上饿倒在地的那汉子。只见那汉子对那几个土匪，又是抱拳行礼，又是悄声耳语。过了一会儿，那持刀的土匪便收了刀，拉牛的土匪也放开了牛绳，连那挑着箩筐的土匪也将箩筐放下来，把里面的东西哗啦啦地往地上一倒，然后挑着一副空箩筐和另外几个土匪一道走了。那春上饿倒的汉子等土匪们走出院子后，也对我爷爷抱拳行了一个礼，还对他笑了一下，方才离开。我爷爷明白是他在那几个土匪面前讲了情，那几个土匪才放过了他，算是报了他春上的救命之恩。从此我爷爷便经常对人说："土匪虽然杀人越货，可到底也是穷人被逼上梁山，良心未泯，尚有报恩之心，难得！"

今天晚上，我爷爷回忆起了几年前这事，又想起下午灯草客给他的暗示和给他治病的经过，更坚定了自己"土匪队伍里也有好人"的信念。他给我娘说完下午遇见灯草客的事后，怕我娘又拦阻他，又对我娘说："五媳妇你放心，人都是父母养的，我对他们有恩，他们岂能对我无情？"又说，"大人望种田，细娃儿望过年，望了一年到头，才拿油腥抹一回肠子，穿一件新衣，现在却因为土匪洗劫，大人不过年也就罢了，小娃儿不过年怪让人心疼的！我下去找到了灯草客，让他在土匪面前说点好话，说不定土匪也会给孩子们留条猪尾巴根呢！让娃娃们高高兴兴过个年，也是积德行善的事！"我娘说："要是那灯草客不在呢？"我爷爷说："他是土匪的探子，怎么会不在呢？即使他不在，还有他那两个同伙，我一说他们也会知道的。即使灯草客讲情起不了作用，他们也不至于伤害我吧！"我娘到底年轻，听我爷爷说得如此自信，又有几年前的事例在先，便慢慢动摇了。于是说："那爹你快去快回，他们答应就好，不答应可不要和他们争！"说完才从爷爷手里把我抱了过去。爷爷说："我知道！"接着又对我娘说，"你跟老三家里说一声，叫她不要挂念！"

说毕，爷爷转身要走，我却大哭了起来。我娘后来对我说，就是那么奇怪，我像是感觉到了什么似的，在那个时候突然大哭，还把双手伸向我爷爷，像是不想放他走的样子。爷爷过来亲了我一下，又拍了拍我，让我娘把我哄住，还是义无反顾地下山去了。

爷爷一走，我三娘和坐在地上的人们都纷纷围过来，问我娘爷爷跟她说了什么？我娘便把爷爷下午遇见灯草客，以及他想下山做的事，给我三娘和大家说了一遍。大家一听，想起了几年前土匪还我们家东西的事，刚才还是一片咒骂、叹息、诉说和惋惜之声，此时突然变成一片欢叫声，似乎人人心里都突然升起了希望，说："原来是这样，这下好了，这下好了！"还有妇人哄怀里的孩子说："娃儿莫哭，等会儿回去妈就给你煮嘎嘎吃！"好像我爷爷这一去，必定马到成功，心想事成。

可是等了很久，爷爷还没回来，娘和三娘开始不安起来，加上我又啼哭不止，弄得我娘更是像丢了魂一样。众人先是劝了我娘和我三娘一阵，最后他们自己也有些担心起来。又过了一个时辰，我娘实在忍不住，抱了我往村子里奔去。回到家里一看，土匪早就撤走了，我爷爷躺在院子里的石板地上，胸前被刀剜了一个洞，早已气断身亡。湾里所有人家的财物都被洗劫一空，连我家里那头即将下崽的母牛也没有了。我娘一见，当即昏死过去。至于我爷爷下山来，究竟找没找到那个他曾经救过命的土匪灯草客，找到了又说了些什么，没有找到又发生了什么，土匪为啥要对他下这样的毒手，这一切都无人知晓。所以直到现在，我爷爷的死都是一个很大的谜。

爷爷出事那天，我爹到城里药市街买药去了。不是老叔吹牛皮的话，你在城里住了这么多年，知不知道药市街在哪儿？果然不晓得吧！我跟你说，在河那边的草街坝，也就是今天菜场那个地方。不过别说你，就是我也没有见过。那药到哪里去了呢？都是供销社和医药公司给收走了。听老年人说起过去草街坝的药市，那可是了得！药市街药市街，这名字就是从卖中草药得来的嘛。老年人说不管当场不当场，那两边街市到处都是药摊、药店，插笋子一般。在药山药海里，当首推大力子、土茯苓、党参、柴胡、大黄、木瓜、云木香等为王，这些药过去在我们这一带产量最大，堆得齐屋檐高。杜仲、黄檗、厚朴、天麻、橘皮、川贝次之，也堆放得有一两人高。其他吴芋、玄参、贝母、枸杞、五加皮、女贞子、五味子、紫苏、旱蓬草、薄荷、当归、防风、白芷、枳壳、香附、羌活、红花、麝香、常山、知母、何首乌、川芎、白芍、木通、麦冬、百合、细辛、蒲公英、野菊花、金银花、千里光、龙胆、白术、石菖蒲、水黄连、夜关门、活血藤、鱼腥草、巴豆、川乌、草乌、一支箭、六月青、金钱草、天南星、白芥子、泽兰、半夏、黄精、百都、益母草、虎丈、淡竹叶、勾藤、天葵子……哎呀，我都叫不过来了！你问怎么会有那么多药？我告诉你，你知道我们这是啥地方？大巴山里嘛！大巴山别的不长，就长药材，你看现在那些中医处方上，还有什么巴戟、巴豆……这"巴"字指的就是我们这方山上产的药材。还有冠以"川"字的药，如川黄连、川贝母、川独活、川芎等，指的是我们四川产的药，也包括我们这里出产的。我们大巴山的药材不仅品种多，数量大，而且质量上乘，甚至还有一些为医人所罕见的药品。当年孙思邈在陕西听人说了我们草街坝的药市，特地翻过秦岭来一探究竟。到了药市街一看，竟惊得目瞪口呆。有一味药叫曾青，孙思邈没见过，就是到了我们药市街才看见的。还有一味药叫辟虺雷，大如拳头，形如苍术，他认不出来，还是卖药的老先生告诉了他，他才晓得。孙思邈晓得后，连叫"稀罕、稀罕"。孙思邈一激动，便不想再走了，就在药市街租了一间房屋住了下来，写出了他的那本《千金要方》。大侄儿你先别笑，老叔可不吹牛皮的，你要不信，还可以去问城里那些老年人。过去药市街往码头走的地方，还修了一座药王庙，供着药王菩萨孙思邈。凡是买药、卖药的人到了药市上，都要先去药王菩萨庙烧香呢！

哈，老叔又把话扯到一边去了，还是说我爹买药的事吧。我爹头天买了一天药，但还是没有把药买齐。怎么没买齐呢？大侄儿你就有所不知了！这买药看似简单，实则不容易。首先是需要买的品种多，多则七八十种，少的时候也是二三十种，每种的数量又不是很大，得细细地挑，认真地选。挑选好了以后，才和老板谈价。那时讲价不像现在这样喊明叫现，而是把手伸进对方袖子里，用手指代替数目。比画好了，老板喊一声："成交！"方才称秤、打包。那中草药又大多都是占地方的货，像活血藤、金钱草、淡竹叶、野菊花、金银花这些，一斤就是一大包。我爹到市场上买药之前，得先在街上雇好挑夫。那挑夫冬夏都戴着一顶破帽，脚穿一双麻耳草鞋，肩挑一担篮子，一边在人群中高声喊着"撞撞撞，扁担撞背"，一边跟在我爹后面。我爹每买好一样药，便往他的篮子里一放。这天早上太阳一出来，我爹就从栈房里出来，叫上挑夫，挑上已经买好的药，又往药市来了。来到市上一看，嚯，已是人头攒动，市语喧哗，好不热闹。那药市上的卖主，为了招徕买主，正在各自使出绝招推销自己的药。一个卖石枣子的，看了看我爹和他身后的挑夫，便一个箭步抢到我爹前面，指了他的石枣子，也不说什么，只拉长声音抑扬顿挫地唱起来："石枣子，两匹叶，喉咙咳嗽离不得……"那卖石枣子的还没唱完，另一边一个卖千里光的也跑到我爹面前唱了起来："千里光，千里光，千里遍地是阳光！吃了千里光，全家一世不生疮……"

我爹一见，急忙抱拳向他们行了一个礼，像个大姑娘似的红着脸说道："不好意思，两位老哥，小兄弟昨天已经买了石枣子和千里光。"那两人一听，也不生气，立即停止了唱，也抱拳向我爹还了一个礼，道："没关系，没关系，老板下次光顾！"说完各自回到自己摊子上去了。我爹又往前走，没走几步，便听得"叭"的一声，又脆又响，我爹吓了一跳，往旁边一看，原来是一个卖大黄的身穿长衫，一手持惊堂木，一手持一把油纸扇子，正拉开架势在讲评书，脸上做出惊险之状，道："各位看官，且说老夫这次去挖大黄，还在一二里路外，便看那大黄叶梗有房柱那样粗，三层楼高。老夫好生欢喜，走近之后，才知面前一条大沟，沟深万丈，里面阴风阵阵，吼声如雷，似是虎狼之声，吓得老夫连连打抖。老夫知那大黄乃是神药，凡人岂能得到？正想退回之际，忽见那对面伸出一条大蟒，约有黄桶般粗，将身子往这面一搭，便是一桥飞架南北。我一看心中顿时明白，这是天神要老夫去挖这棵大黄！机不可失，时不再来，老夫乃从那大蟒身上跨步而过。来到大黄底下，只见阵阵仙气，真乃神药也……"那卖药人讲得眉飞色舞，活灵活现，早把我爹吸引住了。那人见我爹定定地站在那里，便猛地停下话音，过来对我爹说："少老板，我这仙药不卖凡夫俗子，只卖有缘之人！"我爹听了这话，方才明白过来，又急忙抱拳对那人行了一个礼，急急离开了。

才走过两个药摊，只见那边一个空场上，围了一大圈人，人们在一边鼓掌一边欢呼，叫道："好！"我爹好奇，又挤了过去，原来是一个卖药汉子，以手当脚，倒立在地上，一边满地行走，一边嘴里在叫嚷说："吃了我的药，妙处无法说。一强筋，二壮骨，三来还把百病除。若不信，请看我，剑戟棍棒打不着……"说着，一个筋斗翻将起来，稳稳地立在地上。然后从地上摆着的七八般兵器中，拣起一根木棍，在自己身上"噼噼啪啪"地打起来，以表示自己就是吃了这种神药，才有如此本事的。可打了一阵，众人还是只叫好，并没掏钱买药的。那汉子见了，忽然就从人群里抓过一个小孩，那小孩模样不过四五岁。只见那人把小孩举起来，绕着人群走了一圈，忽地将小孩的手臂一掰，只听一声"咔嚓"，那小孩的手臂便如一截断枝般在衣袖里晃悠起来。我爹胆子小，明知那卖药人是在玩魔术，可听得那小孩手臂一声"咔嚓"，顿时脸吓得苍白如纸，马上走开了。

离开那用杂耍方式卖药的汉子后，我爹又在人群中向前挤去。一个手中举着一个木制的小猪和一个竹编的小牛的人朝我爹走过来，我爹知道此人是兜售兽药的，便没去管他。最后我爹来到一个卖贝母、枸杞、五味子的药摊前，突然站住了。因为他看见这卖药的老者和其他人大不相同，他一不叫唤，二不吹嘘，三不卖弄花拳绣腿，而是在药摊旁边摆了一张桌子，桌子上放着文房四宝和几本线装的古医书，自己在桌子后面安然而坐。虽然不出一声，却分明使人觉得他一肚子装满学问，所卖的药也是堂屋里栽柏树——有根有底，所以一下子就取得了我爹的信任和好感。

我爹看看他的贝母、枸杞和五味子的成色都不错，便想一样买上几斤。他蹲下身去，把这几味药举到眼前仔细看了一遍，又分别丢了一点在嘴里品尝药味，然后站起来，看着老者，正打算和他讲价钱时，肩膀突然被人重重地拍了一下。我爹吃了一惊，回过头一看，才知是湾里的贺茂前。贺茂前敞着棉袄，从身上直往外冒热气，一只脚穿着麻窝子，一只脚光着，像牛一样喘着气。我爹一看，不明白贺茂前这是怎么了，便吃惊地问他："茂前叔，你怎么到这里来了？"贺茂前还是张口喘气，过了半天才结结巴巴地说："老五，快、快回、回去，屋里出、出事了……"话还没完，我爹紧张了，又盯着贺茂前问："出啥事了?"贺茂前说："你爹、爹被土、土匪杀、杀死了……"

我爹一听，犹如五雷轰顶，先是目瞪口呆了一阵，接着面无血色，双膝筛糠一样打起颤来。贺茂前急忙用手扶住了他，一边摇晃一边又对他大声说："老五，老五，你可要稳住，屋里正等你呢!"

我爹摇晃了一阵，不摇了，突然伸出右手手指，把中指和食指的指关节沾上口水，狠狠地在自己喉结处的皮肤上扯了几下，那皮肤立即呈现出紫乌紫乌的颜色来。然后也不和贺茂前说什么，撒腿就往外面跑。身后挑药的挑夫立即冲他叫了起来："老板，药怎么办?"贺茂前知道那挑夫肩上的药，是我爹已买下的，便对他说："让他先回去，你跟我走就是!"说完带着挑夫去追我爹去了。

长话短说。我爹回到家里的时候，爷爷已经被族人抬进屋子停在了门板上，也按规矩给他抹了汗，穿上了七件老衣，脚前也点上了清油灯。我爹一见爷爷的尸体，撕心裂肺地叫了一声："爹——"就哭得死去活来。贺茂富、贺茂华等族人忙对他说："老五，现在不是你哭的时候，给你爹办后事要紧!"我爹听了这话，才止住哭声。我爹到每间屋子看了一下，除了柜子里还有一点谷米粮食外，所有值钱的东西都被土匪洗劫一空。我爹决定卖掉家里的几亩薄地葬爷爷。一听说卖地，族人都忙制止，说："那要不得，地是衣食之源，卖了就没有了，老五你要细细想想!"我爹说："各位叔爷兄长在上，老五说什么也不能让我爹就这样寒寒碜碜地走! 老五想过了，卖了地，我确实就成了穷光蛋。可老五还有一点薄技在身，还不至于让妻儿挨冻受饿。我发誓，卖掉的地，我贺老五三五年内一定重新买回来!"话刚说完，我三娘不干了。我三叔分家时，已经从我爷爷手里分走了几亩地。现在听说我爹要卖地葬父，就以为我爹也会把她的几亩地卖了，便哭着说："老五，卖了地，你倒有份手艺养得活婆娘娃儿，三五年后还可以买回来，可我们娘儿们怎么办?"我爹一听，知道三娘误会了，便马上说："三嫂，我只卖我那份地，你们那份一分不动! 我贺老五再无能，也明白长嫂当母的道理! 知道你拉扯两个侄儿不容易，我怎么会忍心动你们的? 你放心，以后有我贺老五一口吃的，也有你们一口吃的，我贺老五能够多买一亩地，也一定有你五分!"三娘一听我爹这话，倒有些不好意思了，说："老五，我是妇道人家，头发长见识短，你说卖就卖吧!"我爹还是说："你那几亩地一分不动!"

族人见我爹态度这样坚决，言辞又是这样恳切，这样深明大义，深为感动，便不再劝说他了。可是那年头要把地卖出去，也不是件容易的事。湾里只有一个人有能力买下我爹的那几亩地，这人便是贺银庭。贺银庭在贺家湾已经有一百多亩地，街上又开着店铺，这时还当着这个乡的乡长。土匪也曾经去打劫过贺银庭的家，但贺银庭的家是深宅大院，门口还修得有碉楼，家里又雇有许多长工和仆人。土匪一来，长工和仆人就关闭了厚厚的大门，里面再用杠子和木头顶住，然后所有的人都爬到楼上，楼上早就准备好了碗口大的石头，土匪一到门口，楼上的人就抱起石头从窗口砸下去。那些土匪手里只有几把破大刀片子，还没等他们走拢，头就被石头砸开了花，土匪只好嗷嗷地叫着往外面撤走了。所以土匪来贺家湾洗劫了几次，都没能动贺银庭一根毫毛。我爹这时要卖地，想来想去，也只有去求贺银庭了。好在贺银庭平时虽然很抠，可在关键时刻却还是明白"义利"二字的，他知道我家遇了难，我爷爷又是远近闻名的"德行医生"，在这时候如果他买下我爹的几亩地，众人都会认为他这是在乘人之危，落下不仁不义的名声。可要是不买，我爹又无法渡过眼前的难关，便对我爹说："我知道你现在踩到火石要水浇，但我不敢买你的地，你只给我写个当约，你需要多少钱我给你多少钱，你什么时候有钱了，什么时候来赎回去就是！"我爹一听，当然愿意，当即给贺银庭写了一张当约，把家里的几亩地当给了他，拿回一笔钱来风风光光地给我爷爷办了丧事。

安葬了我爷爷，我爹就像我爷爷一样，开始坐在那张红木诊案后面接诊病人了。我爹十岁就跟着我爷爷学医，爷爷拿着黄荆条子，逼着他背《汤头歌诀》《千金要方》，稍有懈怠，爷爷举棍便打。然后他又跟着我爷爷给病人把脉、开处方，早已继承了我爷爷的衣钵。但在行医时，却是有区别的，一是我爷爷年纪大、胡子长，我爹则年轻，才二十岁出头。乡下人普遍笃信"老医生，少裁缝"，认为医生年纪越大，经验越足，因此，尽管我爹的医术丝毫不逊于爷爷，但找爷爷治病的人比找我的爹多得多。第二，爷爷除了一些疑难杂症的病人外，一般不出诊，只在家里接待病人，而我爹年轻，腿脚有力，遇到路途较远的病人，出诊的常常是我爹。在乡下人眼里，在家里接待病人的医生称为"坐堂医生"，背着黄包袱四处出诊的医生被称为"郎中"，虽然都为同一职业，但"郎中"的称呼明显不如"医生"那样带有更高的敬意。现在爷爷一死，我爹就不得不挑起家里和诊所的大梁了。过去我爹因为年轻，喜欢玩点新派和时髦，譬如在穿衣戴帽上，爷爷一年四季都是长衫长袍，戴瓜皮小帽，穿圆口布鞋，我爹却不喜欢爷爷的长袍马褂，而是喜欢像贺银庭一样，穿有四个口袋的中山装，左边口袋上插一支钢笔，头上不戴帽子，蓄一个二分头，梳得油抹水光，即使冬天戴帽子，也是戴一顶博士帽或一顶新式"撮撮帽"，脚着青色鞋袜，全身上下都透着一种洋气。出诊时手里还要像贺银庭一样拿根"文明棍"，起初我爷爷看见了，便斥责我爹说："猪鼻子插根葱——装象，不拿那根棍子狗要咬死你呀？"我爹却不服气，说："路边草笼笼里有蛇！"我爷爷一想也确是这样，便不再说我爹了。可现在我爹为了在病人面前显得老成持重，竟脱下了身上的洋装，而穿起了爷爷的长袍长衫，博士帽和"撮撮帽"也换成了瓜皮小帽。好在我爹的医术毕竟来自爷爷的真传，没多久，我爹的医名和医德也跟爷爷活着时一样，远播四方了。我爹的诊所里，每天都坐着从四面八方赶来看病的人。我爹果然没有食言，在解放的前两年，不但把当给贺银庭的几亩地全部赎回来了，还新买了两亩地，实现了自己当初的诺言。

可是不久世事就变了，新中国成立后，开始斗地主、分田地。大伯儿你都知道了，贺家湾那时最有钱有势，真正够得上大地主的是贺银庭，可是就在土改工作队和农会准备把他抓来斗争的时候，贺银庭带着老婆孩子却突然从贺家湾蒸发了。工作队、解放军打起灯笼火把，县里县外都找了个遍，人毛都没找到一根。贺银庭跑了，可地主还是要斗的，工作队问农会主席贺老踮："贺家湾还有谁够地主资格？"那贺老踮是大房的人，我们贺家湾大房和小房一直有矛盾，贺老踮和贺茂富更是结得有仇，于是便说："贺茂富就够！"贺茂富有十多亩薄地，还开了一个油榨坊，日子是要比湾里其他人稍好过一些，可也好不到哪里去。工作队一听，果然就叫农会的人把贺茂富抓来斗。那贺老踮心术不正，想置贺茂富于死地，于是又给他栽了一个罪名，说他强奸了自己的侄女儿，侄女儿怀孕后又被他给逼死了。这又是怎么一回事呢？原来贺老踮有个哥哥，那年发大水到河里捞浮财，让大水冲走了，嫂嫂改了嫁，留下一个女孩跟着他。这女孩十四岁时，突然肚子鼓了起来，明眼人一看就知道是怀了娃儿。这天女孩悄悄到贺茂富的黄瓜地里，那黄瓜才大人的手指般粗，那女孩就摘了十几根，被贺茂富的女人看见了，骂了她，这女孩回去就上吊死了。其实这女娃儿肚子里的孩子究竟是谁的，哪个也不清楚，有人私下里还怀疑就是贺老踮给他侄女儿种下的。可现在贺老踮把这事栽在贺茂富身上，那女孩死了又无对证，贺茂富有口难辩，连叫冤枉，可工作队哪里肯听？工作队队长对众人说："贺茂富不但剥削穷人，还逼死人命，罪大恶极，大家说该不该枪毙？"下面一些平时与贺茂富有嫌隙的人听了，便趁机落井下石地喊："该！"那时枪毙一个人，就像杀一只鸡那样简单，土改工作队队长甚至农会主席一句话，说把某某人"炮"了，某某人就被"炮"了。那民兵听了工作队队长的话，立即把贺茂富押到黄葛树下，对着他的后脑勺就是"砰砰"两枪。我爹平时胆小，一见贺茂富那开了花的脑袋，突然就惊叫一声，昏倒在地。还是众人七手八脚，掐人中的掐人中，刮痧的刮痧，才把他救活过来，抬了回去。我爹回到家里，几天吃不下饭，一想起贺茂富那脑浆，就"哇哇"直吐。直吐得那身子小了一圈，面色蜡黄，仿佛大病了一场似的。

这还没完，一天下午，我爹从外面出诊回来，刚刚走过土地坪正要往坡下走的时候，突然从李子树林里窜出一个人来。这人神色慌张，像是有什么大事一样。我爹一看，原来是郑家塝郑世才的女人刘良芬。郑世才被国民党抓壮丁死在了外面，刘良芬守了寡，土改工作队一来，动员她加入了农会，还当了里面的妇女队长。郑家塝和我们贺家湾，那时是一个农会，所以我爹一见她，便问："刘嫂子，你在这里干什么？"那刘良芬朝左右看了看，突然窜到我爹面前，压低了声音说："老五，我跟你说件事，你赶快跑吧！"我爹给弄蒙了，说："我跑什么？"刘良芬急了，说："我跟你说，工作队和农会要斗你……"我爹一听，脸唰地变白了，心也咚咚地跳了起来，忙问："斗我？为什么斗我？"刘良芬说："嗨，你怎么这么傻？这湾里除了贺银庭，还有哪个像你一不日晒雨淋，二不使牛驾耙，不但把日子过得顺顺当当，还买田置地？就是贺茂富也没你日子过得顺畅，不是地主老财是什么？人家还说你攒了很多银钱，不斗你怎么挖得出浮财？"我爹一听这话，头发都竖立起来了，忙颤抖着对刘良芬问："也要像贺茂富一样被枪毙吗？"刘良芬道："我怎么知道？我只知道要斗争你，刚才工作队和农会开会定的。我念着你救我家万成的恩，特地给你说一声，打死你也不要把我给你报信的事说出来啊！"说罢刘良芬就急急地走了。

可是我爹却像定在了那里一样，膝盖只是发抖，抖着抖着，身子便像棉花条一样瘫了下去。他想哭却哭不出声来，想起来走却又没有一丝力量。刘良芬的话像雷鸣般在耳边响着，贺茂富那开花的脑袋和白花花的脑浆走马灯似的在眼前晃着。一想起贺茂富的脑浆，我爹肚子里便是一阵翻江倒海，接着"哇"的一声就朝外面呕吐起来。呕了一阵又一阵，像是肠肠肚肚都要翻出似的。呕完了，我爹面如死灰，目光发直，两颗眼珠死死地盯着面前的李子树，就那样一直坐着。

那天晚上，我娘抱着我等了很久，一直不见我爹回来。但她也没有往坏处想，她只以为我爹被病家留到了，这样的事过去也经常发生。她以为天一亮，我爹就会回来。可是一直等到吃早饭时，我爹还没有回来，正着急时，有人突然在后面李子树林里喊了起来："贺老五上吊死了……"

我爹就这样死了。我娘后来给我说，我爹完全是被吓死的！他不想落得像贺茂富一样的下场，想为自己保留一个全尸，所以选择了上吊自尽。土改工作队和贺老踮他们也确实准备在这天开我爹的斗争大会的，我爹一死，湾里很多人这才念起我爷爷和我爹的好处，于是都到土改工作队面前给我娘说情，我娘也主动交出了我爹赎完地后剩下的一点钱，因此土改工作队和农会也就没有太为难我娘，定成分时给我家定了一个上中农。只不过我爹一死，不但贺家湾，就是周围几个村子，也没有一个悬壶济世的医生了！

第二章　我治好了自己的病

我爹死后第四个年头，我娘改了嫁。要是在过去，我娘是不能改嫁的，家族的人也不会让她改嫁。因为女人一辈子，做姑娘的时候是依靠父亲在宗族村庄里活的，出嫁过后就变成依靠丈夫在村庄里过活，如果丈夫没有了，只要有儿子，也是她生活的依靠。我虽然还没长大，但贺家湾谁也不敢说我不是贺氏宗族里的一员，所以我娘完全可以靠我在贺家湾安身立命。但现在是新社会了，我娘还那样年轻，觉得没个男人的日子实在寂淡，所以决定改嫁。我娘决定改嫁的消息一出，湾里虽然议论了一段时间，却没有人出来阻拦。倒是我和我娘走的那天，许多人过来看我们。我以为是来送我娘的，但一些长辈却只拉着我的手说："娃儿，不管你到了继父家里改姓不改姓，你啥时候想回贺家湾就回来！"好像我现在跟我娘走，只是去亲戚家里要几天就会回来一样。连我三娘，她和我娘做了这么几年妯娌，这时也只是红着眼圈对我说："贺万山，你那股房屋财产我都给你看着，不管你啥时候回来，那些东西都是你的！"族人和三娘的话十分明白，我娘这一走，就跟贺家湾啥关系也没有了，贺家湾的一草一木她不占了，可我不一样，我就像在贺家湾投了股份一样，随时随地都可以回来参与分红。我的股权就是因为我姓贺，血管里流着宗族的血，尽管是新社会了，可谁也不能把我这份股权给去掉。我娘听了族人和三娘的话，禁不住眼泪吧嗒吧嗒地直往下掉。我那年八岁，说不懂事也知一些事了，和我娘不一样，我心里竟暗暗高兴，觉得十分温暖。

我的继父姓雷，是雷家湾的人，和贺家湾田挨田，地挨地，翻过垭口就到了。继父比我娘要大十五六岁，生得矮矮的，粗胳膊粗腿，脸上有几颗小麻子，是出天花时留下的。给人的印象是个闷嘴葫芦，整日只知道像头牛一样干活，好像一会儿不干活手脚就没处放似的。但闷嘴葫芦也有闷嘴葫芦的不好，那就是一旦发起脾气来，比六月天打炸雷还要吓人，常常手里有什么东西，就用什么东西朝我们娘儿俩打来。继父是贫农，正因为过去家穷，才一直没娶过亲，现在娶上了我娘，却又觉得自己一个童男子娶了个二婚嫂，而且这个二婚嫂还拖着一个"油瓶"，自己很吃亏似的。每次打了我们娘儿俩后，嘴里还要不干不净地骂上一阵。这种状况，直到我娘又为我生下一个弟弟后才得到了根本改变。当继父不再有吃亏的感觉后，他脾气也变得好了起来。可是天不佑人，三年大饥荒接着来了，我这个同母异父的弟弟没有熬过大饥荒，活活地饿死了。

大饥荒过后的第二年，我十五岁了，那天半夜，娘忽然得了急病，肚子痛得在床上打滚，一会儿痛得手按住肚子，把背弓了起来，一会儿又把身子蜷曲起来，用膝盖顶着肚子，嘴里发出一声接一声的叫唤。我那同母异父的弟弟虽然被饿死了，可却在我继父心里种下了希望，加上他们共同渡过了三年大饥荒，也算得上是一对患难夫妻了，因此继父对我娘也开始心疼起来。他一看我娘痛成那样，也不知是犯了什么病，急忙去擂开隔壁他一个堂哥的门，两人迅速去砍了两根竹子回来，划篾条绑扎滑竿把我娘往公社卫生院里抬。那天晚上，我继父忙天忙地，还把手划了很长一个口子。在我继父他们去砍竹子绑扎滑竿的时候，我则爬到楼上，找出几根向日葵秆子，用斧头砸碎，又用稻草扎起来，准备做火把用。我绑好火把后，又进屋去看我娘，只见我娘脸色铁青，嘴角痛得歪到了一边，头上大汗淋漓。我忙伸出手去，想给娘把额头上的汗水擦了，没想到娘却一把抓住了我的手。娘的手很冷，但她抓得很紧，像是把指甲都掐进了我的肉里一般，瞪着一双痛苦的眼睛看着我。我忙对她说："娘，你要说什么？"娘刚要开口，忽然一阵疼痛又向她袭了过来，她又在床上一边翻滚一边大叫。过了一会儿，大约疼痛过去了一点，娘才又攥着我的手，说了一句："你爷爷……你爹……要是他们在……"我娘没说完，又在床上翻滚起来。

我明白我娘的意思了，她是说，要是我爷爷和我爹在，她就不会这样痛苦了！顿时，我也想起了爷爷和爹，他们的形象一下在我心中变得高大起来。我想，爷爷和爹不知这样缓解了多少病人的痛苦，甚至救了他们的命。在病人心目中，他们真的就是救苦救难的观世音菩萨！可是现在爷爷和爹都没有了，我又不是医生，如果我像爷爷和爹一样是个医生，眼下我也许多少能缓解一下娘的痛苦。我只好抓住娘的手说："娘，娘，爹正在绑扎滑竿，马上就把你抬到公社卫生院去！"从我到继父家后，我就把继父叫爹。

正说着，继父他们的滑竿绑扎好了，继父先进来抱了一床棉絮铺在上面，然后再进来把我娘抱出去，放到了滑竿上。他怕我娘在滑竿上翻滚掉下来，还用两根棕绳把我娘的身子连同上面的被子都固定在了椅子上，然后和那位堂哥抬着我娘走了，我跟在旁边给他们打火把。我们一路小跑，我娘痛苦的叫声也跟着撒了一路。

大约过了四十多分钟，我们终于到了公社卫生院。这时已是下半夜了，小场静得像是死去了一般，除了我们重重的脚步声和娘的叫声，没有一点声息。一只黄狗在街沿下被我们的声音惊醒，漫不经心地冲我们叫了两声，又睡过去了。医院的大门紧闭，我丢下火把，也来不及多想什么，就用双手擂起门来，一边擂一边大叫："开门呀——开门呀——"可里面没有响动。我继父和他那位堂哥还抬着我娘没放下来，继父见我喊不开门，便也用脚来踢，踢得大门哐当哐当地响。又过了一阵，从里面传来木拖鞋的"橐橐橐"声，同时响起了一个不耐烦的声音："叫什么呀，深更半夜的？"我在门外听见了，又大叫了一声："有人得急病了，救命！"

我的话音刚落，大门开了，继父他们急忙把我娘抬了进去。我一看，开门的这年轻人姓黄，他正在跟着苗院长学医。苗院长过去是乡场上"仁和堂"的坐堂医生，医术也和我爷爷一样非常有名，成立公社卫生院时把他调来当了院长。他带了三个中医学徒，我找他看过病，所以也认识他的徒弟。继父他们抬着我娘往里面走时，我就抓着他问："苗院长呢？快，快，快叫你师父来救我娘的命！"可他却说："我师父到城里卫生局开会没回来……"我不等他话完，又问："张医生呢？那叫张医生来……"张医生叫张德明，是医院另一个有名的老医生。可我的话同样没完，那苗院长的徒弟又说："张医生也不在，刚才被人喊去出诊了！"我一听这话急了，又说："那就叫孙医生……"孙医生是医院唯一的西医，我想，苗院长和张医生都不在，叫孙医生给我娘看看也不错。可苗院长徒弟听了我这话，又摇了一下头，说："孙医生也不在，他昨下午回家去了……"我一听这话就大声叫了起来："你们还有哪个医生在，叫他快来救我娘！"

我的声音之大，震得医院的屋子都嗡嗡作响。苗院长的徒弟像是被吓着了，急忙说："还有从县医院派到我们卫生院来帮助工作的李东医生在！"我一听这话，以为那李医生是从县医院派下来的，本事一定会很大，起码不会在苗院长、张医生和孙医生这些人之下，一下高兴了，急忙对苗院长那徒弟说："那快叫他来！快叫他来！"那苗院长的徒弟便咚咚地上去了。

没一时，楼梯上响起了脚步声，我抬头看去，果然看见一个医生下来了，身后还跟着苗院长的徒弟。我一看那医生，心里不禁咯噔地跳了一下。此人看上去最多二十来岁，圆圆的脸蛋，鼻梁上架着一副眼镜，下唇长着一层像是绒毛般的浅浅的胡子，满脸稚气，一边走一边扣衣服。可他却装出一副老练、成熟甚至还有点扬扬自得的样子，脚步不紧不慢，从眼镜片后面射出几分见多识广、见惯不惊的光芒。

那时，继父他们已经把我娘放到了医院里的走廊上，我娘这时大约精力已经耗尽，嘴唇和面孔都呈现出铁青的颜色，大滴大滴的汗珠从她头上滴落下来。因为她的身子被棕绳捆住了，不能翻动，但还是不停地在绳子里扭着，看得出她十分难受。那叫李东的医生走到滑竿前看了看，然后稍微弯了一下身，朝我娘问了一句："怎么回事？"我娘根本回答不出来，我便替我娘回答了一句："她肚子痛，痛得十分厉害！"那医生瞧了我一眼，过了一会儿才不慌不忙地对我继父说："把她解开，抱进来！"说着过去开了诊室的门。继父和他堂兄急忙把椅子上的棕绳解开，把我娘抱进诊室，放到床上。继父抱我娘的时候，闻到了从我娘的棉裤里传出的一股血腥气。

继父刚把我娘放到诊疗床上，那叫李东的医生便穿上白大褂，拿着听诊器走了过来。他先对我娘问了一句："哪里不舒服？"我娘这时强忍着疼痛回答出了两个字："肚……肚子……"那李医生没等我娘的话完，便说："我知道你是肚子痛，难道你肚子痛我还不晓得？我是问你肚子哪个地方痛？"可是我娘这时回答不出了，只是在床上一边淌汗一边叫唤。那叫李东的医生把眉头皱了起来，像是不高兴了，对我娘说："忍到点，忍到点，你这样叫唤我怎么给你检查？"我娘便把上下牙齿紧紧地咬了起来。没一时，便从她嘴角渗出了几缕血丝。那李东等我娘不叫唤了，便撩起我娘的棉袄，在我娘的肚子上按了按，可就在这时，我娘突然又杀猪般地叫了起来。那李东住了手，只好把听诊器按在我娘的肚皮上听了起来。听了一阵，他的眉头越皱越紧，脸上呈现出的怀疑色彩也越来越浓，我忍不住问了一句："医生，我娘究竟得的什么病？"那李东听了我的话，竟然把听诊器取了下来，对我说："怪了，这病说是阑尾炎、肠梗阻，都不太像，说是胆囊炎、胆结石或肾结石，也有些不像，都不像，这就有点怪了！"说完这话，他像是想起什么似的，突然对我问，"她有没有胃炎什么的？"我问："啥叫胃炎？"他在自己心口下比画了一下，说："就是这个地方痛！"我说："我娘过去从没喊过肚子痛！"他又像牙痛似的抽了一下脸上的肌肉，说："那基本上也可以排除是胃穿孔！"说完这话，他像是想安慰我们一样，说："不要紧，我先给她打一支止痛针，观察观察再说！"说着，就拿出注射器和针药，给我娘打了一针。打针的时候，我继父才想起刚才闻到我娘血腥味的事，便对那李东说："医生，医生，我刚才抱她的时候，闻到她身上有股血腥气！"那李东立即停止了注射对我继父问："她是不是摔过跟头或把哪里碰伤过？"继父说："没有。"李东说："没有碰伤哪来的血腥味，恐怕是来月经了吧！"说完又问我继父，"她是不是该这几天来月经？"可怜我继父从来没有关心过我娘月信的事，他哪里又回答得出？便说："不知道。"那李东就说："肯定是月经来了！"说着把针管里的药推了下去。

针药注射下去不久，我娘突然体温降低，心率加快，血压也直往下降，那李东一看，慌了手脚，立即对我继父说："快，快，病人的病十分严重，快往县医院送！"我继父一听，慌了，还带着一点希望对李东说："医生，医生，县医院这样远，这行吗？还是你救救她吧！"那李东早是被吓住了的样子，急忙说："公社卫生院条件有限，这病只有县医院能治，快抬起走吧，迟了恐怕不行了！"继父一听，也顾不得再说什么了，又把我娘抱在滑竿上绑扎好，和他堂兄抬着走了。我手里也没火把打了，好在从公社到县城是一条大路，天上还有一弯下弦月，晚上又没有行人车辆，我们可以放开大步往城里跑。开始的时候，我们还能听见我娘在滑竿上的呻吟，继父他们也能感到我娘在滑竿上的扭动，可慢慢地，娘的呻吟声就越来越小，而从滑竿上传来的血腥味却越来越浓重。最后，娘的呻吟声没有了，继父他们也感觉不到我娘的扭动了。但我们都以为是李东给我娘打的那一针起作用了，我娘已经睡了过去。或者是经过一晚上病重的折磨，她现在已经没有精力再呻吟和扭动了，安静下来了。

到天大亮的时候，我们才赶到县医院，继父和他的堂哥，棉袄都被汗水打湿了。县医院是一座三层楼房，是过去的传教士修的，进大门处有三个拱门，里面一个圆形的拱顶托着一个尖顶，十分庄严和肃穆。我们从中间拱门进到大厅里，继父他们才把我娘放下来。可是这时我娘已经死了，身下的棉絮也被血浸透。我一见娘死了，立即扑过去抱着娘的尸体大哭起来。继父也和我一样，过去他觉得娶我娘有些吃亏，可此时他心里非常明白，没了我娘，别说二婚嫂，就是三婚嫂、四婚嫂，他这辈子也恐怕娶不到了。因此一见我娘没了，他就在医院里拿头往墙壁上撞，幸好有他的堂哥在，把他紧紧地抱住了。这时医院的医生开始来上班了，见我在医院里哭，又见地上停着一具死尸，就知道是怎么回事了。一些人过来拉我，一些人又叫我继父和他堂兄赶快把死人抬走，别影响了医院正常的工作。可是我们只顾伤心，没搭理他们。这时，我感觉有人拍了拍我的肩膀，抬起头一看，见拍我肩膀的人大约四十岁的样子，身材微胖，面色白白净净，戴一副黑框眼镜，面孔显得十分和善。他问我："小伙子，这是怎么回事？"我见他态度和蔼，于是便一边哭，一边把我娘死的事说了一遍。我说："我娘死了，我娘是肚子痛痛死了的！"那戴眼镜的中年男人听了我的话，什么也没说，蹲下身来把我娘那张因痛苦而扭曲变形的脸看了一遍，又拉开被子看了看那浸满了鲜血的棉裤和棉絮，眉头紧锁，在眉心像是打了一个结。过了半天他才站住了，拉住了我的手说："小伙子，别难过了，我也一样为你妈的死感到难过，不过人已死了，哭也哭不过来了！"说完这话他就起身要走。可这时像是冥冥中有人推了我一把，我突然扑过去拉住了他，哭着问："你是不是医生？"那人愣了一下，像是被我问住了一样。还没等他回答，旁边有人便帮他回答了，说："他是我们医院的叶院长！"我一听他是院长，便扑通跪了下去，对他说："叶院长，你告诉我，我娘究竟得的啥子病？她虽然死了，我们也要弄清她的病因呀……"我这样说，好像这样才对得起我娘似的。

叶院长又把我看了一会儿，不知是我什么地方感动了他，他又走过来，对我询问了几句我娘发病时疼痛的样子，然后告诉我说："小伙子，你娘很可能是宫外孕，死于破裂出血。"说完这话，他又问我，"你那地方是不是离县城很远？"我说了我们公社的名字，然后又对他说："我们把她抬到公社卫生院，公社卫生院的医生叫我们抬到县医院来的！"叶院长听了又沉吟了一会儿，然后说："这是一个小病，患者只要及时进入手术室，手术成功率是百分之百，不至于死人的。"叶院长的口气说得十分沉重，我看得出他是一个好人，于是我便想问问什么叫宫外孕，没想到叶院长这时像是想起什么似的，突然问了我一句："公社卫生院的医生给你娘打过什么针没有？"我一听就急忙回答："打过，打过，一个叫李东的医生，说是从你们县医院派下去的，他给我娘打了一支止痛针……"叶院长还没听完，脸就黑了下来，不但他的脸黑了，周围的医生脸上也露出了惊讶之色。我正准备问打了针会怎样，叶院长却从口袋里掏出五元钱递到我面前说："小伙子，你们去那边医院食堂买几个馒头，吃了后把你娘抬回去安葬了吧！"一看见那钱，我先是疑惑地看了看叶院长，然后身子直往后退，像是吓住了的样子。那时一个普通干部每月的工资只有十多元，我和叶院长无亲无故，他怎么一下就给我半个月的工资？叶院长见我不敢接的样子，便又说："收下吧，小伙子！要说起来，你娘的死我们医院也有责任。"我一听这话，正想说："我娘抬到县医院的时候就已经死了，你们医院有啥责任？"可这时我想起了李东，他是县医院派下去的，他没有救活我娘，所以叶院长这样说。我一明白叶院长的意思，就不客气了，从他手里"呼"的一下接过了那张钱。叶院长嘴角先是咧了一下，然后转过身子，沉着脸，像是满腹心事的样子了。

我去医院食堂买馒头，卖馒头的炊事员见我手里举着一张五元票子，便不高兴地说："拿这样大一张票子来，你是想买一头猪还是想买一头牛，啊？换零钱来！"我说："我没有零钱，是叶院长叫我来买的！"说完我又补了一句，"这钱也是叶院长给的，他没给我零钱！"那炊事员又把我看了一眼，给我包了十个馒头——那时一个馒头只要两分钱——然后翻箱倒柜地把抽屉里所有的钱都倒了出来，数了半天，还不够，又从自己身上掏了一把零钱出来，才凑够找补我的钱。我把馒头拿回来，给我继父，继父却没吃，他那堂哥一口气吃了五个，便把我娘抬起来走了。我跟在他们后面，想起我娘昨晚上半夜活着抬出来，现在却一个死人抬回去，这生死真是一纸之隔，就一路呜呜地哭。

大侄儿，你是不是有些不想听老叔翻这些陈年旧事？没有？没有就好！你要是嫌耳朵起茧子了，就跟老叔说一声，老叔今天就不摆了！要摆？要摆就摆嘛！这菊花和银花茶大侄儿慢慢喝，我再去给你添点水来！我跟你说呀，要说这菊银二花，不是老叔吹牛，可算得上是药中豪杰！先跟你说说这银花吧，它能清热解毒，小到风热感冒，疮痈疔毒，大到热毒入里，大热烦渴，还有斑疹泻痢，它都能治。再说这菊花，它能清热解表，清肝明目，对付那些因风热而致的头痛目赤，肝肾阴虚的眼花目眩，肝阳上亢的眩晕头痛，那是它的拿手好戏。有人喜欢将两种花分开泡茶，我却喜欢把它们加在一起泡。为什么呢，两花分饮，效果两分，合而饮之，效果相叠，那功效也强了一倍。哈，对不起，大侄儿，我们医家一说起药来，就像你们写书人说起书一样，总是忍不住要多扯几句。好了，闲话少说，又言归正传吧！

我娘一死，我继父的脾气变得比我娘刚嫁过来的时候还要坏了。他不但成天挂着一张雷公脸，难得听见从他嘴里吐出一句话，而且看我时，眼里总带着一种仇人相见的味道，动不动就打我。打我时也和我娘刚嫁过来时一样，碰到什么东西顺手就是什么东西。遇到身边没什么顺手的东西了，便用脚踹，踹得我身上青一块紫一块的。有几次，我想和他对着打，可我知道自己明显不是他的对手，也便忍了。不过那时候，我心里已经种下了以后一定要报复他的种子，每挨一次打，这种子便在心里发芽一次。我不知道他为啥要这样待我，难道他把我娘的死怪到我的身上？可我娘并不是我害死的呀！我也弄不清楚一个男人没有了女人，为什么连脾气都会变得这么糟糕？

　　一天，不知为什么我又惹着继父了，他一边骂一边去拿墙角的扁担。我一看，撒腿便往外面跑去，可我继父还不甘心，将扁担朝我狠狠掷来，正好掷到我的背上。我只觉得背上一阵钻心的疼痛，以为背脊骨被折断了，便反过手来，一边按住脊柱，一边继续往外面跑。过去娘在的时候，我有什么委屈，便对娘说，可现在娘没有了，即便有天大的委屈，我都只有忍着。那天也是鬼使神差，我竟翻过垭口，跑回贺家湾来了。我也不晓得回贺家湾做什么。贺家湾除了还有一个三娘外，也没其他亲人了。可是这些年，我三娘也没来看过我们，基本上算断了往来。我三娘这样做也是有道理的，因为我娘已经改了嫁，虽然我娘走时，她对我说过啥时想回来就回来的话，但那只是一时的客气话，实际上是成了不相干的外人。但我还是跑回贺家湾来了。

　　我一口气跑到我家原来的老房子前面，一屁股坐在院子外边的石板上，放声哭了起来。我们家原来的老房子，土改时候左边厢房分给我三娘，我爷爷和我爹原来做诊所的堂屋以及后面的拖堂分给了我娘和我，右边厢房分给了一个叫贺世清的贫农。我娘改嫁，分给我娘和我那两间房屋以及里面的家产，按贺家湾的规矩她不能带走，得给我留着。在我长大以前，由湾里的老辈子做主，委托我三娘看管，我三娘可以在里面住，但房子的主权永远都是我的。可没想到的是，在贺家湾办公共食堂时，支书贺老踮见那房子宽敞，我们家的房子又空着没人住，前面又有那么大一个院子，就让我三娘和贺世清都搬了出来，把那儿变成了贺家湾的公共食堂，我爷爷的药案成了食堂切菜的案板，红木诊案成了食堂会计记账的办公桌。这样也罢了，没想到一天中午做了饭，食堂炊事员忘了把灶膛里的柴块退出来，家家把饭打回去不久，那柴块掉到地上，引燃了灶膛前的柴火，顿时浓烟滚滚，烈焰熊熊，火焰蹿上屋顶，整座房子都燃烧了起来。等众人赶来时，火焰已成气候，那些老木头又一着火就燃，哪里救得了。大火燃烧了一个多小时，一座老屋连同我爷爷和我爹的药橱、药案、红木诊案，都化为灰烬。我坐在那堆成为焦土的废墟前，想着爷爷、爹和娘这些亲人。尽管爷爷遇害时，我才一岁多，可此时在我心里，他那一副头戴瓜皮帽，身穿长袍马褂，白须飘飘、仙风道骨的形象却是那样清晰。我想起我爹把我架在他的肩膀上"骑马马"，他一面绕着屋子走，我一面在他脖子上发出"吁吁"的赶马声。我也想起我站在爹的红木诊案上往地上撒尿，被爹打见，猛地抽我屁股的往事。我想起我娘一边拿着我的手指，一边教我唱"张打铁、李打铁"和"虫虫、虫虫飞"的儿歌，想起晚上睡觉时她把我紧紧搂在怀里。我还想起那些青花瓷瓶里装的丸、散、膏、丹，每次看见爹从里面给病人拿，心里充满了无限的神秘感。想起我从娘肚子里生下来，就闻惯了的那些涩中带香、苦中带甜的药味，想起晚上爹在给病人配方、制剂、调剂和炮制一些药物时，我在一旁举着煤油灯，给爹照亮的情形……可是这一切现在都没有了。我越想越伤心，越伤心越绝望，哭声也越来越响亮和悲切。那天又是个阴天，一团团阴惨惨的乌云挂在头顶的天空一动也不动，擂鼓山以及周围的房屋、土地、树木，都显得毫无生气，也像是沉浸在了悲伤中似的。我的哭声引来了湾里的族人。一些老辈子见我哭得伤心，便过来拉我，说："你娃儿哭什么？"

起初，我还只顾伤心，没有回答他们，过了一会儿，我才用手背擦了一把鼻子，抽抽搭搭地说："我后爹打我……"一语未了，哭声又马上拔高了。他们一听，急忙说："你娃儿莫光顾哭，他怎么打你，你告诉我们！"听了这话，我才止住哭声，一边抽泣，一边把继父打我的事告诉他们，同时还撩开衣服，把刚才被继父用扁担掷伤的后背亮给他们看。

后背上果然有一块青紫的瘀血。

湾里的族人一看，就纷纷叫起来了，说："不是瘦肉不巴骨，不是自己生的不晓得心疼，哪有这样打细娃儿的？要不是跑得快，今天那一扁担还不把你腰杆打断？"说完这话，一些人又为我出起主意来："你还跟到你后老汉做什么？你姓贺，是贺家湾人，怎么不搬回来住？"我一听这话，也不知是什么力量推动着我，突然一下就朝他们跪下，"咚"地磕了一个响头，说："我就是要回来，求各位叔爷婶娘、哥哥嫂子给我做主！"众人见我给他们磕头，马上过来拉我，说："起来，起来，新社会不兴磕头了！你回来先得要有个人肯收留你，我们陪你一起去跟你三娘说说，只要她肯收留你，我们有啥子不同意的？"听了这话，我又急忙对众人打了一拱，说："那就谢各位叔爷婶娘、哥哥嫂子了！"说着就往我三娘家去了。

我们家的老屋被烧了以后，三娘一家被安置在生产队保管室旁边的一间偏房里，那是生产队过去放犁头、铁耙、风车、拌桶的地方。三娘听了众人和我的话后，有些不情愿了，说："他要回来我没有意见，可我实在没法收留他了！"众人说："只有你才是他亲婶娘，你都不收留他，哪个还能收留他？"我三娘说："我是他亲婶娘不假，可是你们进屋来看看，哪里还能放下一张床，我就收留他！"我三娘一家只有一间房，我堂哥从中间隔了，堂妹和三娘睡里面半间，堂哥睡外面半间，灶都是打在阶沿上的，确实再没有一个地方能再放一张床了。众人过了一会儿又说："那就让他和万明挤一张床上嘛，都是男娃儿怕啥！"可三娘听后不高兴了，说："你们站着说话不腰疼，现在两兄弟倒是可以挤一张床，可能挤一辈子？万明还讨不讨婆娘了，讨了婆娘难道小叔子和哥哥嫂嫂也挤一张床？"说完三娘还盯着众人问，"你们哪家是这样的？"

众人一听这话，也不好再说什么了。我见众人有些心灰意冷起来，便又哭了起来，边哭边对他们央求说："叔爷婶娘、哥哥嫂子们帮帮我……"这时有人突然想起来了，说："他的房子是大食堂给烧了的，怎么不去找郑锋郑支书？"这话一出，众人都明白过来，说："对呀，对呀，我们怎么没想到这一点？"说着，就带着我找郑锋去了。大家一边走还一边议论我三娘，有的说她心狠，对自己亲侄儿都见死不救，也有人说这不能怪她，只怪那屋子太窄，确实没法再多住一个人。在往郑家塝走的路上，我就在心里打好了主意：如果郑锋不同意我回贺家湾，那我就去寻短死了算了，反正活着也没啥意思了！

没想到郑锋听了众人的话，却是十分爽快。他本身就是一个大喉咙，一爽快起来声音就更大，震得屋子都嗡嗡作响："他本身就是贺家湾人，他要回来，哪个拦得住他？"众人一听他这话，高兴了，于是又问："那房子怎么办呢？讨口子还得住个岩洞，他回来总得住个地方吧？"郑锋听完，说："既然他的房子是大食堂给烧了的，那现在你们生产队重新给他盖两间房子就是了嘛！"郑大支书发了话，还有哪个不听？众人于是回来找到生产队长贺世学，贺世学就是当初枪毙贺茂富的那个民兵。他是大房的人，一直和我们小房不和，他本不想答应我回来，可这事郑支书已经一锤定音，他要是不答应，不但得罪我和小房的人，还会得罪郑支书。再说，他也实在没有理由不让我回来，所以第二天，他就安排人在现在诊所的位置上，给我盖起房子来。他虽然同意了我回贺家湾，却在盖房子时做了手脚。那时盖房子只有盖茅草房，不像现在，一盖便是砖瓦房。盖茅草房花事不大，所以一般人家盖的时候，都是盖三间或四间正房住人，一间偏厦做猪牛圈和厨房，可贺世学给我盖房的时候，却只答应盖两间。别人问他："怎么只盖两间？"他说："他一个人，住那么宽的房子做什么？"盖房的人听了这话，也不好坚持，就只给我盖了两间房。房子虽然不宽，可我一间放床，一间做灶房，足可以住了。房子盖好后，我马上就从继父那里搬了回来。这人也奇怪，我走的时候，我继父竟然像个小孩一样，把脑袋埋在两只膝盖之间，呜呜地哭了，哭得我心里酸酸的，最后自己也忍不住掉下了眼泪。说实话，如果我继父早这样哭，我就不会回贺家湾了。

现在想起来，我离开贺家湾那段日子，真像是走了几年亲戚，一回到贺家湾，我的心就踏实了。可是大侄儿你还不知道，我人是回来了，可那日子的艰难，却是你想不到的。我和我娘离开贺家湾的时候，除了自己一身换洗衣服和两床破棉絮外，什么也没带走。现在我要回来，继父同样只允许带走身上穿的衣服和一床破棉絮，其余什么也没有。话又说回来，除了这些东西，他也什么都没有。好在贺家湾的乡亲们虽然刚刚经历了大饥荒，哪家哪户的日子都不富裕，但他们见我可怜，全都古道热肠地来帮我。今天东家给我送来一把米，明天西家又给我送来一把面，连居家用的油瓶、盐罐、瓦瓮……都是大伙儿你凑一只、他凑一只，给我凑的。我现在还记得，我做饭用的一只半边铁锅，是你写进书里的贺世龙给我端来的。我吃饭的碗还是你娘给我端过来的，我今天不说，大侄子恐怕都不晓得。还有贺世普，那年他才考上城里师范学校，过年放假回来，把他一件不穿的旧衣服也给我了，是三个兜的学生服，用蓝膏脂染的。还有一个人我一定得给大侄儿说一下，就是土改时给我爹报信的郑家塝郑世才的女人刘良芬，她那时是生产队的保管员，见我回来什么都没有，人饿得黄皮寡瘦，虽然有众人东一把米、西一把面地帮衬，但那也不是长法，便从生产队留的稻种中，偷偷地给我称了四十多斤稻谷。分两次给我称来的，第一次多些，第二次少些，称来时还悄悄对我说："别人问你哪来的稻谷，你就说是向人借的，千万不要说是我从保管室给你称来的，说出去了可不得了！"大侄儿你不知道，那时候盗窃集体粮食，轻则会被抓起来斗争，重则会被判刑，何况盗窃的还是种子呢！所以我想，这个女人冒这样大的风险来帮助我，可见她的心肠有多好！大侄子写书就要多写好人，你把她写进你的书里吧！

我就这样回到了贺家湾。晚上，我躺在用几根树条支起来的床上，一翻身床就吱吱嘎嘎地作响，像是马上就要散架一样，但我听着从墙外掠过的风，看着从窗缝漏进来的月光，感到特别温暖。我在心里默念着那些帮助过我的人，感谢他们在我最最困难的时候把我收留下来，并给了那么多的帮助。说句不好听的话，大侄儿，要没有贺家湾收留我，我贺万山的骨头早烂成灰了，你今天哪里还能听到老叔摆龙门阵哟！

可没有想到的是，老天爷给我的厄运还没有完，就在我刚刚安顿下来的时候，第二年春天，一场疾病又把我缠上了。这真是屋漏偏遭连夜雨，行船又遇顶头风呀！我得的是一种被乡下人称为"黄皮症"的病，也就是我们医家所说的"黄疸性肝炎"。那时候乡下得这种病的人很多，没想到被我遇上了。得了这种病，最典型的症状就是发黄，不但眼睛发黄，而且身上的皮肤也跟着发黄，所以乡下人便叫它"黄皮症"。其实在头年冬天，这种病的症状在我身上就出现了。开始的时候，我觉得四肢酸软，浑身没有一点力气，就像几天没吃过饭一样。和大家一起出去干活时，没干一会儿，就想躺下来休息。起初我还咬紧牙关坚持，可后来实在坚持不住了，那锄头举起来，似有千斤重，不但手臂，就连脚都在打战。众人见了，叫我到一旁去坐一会儿，可是一坐下，就不想再起来了。大家都以为我是因为饿的，于是晚上又东家一碗、西家一瓢地给我送些粮食来。可是我明白并不是饿的，因为有刘良芬给我称的四十来斤稻谷垫底，加上生产队划给我的自留地里种的萝卜、白菜，也已经能够吃了，又有众人或多或少地帮助，我已基本上不会饿肚子了。再说，过去我比现在还吃得差，可也没像现在这样脚趴手软呀！我知道是自己病了，可不知道是什么病。又过了一段时间，一天，我坚持着去出工，走到地里，贺世龙忽然看着我说："万山老弟，你的眼睛怎么那样黄？"我一听，忙问："真的吗？"贺世龙说："你要不相信，叫他们也来看看！"说完就对地里的人说，"你们来看看贺万山的眼睛是不是发黄？"众人一听，果然都跑了过来。然后我就听见大家七嘴八舌地说："哎呀，真的是黄的呀！""怪不得这娃儿说他做活路没力气，莫不是得了黄皮症呀？"接着又问我，"你娃儿屙尿是不是黄的？"我说："就是黄的，就像黄牛屙的尿一样。"大家一听这话，马上就说："肯定是黄皮症了！"接着又劝我说，"娃儿，趁现在才发病，快些到医院弄药吃！"

我一听自己是得了"黄皮症"，心一下就凉了：天啦，我哪有钱去医院弄药吃？我听大人们说过"黄皮症"，这可不是穷人能得的病。穷人得得起的病叫"穷病"，就是只能靠一服偏方、几味草药医好的病。或者是我娘那样的急病，治得好就治，治不好就认命。可我得的"黄皮症"，不是"穷病"而是"富贵病"。"富贵病"是三分靠药，七分靠养，不但如此，"富贵病"还须长期泡在药里，慢慢医，慢慢养。可我一无钱财医，二无时间养，要我长年泡在药里，我不是病死也是穷死，横竖摆在我面前的，分明就是一个"死"字了！所以当时我一听众人的话，就感觉到自己没活路了，回到家里就躺了下去，等着阎王爷来收我的命。

过了年后，我的病更加严重了，不但眼仁黄得发亮，就是身上的皮肤，也黄得像是染了蜡一样。腿脚软得和棉花条差不多，别说干活，就是走路都觉得十分困难。我们那口八卦井离我这儿没几步路，可我每次打水，提小半桶水都要歇好几次才能走到家里。湾里人看见我奄奄一息的样子，都以为我要去见阎王了。生产队留完红苕种后，还剩下一点种红苕，每人可以分五斤，我去分红苕时，郑锋对贺世学说："给贺万山多分一个人的，这娃儿可能不得行了，让他也吃饱点去见阎王。"很多人听了这话，都纷纷对我表示惋惜，说："可惜这娃儿了，还没过几天好日子！"有的还说："要是他爷爷和他爹在就好了，起码这娃儿也能保住命嘛！"一提起我爷爷和我爹，一些受过他们恩惠的人触景生情，更是感慨地说："哎呀，这人真是算不到哇，想他爹过去是多精灵的一个人，现在就要成绝房了！"一听到"绝房"两个字，我马上想起我爷爷、我爹、我娘，犹如万箭穿心，真想放声大哭，可那时我连哭的力气都没有了。我背着十斤红苕，走走歇歇，走了半天，才回到家里。

令大家没想到的是，过了两天，我背着一只背篼，拿一把镰刀，走出门来了。虽然我走得偏偏倒倒的，三步一歇，五步一坐，但毕竟没有倒下去。这时已快到清明了，我记得那天又是个晴天，太阳光暖暖地从空中落到地上、草叶上、树木上，闪闪烁烁的，像些神秘的符号。路边和草地上，开着一些好看的花儿，蝴蝶在中间飞来飞去。那是一种很弱很小的蝴蝶，只有大人的指甲盖大小，可它们不断地扇动着翅膀，从一朵花飞到另一朵花上，有时还相互追逐嬉戏，活得很开心的样子。除了蝴蝶，还有蜜蜂、麻雀、雁儿，不断地从头顶飞过，发出嗡嗡的声音和开心的叫声，也是非常开心快乐的样子。地里庄稼和草坪里的青草，看上去虽然还嫌过于娇嫩，但颜色比立春前不知深了多少，清绿绿的散发着一股股清香。看见这些，我心里突然萌发了一股生的希望，我在心里大声叫喊道："爹、娘，我一定不让你们绝后，一定不让我们这房人成为绝房！"我不知心里的叫喊爹和娘能否听见，总之我叫喊完之后，身上感觉有了一丝力气，于是我就一屁股坐在草地上，剜起草坪上的几种野草来。

湾里的人看见我在草坪里剜野草，觉得奇怪，于是都跑过来看我。他们看了看我剜的几种草，便问我："贺万山你剜这些草草做啥子？"我咧开嘴想笑，却没能笑出来，然后有气无力地回答了一个字："吃。"众人听了这话，又把我看了一眼，更觉奇怪了，说："这些草能吃？"接着又说，"你又不是牛，哪能吃这些草？就是六一、六二年那么苦的日子，也没有人吃过这些草嘛！"我想给他们解释，可是我连解释的力气也没有了，只好对他们笑了一笑。我的脸已经被病折磨成了一张戏脸壳，十分难看，笑起来就更难看了。我想众人大概被我的笑吓住了，又见问不出什么，就慢慢散了。

大侄儿，你现在猜猜我当时剜的什么草？你猜不出吧，我跟你说，剜的是苦蒿、蒲公英、夏枯草、过路黄这几种草。苦蒿你知道吧？对了，就是茵陈！中药叫茵陈，贺家湾人把它叫作苦蒿。大侄儿你大概也晓得我剜这些草做什么了？对，给自己治病！

我把这些草草拿回去，淘净，放进贺世龙给我的那半边铁锅里熬，熬出黑乎乎的药水水，然后倒进碗里，像是渴急了似的大碗大碗地往肚子里倒。那药水水先是苦兮兮的，可过一会儿，便觉得肚子里一阵凉爽，像是有股凉风直往里面吹一样，同时也有一股清香在口里旋来旋去。我每天都出去剜这几种草，剜回来就熬起喝。大约过了十多天，我再出去时，众人看见我，都惊讶地叫了起来，说："贺万山，你娃儿的眼睛和脸色不那么黄了！"我一听这话，心里高兴了，忙说："真的呀？"他们说："我们哄你做啥子嘛，难道你自己就没有感觉出来？"我说："我是觉得身上有了一些力气，吃饭也比原来多吃半碗了，闻到油也不想呕吐了，小便也比过去清亮了一些！"众人说："这不就是病在好了？菩萨保佑你娃儿命大！"

听了众人的话，我争取活下去的信心更足了。我继续坚持去剜那几样野草来熬水喝，天气越来越高，那几种野草也生长得越来越快，我每次都是剜一小背笓，喝不了的我就用清水洗净，放到院子里晾起来。晾干以后，我就把它们捆成一小束一小束的，挂在墙上和房梁上。没多久，我的屋子里到处挂满了这些野草，连床里边都是。每天晚上，我都伴着这些野草的香味入睡，久而久之，我觉得我的屋子也成了我爷爷和我爹的药房了。又喝了半个多月，大侄儿，你说怪不怪，我身上的黄疸彻底消退了。尽管我大病初愈，身体瘦得像根干柴棍，贺世普送我的那件衣服穿在身上，像穿戏袍一样。但我的病却是真正好了，我又跟才回到贺家湾时一样，身上有了力气，脸上有了血色，不再是那个要死不活的"黄皮症"病人了。直到这时，湾里的人才明白我每天上山剜的不是一般的野草，而是草药，我是在自己给自己治病。大家拥到我的两间茅草房里，一是来看看稀罕，因为自从我患上"黄皮症"，他们怕我传染，都纷纷避开了我；二也是向我表示祝贺。大家在闲谈中，有人突然回忆起我小时候的一件事，便又惊又喜地对我说："贺万山你还记不记得小时候那个算命先生给你算的八字？"一些人听后明白了过来，不等我回答，便说："对了，我们也想起来了，怪不得他能自己治好自己的病，原来这都是命中注定的呢！"我一听这话，脸就红了，心咚咚地跳了起来，不知该对大家说什么好了。

　　大侄儿，你道是怎样一回事？原来我六岁那年冬天的一个日子，湾里来了一个算命的瞎子，我娘就带我去算。我去的时候，那瞎子正在给贺凤山算。那瞎子很瘦，一张面饼似的脸，鼻子像是嵌上去似的，嘴巴很小，鼻梁上架着一副圆圆的黑镜子。只见那瞎子掰了一会儿手指，突然对贺凤山的娘说："这娃儿长大要吃我这碗饭！"贺凤山的娘听了这话，以为瞎子指的是贺凤山今后的眼睛也会瞎，便有些不高兴了，说："乱说，我娃儿怎么会吃你这碗饭？"瞎子听了也不生气，只淡淡说了一句："天机不可泄露！"接着又说，"吃我这碗饭有什么不好？这也是在渡人呢！"说完就不再说什么了。我娘见了，急忙把我拉了过去，把我的生辰时刻报了。那瞎子又掰着手指头算了一会儿，突然面露微笑，对我娘说："这娃儿不错，长大了要悬壶济世！"很多人都不懂"悬壶济世"这个词，便对那瞎子问："啥叫悬壶济世？"那瞎子说："就是背黄包袱！"众人一听"背黄包袱"几个字，顿时明白了，说："他爷爷和他爹过去就是背黄包袱的！"那瞎子一听，便道："那他正合该吃这碗饭！"可是众人听了却是不相信，说："要是他爷爷和他爹还活着，他吃这碗饭还差不多，可现在他怎么背黄包袱？"瞎子听了这话，也不和众人争辩，只不慌不忙地说："人的命，天注定，灵不灵，以后再看！"说完这话也不再说什么了。这时贺茂林又报了贺世怀的生辰时刻让瞎子也给他算算。那瞎子一算过后，便对贺茂林说："你这个娃儿命中注定要生好几个儿子，可个个儿子都是歪瓜裂枣……"贺茂林一听这话，竟勃然大怒，一把抓住瞎子的衣领说："老东西打胡乱说，我儿子现在才几岁，你就知道他儿子会成为歪瓜裂枣？"说罢，用力将瞎子一搡，松开衣领，吼了一声："滚！再不滚老子叫人把你抓起来！"那瞎子打了几个趔趄，然后正了正衣领，果然不声不响地走了。这儿一些人也说："是呀，是呀，还是这样小的娃儿，怎么看得到几十年后的事？尽是乱说，走哟走哟！"一边说一边就散了，谁也没把瞎子的话当回事。

大人们走后，我、贺凤山和贺世怀等一伙小娃儿，却跟在那瞎子后面，一边看那瞎子用竹竿探路，一边看他往哪儿去。走着走着，贺世怀突然对那瞎子喊了起来："往左边，往左边！"那瞎子果然转过身往我们村里那口八卦井的路上走去。眼看就要走到井边了，我和贺凤山才喊起来："到井边了，到井边了！"那瞎子用竹竿一探，果然探到了井口，又转过身子朝原路返回来。走过我们身边的时候，他突然说了一句："这娃儿今晚上要肚子痛！"贺世怀知道瞎子说的是他，便挺起了肚子说："不得！不得！我的肚子不得痛！"说完仿佛害怕瞎子会打他似的，马上跑开了。

说起来连大侄儿你都不会相信，到了晚上，贺世怀的肚子果然痛得接二连三的，贺茂林急了，又是给他刮痧，又是把鞋底板烧热了给他熨肚子，又是给他灌苦楝子水，什么土办法都使尽了，可就是止不住痛。天亮的时候，两口子正准备往公社卫生院抱，贺世怀的肚子突然就不痛了，你说是怎么回事？怪的还不在这里，贺世怀后来的四个儿子，就是贺良毅、贺良礼、贺良全、贺良才这四弟兄，硬是被那瞎子说准了，在湾里逞强霸道，你说湾里哪个不恨他们？就是贺凤山，后来不也真的成了湾里能通鬼神的人吗？所以我说大侄儿呀，你是文化人，知道得比我多，但世界上毕竟还有许多神秘的事是我们凡夫俗子弄不明白的。对神秘的事，我们该敬畏还是敬畏吧，你说是不是？

你看我又扯到一边去了，还是接着说我自己吧。自从那个瞎子给我算命以后，湾里每来一个医生，我都感到特别好奇，老远都要跑去看。我看见他们给病人诊脉时那副气定神闲的表情，开处方时在纸上龙飞凤舞的样子，称药时一分一分移动小戥子的动作……都觉得十分神奇和羡慕。他们走时，我甚至还跟在他们屁股后面走老远。有一回，公社卫生院里的苗院长来给贺世茂的娘看病，看见我趴在桌子上把他看得那么认真，还对我说："这个娃儿才怪了，我又不是卖粑粑饼饼的，你把我这么看到干啥？"又说，"我要是卖粑粑饼饼的，就给你一个哟！"说得我脸红起来，站起来就跑了。我当时也不知道自己为什么会那样对医生好奇，现在想起来，还是我从一生下来，就生活在医生家里的缘故。那个瞎子的话，就像是给我开了一个天眼，激活了我脑海中对爷爷和爹的记忆，看见医生来了，觉得他们特别亲切罢了。可是，现在大家回忆起我小时算命的事，都认为我能够医好自己的病，是命中就该有的，却让我不知道该说什么好了。

说命中不该有，那也不完全对，我能够自己治好自己的"黄皮症"，多少也跟命有一些关系。大侄儿还知道我爷爷摆在诊案上那些线装的古医书吧？那可都是些好书呀！我爷爷遇难后，我爹继承了爷爷那些书，他也和爷爷一样，喜欢把那些线装书摆在诊案上。我爹上吊死后，我娘虽然不识字，却和中国所有的农村女人一样对书保持着一种天然的敬畏。她把那些书和我爷爷、我爹用过的药臼、药灯、药戥都精心地藏了起来。我娘改嫁时，她又把这些东西包在那两床破棉絮里，带到了继父家里。我那时也不知她带这些东西做什么，她那时肯定没有想到我后来会成为医生，而特地给我留着的。我想，她或者只是出于对我爷爷、我爹存一分念想，才带上那些东西的。可是到了继父家里，我娘带去的那些书却遭到了厄运。继父只知道埋头干活和大碗吃饭，我娘带去的那些书，成了他卷烟叶最好的纸。他东撕一张、西撕一张，没多久，便把那些书撕得七零八落了。我娘看了心疼，便把剩下的书包起来，和她带过去的药臼、药灯、药戥一道，装进一只篮子里，给吊到了高高的屋梁上。这样一来，继父便无法继续去撕那些书了。我回贺家湾时，继父看见我捆我娘带过去的两床破棉絮，一眼看见了我娘吊在屋梁上的篮子，便红着眼睛对我吼道："还有上面的烂油渣，也给我拿起滚，老子眼不见心不烦！"我听了，果然拿过楼梯，上去解了篮子，抖掉里面的灰尘，把它们裹在烂棉絮里带回来了。那天在保管室分红苕种，我听见众人说我爹要成为绝房后，突然产生了要活下去的强烈念头。回到家里，我突然想起了爷爷和爹的那些医书，眼前一亮，急忙去找出那些被继父撕得缺头少尾的书，在一页页发黄的纸张里寻找起救命的稻草来。说也奇怪，那些古医书本是枯燥难懂的，我又只有小学文化，可是，大约是我求生的意志太强烈，或者是生在中医世家的原因，我竟然也能读出个七八分意思来，遇到不认识的字，我便查手里一本卷了角的《同音字典》。就这样啃了两天，我知道了茵陈、蒲公英、夏枯草、过路黄这些我们常见的野草，都有清热解毒的功效，可用于治疗"黄皮症"。这样，我就怀着一线希望出去采药了。我当时想，如果吃下那些草草能治好我的病，是我命大，如果治不好，反正都是一个死，就死马当作活马医吧！没想到，这病还真让我治好了。要说命，大侄子，这还真是命。所以大家说我是应了瞎子的话，命里该背"黄包袱"，我也没有反对，算是默认吧！

第三章　我暗恋上了郑彩虹

大侄儿你说没累，那我接着讲。那年我的"黄皮症"刚好，我们湾和附近的村子，都突然暴发了这种病。随便你走到哪里，都可以碰到这种眼睛和皮肤蜡黄、身体怠倦无力的男人或女人，老人或孩子。公社卫生院的医生来看，说这是肝炎大流行，要及时治疗。于是上面就派来了人，又是开展改造厕所，又是重新打水井，可哪里来得及？公社卫生院里每天挤满了看病的人，病人提了大包小包的药回来，湾里到处都弥漫着中药的苦味，路上也倒满了熬过的药渣。为什么要把药渣倒在路上？我也不明白这里面的原因，不过听我娘说，很早以前贺家湾都是这个风俗，熬中药必须用特制的瓷制药壶，熬完之后药渣必须倒在屋子前方的路上，让过路人千脚万脚踩踏，这样药才起作用，病才好得快。可奇怪的是，很多人吃了公社卫生院的药，药渣像铺油路的沥青一样把路面都盖住了，可病情一点也不见好转，有的甚至还严重起来了。大家一看，没去埋怨公社卫生院的医生，只感叹起自己的命运来。大家聚到一起说："祖宗的话应验了，祖宗的话应验了，老天爷要收我们贺家湾多余的人了！"这话又是什么意思呢？你恐怕还不知道，从我爷爷的爷爷那辈起就有一个传说，说前面的擂鼓山挡了我们贺家湾的风水，湾里不发人，除了大房以外，每房人口不会超过六十人，全湾不会超过三百人，超过了三百人就会有灾难降临。这话今天听起来一点道理也没有，可那个时候，大家还是相信的，因为在新中国成立以前，湾里的人口确实没有超过三百。尽管那时出生的小孩很多，可成活的却很少，像我前面说的，我爷爷一共生了八个子女，可先后就死了六个，三叔还是在有了我堂哥和堂姐后才死的。我爷爷还是医生，都没法挽留住儿女的生命，可想其他人是什么样子了。那时一个小孩生下来，根本不能保证他带不带得活，得养到十七八岁了，才能算一个人。新中国成立后，大家生活好了，人口很快突破了三百，到办大食堂以前，贺家湾的人口到了四百多。大家都说："祖宗的话也不灵了，祖宗的话也不灵了！"可是没想到，在接下来的日子里，人们饿的饿、病的病，像折麻秆儿一样，三年多时间，齐刷刷折下去一百多人，贺家湾的人口又回到了解放前，人们这时又相信了祖宗的话。三年大饥荒过后，贺家湾人口又增长了几十个，正当大家又开始怀疑祖宗的话的时候，"黄皮症"来了，看着大家这副要死不活、病恹恹的样子，人们又开始相信祖宗的话了。

那天中午，我正躺在屋子里那张用树条搁起的"床"上看我爷爷留下来的医书，那医书前面的部分已经被继父和着他的叶子烟抽进他的肚子里了，所以我也弄不明白那本书叫什么名字。我看到上面写着这样一段话："若有疾厄来求救者，不得问其贵贱贫富，长幼妍媸，怨亲善友，华夷愚智，普同一等，皆如至亲之想。亦不得瞻前顾后，自虑吉凶，护惜身命。见彼苦恼，若己有之，深心凄怆，勿避险恶、昼夜寒暑饥渴疲劳，一心赴救，无作功夫形迹之心。如此可为苍生大医，反此则是含灵巨贼。"我似懂非懂，上面的"厄"和"妍媸"几个字认不得，我正准备查字典，突然门口响起来一个粗喉大嗓的声音："贺万山！贺万山……"

我一听是郑锋的声音，一骨碌从"床"上跳了下来。我那年虽然有十六岁了，可人本来就很瘦，加上又刚刚从"黄皮症"中好过来，所以真用得上你们写书人常说的"骨瘦如柴"几个字来形容了。外面天气很热，我只穿了一条刷巴裤儿，上半身打着光胴胴，肋条骨一根根清晰可数。我手忙脚乱地想找一件衣服披在身上，可郑锋却已经弯着腰走进了屋子。我一下慌了，急忙语无伦次地说："郑、郑支书，你、你来、来了……"

大侄儿你是知道的，郑锋是个老革命，我还没有出生的时候，他就被国民党拉去打共产党。当我爹把我骑在他的脖子上打"马马"的时候，他被共产党俘虏了，又掉转枪口去打国民党。他打国民党的时候很勇敢，立了战功。新中国成立后，念他的功劳，派他到县政府保卫科做科长。可是在五八年反"右倾"的时候，他却说共产党的"坏话"，组织上便不让他做县政府保卫科的科长了。不过，当初组织上还是想让他回公社当供销社主任的。可是他已经上了一次当，知道管不住自己的嘴巴，加上又没有文化，害怕手下人整他的冤枉，于是便什么也不做，卷起铺盖回贺家湾了。六二年贺老跛被抓去劳改后，他便当了我们大队的支部书记。他爱训人，训人时嗓门儿又高，隔几座山都能听见，所以很多人都怕他。但他办事公道，不贪不占，说实话，大侄儿，我经历了贺家湾这么多支部书记，让我佩服的还是只有郑锋！但那时我也一样怕他，我也不知他到我这个小屋里来干什么。我问了他，他也不答应，只是眼睛骨碌碌地在屋子里乱看。我已经跟大侄儿说了，我给自己治"黄皮症"的时候，把那些没用完的茵陈、蒲公英、过路黄、夏枯草等，晒干挂在屋里。此时我小屋的墙壁上、屋梁上和旮旯里，到处都挂着和堆着这些晒干的枯草，因此屋子里散发着一种苦涩中又掺杂着霉味的空气，外人走进来肯定闻不惯。我惴惴不安地看着他，脚趾剜着床前的泥土。过了一会儿，郑锋大约看够了，他突然问："听说你娃儿把自己的'黄皮症'治好了，就是这些叶叶草草治好的？"

我还是拿不准郑锋的意思，一听这话，就像做了错事一样，半天才红着脸说："我、我这是命、命大，瞎猫碰着了死、死耗子……"可郑锋却不管我是不是瞎猫，听了我的话，便直通通地说："那你也给我家彩虹治治吧！"我一听这话，简直是吓了一大跳。尽管湾里"黄皮症"大流行，尽管我确实是自己给自己治好了"黄皮症"，但我毕竟不是医生，所以从没有人来找我给他治病。而今湾里的头面人物来找我给他的侄女治病，侄女虽然不是他的亲生女儿，却也算得上是"千金小姐""皇亲国戚"了，我怎么敢治？于是我急忙叫了起来，说："不、不、我、我……"我脸红得话也说不周全了。

郑锋一见，忙问："你娃儿怕啥子？"我稍微平静了一下，才说："我不是医生，郑书记你还是把、把她送到公社卫生院去治吧……"可是我的话还没完，郑锋却说："公社卫生院医得到，我又不得来跟你说了哟！在公社卫生院吃了好几服药，病还是外甥打灯笼——照舅（旧）！"说完又看着我问，"你不是医生，屋子里藏这么多草草药干啥？"我一听这话，背上立即起了鸡皮疙瘩，忙说："我、我、我这是做起耍的……"郑锋又打断了我的话，说："做起耍你就再做一回！反正我来找了你，你就给彩虹治！你娃儿不要怕，死马当作活马医，既然你把自己的'黄皮症'都医得好，为啥把她医不好呢？土方子能治大病，说不定你娃儿硬是行呢！"

我见实在推不掉了，心一横，就想："治就治吧，反正这些野草我也没有吃死！"于是我便从那些挂在墙壁上的草药中，每样扯下一把交给了郑锋，让他拿回去熬水给郑彩虹喝，喝完了再到我这儿来取。郑锋看着我交给他的草药，目光中也露出了几缕怀疑的神色，但他还是拿着草药走了。

结果大侄儿可能已经猜到了，你彩虹婶——那个时候她还不是你婶，我就还是叫她郑彩虹吧。郑彩虹喝了半个月我给她的草药，也和我当初一样，眼睛和皮肤不那么发黄了，又背着书包去公社上学——那时，她正上着初中二年级。一天下地的时候，郑锋碰到我了，竟当着很多人的面对我说："贺万山，你娃儿乌龟有肉在肚子里，硬是把我家彩虹的'黄皮症'给治好了呢！"众人一听这话，方才明白郑彩虹的病是我给治好的。于是大家一下明白了过来，下工回到家里，那些还害着"黄皮症"的人都纷纷拥到我的两间茅草房里，对我说："贺万山，你也给我治治吧！"这时候，我就是长十张嘴巴也没法跟他们解释清楚了。我要是说我不能治，可又有自己和郑彩虹的事实摆在那里；我要说能治，可我确实又不是医生。乡下人都是一根筋，我知道这时候不管我怎么说，他们都是不肯听的。没办法，我就把屋里所有的草药都抱出来分发给他们，他们领了草药也都像当初郑锋一样，一边怀疑，一边又抱着试一试的心态回去了。没想到我真还有点说不清楚的狗运气，那些人吃了我的草药，病情大大减轻，有的甚至痊愈了！我知道这里面的原因很复杂，我前面说过，"黄皮症"是一种富贵病，得泡在药里慢慢医、慢慢养，可乡下人习惯了生穷病，他们大多数人在公社卫生院吃过两三服药后，见病情并没有多大好转，便缺乏耐心了，以为公社的医生不灵，于是转而来求我的草药。实际上，是不是我的草药治好了他们的病，我也说不清楚。或者我的草药只给他们的病起到了打扫战场的作用，但他们却把功劳全记到了我的头上，全都拥来感谢我。有的甚至还对我说："贺万山你胜过了公社卫生院的医生，我们以后就来找你看病了！"

这样一来，我就出名了，周围团转、方圆十里的人都晓得了我是医生，而且越传越神，说我就像当年我爷爷一样，是个"神医"。人怕出名猪怕壮，一出名，麻烦事就来了。啥麻烦事呢？就是一些人有了个头痛脑热、伤风咳嗽、食积不化、腹痛气胀，也不管是热症还是寒症，是虚症还是实症，只要是病，都找起来了。天啦，这一下我可慌了！我不给他们治吧，他们说你医术虽然和你爷爷、你爹差不多，可医德差远了，哪有病人来了你不给治的？给他们治吧，我确实不知道该怎么治。好在有爷爷和爹留下的那几本书，我临时抱佛脚，白天晚上都抱着那几本书啃。说也奇怪，也许是这些病人给我的压力在推动着我，也许是那个瞎子说准了，我天生就该吃这碗饭，我一捧起那些医书，经常读得忘了吃饭和睡觉。那些汤头歌诀、药伍配方，我一看就能记住。不哄你说，至今那《黄帝内经》《千金要方》等，我还能一口气给大侄儿背出来。从那些书里，我知道了哪些药可以治哪些病，哪些药又可以和哪些药为伍，也知道了一些民间的奇方和验方。这时，我有了一些底气了，遇到生产队不出工的时候，我就背着一只背篓到山上采草药。前面已经给你讲了，我们这山里长了很多药材，一般的病需要的药，都能从山上采到。即使是下地干活，在收工出工的路上，我也看见什么采什么，总之不会空手。我把采回来的药淘洗干净、晒干，然后挂在墙上。遇到有病人来了，他说了是什么什么症状，我就从墙上扯下几把草药交给他。穷人生的都是穷病，穷病穷医，他们才不管你是什么药，只要能治住病就是好药！说也奇怪，我的草药和偏方对这些穷人的穷病真有作用，没费多大力气便把他们的病治好了。这样一来，来找我看病的人更多了。

起初，一些病人来找我看了病要给我钱，被我拒绝了。不是我不喜欢钱，我喜欢钱，尤其是在那个时候。可我怎么好收大家的钱呢？第一，我不是医生；第二，我那些花花草草的药也没花钱买。可他们说："你不是医生怎么把我们的病治好了？药虽然没有花钱买，可你花了力气上山去采嘛，我们都看见了的，你采药还是很辛苦的，草鞋钱还是该要嘛！"采药辛苦这话倒不假。一般人没有采过药，认为拿把锄头到坡坡坎坎挖就是了。其实并不是想象的那样简单。大的药很大，在数十丈外都看得见，比如大黄、白芷、羌活这些，可是采挖时，却不知要过多少高山深沟，脚板都要磨脱一层皮，衣裳裤子被荆棘划得巾巾吊吊的，还要防着毒蛇。小的药小得来一步不走拢，你也见不到，比如一面锣、一支箭等，非要走到它们面前，你才能发现。还有一味药叫猪了参，若不在它开花时去采，就是脚板把它踩着了，你都可能错过。可是再辛苦，我是自愿的，我就笑着对他们说："我上山采药打赤脚，比穿草鞋还溜，不需要草鞋钱！即使我要收你们的钱，可这些花花草草也没人来给我定个价，我也不知该收多少，怎么收呢？"他们就问："那你要什么呢？"我说："我回贺家湾是你们收留了我，只要你们看得起我，相信我，我就高兴了！"我说的是心里话，每次听着病人痊愈后那些热辣辣感谢的话，我心里就有一种说不出的骄傲和自豪，真的没有想到过钱，以为有了众人这些夸奖，我一切都值了。他们知道我没有说假话，便不再坚持了。

可是乡下人实在、义气，下次他们再来时，虽然不再说钱的事了，却用手帕子包着三五个、十来个鸡蛋，或提着一只小布口袋，里面或者是两碗米、半升小麦，实在没什么拿的，怀里也会抱着一只南瓜或冬瓜。这下我没法拒绝了，我知道我如果不收下，反倒会让他们过意不去，甚至会怀疑我不是真心实意在给他们看病，我只好收下来。这样一来，我的日子慢慢好了起来，过去我只有一个人的口粮，又是长身体的时候，常常不够吃，可现在渐渐有了节余。他们送来的鸡蛋我舍不得吃，便把它们攒起来，攒到有二三十个了，便拿到市场上去卖。那时鸡蛋三四分钱一个。可大侄儿不知那时的物价，一口锅也才几毛钱。我用卖鸡蛋攒起来的钱，去供销社买了一口小锅和一只鼎罐，换下了贺世龙送给我的那只半边破铁锅。完了以后，我去对郑锋说："郑书记，我想批两根柏树！"因为给郑彩虹治好了"黄皮症"，现在我不那么害怕郑锋了。郑锋听见我要批树，便问："批树干什么？"我说："打张床。"他说："你回来这样久了，没有床睡在哪里的？"我说："我是用树条搁的一张床。"他一听这话，便说："这成啥子话，你又不是猪，怎么能随便搁张床呢？猪才是随便搁张板子就睡嘛！"说完这话，就在我给他的条子上，盖下了他的印章。刚才我说了，郑锋不识字，他便用印章代替他签字。我回来请贺世龙、贺世凤兄弟，帮我把柏树砍回来，放到屋檐下阴干，到了冬天，我请郑家湾郑木匠来，分别打了一张床、一张桌子、一口柜子和四条大板凳，两条小板凳。第二年春天，我想加盖两间屋子，一间正屋，一间偏房。听说我要盖房，湾里好多人都跑来帮忙了，只两天时间，就给我盖好了两间房。我把厨房搬到了偏房里，把原来做厨房的屋子改成了堂屋。这样一来，我也和湾里许多住茅草房的人一样，有了堂屋、卧室、厨房，屋子里也有了基本的家具，而且这些家具还是新崭崭的，十分引人注目。屋子宽了，我专门拿出一间卧室堆放采来的那些草药，原来那间卧室一下也显得宽敞和明亮起来。有病人来，我就在堂屋的桌子上给他们看病，他们朝左右屋子一看，都和我开玩笑说："万山，你这屋子里除了缺一个女人外，越来越像个人家户了！"接着又问，"有没有哪个给你介绍女娃儿嘛？"我一听这话脸就红了，像个大姑娘似的回答说："早着呢！"可他们却说："不早了，要种黄瓜就整得地了。"

那年我十九岁，已长成了一个大小伙子。和三年前得"黄皮症"时相比，我不但个子高了许多，而且身上的肌肉也隆了起来。许多人都说我不仅有一张我爹年轻时那样俊秀和漂亮的面孔，而且还有一副我爷爷的身架子，肩膀和胸膛宽宽的，胳膊有力，双腿修长，每一个动作都充满力量。按乡下人谈婚论嫁的规矩，这个年龄，确实也到时候了！

一天，我下工回来，正准备刷锅做饭，三娘突然来了。我回贺家湾后，起初三娘对我不是很好，似乎是因为那次众人要她收留我，她没答应，但最终我又回来了，这使她的面子有些不好过。我回来两手空空，旁人都给了我一些坛坛罐罐，可她什么也没给过我。当然，她们家所有的东西在那场大火中都给烧了，也许实在是没什么给我，因此我心里并不生她的气。但随着我给众人看病名气越来越大，尤其是在我打了家具加盖了房子以后，三娘对我一下就客气多了。看见我老远就"万山、万山"地叫，也不时给我送几把菜过来。这天她一进我的屋，就满面春风地对我说："走，万山，你不用烧火了，到三娘家里去吃。"我一听愣了一下，问："有啥事呀，三娘？"她说："要有啥事才到三娘家里呀？我虽不是你亲娘，可到底还是你亲婶娘呀！"我说："是，三娘！"说是这样说，却并没有走。她见了，这才对我说明："也没其他大事，就是你万明哥哥的表妹来了，我来叫你过去相个面。"我一听"相面"两个字，便露出吃惊的样子，说："相面？相什么面，三娘？"三娘见我发呆的样子，就说："你的年龄也不小了，男大当婚，你娘又不在，三娘不操心怎么行？我看我娘家侄女和你挺般配的，想把她介绍给你，正巧她今天来了，你先过去相相面，然后我才回娘家给你提亲……"三娘的话还没完，我便急忙叫了起来，说："不、不，三娘，这不行……"三娘一听我的话，便瞪大了眼睛看着我问："怎么不行，难道你还看不起你万明哥的表妹？"我一急，舌头又短了，马上又脸红筋涨地说："不、不，不是那个意思，三娘……"三娘又立即追着我问："那是啥意思？"我更急了，忙支吾着说："我、我、我不想这么早结婚！"三娘马上说："都十九岁了，还早啥？再不忙，黄花菜都凉了！"可我还是坚持说："不，不，三娘，我真的打算过几年再说，你、你回去吧……"三娘见我的话这样坚定，脸马上黑了下来，立即对我数落起来，说："哟，我晓得你娃儿现在认得到一点草草药，医得到一点病，尾巴就翘起来了！我好心好意把侄女介绍给你，你才这里不生肌，那里不告口的，你不过就是一个土医生嘛，有啥子不得了的？连我侄女这样的女孩都瞧不上，你还想找个啥样子的？也不吐泡口水照照，你这两间茅草房，还是集体给你起的，除了这，你还有啥东西？还想找天上的七仙女，你等着打光棍去吧！"说完便气咻咻地走了。

看着三娘那副怒气冲冲的样子，我知道自己得罪三娘了。说心里话，三娘那侄女儿我见过，确是一个不错的女孩，长着一张苹果脸，一对机灵的大眼睛，身材饱满，背上拖着两根辫子，一看就是一个稳重的姑娘。要说起来，我能娶上这样的女孩，也该心满意足了。可是当时，任什么样的女孩都不能进入我的心里，你道为啥子？实话实说吧，我那时已经暗恋上了郑彩虹！

我给你彩虹婶治"黄皮症"的时候，她才十五岁，还在乡上念初中二年级。那个时候的郑彩虹，脸色黄黄的，胸脯平平的，手和脚也跟我一样，像几根干柴棒棒，头上编一对丫搭搭，捆又没有捆好，那副形象实在不怎么样。当然，这也不能怪她，她很早就没了爹嘛，孤儿寡母过日子哪有不苦的？可说也奇怪，只三年工夫，她竟出落得天仙一样了，真应了女大十八变的话呀！这时的郑彩虹，有着一个苗条的身子，一张鸭蛋形的面孔，柔媚的眼睛上罩着长长的睫毛，一根又粗又黑的辫子盘在头顶上，露着长长的脖子，皮肤又细腻又白嫩，像是涂了蜂蜜一般。特别是那对眼睛，深得像海水，还有玲珑的鼻子，两颊上迷人的酒窝儿，清秀而红润的嘴唇，微微向上的嘴角和随时挂在上面的甜蜜的微笑，无不让我们这些小伙子心旌摇荡。她从学校一回来，郑锋就让她当了大队团支书。起初大家心里还有意见，认为这是朝里有人好做官。可过了一段时间大家才明白，郑锋让郑彩虹做团支书，只是为了让她领着湾里的年轻人唱歌跳舞。那时每个大队都组织有"毛泽东思想文艺宣传队"，表演革命歌舞，演革命样板戏。宣传队不但要在本大队演，还要和其他宣传队交换着演，每年公社还要组织会演，评选先进宣传队和先进个人。彩虹在学校里就是文娱委员，不但她自己能歌善舞，也有很强的组织能力，让她领着湾里的年轻人唱歌跳舞演戏，郑锋可算是找对人了。果然，彩虹一当上团支书，便把我们大队的宣传队搞得红红火火起来，第一年公社会演，我们大队便得了个第一名。彩虹模样儿好，声音也好，她演李铁梅，往台上一站，辫子往身后一甩，还没开始唱，台下便一片叫声："好！"她开口一唱，那声音真如百灵鸟开口一般，又清脆又响亮，台上台下都鸦雀无声。每次演出，大家都盯着她看，她到哪里演出，湾里那些还没找上对象的小伙子不论白天有多苦多累，晚上都要赶去看。表面是去看演出，可心哪儿是在演出上嘛？那些台词，我们都背得滚瓜烂熟了，分明就是去看她的！因此我敢说，那个时候不光是我，凡是湾里还打着光棍的小伙子，没一个心里不想去追她。在所有追她的人中，贺世普是最厉害的。贺世普从师范学校毕业后，就分到了我们大队学校，他有文化，也能写会唱，还会拉胡琴。我们大队宣传队之所以能在全公社会演中得奖，就是因为演有彩虹，写有贺世普。彩虹在台上唱，贺世普就在一旁给她伴奏。可贺世普醉翁之意不在酒，他手在拉胡琴，心却不知在想什么，眼睛死死地落在彩虹身上，因此经常把胡琴拉错。每到这个时候，我们都把贺世普当作情敌，发出巨大的嘘声，或者高喊让他下台，常常弄得他面红耳赤。那时，我知道自己想娶你彩虹婶，是癞蛤蟆想吃天鹅肉——异想天开，可就是禁不住去想她。只要一躺到床上，眼前尽是她的影子，她的声音，赶也赶不走，身上像着了火一样难受。那个滋味呀，不知大侄儿经历过没有，真是没法说。就像一首谣儿里唱的那样："闷闷沉沉眼不睁，相思病儿上了身，灵丹妙药医不好，姐看一眼退三分。"可那时，你彩虹婶哪里晓得我在想她？她真像天上的彩虹一样，看得见，摸不着，她心里明白我们这些"厚脸皮"想的什么，但她对所有人都一副视而不见的样子。何况追她的人当中，比我强的人多的是，譬如贺世普，人家还是端铁饭碗的呀，她哪会把我放到眼里？

　　那时，我们都以为她会嫁给贺世普的，因为明摆着，贺世普不但有文化，又端得有铁饭碗，人又潇洒英俊，和她站在一起，真可说得上是郎才女貌。出乎我们意料的是，在第二年春节的时候，却传出了她和贺世订婚的消息，我们犹如被当头打了一棒，全都呆了。贺世忠是在彩虹得"黄皮症"的头一年去部队当兵的，刚上初中的彩虹还和学校的学生一起，敲锣打鼓地去送过他，彩虹还给贺世忠佩戴了红花。那时彩虹的个子只齐贺世忠胸高，她踮起脚尖才把红花给贺世忠佩戴上。贺世忠当的文艺兵，这年春节前，贺世忠请了假回来探亲，彩虹听说贺世忠回来了，就去请贺世忠来帮他们排节目。贺世忠一见彩虹，眼睛就大了。他没想到当初的小姑娘如今出落得这么漂亮了，因而目光就瓷在了彩虹身上。彩虹被他看得有些不好意思了，便问："你答不答应？"贺世忠忙操着普通话说："答应！答应！怎么能不答应呢？"于是贺世忠就和彩虹一起来到宣传队。贺世忠像是有意要在彩虹面前表现一下自己似的，他不说家乡话，而改说一口既标准又流利的普通话，首先这一口普通话就让大家肃然起敬了。接着他跳了几个新疆舞给家乡这些土演员看，又打了一个山东快板给他们听。那些粗犷有力、热情奔放的少数民族舞姿和幽默风趣、唱念结合的山东快板，引起了彩虹的好奇，瞬间把她俘获了。贺世忠刚刚跳完，她竟然忘了一个女娃儿的羞涩，过去拉起贺世忠的手，要他立即就教大家并邀请他参加家乡"毛泽东思想文艺宣传队"的演出。贺世忠当然求之不得，一口就答应了下来。就这样，彩虹和贺世忠在那段日子里天天都在一起，不但宣传队的人，就是我们这些"蠢蛋""牛屎""癞蛤蟆"也一眼看得出来，贺家湾的仙女、众人的彩虹和贺世忠这个王八蛋恋爱了。那些日子，我们都像是被霜打蔫了一样，即使还是跟着去看演出，可已经没有过去的热情。受打击最大的还是贺世普，在贺世忠被彩虹挽留在宣传队那段日子里，他一直没去过宣传队，听说还大病了一场。开了年，贺世忠要回部队，彩虹那几天像是丢了魂一般，连到下面去演出也常常是心不在焉、丢三落四的，一回家就往贺世忠家里跑。贺世忠走时，她泪盈盈地把贺世忠送到县城，两天后才回来。

从此，湾里那些想吃"天鹅肉"的小伙子这才死了心。死心最快最彻底的是贺世普，他很快就和你现在的佳兰婶订了婚。你佳兰婶是八大队宣传队的一个演员，他们是在那年元宵节公社组织的文艺会演中认识的，你佳兰婶歌唱得好，模样儿也不错，但实话实说，比起你彩虹婶，那还是要差那么一篾片儿。我本来也想死心，可却是死不下去，她的形象还是像过去一样，白天晚上都在我眼前晃。远远地听见她咯咯的笑声和说话声，那心就咚咚地做了贼似的跳，更不用说看见她了，不但心跳得像要蹦出来，那脸也红得像绸布一样，连呼吸也匀不了，话也说不出个囫囵的来。可是一背着她，心里又想了。哈哈，大侄儿，这也许就是你们文化人说的那个酸溜溜的词：爱情！是吧？可这爱情的滋味真不好受！

闲话少说，一天，我正坐在屋里绿眉赤眼地发呆，郑锋突然又走进了我的小屋。这时已经入秋，他披了一件外衣，一进门就像是嚷一样叫着说："贺万山你个龟儿子，你的狗运气来了！"郑锋就是这样一副脾气，他要是喜欢某个人，就会常常用开玩笑的口气跟他说话。我听得莫名其妙，看着他半天才问："郑书记，我有啥、啥运气？"郑锋这才说："公社响应伟大领袖毛主席的指示，大队都办合作医疗了，每个大队要选几个人到公社卫生院学习，回来后当赤脚医生！"我一听这话，几乎高兴得跳了起来，也大声叫道："真的？"郑锋说："老子还哄你？"我那时也许是高兴昏了，竟像小孩子似的，立即抓住郑锋的手，对他恳求说："郑书记，你让我去吧！我去学了回来给大家治病！"我想当赤脚医生，除了我喜欢医生这个职业外，还有一个原因，做赤脚医生不用下地劳动，而且工分给记满分，这肯定是湾里很多年轻人都想的事。郑锋听了我的话，却说："不让你去我还找你？你娃儿现在都在给人治病，我放着现成的人才不用，难道还找个球经不懂的外行去？你给老子收拾一下，明天一早到大队部，和彩虹、贺春琴一起到公社卫生院报到，你可不要错过了！学习回来，你娃儿就不是土郎中了，而是伟大领袖毛主席的赤脚医生了，晓得不？"听了这话，我立即响亮地答应了一声，说：

"晓得！"郑锋又把我看了两眼，我以为自己没回答好呢，没想到他却对我说："你娃儿已经是半个郎中了，你要多帮帮彩虹，啊！你晓得她是个生手，啥也不懂，要是你娃儿只管自己，不管她，回来我把你这房子都掀了！"我一听原来是这样，便响亮地回答，说："你放心，郑书记，我一定帮助她！"说完这话，我感到有些不对头，便又马上更正说，"我们共同学习、共同进步！"郑锋听了我这话，这才满意地点着头去了。

晚上我躺在床上，翻来覆去睡不着。这次不是想你彩虹婶了，而是在想白天郑锋对我说的话，越想越兴奋，哪还睡得着觉？屋外秋风轻轻掀着房顶上的稻草，发出窸窸窣窣的声音，像是两口子在亲热。月光从窗外照进来，像网一般，把屋子里包括我在内的一切都网在里面。还有院子里和墙根下不知名的小虫，也和我一样睡不着，在叽叽喳喳地唱着叫着。我觉得我的脸在发烧，爬起来去照了一下镜子，突然发现我的脸在镜子里容光焕发，眉毛弯成了三角形，眼睛又黑又亮，嘴角向上翘着，像是要笑给人看的样子。我拿起爷爷和爹留下的几本书来翻，可是根本看不进去。我把书捧在怀里，轻轻地合上了眼睛，然后叫着说："爷爷、爹、娘，我现在也是医生了，也是医生了！"叫着叫着，眼角竟然沁出了两滴泪珠，顺着脸颊流了下来，可是我当时并没发觉。

鸡才叫过头遍，我就起床了，我觉得今天是一个大喜日子，做早饭时，我给自己煮了一只鸡蛋。因为小时候遇到大事，比如过生日或过节，我娘总爱给我煮上一只鸡蛋，说小娃儿吃了鸡蛋，一滚就是顺顺当当的一年。现在我自己给自己祝福，希望我能顺顺利利地学到本领，回来当一个好的赤脚医生。吃了早饭后，发现离天亮还早，便细细地把自己收拾了一番。贺世普送我的那件学生服我早就不穿了，去年过年时，我做了一件蓝卡其的中山服，一条深灰色的裤子，都只在过年那段时间穿过一次。现在我把它们穿在身上，还像我爹一样，把一支钢笔插在中山服左上边的口袋里，插好后还用手按了按。第一次去公社卫生院学习，我也不知该带什么，但我自以为是地想，既然是去学医，医书肯定是少不了的，于是我便把我爷爷和我爹留下的那几本破烂的线装书，装在了挎包里。那是一只草绿色的挎包，上面绣着我们伟大领袖毛主席的头像，还印着他老人家"为人民服务"的语录。

我收拾完毕，穿着一双黄胶鞋走出来，天还是没亮。这时，我有些恨起老天爷来了，在你想快的时候，它却是老牛拉破车——慢腾腾的，在你不想快的时候，它却像孙悟空翻跟斗，一眨眼就把日子翻到不见了。可是人拿它没办法，它要快，你拿绳子拴它也拴不住，它要慢，你拿拖车拖它也拖不动。我想等天亮了再走，可是我屁股上就像长了疮似的，在家里怎么也坐不住，最后我实在等不及了，便自己对自己说："干脆到大队部等去！"说完，便向大队部走去了。

幸好这时天已经放亮了，擂鼓山那面的天空，上面呈现出了一片绿色的亮光，然后绿色慢慢变成粉红色，最后粉红色变成了一片金红色的光芒。这金色的光芒往大地上一洒，大地便亮堂起来。大地一亮堂，各种生物就都醒过来了。鸟儿在我头顶亮开了歌喉，开始了一天的鸣唱，鸡鸭出了笼，不经意间会从飘来的空气中嗅到一点鸡鸭粪的味道。狗们跑到离家不远的路边或草地上，翘起或蹲下后腿，将肚子里积了一晚上的废物排泄出来。这都是见惯了的一幅村子图景，可是我那天看起来，却是特别的亲切和美好！这人呀，心不一样了，看事物也就不同了，你说是不是，大侄儿？

我知道时间还很早，所以也不着急，像小脚婆娘一样慢腾腾地走着。我还有一层意思，就是想让更多的人看见，知道我贺万山现在是赤脚医生了，到公社卫生院去学习了！那时人年轻，虚荣心重，用今天的话说，就是有些自以为了不起的样子。可是还不到上工时间，除了我和身边那些小生物外，大家现在都还蜷缩在被子里，所以我也只得把虚荣心暂时搁置起来。

走到大队部，大队部冷冷清清，你彩虹婶和贺春琴还没有来，我就坐在台阶上等。等的时候，我从挎包里拿出一本书看起来。其实和昨天晚上一样，我根本看不进去，但我还是假装很认真地看着，十分用功、十分刻苦的样子。我知道自己这么做是为了什么！

果然没多久，彩虹和春琴就来了。我知道她们来了，但我没有抬头，心却咚咚地跳了起来。彩虹一看见我，便大声地叫了起来："贺万山，你这么早就来了？"我以为她还要说什么，她却没有下文了。然后春琴也说："你来了多久了？"我有些失望，一边忍住心跳，一边把书装进挎包里，然后才对春琴说："昨天郑书记对我说，叫我们早些呢！"彩虹听了，却说："又不是去赶早饭，要那么早做啥子？今天只是去报到，明天才上课！"我故意做出不去看她的样子，只红着脸看着春琴。春琴是我们三个人中年纪最大的，孩子都好几岁了。她嫁给了郑家塝的郑代华，按辈分彩虹该叫她嫂子。而我呢，应管她叫姐。人民公社才建立时，公社成立卫生院，把她选去学新法接生，但她第一次去产妇家接生时就被吓昏了，然后说死也不学了，跑回了家。但不管怎么说，她在卫生院那段日子，毕竟帮医生发过药，也多少懂一些预防、治疗的知识。郑锋现在让她和彩虹、我一起做赤脚医生，一方面大概是看在家族的面子上，另一方面她过去学过一些医疗知识，有一定基础，让她去学赤脚医生也说得过去。我看着春琴说："我也才刚刚到，姐！"说完我站了起来，一边拍着屁股，一边又对她说，"我们走吧，姐！"

我们走了一段路，彩虹见我说话也只是和春琴说，可能意识到了什么，便几步走到我身边，像有些生气地说："贺万山，你怎么不说话？"我的脸火烧火燎起来，觉得连耳根都红了。过了半天，我才嗫嗫嚅嚅地说："我、我怎么没、没说话……"她听了这话，又噘起了嘴，说："你没有跟我说话！"我一下更慌了，从她身上飘来了一股雪花膏的味道，我觉得这味道使我的呼吸受到了阻碍，呼气都有些不畅了。她的眼睛盯着我，犹如两束明亮的火光，我努力使自己镇静了下来，然后才说："说、说啥子呢？"一边说，一边往旁边移了两步，有意和她拉开一些距离。可是令我没想到的是，她不但马上跟上来了，而且还说："你要帮我！"我已经移到路边，没法再移了，只好硬着头皮和她并肩走着，一边走，一边埋着头说："我、我怎么帮、帮你……"她没等我话说完，便像一个任性的小孩似的，两眼还是亮闪闪地看着我，说："我不管，反正你是我老师！"听她这样说，我马上红着脸回答了一句："我、我不是你老师。"我的话音刚落，她又马上说："你是，你是！你把我的病都治好了，怎么还不是我的老师？"接着又补了一句，"你看你刚才，连那样老的古书都看得懂，我可是什么都不懂，你当然是老师了！"一听她这话，我的虚荣心得到了部分满足，心里也不那么慌乱了，于是对她说："世界上哪样是生下来就懂的，学好了不就啥都好了？"她一听，立即扑闪着一对美丽的大眼睛说："我大爸也叫我好好学习，我要有不懂的地方，他叫我多来问你！所以，你反正要带我这个徒弟！"然后又看着我问，"你带不带我这个徒弟？"

听见她这样问，我回头瞥了她一眼。天呀，那是一对什么样的眼睛呀？我现在都无法跟你形容，我只是说，看见那对眼睛，我当时就有一种犯罪的冲动。我想把她搂在怀里，我想使劲亲她、吻她，甚至想抱着和她一同死去。可这是不行的，你是知道的，春琴就在我们旁边。即使春琴没在旁边，我也肯定只有那分犯罪的心，没那个犯罪的胆！为啥？人家现在不但是名花有主，而且还是"军用品"。那时的"军用品"和后来的女知青，那可是万万碰不得的。我们湾里曾经出过碰"军用品"的事，结果给碰到监狱里去了。一想到"军用品"这三个字，我突然像是醒悟过来，心一下冷了。老辈人说，姻缘姻缘，讲的是缘，也许这辈子，我和她命中无缘，既然如此，我还这么白天晚上地想她做什么？还不如走好自己的路呢！即使她没有成为"军用品"，哪里又有我的份儿？人家可是支书的侄女，皇帝的女儿不愁嫁，像贺世普条件这么好的人，人家都没瞧上，我算什么？不过是自作多情罢了。这么一想，我冷静了，想起对郑锋说的话，于是回答她说："我们互相学习，互相帮助吧！"我想这两句话不卑不亢，公也公得，私也私得，就看你怎么去理解。彩虹听了这话，果然将噘起的嘴唇放了下来，高兴地说："这还差不多！"

那嘴唇，鲜艳得像是两片玫瑰花瓣。

第四章　我遇到了恩人叶院长

孝子你个狗东西回来了，这样大一上午，你到哪里耍去了？过来，我跟你说，这是客人，稀客，你不要咬哟！哈，大侄儿，你不要怕，它不会咬你的！你一定很奇怪，我怎么会给狗起了这么个名字，也不怕大侄儿笑话，我现在对你那两个堂兄弟，也就是贺春、贺健是彻底灰心了，觉得他们倒不如这条狗对我好，所以我给它起了这么个名字。这狗是那次我从周家沟出诊回来，在猫儿岩的桐子树下发现的。那时它比一只耗子大不了多少，正趴在路边猎猎地叫，声音十分凄苦。我一看便知道是被人遗弃了的，心里一阵难过，就把它抱在怀里给捡了回来。这狗长大后，比人还懂得报恩，我每走一步，它都要跟着我，如果我在家里坐诊，它就静静地躺到我的脚下，像个忠实的保镖一样。有回我出诊，它跟着我，被病人家里的狗给咬了，后来我出诊见它跟了来，便拾起泥土扔它，折下树枝赶它，做出生气的样子吓它，不再让它跟着走了。它一见很伤心，却坚持不改。我生了气，每到出诊时，便用一根铁链子将它拴在墙角。它在屋檐下又蹦又跳，发出呜呜的声音，像是哀哀地哭泣。我一回来，它便拖着身上的链子跑过来，那亲热的样子，让你心疼不已。现在我也很少出诊了，也就不拴它了。

我又把话岔到一边去了，还是接着说我们到公社卫生院学习的事吧。那天，我和彩虹、春琴走到卫生院，看见门口挂着两条标语，上面一条标语因为靠近屋檐，没被露水濡湿，还显得十分新鲜，像是才挂上去似的。上面写着："坚决贯彻伟大领袖毛主席的'六·二六'指示，把医疗卫生工作的重点放到农村去！"下面一条标语被露水把纸濡湿得卷了起来，看不完全上面的字，但依稀可以辨出有"打倒"的字样。旁边墙壁上还有一些小标语，不过我们都没有来得及细看，就往里面去了。

刚跨进大门，我们就看见一个戴大口罩、佝偻着腰的老头，正挥舞着手里的大扫帚在扫着。因为他弯着腰，我没看清他的脸，却看见了他的头。是个秃顶，光溜溜的，但四周还残留着一些头发，不过那些头发全白了。他的个子虽然很高，但却像是干枯了，胸口凹了进去，背部显得很窄，穿一件已经看不出颜色的白大褂，鼻梁上架着一副眼镜，扫地的动作显得有些吃力。我以为是公社卫生院请的清洁工，走近了却吓我一跳，原来扫地的人正是当年曾给过我五块钱的叶院长。我一见，就不由得脱口叫了起来："叶院长，你怎么在这儿？"叶院长抬起头，我又大吃了一惊，才几年的工夫，他已经变得差不多认不出来了。不但秃了顶，而且脸上神色黯淡，布满了密密麻麻的衰老的皱纹，像是一只烤干了的苹果。他觑着眼，从厚厚的眼镜片后面看了我半天，还是没把我认出来，于是小声地问："是来学习的吧？"说完把扫帚拿开，又对我们像是讨好地说，"进去吧！"

我看见他说话的神色忧郁，已认不出我了，便说："叶院长，你认不得我了？那年我娘死在县医院里，你叫我别哭，还告诉我我娘是死于宫外孕破裂出血，还给了我五元钱，叫我去你们医院食堂买馒头……"叶院长听到这儿，脸色一下变了，像是非常害怕似的朝四周看了看，然后急忙说："我不认识你，我也记不得有这些事了。你如果是来学习的，就快进去！"我一听这话，马上愣住了，我说得这样清楚，他怎么会想不起来了？我还要说的时候，他见周围没人，突然又压低声音对我说了一句："不要和我说话，更不要提起给你钱的事，这样对你不好！"说完便又弓下身，挥动起手里的扫帚来。一时，我心里充满了疑问，却又不好再问什么了。

我带着满肚子的疑问到下面去报了到。报到时，我领到一本《纪念白求恩》的小册子，一本《毛主席语录》，还有一本《赤脚医生手册》。我拿着这些东西上了楼，在楼上找到了自己的寝室。原来寝室就是过去病人住院时的病房，靠墙一顺溜摆着四张铁床，每张床头一个小床头柜，上面油漆斑驳，抽屉也龇牙裂缝的。被盖也是病人用过的，上面有着很多不知是尿渍还是药水以及血的印迹，像画的地图一样，散发着一种霉味。我选了一张靠门的床，打算把挎包里的书拿出来放到床头柜的抽屉里，可一拉抽屉，才发现抽屉的底板已经没有了，是聋子的耳朵——摆设。想了想，我将挎包压在了枕头下面，又将被子拉上来把枕头盖住。然后把报到时领的书放到被盖上面，表示我已经将这张床占住了。做完这些我才走出来，发现彩虹和春琴也已经报了到，她们的寝室就在我们寝室对面，但她俩没在一个屋子里，寝室的布置也和我们寝室完全一样。这时报了到上楼的人多了起来，和我们一样，来参加培训的人都是二十岁左右的年轻人，大家脸上都挂着十分兴奋的神情，一上楼就叽叽喳喳地说个没完，如麻雀噪林一般。

吃过午饭，我们就被通知到公社礼堂参加开学仪式。我曾经到公社礼堂看过电影，那是五八年建的，又矮又潮湿，连凳子也是用山上采的条石搁起来的，表面抹了一层水泥，坐在上面硌得屁股生疼。可是这天却布置得很庄严，两边墙壁上也挂了大红标语，一边的标语和医院大门前挂着的那条标语一样，另一条标语则是："赤脚医生向阳花，贫下中农人人夸！"我觉得这标语很有点意思，后来我才知道，这是电影《红雨》主题歌中的两句话。开学仪式的第一项内容，就是公社革委会主任传达毛主席关于办农村合作医疗的指示和学习《人民日报》社论。这时我才知道，当我三四年前用从山上采来的草药为贺家湾及周围的群众治病的时候，毛主席他老人家在北京也知道了农村缺医少药的情况。他一知道我们农民生了病没法治，就非常生气，板起了脸说："告诉卫生部，卫生部的工作只给全国人口的百分之十五服务，而且这百分之十五中主要还是老爷。广大农民得不到医疗，一无医生，二无药。卫生部不是人民的卫生部，改成城市卫生部或城市老爷卫生部好了。"毛主席他老人家是"真龙天子"，难得开金口、露银牙，他这天生气时说的话，被称为"六·二六"指示。我现在知道什么叫"六·二六"指示了！我想起我娘的死，就感到毛主席老人家真伟大，他虽然住在北京城里，却把我们农村的情况看得清清楚楚，怪不得歌里唱"他是人民的大救星"呢！要是他早些发这个指示，我娘也可能不会死了。想到这里，我真想站起来喊"毛主席万岁"！

可是，接下来的事却又让我想不明白了。公社革委会主任传达完毛主席的指示和学习了《人民日报》的社论后，开学仪式的第二项内容，就是揭批反动医疗权威叶振国和他的"孝子贤孙"。在一阵排山倒海的口号声中，公社卫生院几个医护人员把县医院的叶院长，公社卫生院的苗院长以及张医生、孙医生几个人押到了台下。几个人都戴了一顶纸糊的高帽子，胸前挂着一个牌子，上面写着"反动医疗权威×××"。"×××"几个字是倒着写的，上面还打了一个红叉。我一看见叶院长、苗院长他们被押上了台，心里一下就糊涂了："什么叫反动医疗权威？他们怎么会成了反动医疗权威？"正在我百思不得其解的时候，会场上又响起一阵口号。口号声后，一个人大步走到了台上，我一看，这不是苗院长那个姓黄的中医学徒吗？那年我娘肚子痛，抬到公社卫生院就是他出来给我们开的门。几年不见，他也长高了，长胖了，而且也很有精神了。只见他几步跨到台上，面向大家说了一句："我来揭发反动医疗权威叶振国和苗旗文的罪行！"说完，便显得义愤填膺地说了起来。他首先指了叶院长说："叶振国，在你把持县医院的领导权期间，是不是对医生说过要努力学好医疗技术，只抓技术，不抓政治？不但你自己走白专道路，还想带领广大医务人员都和你一样走白专道路，这是不是事实？"叶院长轻轻回答了一句："是。"那姓黄的又说："你在把持县医院领导权期间，是不是把县医院办成了地主老爷太太的医院？"叶院长又回答了一句："是！"姓黄的又说："你不但把县医院办成了地主老爷太太的医院，你自己还是一个地主老爷的典型！你不管看什么病都要戴口罩，怕工人阶级和贫下中农把病传染给你，你这不是典型的地主老爷的态度是什么？"叶院长听了回答说："戴口罩是国际上医生的惯例……"但叶院长话还没完，姓黄的就大吼了一声："屁的惯例！"话音刚落，台下又响起了一片"打倒反动医疗权威叶振国"的口号声。

口号结束后，姓黄的不批判叶院长了，转而批判起他的老师苗院长来。他喊着苗院长的名字说："苗旗文和叶振国一样，叶振国把持着县医院的领导权推行白专道路，苗旗文也把持着公社卫生院的领导权推行白专道路，他是叶振国的孝子贤孙，和叶振国是一丘之貉！他不认真教我们贫下中农子弟知识，反说我们贫下中农的子弟笨，没有文凭，不应该来学医，想把我们排斥在毛主席的革命医疗领域之外！现在我问你苗旗文，华佗读的是几年制？李时珍读的是几年制？啊，你回答我！"说着紧紧盯着他的老师苗院长。苗院长过了一会儿才说："我不知道，你说是几年制就是几年制。"姓黄的说："我谅你也不知道！我告诉你，华佗、李时珍没有学历和文凭，但他们都有丰富的治病救人的医疗技术。所以，我们广大赤脚医生不靠你这样的反动医疗权威，一样能在实践中学习提高……"姓黄的话还没说完，我突然看见叶院长脸色发青，咬着嘴唇像是在强忍什么。我知道他这是发病了，正想喊叫，忽然看见他弯下身去，把头靠近地面，先是一阵咳嗽，接着就吐出两口鲜血来。那姓黄的一看，立即把身子转了过去。叶院长吐完，还没直起身子，公社革委会主任便宣布批斗结束，让公社卫生院的医护人员把几个"反动医疗权威"都带了回去。

叶院长他们被押下去后，会议继续举行，公社革委会主任接着讲话。主要是号召大家要坚持毛主席的革命路线，学习白求恩精神，做一个合格的赤脚医生，把合作医疗办成坚强的社会主义阵地等。公社革委会主任讲完了，还没到散会时间，从县里下来的一个女医生咚咚地跑到台上，给大家教唱起电影《春苗》里面的插曲来。那女医生二十来岁的样子，戴一顶草绿色军帽，军帽后面露出两根短辫，腰扎武装带，胸前别着一枚闪闪发亮的毛主席像章，一副英姿飒爽的样子。她一上场，我们这些学员的目光都瓷在了她的身上——女学员的目光充满了羡慕，男学员看着她那被武装带勒出来的饱满的胸脯和走路时一扭一扭的屁股，目光中难免就有些下作的非分之想露出来。她似乎知道我们这些学员的目光都瓷在了她的身上，却一点不介意，走上去对大家笑了笑，一边打着拍子，一边教起来。会场里顿时响起了一片歌声：

翠竹青青披霞光，

春苗出土迎朝阳。

身背红药箱，

阶级情意长。

千家万户留脚印，

药香伴着泥土香……

我一边跟着她唱，一边拿眼去瞥你彩虹婶。那女医生的喉咙有些沙哑，我想对你彩虹婶说："她的声音比你可差远了！"可彩虹两眼却死死地盯在台上，一副十分投入的样子，我便没去打搅她了。

晚上，公社电影队又专门给我们放映了歌颂农村合作医疗和我们赤脚医生的电影《春苗》，当电影里响起下午女医生教我们唱的那首歌时，我们都一齐跟着唱起来，很激动的样子。电影结束后，我们走回宿舍，上楼的时候，我看见楼下后边那间停尸房还亮着灯光，便忍不住对身边的汤一春问："停尸房还亮着灯，难道死了人？"汤一春是六大队来参加培训的，和我住一个寝室。他听了我的话，却撇了一下嘴，说："什么死了人，是今下午批斗的那个县医院的反动医疗权威住在那里。"一听这话，我头脑里"轰"地响了一声，心里说："那里是停死人的，又阴冷又潮湿，活人怎么能住在那里？"这样一想，白天经历的一切都缠绕在脑海里了。到了楼上后，大家纷纷上床，我却从枕头下扯出装有我爷爷、我爹那几本古医书的挎包，背在肩上就往外走。汤一春看见，问："大晚上了，你还要到哪里去？"我说："我有个亲戚在街上，还没来得及去看他，现在去看看。"

楼下走廊里静悄悄的，电影散场后，大家都回到各自的屋子准备睡觉了。走廊的两端各吊着一只十五瓦的电灯泡，发着有些朦胧的光芒，给人一种阴森恐怖的感觉。走廊的后面有一扇小门，直接通到停尸房。我走到小门前，轻轻一推，小门就开了，我下了两级台阶，顺着小路往叶院长住的屋子走去。医院的人大约也迷信，把停尸房建在后面并且和医院拉开了一定的距离，可能是怕死人把秽气和病传给活人吧。叶院长住的停尸房被罩在一层惨白的月光下，死寂死寂的，没有一点生气。连房顶天空的几颗星星也像是一些闪着光的泪珠，欲掉不掉的样子。有一些小虫在小屋子周围叽叽鸣叫，声音凄凄切切，听起来像是鬼魂说话一般，越衬出了那屋子的空寂、冷落、凄凉和恐怖。我来到那屋子前面，定了一下神才轻轻叩响门。我叩了两遍，屋子里的人碰倒了什么东西，像是很紧张的样子，然后过来打开了门。叶院长见是我，吃了一惊，压低声音问了一句："你怎么来了？"我说："我来看看你。"他听了这话，把头伸出门外，朝外面看了看，然后才像做贼似的将身子闪到一边，对我说："快进来！"看见我进屋后，他马上就将门又关上了。

屋子里的陈设十分简单，也只有一张铁床，床上的被褥也是住院病人用的那种，我摸了一下，薄薄的，便对他问："你晚上不冷吗？"他说："将就吧。"接着又说，"我有衣服，加在上面。"说着，他突然去找出一个大口罩戴起来。我见了，想起下午那个姓黄的对他戴口罩的批判，就急忙对他说："叶院长，你不要戴口罩，我没什么病！"他听了才说："不是你有病，而是我有病，我的肺结核已经很严重了，这病是要传染的。"我一听他这话，满腹疑问又浮到了脑子里，于是在一张破椅子上坐了下来，看着他问："叶院长，这到底是怎么回事？你的腰是怎么驼的？你又怎么会来到我们卫生院？他们为什么要批斗你，让你去扫地……"叶院长听了我一连串的疑问，先没回答我，而是用警惕的眼光看了我一阵。也许他从我的眼里看出了我的真诚与关心，过了一会儿才说："小伙子，你还不知道现在发生的'文化大革命'么？"我说："我听说外面闹得很凶，但我们山旮旯的人，除了做好自己的事外，不大去关心外面的事，这究竟是怎么一回事？"叶院长想了很久，才对我谈起了县城开展"文化大革命"的情况。叶院长谈完，我才知道了事情的前因后果，他落到现在这个地步，竟还和我娘的死有关系呢。

叶院长告诉我，当年我们抬着我娘的尸体离开县医院后，他马上把公社卫生院那个给我娘打止痛针的李东医生通知回县医院，因为他觉得李东作为县医院一名下派医生，自己有责任帮助教育他。那时把刚分到县医院来的医生统统赶到乡下卫生院去锻炼，也是他做出的决定。因为那些才从医学专科学校分到县医院的年轻医生，根本没有他们临床诊断的机会。叶院长希望这些年轻医生能尽快成长起来，便通过卫生局，用支持基层医疗单位工作的名义，把这些年轻医生都派到公社卫生院去，实际上是让他们能有更多机会接触病人，积累经验，使他们尽快地成长起来。没想到出了我娘这事。李东一到县医院，叶院长便问他："你知不知道昨晚上你接诊的那个妇女，很可能是宫外孕？"李东一听"宫外孕"三个字，顿时傻了，张口结舌地说不出话来。叶院长见他这副样子，过了一会儿才说："农村妇女患妇科病和难产的很多，宫外孕这种情况确实较少，作为一个临床经验不多的年轻医生，你不知道甚至误诊我都不责怪你，可作为一个医科专业的毕业生，对不明原因的急性腹痛不能注射解痉药的原则，你怎么都不知道？"李东脸红了，过了一会儿才嗫嚅地说："我、我忘记了……"叶院长一听这话，脸沉了下来，说："作为一个医生，病人的生命就掌握在你的手里，你怎么能把这样的基本原则都忘记了？还怎么做医生？"李东见叶院长态度严厉，心里还有些不服气，说："她得的是那种病，即使我不注射那针止痛药，她也会因破裂出血而死……"叶院长见他还不接受批评，突然拍了一下桌子，站起来大声道："最起码你加快了她的死亡！"说完便气冲冲地离开了。本来李东这年年底就该回县医院了，可因为出了我娘这事，又不肯虚心接受批评，叶院长一气之下，又把他在公社卫生院锻炼的时间延长了两年，李东由此恨上了叶院长。"文化大革命"一来，李东很快当上了全县医疗战线的造反派头目，就把叶院长打成了反动医疗权威，经过反复批斗，然后把他贬到了我们公社卫生院接受劳动改造了。叶院长讲完这些经过后，又加上了一句，说："我的腰就是在批斗时，被造反派打断的。"

我听后心里一阵酸楚，说："叶院长你是好人，我永远不会忘记那天早晨的事……"可是还没等我说完，他就打断了我的话，说："你不要再提过去的事了，作为一个医生，那是应该做的。"我听后也急忙说："不，叶院长，我们农民有一句古话，滴水之恩，当涌泉相报，我一定会记住你的好处的！"我说完这话后，叶院长像是不想再说这个话题了，想了一下突然问我："哎，你是怎么被选为赤脚医生的?"我一听,就把自己生病后自己找书来看,如何医好了自己的病,又替别人治病的事说了一遍。在我说这些的时候,我看见从叶院长那对忧郁的眼睛里闪出了几点亮闪闪的火花,他的脸也像是抹了颜料一般,有了一种容光焕发的感觉。我的话一完,他便十分感动地说:"很好,小伙子,你一定会成为一个好医生的!"

我听到这里,忽然想起了挎包里的书,便一边从挎包里掏书一边对他说:"不,叶院长,我的文化低,这些书里好多字我都认不得,意思也不是太明白,我把书带来了,想请你给我点拨点拨!"他一看我那些书,脸色就变了,马上对我说:"你怎么敢把这些书带到培训班来?"我问:"这都是医书,怎么不能带来呢?"他说:"这是医书不假,而且还是十分宝贵的医书。可是你不晓得'文化大革命'就是要革这些'四旧'的命吗?我家里的许多古典医书和外国医学书籍,都被造反派抄去一把火给烧了。这些书是怎么保留下来的?"我说:"是我娘用篮子吊到屋梁上才留下来的。"他说:"虽然缺头少尾,可还是十分珍贵,你可要好好保留着!"接着又说,"你千万不要再拿到寝室去了,被人发现对你不好。再说,你在培训期间也用不着这书,你只要认真学好《赤脚医生手册》就行了。"我一听这话,忙问:"那我这些书放到哪里呢?"他想了一想,忽然对我说:"如果你相信我,就把它们给我,我是一个已经被打倒的人,他们一般不到我这屋子里来!"我一听这话就说:"那好,叶院长!"说完我又问,"叶院长,我知道你的医术非常好,还在外国留过学,在这段时间里,你把你的知识告诉我一些,好不好?"

叶院长听了我的话,正要回答,忽然咳起嗽来。我见了,急忙去给他倒了一杯水来,看着他喝了下去。然后他才看着我说:"我是想把自己的知识和经验都传授给你们,可你们也看见了,他们不让。如果被他们发现了,又说我是在毒害年轻人,唆使你们走白专道路。"我听了立即说:"我悄悄地来,不让他们晓得,怎么样?每天晚上等他们睡了,我再来你这里,没人知道的!"说完我紧紧地盯着叶院长。叶院长抿紧了嘴唇,像是在思考什么,过了一会儿,他才对我说:"你这样勤奋好学,令我非常感动,我知道自己在人世间的时间已经不多了,何尝不想为世人多做一些好事!可要是被他们发现了,我反正是要死的人了,可你还年轻,要是连累了你,你会不会后悔?"我说:"我一定不会后悔!"叶院长听了我这话,又想了一会儿,才突然说了一句:"那你一定要小心!"我知道他答应了，于是高兴起来，一把抓住了他的手，说："谢谢，谢谢叶院长，你放心，我一定会小心的！"说完，我又想起了郑锋的嘱托，于是又说，"我再带一个人来，行不行？"叶院长听了又愣了一下，然后说："你要是觉得放心，就让他来吧！"

说完，我把手里的书交给叶院长，然后站起来告辞。正要开门时，我突然又对他说："叶院长，空了我到山上采草药，用草药来治你的肺病！"叶院长一听这话，目光又阴郁了下来。他苦笑了一下，然后摇了摇头说："没希望了，已经是晚期了，再说，我现在这种状况，任何药物都怕是难以见效了。"听他这么一说，我的心就凉了，于是说："叶院长，你也不要悲观，好好保重自己，说不定病就会好起来的。"

第二天去吃早饭时，我叫住了彩虹。彩虹一边跳着往前走，一边哼着昨天学到的《春苗》里的插曲："翠竹青青披霞光，春苗出土迎朝阳……"她唱得优美动听，和昨天晚上电影里春苗唱的一模一样。我心里泛起一种说不出的滋味。自从想明白她是"军用品"后，我努力压制了心里那份情感，现在好了一些，但要把那份情感完全从心里赶出去，还需要一段时间。因此，我努力保持着一种平常的态度，和她开了一句玩笑，说："这么快就学会了？你不该来学赤脚医生，该去当歌唱家！"彩虹一听，回过头乜斜了我一眼，然后笑着对我说："歌唱家怎么了？我跟你说，我准备改名字了！"我说："改成啥子？穆桂英？"她又灿烂地一笑，说："穆桂英是封资修的东西，我要改成郑春苗，向电影里的春苗学习！"

一看见她那笑，我又有些把持不住了，为了摆脱心里的慌乱，我急忙悄声对她说："你愿改就改，改成啥春苗秋苗夏苗冬苗我都不管，我只问你，想不想学技术？"她一听，收敛起了那副笑嘻嘻的神情，说："想呀！"我说："那好，晚上我们一起到叶院长屋子里，听他给我们讲医学方面的知识！"她一听，眼睛顿时瞪大了，说："啥，听他讲？他不是被打倒的反动医疗权威吗？"我说："技术还分啥子反动不反动？正因为他是反动医疗权威，我们才能学到东西！"她一听显得犹豫了，过了一会儿才说："我是学接生的，就算他医术很好，可他接过生吗？他能教给我妇产科方面的知识吗？"

她这一问把我给问住了，我不知道叶院长到底是内科医生还是外科医生，可却知道他一定不会是妇产科医生。过了一会儿，我才说："是的，你是来学妇产科的，可是假如今后有个病情很严重的病人来合作医疗，我又不在，于是一推六二五，说自己只管接生，你就眼睁睁看着这个阶级兄弟去死吗?"我这一说，又把她问住了。她张了张嘴想回答我，却又一时找不着合适的话，只怔怔地看着我。我又马上低声对她说："知识是越多越好，不管是内科、外科，也不管是西医、中医，医学都是相通的! 再说，要不是叶院长下放到我们卫生院来，我们想见他还见不到呢! 我本来是不想叫你去的，可我来的时候，你大爸要我多帮助你，现在有这个机会，我不给你说，你今后说不定会怪我!"说完我才盯着她问，"怎么样，去不去?"她听了我这番话，像是想起了什么，忽地把右手握成拳头并用力挥了一下，然后干脆有力地说："去!"

彩虹的话音刚落，春琴忽然走了过来，看见我和彩虹在一旁说话，便问我们："你们两个不去吃饭，在这里说啥悄悄话呀?"我一听，脸就红了起来，忙说："没说啥，我问她发下来的《赤脚医生手册》看得懂不。"春琴说："看不懂怕什么，有老师讲嘛!"说着，便往前走了。看见春琴走了，彩虹这才像想起似的，马上对我说："要不把春琴也叫上，行不行?"我想了一下，毅然说："不行，人多了容易被人发现，这事得保密! 再说，春琴不爱动脑子，去了也不一定听得懂。"彩虹听了我的话，又想了一会儿，才对我说："那好吧，我什么人也不说。晚上去的时候，你悄悄到我门口咳嗽一声，我们就一起去。"

吃完早饭，我们在自来水槽边洗了碗，回到寝室里把碗放好，又坐了一会儿，一看时间，快到上课的时候了。第一天上课，大家都不想迟到，于是纷纷往楼下走。下楼的时候，汤一春忽然问我："你昨天晚上什么时候回来的?"我说："一会儿就回来了!"他说："一会儿? 我睡的时候都快十二点了，可你还没回来!"我说："电影散场都十点多了，你十二点睡，那不只是一会儿，还能有多久?"说着，我想起今晚还要到叶院长那儿去，便先给他打招呼说："我今天晚上还得出去。"他马上看着我问："又是去看亲戚?"我说："差不多吧!"他说："你别是在谈朋友吧?"我一听这话脸就红了，说："谈朋友又怎么了?"

到了楼下，正要往会议室里走，突然从医院门口传来一个妇人苍老的呼叫声："苗院长、张医生、孙医生，你们快救救我儿媳妇! 快救救我的儿媳妇!"听见这声音，我们全都扭过头朝门口看去。只见那叫喊的老妇人六十岁左右，满头花白的头发往后梳了一个髻，用发网网住，网上插了两根叉针;一张宽大松弛的脸，满是密密麻麻的皱纹;身上穿着一件阴丹布斜襟衣服，肩膀和后背各打着一个补丁。她的身后跟着两个抬着担架的汉子，汉子的脸色发红，身上的对襟褂子敞着，大口大口地喘着气。担架上躺着一个三十多岁的女人，脸色惨白，捧着肚子一声连一声地发出尖锐的叫喊。我们正在面面相觑的时候，老妇人和汉子抬着担架已到了我们面前，那妇人看也没看我们，还是和刚才一样只顾慌慌张张地大叫着："苗院长、张医生、孙医生，快救我儿媳妇！快救我的儿媳妇……"

老妇人的叫声还没落，就从诊室钻出了三个人，一个是昨天批判叶院长、苗院长的那个姓黄的中医学徒，现在我们已经知道了他的身份是卫生院革命领导小组的副组长。一个是昨天教我们唱歌的那个从县上下来的女医生。还有一个医生也很年轻，我叫不出他的名字。姓黄的组长一听老妇人只顾大声呼唤"苗院长、张医生、孙医生"，立即表现出不耐烦的样子，大声说："喊他们做什么，啊？他们已经被打倒了，不再看病了！"老妇人一听这话，一下急了，马上就带着哭腔说："那怎么办？那怎么办？谁给我儿媳妇看病，谁给我儿媳妇看病，啊？"说着，一眼瞥见了她面前的三个人就穿着白大褂，一下又明白过来，马上就扯了姓黄的袖子说："医生，你快给她看看，你一定要救我儿媳妇！"

那姓黄的听了老妇人这话，便走过去看了看担架上的女人，又对两个汉子问："怎么回事，啊，怎么回事？"这时一个汉子一边抹汗，一边对姓黄的焦急地说："我们也不晓得是怎么回事？早上起来还在煮饭，煮着煮着肚子就痛起来了，痛得在地下打滚……"汉子的话还没说完，担架上的病人又像有人割她的肉一样锐声叫了起来，一边叫一边痛苦地扭动身子。老妇人见状，突然一下跪倒在了姓黄的面前，捣着头说："大慈大悲的菩萨，你一定要救救她，她还有个两岁的孩子呀……"

那姓黄的没管老妇人，蹲下身去在病人的肚子上摸了起来。我见老人家还在地上跪着，便过去把她扶了起来。姓黄的在病人的肚子上摸了一阵，又让从县上来的女医生和那个我叫不上名字的医生去摸。他们摸完站起来后，姓黄的才对他们问："你们知道是啥子病吗？"两个医生摇了摇头。姓黄的又蹲下去重新摸了一阵，站起来便对抬担架的汉子说："我们没有检查的仪器，诊断不出来是什么病，你们赶快往县医院抬吧！"

老妇人一听，立即哭了起来，说："这个样子还抬得到县医院呀？刚才在路上都晕死几次了！老天爷呀，你硬是要收我们这一房人呀？"说完又拉住了姓黄的说，"你们就死马当成活马医吧！"姓黄的听了这话像是有些不耐烦了，大声说："人命关天，哪像你说的那么容易，死马当作活马医？"老妇人说："医死了我们也不怪你……"话还没完，那个我叫不上名字的医生也说："我们黄组长已经跟你说了，不是我们不愿意医，也不是我们不能医，主要是我们医院没有检查设备，不知道是什么病，所以不能随便给你医，快抬起走吧！"这时我想起了我娘，症状和担架上的病人差不多，于是大声说："会不会是宫外孕？"话音一落，姓黄的便瞪着我说："你凭什么断定是宫外孕，你的眼睛能看穿病人的肚子？"

我听了这话，正想说我娘当年的症状，可我还没开口，病人家属像是等不及了，抬起担架就要走。这时，正在外面扫地的叶院长突然大叫了一声："别忙！"说完便丢了扫帚走过来，把口罩紧了紧，叫汉子放下担架，然后蹲下身子，先在病人肚子上按了按，接着用手指敲了敲，又让人去拿来听诊器，贴到病人的胸部、腹部等处认真听了一会儿，然后仿佛害怕听诊器不准确似的，又再把耳朵贴在病人肚皮上听了听，这才站起来，以不容置疑的口吻说："是急性阑尾炎，马上准备手术！"

姓黄的一听，立即把脸板了起来，冲叶院长喊道："叶振国，就凭你在病人的肚子上按两下，听一阵，你就敢断定是阑尾炎？难道你比仪器还准确？我警告你，如果不是阑尾炎，革命群众绝不会饶过你！"可叶院长没管他，对两个汉子挥了一下，说："跟我来！"两个汉子一听这话，马上抬起担架，跟着叶院长进了手术室。

手术室也不是正规的手术室，平时有个背上或腿上生疔长疮的病人来了，在那儿给做个简单的切疮手术，把里面的脓水挤掉，上点消炎药。或者有一些腿脚扭伤的病人来了，就在那儿给做一些接骨斗榫儿的事。但好歹里面有一张手术床，有消毒的药水和划疗疮的手术刀等。汉子把担架抬到屋里，叶院长让他们把病人解下来，抱到了手术台上。手术室的墙壁上挂着一件干净的白大褂，叶院长也不管是谁的，脱了自己身上那件脏兮兮的白大褂，拿过来就往身上穿。一边穿一边朝外面看，见姓黄的和那个从县上来的女医生以及那个我叫不出名的年轻医生，不但没有跟着他进去，此时连人影都不见了。叶院长一见，就突然对我们这些围在外面看热闹的学员大喊了一声："你们谁愿意来帮助我？"我一听这话，生怕被别人抢去了似的，马上回答了一句："我来！"说着我就跑了进去。

叶院长见我进去了，一边戴橡胶手套，一边朝我笑了一下，然后寻找麻醉药，给病人注射了。在等待麻醉药生效的短短的时间里，他让我先去旁边的自来水管前洗了手，消了毒，也找出一双橡胶手套让我戴上，然后给我递过一只盛有手术器械的盘子，让我端着，等待他随取随用。学员们都挤在门口，挤不下的，就把脸贴在玻璃上，朝屋子里看着。没多久工夫，病人给麻醉住了，叶院长就开始给病人动手术。这时候，叶院长仿佛变了一个人似的，镜片后面的眼睛闪着熠熠的光彩，他是那么全神贯注，手脚又是那么轻盈。我端着器械盘子，眼睛却一动不动地落在他的手上。他给病人的肚皮消了毒，找准了病灶的位置，然后操起手术刀，轻轻地在病人的肚皮上切了一个口子，然后又切开了腹膜肌，找到了那段让病人痛苦不堪的发炎的没用的阑尾，把它切了下来，然后处理和缝合伤口，一切都做得那么小心和利索，病人在床上像是睡着了似的，一点没感到疼痛。缝合好伤口和敷好纱布后，叶院长才对旁边的汉子说："去办住院手续吧，得留下来观察两天。"说完开了一张处方给那汉子。那汉子憨憨地咧了一下嘴，似乎是想对叶院长说些感谢的话，却没有说出来，但那老妇人却一把拉住了叶院长的手，感激涕零地说了起来："恩人，恩人，真是大恩人！你救了她，就是救了我们全家，老太婆我给你跪下磕头了！"说着就要往下跪。叶院长一见，急忙扶住她说："老人家，你不要这样，不要这样！医院的条件差，手术做得不好，只要不感染就万幸了！"说着，仿佛怕老太婆还要拉住他的样子，急忙脱下身上那件白大褂挂在墙上，拿起自己那件脏兮兮的衣服，一边往身上套一边走出了手术室。叶院长走到刚才扫地的地方，重新拾起地上的扫帚，佝偻着腰，埋着头，一边咳嗽，一边扫地，一副老态龙钟的样子。我看了，眼角禁不住有些湿润起来。

　　一上午的时间里，我眼前都晃动着叶院长做手术的事。中午的时候，我去看望那个病人，只见她躺在床上，肚子也不痛了，脸色也变过来了，一只手伸到被子外面，拉着床边一个两岁多点的小女孩儿。小女孩儿扎了一对小丫搭搭，脸上虽然挂着鼻涕，可小脸蛋圆圆的、胖胖的，仍是十分可爱的样子。一见她们这个样子，我马上就想起了我娘，我娘死的时候和这个病人的年龄差不多，可她没有碰到叶院长这样的好医生，所以她没有活下来。她看见我笑了笑，露出了雪白的牙齿，急忙对小女孩儿说："喊叔叔，喊叔叔！"可小女孩儿只是把手指头含进嘴里，睁着一对大眼愣愣地看着我。我摸了一下小女孩儿的头，想对女人说点什么，想了一想我说了几句："我娘像你这样年龄的时候，也是肚子痛痛死的，你这次遇到了叶院长，是你的福分！"说完这话，我怕自己抑制不住内心的伤感，便走了出来。

晚上，等汤一春他们上床以后，我走到彩虹她们的寝室门口，重重地咳了一声，没多久，彩虹便应声出来了。我们于是一同往楼下走去。走过灯光暗淡的走廊，我刚推开医院那道后门，彩虹便像是怕冷似的打了一个哆嗦，然后把身子直往我的身上靠。我往旁边移了一下，问："干什么呀？"彩虹说："我怕！"我说："有什么怕的？"她说："这是一条通向死亡的路。"我说："通往死亡又怎么了？难道你没看见叶院长今天做手术？我们做医生的，做的不是奔生的事，就是奔死的事，还有什么选择的？"可彩虹并没理我话，却把手伸了过来，说："拉着我！"我一看，立即傻乎乎地愣住了，仿佛那手不是手，而是一块火炭。你彩虹婶见我愣着，便又说了一句："怎么，让你拉一下你都不答应，我哪儿会把你吃了？"我听了以后，才哆哆嗦嗦地用五根手指去拉住了她的手。不怕大侄儿笑你老叔没出息，那哪是拉，只是我的五根手指头碰到她的几根手指头就是了。尽管是那样，我的心当时却慌乱得不行。

到了叶院长那儿，我敲开了门。叶院长看着彩虹，似乎还有些警惕的样子。我忙给他介绍了，然后说："叶院长，今天要不是你，那个病人还不知道会怎么样呢？"叶院长说："我是个被打倒的人，一些人躲都躲不及，你还来给我端器械盘子，我应该感谢你！"我说："我给你端器械盘子，就是想看看你是怎么做手术的。"说完这话我又说了一句，"我今天可见识到什么是真本事了！"叶院长听了我这话，像是不好意思似的淡淡笑了笑，眼睛里放出了光彩说："这只是一个非常简单的手术，没什么值得夸奖的。"叶院长的话音刚落，彩虹忽然问他："叶院长，你是怎么知道她患的阑尾炎？当时我们都替你捏了一把汗呢！"叶院长听了这话，又笑了笑，然后才平淡地说了一句："凭经验呗！经历多了，自然就可以做出比较准确的判断了！"

我和彩虹互相看了一眼，想要再寻根究底地问下去，却又没有张口。我们沉默了一会儿，彩虹才扑闪着一双美丽的大眼，十分好奇地又问了一句："叶院长，你是怎么当上医生的？这么好的医术又是怎么来的？就凭手摸一摸，耳朵听一听，就能断定病人肚子里的病，比别人说的神医华佗还要神奇。你给我们讲一讲，我们也好向你学习呢！"

叶院长听了彩虹这话，低下了头，似乎想起了什么心事。过了一阵才看着我们说："你们既然想听，我就给你们说一说，要是说得不对，你们尽管批评就是！"听了这话，我看出叶院长目光中还是有几分担心的神色，便急忙说："叶院长，你尽管说，我们是来向你求教的，怎么会批评你?"他听了我这话，像是放心了一些，又过了一会儿，才缓缓地对我们说开了。我没想到他一打开话匣子，竟然有那么多的话，就像池塘里开了缺口的水，滔滔不绝地说开了。尽管他的话很长，又过了这么多年，可到如今我还记得清清楚楚。现在我就把这些话原原本本给大侄儿你说出来，你写不写进你的书里，随你的便。叶院长是这样说的：

"我先给你们讲个故事吧。过去我们村里有一位老中医，当然，他最初也不是医生，甚至不是我们村里的人，是一个外乡人。他在他原来的村子里，受到一个财主的迫害，活不下去了才逃到我们村子里，我们村子里的村民收留了他。他是怎么学起医来的呢? 原来他在自己村子里喜欢打抱不平，曾经遭到仇人的毒打，结果落下了咯血的毛病。到我们村子的时候，虽然还是年富力强的年纪，但身体十分瘦弱，又经常咯血，四处求医却皆无疗效。但他并未气馁，相反地像贺万山你昨晚给我讲的一样，他自己操起了医书，一边苦心钻研，一边医自己的病。这样将近一年过去了，他既做医疗对象又做实验品，竟把自己的顽疾根除了，在村民中引起了轰动。这样，一传十、十传百，百里开外的村庄乃至与我们相邻很近的外省人都知道了他的大名，专程跑来找他医治咯血的顽疾。这样，他声名鹊起，名望越来越高。但他没有停止不前，而是更加刻苦钻研，后来在医治妇女和小儿疑难杂症方面，都取得了很大成就，常年都有外乡人远道而来就诊。这个医生有了声名以后，却没有忘记当年村民的收留之恩，所以凡是本村人来就诊，他不但一律免收诊费，对那些特别困难的人家，还免收药费。村民都为村里有这么一位医生而倍感自豪。逢年过节，每家都会登门拜访。这个医生死后，村民自动在他坟前立了一个大碑，上面刻着'德行医生'四个字! 你们猜猜这个医生是谁? 就是我的父亲……"

说到这里，叶院长的眼睛里有了一层潮湿雾气，他停了一下，舔了舔嘴唇，然后继续说："我在满室药香的浸淫和父亲职业的熏陶下，从小就立志当一个医生。中学毕业后，我毫不犹豫地报考了省城国立高等医学学堂。毕业以后，我又以优异的成绩被选派到德国留学。令我万万没有想到的是，我到德国第一天，便有人叫我'东亚病夫'。那是在晚上睡觉的时候，一个西方人——我那时还没弄清他是哪国人，我估计他是法国人——一看见我便挥舞着双手吼道：'我不跟东亚病夫住在一起! 不跟东亚病夫住在一起!'还没等我答话，他就跑出去找来教务长，闹着要换寝室。教务长没法，最后只好给他换了寝室。我的心里燃烧着熊熊怒火，可却没有办法。那时我的身体虽然有些瘦弱，但我可以负责任地说，我一点病也没有。我不知他为什么叫我'东亚病夫'？过了一段时间我才知道，那时西方放的中国电影，里面都是一些骨瘦如柴、蓬头垢面、体力不支、缺乏营养、体质羸弱、多病、肮脏、不讲卫生、一条辫子、一杆烟枪……的形象，所以在西方人印象中，中国是一个国民疾病丛生、健康水平低下的民族。不但那天我受到那位西方人的侮辱，以后走在校园里，我们中国同学也时时能感到一些西方同学投来的白眼。这种歧视和白眼令我们难受，我们商量着怎样报复他们，可是我们又觉得理亏——不是他们故意要歧视我们，实在是我们国家的医疗卫生水平不如人家。看看我们国内的情况，不良的行为习惯到处都是，比如随地吐痰、到处大小便等；国民的卫生观念十分落后，比如在我们那个村子里，许多人都认为'不干不净，吃了没病'；囿于传统的陋习，迷信神灵、不相信科学等，不都是司空见惯的事吗？更不用说我们的医疗卫生水平了！这时候，我们这批留学生才知道，要强盛国家，必须从健康入手。我在一篇日记中写下了这样一段话：国家的盛衰在于国民的强弱，国民的强弱，又在于国民的健康与否。无健全之国民，何来健全之民族？无健全之民族，便无健全的国家是也！今之要务，欲强其国，务强其民；欲强其民，务强其身；欲强其身，务从医疗卫生始；欲从医疗卫生始，吾辈务勤奋学习，以期回国之后，献身于民众之医疗事业，此乃摆脱耻辱、实现民族强盛的可行之道是也！就这样，我们一方面承受着'东亚病夫'的屈辱，一方面发奋学习，几年以后，我们回到了祖国。不久，中华人民共和国成立了，我们这批留学回来的人得到了人民政府的重用，大多数都担任了医院的领导职位……"

讲到这里，叶院长忽然把话打住了，眼睛里露出了一种迷蒙的光芒。我想，大概是因为"医院领导职位"这几个字触痛了他的神经。果然，略略停顿了一会儿，他嘴角露出了一丝苦笑，然后说："好，这都是些过去的事情了，我们不说这些了，说些医疗方面的事吧！"我们听得正着迷，听他这样说，也不好说什么，我便说："好，我们听你的！"他听了这话，又沉思了一下，便引经据典地往下说开了：

"一些人谈起医学，总觉得很深奥，其实并不是这么回事。人类在早期发展中，我们的祖先什么也不懂，只知道为获取食物而四处奔走。为了得到一点填肚子的，他们必须和凶猛的野兽搏斗，并且不断遭到蛇蝎毒虫的袭击，以及部落与部落间的相互厮杀。在这些搏斗、厮杀中，自然会造成大大小小的伤害。除了这些以外，还有饥不择食时导致的中毒和大自然严寒酷暑、风袭雨打带来的各种疾病。所以《韩非子》中说：'上古之世……民食瓜果、蚌蛤，腥臊恶臭，民多疾病。'为缓解伤痛、治疗疾病，我们的先人只好这样草草尝一点，那样叶子尝一点，吃到有毒的就被毒死了，吃了不相干的没效果就算了，吃到对了症的就好了起来，这让病好了起来的草、叶子于是就成了药。以后有人患了同样的病，便去采这种草和叶子来治，医药就这样开始慢慢得到了发展。后来神农尝百草，一日而遇七十毒，经过这样有意识地探究和经验的综合，医疗开始成为一种专门的知识和技术，于是医生就开始出现了！

"可是最初出现的医生，却不是为普通人看病的，他们主要是为皇帝、大臣等诊病施药，并兼一些文献编纂整理工作，所以他们被称作'官医'。官医官医，这称呼表征的不仅是医者的身份，更是他们的对象。所以历史记载，春秋以前的医生，专为贵族统治阶级疗疾，而其职任特性则近乎私人近侍。他们隶属于朝廷，有着相应的行政职别，并按级取俸、按功获赏。到了春秋晚期以后，随着封建统治的逐步瓦解，私人学医习技之风才渐渐兴起，这时才出现了民间医生。民间医生在那时叫作'草泽医'。'草泽医'或开堂设诊在场街闹市，或背着黄包袱行走于江湖码头，或干脆就在乡村野陌里，承担着救治疾苦的重任。尽管有了这些'草泽医'的出现，但中国千百年来，一般的社会底层民众都没有获得相应的医疗卫生保障。为什么呢？这是因为小农经济只是一种糊口经济，它的产出和剩余都极其有限，所以很难有效地支撑起一个医疗体系。无论是在古代还是在现代，也无论是在共产党建立人民政权以前还是在建立了以后，医疗的重点都在城市——国家的大医院建在城市，医者一般也在市镇、城市建馆开业，而广大乡村则缺医少药，或者成了游医、草医的活动之地。农民一旦染疾成痾，要么倾尽家财，要么怨己命舛，由天处之。建国十多年来，这种情况也没得到改变……

"我是衷心拥护农村合作医疗和赤脚医生制度的。这倒不全是因为合作医疗的药价廉物美，如甘草片三厘钱一片，一天吃六片不到两分钱。止喘的氨茶碱、止痛的去痛片和常用的青霉素、庆大霉素针剂也很便宜，农民看得起病。更重要的还在于，赤脚医生是可以扎根的医疗卫生人员。虽然你们在基本技能和具体技术上，不能和大医院的医生相比，但大医院的医生却不是一支能在乡村社会扎根的队伍，他们的根属于城市，即使偶尔响应上级的号召到乡村来一次，也都是来去匆匆。虽然有时候可以给农民带来一点意外的惊喜，却没法解决农民随时都可能发生的现实苦痛。但你们就不一样了，你们是从自己的大队、生产队选出来的，你们学了回去，服务的对象也是你们自己的亲朋好友、乡亲父老。这种乡情和亲情会促使你们更好地为他们服务。同时，你们的身份也是农民，很难离开自己的土地，所以你们是一支根在乡村的队伍，稳定性相当强。通过你们，国家更多的现代医疗成果才能被输送到乡村中来，成为解救农民病痛的救星。其次，你们也是一支农民供养得起的廉价的医疗队伍。城里的大医院是一个与现代工业息息相关的高价医疗体系，不是农民能够面对和敢于问津的。而你们赤脚医生不同了，与社员一样记工分，分口粮，算工钱。这一切都契合着农村剩余少、现金缺乏的基本情况，因而农民能够长期养活你们，适合我们国家的基本国情，因此我衷心拥护这个制度……

　　"说到怎样做一个好医生，我倒想对你们多说几句。做一个好医生，技术当然是很重要的，但比技术更重要的，是要有一颗救死扶伤的心。医生的诊所是两个世界，对一些人是中转站，在你那儿治好了病，他活了下来，可对另一些人来说，却可能是最后的归宿。病人到了你那儿，就是一个需要帮助的大孩子，你命令他们吞药丸，他们就会乖乖地吞咽药丸，你让他们把衣服扒掉检查，他们就把衣服扒掉。他们任你摆布，可内心渴望的是你的帮助。古代西方有一种思想，认为健康与理性的结合，才构成人类高贵而美丽的善。疾病是阻碍'善'的元凶，因为它把'善'隔离开来，并把他们带入一个'下流'的世界。而医生之所以备受尊重，不仅在于他的知识、技艺以及帮助病人免于痛苦，更重要的是他担负着帮助'下流人类'重新回返到一个完美的'善'的世界的重任。所以不管你是一个和蔼的医生还是一个严峻的医生，你首先都要是一个伟大的人道主义者，你的心一定要仁慈，把病人视为自己的亲人，也就是古人说的'医者父母心'，这样才能做一个好医生。唐代有个人写过一部书叫《医人》，里面说古人医在心，心正药自真，意思是古代的医生给别人看病，先要治他的心病，心正了药自然就灵了。这个医人先治心的道理对医生也是一样，如果一个医生对病人不具备父母那样的心，即使他有再好的医术，也没法做一个好医生的。有了一颗仁慈的心，再加上技术，你就会成为一个好医生了……"

　　正说着，他忽然咳起嗽来，刚咳了两声，就咯出一口鲜血来，脸色也变得苍白起来。我们一看急了，急忙去给他倒了一杯开水。他先漱了漱口，然后喝了两口，接着对我们不好意思地笑了笑，喘起气来。我知道他今天晚上讲得太多了，便对他说："叶院长，你讲得太好了，我们受益匪浅，不打扰了，你休息吧。"彩虹也说："就是，叶院长，你讲得比《人民日报》的社论还要好，我们都记在心里了！"叶院长一听这话，像是吓住了似的，急忙喘息着对彩虹说："这话可不能乱说，别人听见可不得了！"彩虹一听也像是吓住了，马上说："我知道了，我知道了，我不会在外面说，但我说的是心里话！"说完我们便告辞走了出来。

一出叶院长的门，彩虹便急慌慌地对我说："我要去上厕所！"我说："厕所还在那面，到楼上去上吧。"她说："不行，我忍不住了！"我听了这话，便说："那你去上吧，我在这儿等你。"可她马上叫了起来，说："不行，我怕，你陪我！"我说："你这个人才怪，你上厕所我怎么陪？"她说："你陪我到厕所门口！"没法，我只好陪着她向旁边的厕所走去。那厕所也是医院的，从我们上楼的楼梯间有一道小门通向厕所。从叶院长住的小屋到厕所大约有五十米的路程，好在路上都铺了石板。我陪她走到离厕所约十米远的地方停住了，说："你去吧，我等你。"可她做出不依的样子，说："再走近一点！"我又往前走到通往男女厕所分界的地方，说："这下可以了吧？"她才说："行了，你站住别动！"说完，才往女厕所去了。可刚走到厕所门口，却又突然叫了起来。我一听，忙问："又怎么了？"她说："厕所里没电灯，黑咕隆咚的！"我一听这话，突然想起口袋里的火柴，这火柴是我备着到叶院长屋子里去时，防停电时用的。于是我说："我这儿有火柴。"说着划亮了一根火柴，照着厕所门口说，"你进去吧，我在这儿给你照着。"她正要进去，却突然回过身对我说："把火柴给我，我自己划！"我把火柴交给了她，她划着一根火柴进去了。

过了一会儿，彩虹从厕所出来了，她把火柴交给了我，却看着我问："你刚才看了没有？"我说："看什么呀？"她说："你说看什么？你该没有当流氓吧？"我一听这话，心里直想说："我倒是想当流氓，可你现在都是'军用品'了，我有那个胆吗？"但我一听她这话，心里还是急了，急忙给她赌起咒来，说："哪个看了眼睛瞎！"又说，"我即使想看，这样黑咕隆咚，我又没长火眼金睛，怎么看你？"彩虹一听我这话，却嘻嘻笑起来，说："我是说起耍的，你都看不出来？还给我发愿，真是个傻瓜！"我没有回答她，陪着她往前走了。

我们回到楼上，周围响着一片鼾声。我们轻轻推开寝室的门，各自回屋睡了。可我想起彩虹说的话，想着她的身子，浑身发热，像是着了火，怎么也睡不着。蒙眬中，我做了一个梦，梦里遗了精。

在那段时间里，我和彩虹白天在卫生院的临时教室里，听从县上和区里派来的医生和公社卫生院的医生上课，学的主要是《赤脚医生手册》，晚上就到叶院长的屋子里，听叶院长给我们讲另外的课。叶院长主要给我们讲农村一些常见的传染病的预防，讲一些疑难杂症的症状和治疗，这些知识大多是《赤脚医生手册》上没有的。也没有固定的教材，常常是我和彩虹问到什么，他就回答什么。或者是他想到了什么，就给我们讲什么。一讲起医疗方面的知识，叶院长就眉飞色舞，像第一晚上那样口若悬河，滔滔不绝。不但如此，他能把许多深奥的知识讲得十分浅显，让我们听起来非常容易明白。我们越听越着迷，每天坐在教室里，都希望天能早点黑下来。

这天晚上，我们又往叶院长的小屋里去。刚下楼梯，彩虹就告诉我："刚才我出来时，我们寝室里的张翠花一个劲追问我，说你天天晚上都和贺万山一起出去，干什么呀？"我听了这话，马上问："你怎么回答她的？"她看了我一眼，然后才说："我对她说，我们谈朋友呀……"她的话还没说完，我马上叫了起来："你怎么能这样说？这话是能随便说的吗？"她听了我的话也立即说："那你说我该怎么说，啊？要不是谈朋友，怎么能天天晚上出去？"我还是显得很着急地说："那也不能说谈朋友呀？你和贺世忠是订了婚的，这话要是传到贺世忠耳朵了，那'破坏军婚'的罪名不是让我吃不了兜着走吗？"她听了这话，像是意识到问题的严重性了，却又不屑地说："说谈朋友就谈朋友了？你这人真是胆小，树叶掉下来都怕砸个包！"我听了这话，不再说什么了，心里却像是被什么撞了一下，一会儿有种甜蜜蜜的感觉，一会儿又涌上一种说不明白的忧伤。我赶紧往前走了两步，和她拉开了一点距离。

到了叶院长的小屋里，叶院长却没像往常那样带着一种高兴的神情来迎接我们，而是脸上挂着一种既忧郁又沉重的表情。还没等我们开口，他就先对我们说："我这是最后一个晚上给你们讲东西了！"我们都吃了一惊，急忙问："发生了什么事？"我们以为他给我们讲课的事情被人发现了，都紧张地看着他。过了一会儿，叶院长才说："天气越来越冷了，我的病也更严重了，他们批准我回家了……"听到这里，我们都替他高兴起来，说："那好哇，叶院长，你回去了就可以安心养病……"可他却摇了摇头，说："他们不会让我安心的。"接着又说了一句，"他们是怕我死在这里。"说完就不作声了。我们心情也一下沉重起来，一时不知道说什么好，屋子里的空气像凝结了一般。这样过了一会儿，他像是意识到了什么，突然又笑了一笑，对我们说："师父领进门，修行在个人，你们一定要好好学习！"说完这话，也不等我们回答，突然从枕头下抽出我的那些书，递给我说："你的书我还给你，你拿回去好好保存起来，上面我做了一些笔记和批注，可能今后对你们有用！"

我接过书翻了一下，果然在书页的空白处，写满了密密的字。我翻到的这页边角上写的是："注意：症候不是'症状'，比方说，当病人鼻塞、流涕、打喷嚏、明显怕冷、轻微发热、无汗、口不渴时，我们说这每一项都是一个症状，把这一系列症状合在一起，我们就叫它'风寒在表'，而'风寒在表'便是症候了。症候与症状是抽象和具体的关系，是一般和个别的关系，症候是症状的概括，症状是症候的体现。因此中医的关键就是八个字：辨别症候进行治疗。"而在另一页上，他写道："寒性体质的特征是平日里总发冷，总怕冷，或手脚冷，或背心冷，或全身皆冷，穿衣总比别人多，稍遇风寒就感冒，喜吃热食而不喜吃冷食……热性体质的特征恰恰相反，平日里总发热，总怕热，或手脚心热，或心窝子热，或全身皆热，穿衣总比别人少，稍患疾病就发烧，总喜吃冷食而不喜吃热食……"我还要往下翻，叶院长说："回去慢慢看吧，也可能说得不对，却是我多年行医的心得，你们能继承发扬我就很高兴了。"一听这话，我的鼻子酸了起来，急忙对他说："你放心，叶院长，我们一定记住你的话，做一个好医生！"这天晚上，我们的心情都很沉重，因此也没有说很多的话，坐了一会儿，我们就出来了。

第二天，叶院长果然走了，是坐拖拉机走的。他本来是可以坐公共汽车的，但公社革委会不让，说怕他把病传染给了贫下中农，已经给他联系了公社农机站进县城拉柴油的拖拉机。叶院长在公路上等了半天，终于等来了拖拉机，他费力地爬进拖拉机后面的车厢，用大衣紧裹了身子，蜷缩在角落里。我和彩虹站在远处，直到拖拉机拐了弯看不见了，我们才回到公社卫生院。

大侄儿，时间不早了，今天我们讲到这儿，明天再接着讲怎么样？你今晚上住在哪儿？住在兴成家里？兴成两口子不错，兴成是掰包儿，李红是笆篓儿，一个挣得到钱，一个守得到财，家里也收拾得嘎嘎利利的。你住在他们家里要得！真是对不起，要是你彩虹婶还活着，我无论如何不会让你走的！那好，大侄儿你就到兴成家里去歇息，明天老叔等着你，啊！

第五章　苏孝芳一出生就没了娘

　　大侄儿昨晚上还睡得好吧？农村蚊子多，老鼠也很讨厌，一晚上跑去跑来，不是咬东西就是打架。不过现在农村的卫生条件还是比过去好多了。过去农村不但蚊子、老鼠多，臭虫、苍蝇也多，所以三年大饥荒后，农村暴发了很多疾病，除了前面说的"黄皮症"，还暴发了流行性脑脊髓膜炎，后来又暴发了打摆子（疟疾）、伤寒、麻疹、回归热等传染病。因此毛主席他老人家发出了"除四害、讲卫生、消灭疾病"的号召。"除四害"先是消灭老鼠、麻雀、苍蝇和蚊子，后来毛主席说麻雀不要打了，可不打麻雀打什么呢？先是打麻雀的时候，准备连乌鸦也一齐打的，可后来没提打乌鸦，只打麻雀。现在毛主席说不打麻雀了，总不能将"除四害"变成"除三害"吧？后来还是毛主席英明伟大，他知道臭虫也传播疾病，便代之以打臭虫，于是"除四害"就变成了除老鼠、臭虫、苍蝇、蚊子。后来毛主席又提出了"两管五改"。"两管"就是管理粪便、垃圾和管理饮用水源，"五改"就是改水井、改厕所、改炉灶、改牲畜圈棚、改室内外环境。这样一来，农村的垃圾、粪便和饮用水都得到了有效的管理，加上个人卫生条件也得到改善，所以苍蝇和臭虫现在基本没有了，但蚊子和老鼠还有，这没办法。垃圾、粪便管理得再好，可农村还有滋生蚊子的地方，如沟渠、水塘、阴阳沟、草地等，所以蚊子没法消灭干净。老鼠也一样，你再怎么打，也是把它打不绝的。不过，大侄儿在城里住了这么多年，还睡得惯农村的床铺，说明你还没忘本……

　　你看我又扯一边去了！昨天我跟你说了我们在公社卫生院学习的经过，今天我就给大侄儿说说我们学医回来的事吧。经过三个月的短期学习，公社卫生院的赤脚医生培训班结束了。公社革委会给每个赤脚医生发了一只药箱，药箱是皮的，正面印着红色的"十"字，我知道国际上医生的药箱都是这样的。药箱里面还给每位赤脚医生配了必需的器械和药品，有一支体温计，一个听诊器，一支血压计，还有一个银针盒，里面装着长长短短的各种银针。原先还说给大家发一些拔火罐用的罐子，后来又没发，公社革委会主任号召大家回去因陋就简，用竹筒自制火罐。药品也是常用的药品，如红药碘酒和APC这些。最让大家感到惊奇的，是公社还给每个村的合作医疗站发了一只小高压消毒锅。那是我第一次看见高压锅，那时农村做饭用的都是生铁鼎罐，我们小心翼翼地把那小消毒锅捧在怀里，生怕碰坏了似的。发药箱时，所有的人脸上都挂着红扑扑的光彩，都感到身上的血液在沸腾，仿佛一个新的天地就摆在了我们面前似的。

领完药箱，所有的学员都依依惜别。我和彩虹、春琴三人一起往回走。我背着自己的药箱，怀里捧着那只小消毒锅，像捧着一件宝贝。时间已进入冬天，天空灰蒙蒙的，风儿掠过地面，将地面上的枯叶、纸张都卷到空中。可是为即将到来的新生活，我们心里却是热乎乎的。特别是你彩虹婶，她斜挎着出诊箱，像一个放学归来的小姑娘似的，一路蹦跳着往前走，嘴里还哼着电影《春苗》插曲。唱完《春苗》插曲，又接着唱《红雨》里面的插曲，这也是公社卫生院那个女医生教我们的。我就是听了这首歌后，才知道举行开学典礼那天挂在公社礼堂墙上的那条写着"赤脚医生向阳花，贫下中农人人夸"的标语，是来自《红雨》歌里的。现在，你彩虹婶把这首歌唱完整了：

> 赤脚医生向阳花，
> 贫下中农人人夸。
> 一根银针治百病，
> 一颗红心暖千家。
> 出诊要翻千层岭，
> 采药要登万丈崖。
> 迎着斗争风和雨，
> 革命路上铺彩霞……

我们在你彩虹婶的一路歌声中回到了贺家湾。回到湾里后我们没有马上回自己的家，而是一起去向郑锋汇报。郑锋看见我们，目光一边上下打量我们，一边咧着嘴笑。我们不知他笑什么，正要问时，他眼睛落到我们的药箱上，乐呵呵地说开了："这药箱箱一背，狗日的些，鸡脚神戴眼镜，倒蛮像那个舅子了，就不知你们肚子里有货莫得？"一听这话，我忙说："郑书记你放心，有货无货等大队合作医疗站办起来才晓得，你只说大队合作医疗站啥时成立就是了！"

我说这话像是有些等不及了，说完过后我才有些后悔，这不是在逼郑锋吗？可没想到郑锋听了我的话，却说："这是社会主义新生事物，是对待毛主席伟大指示的态度问题，不能拖！房子和药架子已经给你们准备好了，一共三间屋，其中一间做药房，一间做诊室，还有一间，你们要铺张床在里面，晚上要轮流值班，要不，晚上突然来个病人怎么办？"接着又说，"就像演戏一样，装那个舅子就要像个舅子，要办，你们就要给我把合作医疗办好！"一听这话，我急忙自告奋勇地说："春琴有家有口，不方便，彩虹是个大姑娘，一个人住在那儿不放心，我一个人在哪儿都是睡，晚上就我值班得了！"郑锋听了我的话，赞许地点了点头："管你们谁睡那儿，反正得有人给我值班！"接着又看着我说，"你们去把药买回来后，我们就开成立大会！"我知道郑锋贯彻毛主席的指示从来都是雷厉风行的，可一听说要开成立大会，便认为没有必要，于是反问了一句："还要开成立大会？"

郑锋听了我的话，又非常直爽地说："当然要开！不但要开，还要开得隆重，全大队的革命群众都要来参加！晚上也要请电影队来放映《春苗》，这是庆祝毛主席的伟大指示嘛！"说完又想了想，回头对彩虹说，"丫头，把你们跳舞团也组织起来，给大家演几个'鸡母'！"彩虹一听这话，立即"扑哧"一声笑了，纠正她大爸的话说："不是鸡母，是节目！"郑锋听了也笑着说："管它鸡母节目，反正给我搞闹热些！"彩虹听了这话，响亮地答应了一声。

我们三个人立即投入了紧张的忙碌中。彩虹第二天就去召集她那批人排练节目，我和春琴则按照郑锋的指示，到大队会计那儿打了一张条子，然后去出纳那儿领了两百块钱，到公社卫生院买药去了。那时农村合作医疗进药，只有走公社或区医院这条路，不像现在这么混乱。我们去进药的时候，郑锋要安排一个人去给我们挑药，被我拒绝了。我和春琴一个背了一只背篼，买药的时候，我们主要买西药，中药只买了很少的品种。药房的药剂员问我："怎么中药买这样少？"我说："我们只需要这些！"他奇怪地看着我，说："怪了，最常用的一些药都不买，贺万山你怎么给人看病？"我说："这你就不用管了！"他一听这话，就不吭声了。

我把买来的中药先装一些在我的背篼里，剩下的装进一只口袋里，扎紧带口，再横搁在背篼上，西药则装在春琴的背篓里。回到村上，我放下背篼，又跑回家里，把自己家里那些挂在墙壁上、搁在柜顶上、吊在屋梁上的草药，统统取下来，装进两只箩筐里挑到大队办公室。虽然几个月没在家里，那些草药没有晾晒，但因为是冬天，空气中少有水分，所以一点也没发霉，散发着一股枯草的气味。

郑锋看见我们把药买回来了，亲自带着大队干部来帮我们收拾屋子。他早已给我们准备了两只衣柜一样的柜子，我把一个柜子拿来陈放西药。西药的药瓶往上面一摆，倒还蛮像那回事似的，只是装中药的柜子，不像过去我爷爷和我爹的药橱那样，有很多抽屉。我只能因陋就简，把那些中草药分门别类地用纸包好，在上面写上药名，放到柜子的隔层上，放不下的，再挂在四面墙壁上。我又把爷爷和爹用过的药臼、药灯、药戥拿了来，摆在药房里。那些干部看了，都手托下巴，咧着嘴，一副满意的样子。

郑锋又去找贺世普，用红纸写了"四大队合作医疗站"几个字，贴在了合作医疗站大门上方的墙壁上。贴好以后，郑锋抬起头看了看，觉得还是少了点什么，最后才想起来，是缺少一副对联，于是便对我说："贺万山，你说两边门上的对联写啥子好？"我一听这话，便想起过去爷爷诊所挂的那副对联，于是便说："要我说，就写'但求世人莫生病，何愁架上药生尘'，怎么样？"郑锋一听，立即叫起来："'但求世人莫生病，何愁架上药生尘'，好，好，这对联说得实在，就写这两句话！"

说罢，他就去把贺世普喊了来，但贺世普一听，却直摇头说："不好，不好，这对联不好！"郑锋问他："怎么不好？"贺世普说："这对联不革命化，要写革命化的！"郑锋又问："什么才是革命化的？"贺世普想了一下，说："比如说'合作医疗放光芒，赤脚医生显身手'就是革命化的！合作医疗成立，怎么不歌颂毛主席的革命路线呢？"郑锋一听，又立即搔着头说："也是，也是，怎么忘了歌颂毛主席的伟大指示呢？"于是他对贺世普说，"就照革命化的写，就照革命化的写！"贺世普听了，果然跑回去写了一副对联拿来贴到合作医疗站的大门两边。

对联刚刚贴好，彩虹忽然卷着两张宣传画来了。郑锋一见，忙问："你拿的啥东西？"彩虹说："画报。"郑锋说："画的啥？"彩虹就把画报打开，原来是两张宣传赤脚医生的彩色画报。一张画报上画着一个姑娘，这姑娘十分年轻，长着一张圆圆的脸庞，留着齐耳短发，脖子上围着一条围巾，面色红润健康，高高地挽着裤腿，手里推着一辆自行车正在过河，红十字药箱放在自行车后座上。另一张画报上也画了一个姑娘，头戴草帽，横坐在一匹马上，红十字药箱放在大腿上。郑锋一见，忙叫起好来，说："丫头，你这是哪儿买来的？"彩虹说："我到城里买演出用的油彩，看到新华书店有这两张画，就买来了！"郑锋说："好，好，贴上去！"于是我们又七手八脚，把两张画报贴到了诊所的正面墙上。

郑锋走后，我才对彩虹开玩笑地说："郑彩虹你轻视男人！"彩虹一听我这话，没有明白过来，看着我不解地问："我怎么轻视男人？"我说："你怎么两张都买女赤脚医生的画报，不买一张男赤脚医生的？"彩虹明白了，就笑了起来，说："你怎么不叫书店里也卖有男赤脚医生的画报呢？"说完这话又对我调皮地说了一句，"男子汉大丈夫，一点也吃不得亏！"说完这话就又赶排节目去了。

过了两天，村里果然召开了隆重的成立大会。郑锋在大会上讲话，当他讲到今后大家到合作医疗站来看病，只交五分钱的诊费的时候，会场一下就沸腾了。郑锋讲完，文艺表演就开始了，彩虹果然不错，这么快就排练了一组节目，有几个节目就是歌颂合作医疗和赤脚医生的，其中一个节目，几个女演员全都打扮成少数民族，身背药箱，模仿着出诊、送医送药、针灸等动作，一边舞蹈一边唱。那歌是这样唱的：

山前那个山后石榴花呃

石榴花呃

满坡那个满岭映彩霞呃

映呀彩霞呃

赤脚医生走苗寨呃

一只药箱肩上挎呃

笑声迎接歌声送

人人称赞个个夸

人人称赞个个夸

哦呃哦个个夸呃

玛汝江嘎呃玛汝江嘎

药箱那个虽小情意重呵

情意重呵

银针那个闪闪

银针那个闪闪放光华

呃放呀光华呃

风里雨里勤出诊呃

医药送到社员家呃

劳动治病相结合

群众当中把根扎

群众当中把根扎

欧呃欧把根扎呃

玛汝江嘎呃玛汝江嘎

一颗那个红心为人民呃

为人民呃

行行那个脚印遍山崖呃

遍呀山崖呃

翻山越岭采草药呃

细探病情做调查呃

毛主席教导记心间

合作医疗开红花，

合作医疗开红花，

开红花呃——

这也是当时一首非常流行的歌颂合作医疗的歌曲，名字就叫《合作医疗开红花》，我不知道你彩虹婶是怎么学会的，而且还这么快把它搬到了舞台上，看得大家都哈哈直笑。节目刚刚演完，场上就响起一阵热烈的掌声和欢呼声。

成立大会一结束，很多群众都拥到合作医疗的屋子里来了。一些人是来瞧稀罕，参观参观合作医疗站，还有一些人确实身子有点不舒服，便以看病为由来试探郑锋在会上讲的是不是真的。一时合作医疗站里挤得水泄不通。我像公社卫生院的医生一样，正正经经坐在诊桌后面，起初感到有些不好意思，手脚都觉得没地方放，可没过多久就好多了。因为人很多，大家都争着把手伸给我，让我给他们把把脉，我根本没时间去想其他什么的。因为是在冬天里，来看病的人大多是着了一点凉，有些发烧、鼻塞和咳嗽，我给他们处了方，他们拿到春琴那里，春琴给他们配了药，他们交给春琴五分钱，然后高兴地从春琴手里接过药。其实，我给他们配的药，一般都是三片 APC，再加几片氨茶碱，一天的药，最多也只值五分钱，却让大家得了宝贝似的，高兴得直说："合作医疗好！合作医疗真的好！"

我忙了一阵，合作医疗站的人才少了一些，这时刘良芬牵着她三岁的哑外孙女过来了。你还记得我给你说过这个人吧？这是个好人，土改时她给我爹报信，我才从继父家回到贺家湾时，她冒着盗窃集体财产的罪名，悄悄地将集体的稻种给我称了四十多斤。她现在年纪也大了，早已不是生产队的保管员了。她的大女儿就嫁在郑家塝。郑家塝是个杂姓湾，她的女婿姓田，叫田发强，她手里牵的小外孙女叫田娅玲。这小女孩很不幸，一岁多时生病到公社卫生院打针，给打哑了。她把小女孩推到我面前说："贺万山，你给我家玲玲看看！"说完又推了玲玲一下，说："玲玲，玲玲，这是……"说到这里，她却像难住了似的，忽然对我问："你说该叫你叔还是舅呢？"我说："随便吧。"她一听便马上说："那就叫你舅吧！"我正要答话，旁边一个快嘴的人忽然对刘良芬玩笑地说："好哇，刘良芬在这儿攀起亲戚来了！"接着又对我说，"贺医生，舅舅可不是好当的哟！舅舅舅舅，尾巴拖到后头，前头搭枷档，后面拖犁头！"听了这话，我也笑着说："舅舅就舅舅吧，反正我一无姐姐，二无妹妹，天上给我掉下个外甥女，我喜欢都来不及呢！"

说完这话，我才对刘良芬问："哪儿不好？"刘良芬回答："不吃饭。"我看了看小女孩，见她一张小脸黄黄的，一头又软又密的头发，也呈现出一种淡黄的颜色，但两弯细眉毛却又弯又长。她的四肢长得十分匀称，嘴唇紧紧抿着，不大突出，唯有那双乌黑而水汪汪的眼睛，给人非常深刻的印象。我撩开玲玲的衣服，在她小肚子上按了按，发现她的肚子有点胀，于是一边按一边问她："痛不痛？"可小女孩只用一双明亮的眼睛看着我，那眼睛似乎想表达什么，却又没法表达出来，让人看了心疼。我见小女孩不答，又做出样子让她把舌头伸出来让我看看，小女孩这次懂了，伸出了她的小舌头。看完舌头，我又给她诊了一会儿脉。我断定小女孩是消化不良，给她开了助消化的药，这次不是五分钱的药，西药、中药一起大约要值两角多钱。刘良芬在接过处方时说："万山，要是你能让玲玲开口说话，你就真是别人说的神医转世了！"我看着刘良芬的眼睛，心里像针扎一样难受。是的，我想报恩，可这恩我却报不了。我又看了看小女孩，心情沉重地说："可怜的玲玲，即使是神医再世，也没法让你开口说话了！"说完以后，我又接着叹息了一句，"庸医多害人呀！"

晚上，郑锋果然请公社电影队来放映了电影。电影队不但放了《春苗》，还放了《红雨》，放到将近十二点钟才结束。结束后，我和彩虹、春琴帮电影队收拾东西，收拾完后，我才对彩虹和春琴说："你们回去休息吧，我在合作医疗站值班。"她们两个听后，拿起手电筒正要走，这时，一个男人打着火把，突然跌跌撞撞地闯进了合作医疗站，嘴里叫着："贺医生，郑医生，快、快去救命！"那汉子二十六七的样子，个子不高，上半身穿着青色棉袄，下半身却只穿了一条绒裤，头上没戴帽子，脚上的鞋子露出了脚指头，嘴里喘着粗气。我一看，忙问他："怎么了？"他一边喘气一边对我说："我婆娘生娃儿，生不下来，你们快去看看吧！"我一听这话，忙问："在哪儿？"他说："我是苏家河的。"我一听苏家河，便说："是三大队，怪不得我看你很面生。"他说："虽然不是一个大队的，可田挨田，地挨地，翻过垭口就到，你们一定要去看看！"

听到这里，彩虹忽然对他说："你们大队不是也有赤脚医生吗？张翠花和我住一间屋子，我们一起学习过的呢！"那汉子听彩虹这样说，更着急了，说："我们大队合作医疗站还没成立，我是听说你们大队成立了合作医疗站，我才来请你们的！"听他说完，我才问："有多久了？"汉子没明白我的话，反看着我问："什么多久了？"我说："你老婆信生有多久了？也就是说，什么时候肚子开始痛的，现在又怎么样了？"他说："昨天肚子就开始痛了，今天上午开始大痛，现在只见从大腿间流水出来，就是娃儿不出来……"我还没听完，就知道情况十分严重了，便马上对彩虹说："救人要紧，快去吧！"

可彩虹却有些犹豫的样子，她把我拉到一边说："我从没接过生，有些怕……"我说："怕什么？"她说："要是出了问题怎么办？"我鼓励她说："别怕，胆子大些！"说完这话，我又接着说，"在学习时，你不是参加过接生吗？就按照老师讲的那样操作就行了！"可彩虹还是说："我、我还是有点怕……我只是给老师打过一两回下手……"我一听这话，便说："那我和你一块儿去！"彩虹于是就高兴了，说："有你一起去，我当然就不害怕了！"于是我出来对春琴说："春琴姐你有小孩，你先回去吧，我陪彩虹走一趟。"春琴听了我的话，果然先回去了。然后我和彩虹将一些接生的器械和药品放进药箱里，便和汉子一起出发了。

走在路上，我才知道汉子叫苏明成，他是家里老幺，大哥结婚后早就分家了，家里除了他们两口子外，还有一个母亲。她老婆这是生头胎。

我们走了约三四里路的样子，到了一幢房屋前。汉子推门进去，从里面屋子马上走出两个女人，一个约三十多岁，长着一张椭圆形的脸，身体很强健，背脊和胯部都很宽，我想，这肯定是苏明成的嫂嫂无疑。另一个是个干瘦的高个儿妇人，五十来岁的样子，头上往后梳了一个发髻。虽然她的身体看上去还壮实，可脸上已布满了深深浅浅的皱纹，伸出的手背上也呈现着几块老人斑，拦腰拴着一块说蓝不蓝、说灰不灰的围裙。看见我们去了，她们脸上忧郁的表情一下换成了高兴的神情，直看着我们说："你们来了就好了！你们来了就好了！"

我朝这家人的屋子看了一下，屋子也跟我的屋子一样，是茅草房，也是三间，也不知是原先的老房子还是后来新盖的，有几处的土墙已经塌了，用红苕藤、稻草堵在了垮塌的地方。但因为堵得不严实，风从红苕藤和稻草的空隙中挤进来，将桌子上一盏用学生的墨水瓶做成的煤油灯灯光吹得左右摇晃，像是随时都要熄灭似的。只有灶间的灶膛里还烧着火，锅里的开水咕噜咕噜地冒着泡儿，显示出一点与周围环境不相称的喜气。一看她们把开水都烧好了，我就明白她们早就在等我们来了，我于是叫彩虹进里屋去看产妇，我则帮她把药箱里的剪刀、钳子都拿出来，丢进锅里消毒。正做着这些的时候，彩虹忽然在里面大声叫了起来："贺老师，贺老师，你快进来！"

我听见这话，忙问："怎么了？"她像是有些生气，又说了一句："你进来嘛！"听了这话，我已顾不得农村的风俗了，和产妇的大嫂、婆母一起跑了进去。

进去一看，才发现产妇脸色苍白，呼吸急促，脸上和头上的汗水如雨水一般往下冒。彩虹看见我进去了，突然撩开产妇身上的被子，让我看了一下产妇的大腿，这时我发现从产妇阴道里流出来的是混合着血的液体。我吓了一跳，忙对旁边苦着脸的汉子问："她是初产，你们带她去做过产前检查没有？"

那汉子似乎什么也没有听懂，看着我反问："什么产前检查？"我说："就是到医院去检查过没有？比如胎位正不正、血压高不高、各项生理指标正不正常，等等！"那汉子一听，又像从没听说过似的，先朝他母亲和大嫂看了看，然后才嗫嚅着说："农村人生娃儿，哪个讲究那些？"我和彩虹一听这话，慌了，我们现在对产妇的情况什么都不知道，除了出诊箱里的两瓶红汞碘酒、几把剪刀钳子、一卷纱布和两支注射器外，什么抢救的设备、药品都没有，能够保证产妇和婴儿的安全吗？要是出了意外怎么办？想到这里，不但是彩虹，就是我也紧张起来，我马上对那汉子说："你快点跑去把你们大队的张翠花叫来，叫她多带点止血的棉花，另外把血压计也带来！"这时我才想起，第一次出诊，慌慌张张地连血压计也忘记了带，这简直是一个不可饶恕的疏忽。

汉子一听，急忙跑出去了。

不一会儿，他们村上的张翠花来了。我让产妇的婆婆去拿出一点红砂糖来，给产妇冲了半碗红糖开水，让产妇忍着疼痛喝了下去。给产妇补充了一点能量后，彩虹和翠花两个女人把产妇抱起来，让她使力，那产妇一边使力，一边发出十分痛楚和尖厉的叫声。经过一阵漫长的折腾，孩子的头和一只手出来了，当然产妇的阴部也在出血……看见孩子的头出来了，彩虹和翠花心里有了一些底，彩虹捧住孩子的头，轻轻往外一拉，孩子终于一下出来了，接着发出"哇"一声清脆的啼哭，像是庆幸自己终于来到了人世。那汉子和汉子的大嫂、娘，也都露出了高兴的笑容。我一看是个女婴，急忙叫彩虹给孩子剪断脐带，消了毒，包扎好，交给了汉子的娘。可这时翠花却叫了起来："贺老师，贺老师——"我说："又怎么了？"她变脸变色地说："产妇大出血，我用纱布塞不住，棉花也堵不住……"

我一看，急忙过去拿起翠花带来的血压计套在产妇的左手上，一量血压，吓得我脸色也变了——产妇的血压直往下掉。我明白情况危急了，急忙对那汉子说："快叫人来，把她抬到我们合作医疗站打吊针，补充液体，升上血压！"事情到了这个地步，我只能做出这样的抢救措施了，因为我们没有止血的工具和药品，既无法止血，也无法给产妇输血，这儿离县医院有四十多里路，如果现在就叫他们往县医院送，产妇到不了县医院肯定就会没命了。唯一的办法是马上给她补充液体，将血压升上来，防止她休克，等稍微稳住后，再往县医院送。这些措施虽然是临时的，也许还能保住她的性命。那汉子听了我的话，立即十万火急地跑去叫人了。

没一时，他的大哥来了，兄弟俩将竹床翻倒，铺上棉絮。产妇就放进这简易的担架里，抬着就跟我们走了。产妇的婆婆留在家里照看孩子，她的大嫂跟着我们，出门的时候，我特地回头看了婴儿一眼，那婴儿已经睡着了。我们在前面打着手电筒给苏明成两兄弟照路，跟着他们的脚步小跑，彩虹、翠花和苏明成的大嫂跟不上了，彩虹在后面高叫："等一等我们！"我生气了，回头对她们说："现在时间就是生命，还等你们，你们自己不知道来？"她们听了这话才不吭声了。

我们深一脚浅一脚跑回合作医疗站，我急忙去拿过输液架，挂好药瓶，正准备输液时，我却找不到产妇的血管了。这时彩虹、翠花也到了，大家一起来找血管，却怎么也找不着，我这才知道，产妇的血管已经瘪了，连青紫色都不显现。我急中生智，在她大腿内侧切开股动脉推注，但此时已经晚了，她身上的血已经流光了，血管里已无血可流——她年轻的生命已经终止了。一阵揪心的疼痛在我、彩虹和翠花三个人心中漫开。尽管推不动，彩虹还是把葡萄糖、升压药强行快速地推进了她的血管。可是，那已经丝毫不起作用了。

过了半天，我才对苏明成的汉子说："抬回去吧！"说完我又说了一句，"好好带好那个孩子！"我的话刚完，死者的丈夫回过了神，急忙抱住妻子的尸体大哭起来，彩虹和翠花还有苏明成的大嫂也陪着流泪。哭声在小山村里回荡。我劝了很久，苏明成的大嫂后来也劝，说："生死有命，贺医生他们已经尽力了，在这里哭有什么用？抬起回去办后事吧！"苏明成两兄弟这才抬着产妇的尸体走了。他们走后，我们一点瞌睡都没有，大家静静坐着，像是自己死了亲人一般。

过了一会儿，我才对张翠花说："这样晚了，你回去不方便，就和彩虹在里面床上挤一下，天明了再回去吧！"然后又对彩虹说，"你也不用回去了，就在这里陪张医生睡一会儿吧！"彩虹问我："你呢？"我说："你们不用管我，自己去睡！"彩虹和张翠花果然去里面值班的床上去睡了，我自己则和衣坐在外面的凳子上。说实话，即使这个时候有床铺让我睡，我能睡得着吗？这可是除我娘那次外，又一次眼睁睁地看着一个年轻的生命死亡，这人的生死，真的只隔着一张纸呀!

第二天天一亮，张翠花告别我们回去了。她刚一走，彩虹就红着眼睛问我："你说产妇的死，是不是因为我们的技术不好？"我看了看她红肿的眼泡，摇了摇头，安慰她说："不是的，只能怪农村的医疗条件太落后了。你知道的，如果她能在医院生孩子，就不会出这样的事了！加上我们没有任何抢救的设备，也没有血源，只能眼睁睁看着她死。"接着我又说，"我们已经尽力了。"但彩虹听了却仍是说："可我还是觉得技术不到家！"说完这话后，她忽然认真地看着我说，"我想去找找叶院长，那次他曾经说过他的爱人原来就是县医院妇产科的主任，我想到县医院去，再跟他爱人学学！到县医院生孩子的人毕竟多些，我就可以多学到一些东西了！"

一听这话，我心里很感动，觉得她像是一下长大了，便故意说："你现在晓得人命关天了？"她听了后并没有生我的气，只是像往常一样对我撇了撇嘴，说："就你才晓得？"说完后才说，"昨晚上我在铺盖窝窝里淌了大半夜眼泪！你不是女人，你不明白女人的心！一个女人长了十八九年或者二十年，哪个不是怀着美好的希望走进洞房的？结婚了，怀孕了，就要做娘了，哪个女人又不觉得幸福？当孩子在她肚子里拳打脚踢时，我想那即将做娘的激动，会给她的生活带来多少欣慰啊？可忽然之间，这个就要开花结果的女人就死了，她甚至连孩子的一声啼哭都没有听见，这简直是太惨了！太惨的还有那个孩子，一来到人世间就没有了娘……"说到这里她说不下去了，我的眼圈也红了。我说："你这个想法很好，医学不比其他，把戏把戏要过手，你去跟师学段时间，肯定能提高技术，但我不敢做主，你回去跟你大爸说说吧。"她听了我的话，果然回去了。

吃过早饭她来到合作医疗站，一看见我就对我说："我大爸同意了，我明天就准备到城里去，你有啥话带给叶院长？"我一听这话，心里有点舍不得她走，毕竟我们合作医疗站才开业，但我不好阻拦她，她想学技术本身是好事，于是我对她说："啥话也没有，就一句，祝他的病早点好！"又说，"本来该带点礼物给他，可是什么都没有。"她说："没有就算了，你操什么心？"后来我才知道，她已经给叶院长准备了几斤核桃，是今年刚从她家那棵核桃树上摘下来的。第二天她提着一只尼龙口袋便进了城。可是令我没想到的是，彩虹天没黑时却回来了，脸上一副霜打的颜色。我一见，急忙问："怎么了，没见着叶院长？"她噘着嘴唇没回答我。我又问她："难道叶院长的爱人不答应收你当学徒？"她还是噙着眼泪没出声。过了一会儿，才突然对我说："叶院长看来熬不了几天了！"接着又说，"他爱人也和他一样，被打成反动专家，早靠边站了。"一听这话，我马上叫了起来："真的？叶院长真的不行了？"彩虹咬着嘴唇，没回答我，却从尼龙口袋里拿出两本砖头厚的书来，对我说："叶院长说他也没啥东西送你，家里的医书都被造反派收去烧光了，只剩下这两本，他让我带给你！"又说，"叶院长说你是当医生的料，叫你一定刻苦钻研，做一个好医生！"我也不知她说的是真是假，但我心里却十分感动，我接过书来一看，一本是《内科学》，一本是《外科手术学》，里面的书页上，也像在我爷爷和我爹留下那几本书上一样，不但画满了杠杠，还写满了各种心得、批语。我如获至宝，说："太好了！太好了！你都没代我谢谢叶院长？"彩虹听了却答："你好自私，我这样远给你背回来，你连谢都不谢一个？"我一听这话，真的给她鞠了一躬，她一见又笑起来，说："叶院长心里只有你，就没有我！"我急忙说："送给我也当送给了你，他晓得我们要共同学习嘛！"

彩虹没有接我的话茬儿，却又从尼龙口袋里掏出了两瓶炼乳，我以为是罐头，便说："哈，你怎么买到罐头的？"彩虹乜斜了我一眼，像是非常骄傲似的把手里的炼乳举了起来，说："啥罐头，你好好看看，这是炼乳！"我从没听说过炼乳，便问："炼乳是做啥的？"她说："婴儿吃的！"然后才对我解释说，"我把产妇死去的事给叶院长说后，叶院长的爱人就去求医院的熟人，给开了一张证明，让我去商店买了这两瓶炼乳，说这比奶粉还好！"我一听这话，急忙说："叶院长夫妇真是好人！"彩虹说："明天一早我就给那孩子送去。"我说："你送去吧，那孩子肯定正需要呢！"说完彩虹回去了。第二天一早，她果然把那两瓶炼乳给那孩子送去了。她回来告诉我说："苏明成的母亲和他大嫂正抱着孩子到处讨奶吃呢！"接着又告诉我，"产妇已经埋葬了，那孩子名叫苏孝芳！"

第六章 我娶了郑彩虹

老叔的话是不是有些像懒婆娘的裹脚——又长又臭？没有？大侄儿你说没有就好，我就怕你听得不耐烦，站起来一拍屁股就走了！你说我想怎么说就怎么说？那好，我就尽量地拣最主要的跟你说好了。

我们大队合作医疗是六九年冬天成立的，到了第二年春天，就渐渐走上了正轨。一开春，万物就开始生长，你们文化人有句文绉绉的话叫啥？对，木欣欣以向荣！不过对我们这些行医的来讲，木欣欣不光是向荣，更是采药的时机来了。因为这时植物开始生长，神农尝百草，百草都是药呀！隔行如隔山，大侄儿你还不知道，有的药一长出地面就要采。譬如苦蒿，也就是前面说的茵陈，民间早有说法：三月茵陈七月蒿。三月采回的茵陈是药，过了这个时节采回的就是一把柴草了。有的药是在夏天的时候才采，比如金银花、夏枯草、荆芥、薄荷、石菖蒲、水黄连、麦冬、龙胆草等。夏天采的药特别多，不但有草药，还有一些动物类的药也需要在夏天采。秋天采的药也很多，我就不一一给你举了。一进入春天，我只要不出诊，就背着背篓到山上采草药，你彩虹婶那时也一样，看见我出去采草药，她只要不值班或出诊，也便跟着我一起出去。通过几个月激烈的思想斗争和内心的自我压制，那个时候尽管我们天天在一起，我反而对她渐渐冷淡下来了。我知道自己不冷却也不行，人家现在是"军用品"。因此，她要跟我一起走就一起走吧，多个人多采几把药也是好事。春天是个好季节，到处都开着花儿，蝴蝶翩翩飞舞，蜂儿在身边的花丛中一边忙碌一边嗡嗡鸣唱，好像这日子确实是十分甜蜜和幸福似的。天上飘着几块不大的、非常轻绡的白云，阳光洒满大地。鸟儿们隐藏在那些还只有铜钱大的嫩绿的树叶间，用它们那圆润、甜蜜、动人心弦的叫声歌颂春天，微风将那些鸟儿栖息的树枝轻轻地摇晃，像是有意去逗弄它们一样，同时也送来田野里禾苗的气息。我们蹲在地上，在草丛里寻找着茵陈的嫩苗，那苗儿下半部的颜色稍深一些，上半部在青绿中呈现着淡灰的颜色，仿佛不胜娇弱、累得很慌的样子。我们每采一把，那种苦涩中带着清香和几分甘甜的气息便向我们扑来，让我们闻着感到十分惬意。当然，我们也采其他药，如车前草、过路黄等，总之，只要长出地面可以入药的，我们全把它们采下来。

这天，春琴到公社卫生院买药，我让彩虹留在合作医疗站里值班，我一个人上山采药去了。中午的时候，我背了一背篼草药回来。我刚一进门，彩虹就看着我高兴地说："刚才有个病人来看病，你猜他怎么说？"我说："什么怎么说？"她说："说我们赤脚医生治病呀！"我说："怎么说？"她说："可有意思了，说得巴巴适适，硬是一点不差！"她脸上挂着微笑，用眼角的余光斜看着我。我见她这副样子，知道她在吊我胃口，试探我的反应，于是我故意装作十分冷淡的样子，一边从肩头放下背篼，一边说："管他说啥子，他说他的，我们做我们的，过来把药分开，等会儿好拿去淘洗。"她一听我这话，像是有些失望，可又不好说什么，便过来帮我把背篼里的草药倒在地上，然后又分门别类地择了起来。其实，我心里很想知道群众是怎样看待我们赤脚医生的，可见她不说，我也不问，就看谁忍得住了。过了一会儿，你彩虹婶到底忍不住了，便停下手里的活看着我问："哎，你这个人怎么这样，像是三锥子都扎不出点血来似的，难道你就不想听听别人是怎么说我们的？"我这才淡淡一笑，说："无非就是骂我们治不到病嘛，有什么好听的？人家要骂就让人家骂吧！"

你彩虹婶一听，像急了似的，马上说："你这个人呀，男子汉大丈夫，却像个女人似的岔肠子多，人家怎么会骂我们呢，人家说的可是夸我们呢！"我一听这话，这才做出感兴趣的样子，说："怎么夸的？"她才告诉我，说："他说我们赤脚医生治病，如果是外伤，就是红药碘酒，擦了就走；如果是头痛发烧，就是 APC 一包；如果是麻木抽筋，就是扎他几针；如果是背痛腰酸，就是拔他两罐；最后呢，如果实在没招，就是一把草药……"

我还没听完，就扑哧笑了起来，说："这是哪个烂秀才编的，还有点押韵呢！"彩虹说："谁知道是哪个编的呢，反正说得倒是像那么回事！"我说："你说这些话是夸我们的呢，还是贬我们的？"她偏着头想了一想，却没有想出结果，便说："我怎么知道？"我也想了一下，然后说："管他们是在夸我们还是在贬我们，只要能治到病就好!”接着我又问，“哎，你刚才没有说完，就被我打断了，下面还有没有?”彩虹又开始卖起关子来，看着我说：“有是还有两句，可我怕你听了骄傲，还是不说了吧!”我一听倒是急了，忙说：“我有啥子值得骄傲的，你快说!”她这才冲我笑了一下，说：“那就告诉你吧，他说的是一把草草，包你病好!”我一听这话，果然忍不住得意了起来，立即说：“那是哟，土方子能治大病嘛!”话音刚落，你彩虹婶就噘起嘴批评起我来了，说：“怎么，就骄傲起来了……”

正说着，春琴回来了，还没有进屋子就喊：“郑彩虹，信!”彩虹一听这话，马上从地上跳了起来，连手也顾不得洗，两只手掌只是合着搓了一下，就跑了出去。她从春琴手里一把夺过信，连屋也没进，就躲在外面看了起来。春琴进屋来，我明知故问：“哪里寄来的信?”春琴说：“你说哪里，啊?”说完又看着我说，“怎么，是不是有点吃醋了?”我一听这话，心里咯噔地跳了一下，正要回答，却听得你彩虹婶在外面忽然哇的一声号啕大哭起来。

听见你彩虹婶的哭声，我和春琴立即跑了出去，只见她蹲在大队办公室门口，头埋在两腿间，肩膀一耸一耸，哭得很伤心。我一见，就急忙问她：“郑彩虹你哭啥子?”她也不答，只顾伤伤心心地哭着。春琴也问：“出了啥事?”一边问，一边去拉她，可她甩脱了春琴的手。我和春琴互相看了一眼，想说什么却一时不知说什么好。过了一会儿，你彩虹婶突然爬了起来，蒙着脸一边抽抽搭搭地哭，一边往家里跑去了。

等她跑远后，我和春琴才回到合作医疗站里，猜测她到底发生了什么事。我们都知道肯定和春琴带回的那封信有关。春琴说：“难道是贺世忠出了啥事?”我说：“贺世忠一个文艺兵，就是在台上蹦蹦跳跳，他能出啥事? 再说，如果是出了事，部队就会来人，不会只给她寄一封信来的!”春琴听了，觉得似乎有理，过了一会儿，才突然想起似的看着我说：“是不是……”说着又不说了。我急忙问：“是啥?”春琴这才说：“贺世忠把她甩了?”听了这话，我头脑里“轰”地响了一声，却摇着头说：“不可能，不可能，贺世忠他虽然当了个兵，可一个兵有啥了不起的? 他能找到郑彩虹，算是前辈子修来的福，人家没甩他，他吃饱了不晓得放碗，敢甩人家?”春琴一听觉得是理，想一想郑彩虹有多少追求者呀，贺世忠得到了还能轻易不要了她? 猜来猜去，我们猜不出原因，也就不去猜了。

可是接下来，你彩虹婶一连两天都没来上班，我不放心，这天上午我让春琴值班，自己就赶到郑家塝去看她。彩虹家里有两间瓦房，紧挨着瓦房配了一间草房，草房从中间隔开，一分为二，一间做灶屋，一间是猪圈兼茅房。两间瓦房一间是堂屋，一间是彩虹和她娘的卧室，瓦房又矮又破，除了房顶上不是盖的稻草以外，四壁还不如茅草房的土墙避风。但毕竟是女人家过日子，屋子里倒收拾得干干净净，墙上还贴了几张毛主席挥手和背着雨伞去安源的画报。我走进屋子的时候，恰好郑锋也在。郑锋一看见我，不等我开口，他便亮着大嗓子骂了起来："贺世忠这狗娘养的，才当几天兵就敢当陈世美，老子当兵的时候，他给老子还在哪儿摸溏巴鸡屎。这样的兵，跟老子提臭鞋老子都不得要，看他回来老子不宰了他！"

听郑锋这么一说，我心里顿时明白了，原来真是贺世忠甩了彩虹。我心里顿时有了一种说不清的滋味，一方面有些幸灾乐祸，另一方面又感到十分愤怒。我弄不明白这么好的姑娘，贺世忠为什么还会甩了她？因此我忍不住对郑锋问道："怎么回事？"郑锋听了我这话后，却没有回答我，只对我说："贺万山你跟我进去好好劝劝她！有啥不得了的？难道离了贺世忠，她就嫁不出去了！哼，我不相信离了胡萝卜就办不了席！"我站在屋子中间愣了一会儿，果然进了旁边的卧室。可是我刚进去，你彩虹婶却"呼"地一下从床上爬起来了。也许她不想在我面前丢脸，此时也不哭了，还故意显出轻松的样子，说："谁叫你来的？我正说来上班呢！"可是我却看见她的一双眼睛肿得像两只烂桃子一样。但既然她都想在我面前装点面子，我也不好去挑破什么，便说："我是顺路过来看看，不是专门来看你的！"接着又说，"你想啥时候来上班，就啥时候来吧，反正合作医疗站里有我和春琴！"说完我就出来走了。

你彩虹婶当天并没有来上班，她是第二天才来上班的，两只眼睛已经不像昨天那样红肿了，但脸上却挂着一种憔悴的颜色，像一朵盛开的鲜花突然凋谢了似的，不但愁容满面，而且双目也像失去了光彩。过后很长一段时间，她都是这样一副无精打采的神情，同时合作医疗站里也听不到她的笑声了。我和春琴都知道了是怎么回事，因此我们说话时，都尽量不去提"贺世忠"三个字。

长话短说吧，大侄儿，第二年冬天，我的继父死了。从我回到贺家湾后，我还一直没有对你提到过我的继父，现在我得对你提一提他。说实话，大侄儿，只有当我渐渐长大以后，我才逐渐地在心中理解了继父的痛苦。其实继父也是一个很可怜的人，过去给地主当丘二，直到共产党坐了江山，才分了一点地主的田地和两间房屋，可很快田地就入社了。娶了我娘后，尽管他脾气暴躁，但毕竟看到了生活的希望，可没想到我娘又突然去世了。对于一个又穷又没文化的中年男人来说，我娘的去世就意味着他生活中唯一一点希望的火花彻底熄灭了。对一个绝望的男人来说，要么是破罐子破摔，要么是做出更出格的事来，比如杀人放火等。继父似乎是选择了这两者之间的办法，拿我做了出气筒。我当时不能理解，觉得他残暴，可后来我就慢慢理解他了。特别是我回贺家湾那天他埋头恸哭的样子，永远刻在了我心里。我想起老年人的一句话，说"生的父母小，养的父母大"，尽管我随我娘到他家里去时，我都八岁了，可我毕竟又和他在一个锅里吃了七年多的饭，加上人逐渐懂事了，所以我经常去看他。手头宽松时，给他三五块钱，实在没钱时，别人给我的鸡蛋我也会给他提上几个。所以雷家湾的人看见，都夸我不记仇，孝顺。一听说他有了病，我马上就跑去给他看。我想最后这些年，继父还是很感激我的。继父是死于肺癌——我娘死后，陷入绝望中的他抽烟更厉害，常常是一支接一支地抽裹得又长又粗的叶子烟。这种病就是医术再高明的医生，也是无力回天的，何况像我这样的赤脚医生呢？除了我这个继儿以外，他又没个子女，所以他死后，我还是按照农村那一套风俗，亲自去给他端灵牌、三跪九拜、披麻戴孝，尽我一个继儿的责任。我把他葬在我娘的坟旁边，因为他们做夫妻的时间虽然不长，但毕竟在一起共同生活了七八年。埋葬了我继父后，其他帮忙的人都回去了，我却坐在娘和继父的坟头之间，看着远处朦胧的群山发呆，也不知犯了什么傻。

就在这时，你彩虹婶不知什么时候来到了我身后，听到她故意咳出的声音后，我才发现她。从去年春天她遭受那场失恋的打击后，时间虽然慢慢医治了她心灵的创伤，但总的来说，她没有过去那样爱说爱笑了，像是一下成熟了许多。我们之间也始终保持着一种同事关系，有许多次，我虽然想对她表达自己的感情，但话到嘴边又被堵了回去。我为自己的胆怯和自卑感到难过，每次都对自己说，下次一定对她说一说，可下次除了收获心跳以外，同样什么话也没说出口。她似乎也发现了啥，也有一种被什么阻隔了的样子，好几次同样在我面前流露出一种欲言又止的表情。现在，我见她突然来了，以为是合作医疗站出了事，便急忙问："你怎么来了？"

她听见我这样问，便有些不满地说："我怎么又不能来？这地方又不是只有你一个人才能来！我来看看你难道不可以吗？"我一听她这话，脸就有些红了，说："我有啥子可看的？"说完这话，我又问她，"这几天来医疗站看病的人多不多？"她想了一会儿才说："当然多了，都是来找你的，我们说了你家里的事后，才没等你。"说完这话又说，"好在这个天气大多数病人都是感冒，我和春琴能够对付。"我说："那好，我下午就来上班！"她听了我这话没吭声，却在我身边找了一块石头坐了下来，然后看着我关心地问："忙了这么几天，累了吧？"一听见她这话，我心里十分感动，便实话实说："累倒不觉得累，就是心里有些不好受！"你彩虹婶听了我这话后，以为我是为继父的死难过，便劝我说："人总有一死，死了就不能复生，你也要想开些！"我说："你以为我在为继父伤心呀？我既是也不是呢！"

你彩虹婶听了像是不相信地看着我说："那你究竟在想啥子？"我说："啥都在想！想我父亲，不晓得他是什么样子？也想我娘，那么年轻就死了，死得那么惨，流尽了身上所有的血。也在想我自己……"她不等我说完，马上带着指责的语气对我说："你想得太多了！"我说："不想不行，这些事都是自己跑到脑壳里来的呀！"说着，我突然提高了声音，"我有时恨我继父，有时又不恨他，有时不但不恨他，还十分同情他，我都弄不清楚怎么会这样呢！"她说："真的？你恨他哪些方面？"我说："恨他的地方多了，比如说没让我读书呀，恨他打我呀，每次打我都下死手打，要不我也不会回贺家湾了！"说完我又看着远处说，"可我现在又把他恨不起来了……"

彩虹听到这里，又急忙扑闪着大眼问我："怎么又恨不起来了？"我说："人都死了，你还恨他做啥子？再说，即使他没死的时候，我看见他可怜的样子，也早就不恨他了！"她想了一会儿，似乎有些不明白的样子，便又问："那为什么你不回家，在这儿坐着发呆？"我说："我在想我自己。"她说："自己有啥想的？"我说："怎么没有想的？我在想我被逼上梁山，在奄奄一息的时候用草药把自己的病治好了，算得上是无娘儿天照顾，命大，不然早就去见我娘了……"说到这里，我的声音有些哽咽起来。

我很奇怪，这天下午我怎么有这么多话说，似乎这二十来年积累在肚子里的话，一下子要说个尽的样子。我还准备往下说，突然，你彩虹婶颤抖着喊了一声："万山哥……"这一声喊把我吓了一跳，我急忙回过头看她，只见她脸颊绯红，像是全身的血都涌到上面来了似的，两只大眼睛噙满了泪水，波光盈盈，比秋水还要清澈明亮。我的心突然咚咚地狂跳了起来，一时慌乱得语无伦次地说：

"你……你……"

我还没有说完，她一下扑到了我怀里，口里说："万山哥，你不要再说那些了，如果不是你，我也早没在人世了……"隔着厚厚的棉衣，我也感觉到了她的心跳和她身上的热度，我的身子也像着火似的燃烧了起来，急忙手足无措地推着她说："你、你，快起来，彩虹……"我也没像过去一样叫她"郑彩虹"了，而突然之间亲切地称呼起了"彩虹"来。这中间蕴含的意思，也许只有两个人才能明白。她听了我的话，不但没起来，反而一下将我抱住了，像孩子撒娇一样说："我、我不起来……"说完竟然抬起头大胆地看着我，连声说，"万山哥，你要是不嫌弃我，你就娶了我，娶了我吧……"

一听见这话，一种眩晕的感觉击中了我，我的心几乎停止了跳动，我看着她，不敢相信自己的耳朵似的问："真的？你不是拿我开心的吧？不是说的疯话吧？"她一双大眼仍然期盼地看着我，说："我说的都是真的！我想了很久，才说这话的。你要不嫌弃我，我会一辈子对你好！"顿时，我沉浸在强烈的幸福中，我也马上抱住了她，说："彩虹，我、我也早就爱上你了，只是我不敢对你说！我娶你！我也一辈子对你好！"

你彩虹婶听我这么说，也像是被幸福击中了，把头伏在我的肩上。我的脸摩挲到了她的头发，她的头发黑乌乌的，像是刚刚洗过，有一种香皂的味道，从两边向中间拢过去编成一条又长又粗的独辫子垂在身后。我看见她头发下面露出的脖子是那么白皙，脖子上隐约可见两条蓝色的血管向耳际伸上去。我们就这样拥抱着，也不知道接下来该说什么，只彼此听着对方的心跳，感受着对方的呼吸。这样过了一会儿，你彩虹婶终于仰起了脸。我看见那张脸，比桃花还要艳丽，特别是那双眼睛，毫不畏惧地看着我。那是生平从未见过的一双眼睛，里面分明蕴藏着一团烈火，既大胆、倔强，又是那样惹人怜悯。她的鼻子不是很大，但很直，有一种难以用语言形容的秀气，因为她的脸仰着，熹微的阳光正好照进她的两个鼻孔里，使她的两只鼻孔也变得像花朵般鲜艳。她的两瓣嘴唇红得像玫瑰，似乎浸透了又香又甜的蜜汁，让人情不自禁地想去品尝品尝上面的滋味。不瞒你说，大侄儿，那时我还不知道接吻，可就在那一刻，我忽然无师自通了，想去吻她。于是我捧起她的脸来，她也似乎知道我要干什么，主动地配合着我，我们的两张嘴唇便像蜥蜴般贴在了一起。

狂吻中，我们两个人都觉得身子似乎要爆炸了！那时我们是多年轻呀，年轻人，谁不为爱情癫狂呢？我们就这样互相吸着对方嘴唇上的甘露，你彩虹婶含混不清的呻吟声和我粗重的呼吸声混在一起。吻了一会儿，你彩虹婶突然拿起我的手，轻轻地放在了她的胸脯上，但我像是触电似的，马上又把手放了下来。你彩虹婶见了，目光迷离，看着我哼唧地说："万山哥，我、我不、不怪你……"我真想一把撕开她的衣服，可手颤抖了好半天，终于没有那分勇气，过了半天才对她说："回去跟你娘说，我们过年前就结婚！"

你彩虹婶听了这话，红着脸附和似的点着头，说："嗯！"可又突然说，"我怎么好意思说，你还是找个媒人去说吧！"我一听这话，就急忙说："行，我就叫春琴姐去说。"你彩虹婶听后又点了点头。说完，两人又拥抱了一会儿，才打算回合作医疗站去。刚走了两步，我突然站住了。你彩虹婶一看，就问我："怎么了？"我说："我有女人了？我真的有女人了？我不是在做梦吧？"彩虹说："青天白日的，哪来的梦？"我说："那我告诉我娘一声！"说着，我回过身子，扑通一声跪在我娘的坟前，磕了一个头，然后对着坟头说："娘，儿告诉你一个好消息，儿有女人了！是全湾最漂亮、最贤惠、最通情达理的姑娘！娘，儿终于有今天了！儿以后给你生一个聪明的大胖小子！娘，你在阴间多保佑儿和你儿媳妇吧！"你彩虹婶在旁边见了，两滴又大又亮的泪珠突然从眼角滴落了下来。我给我娘磕完头，然后站起来，牵起彩虹的手一起往前走了。

回到合作医疗站，春琴立即对我说："刚才苏家河边的苏老婆婆来请你去看看她孙女……"可我还沉浸在巨大的幸福中，根本没听清她说什么，便把她拉在了一边，迫不及待地说："春琴姐，有件事想请你帮个忙！"她不解地看着我，说："啥事呀，一回来就像是捡到个金元宝似的？"我红着脸，忍着心跳说："我要娶彩虹，想请你做个大媒人，去郑家塝她家给我提亲！"她一听我这话，像是不认识我似的，将我上下看了一遍，然后说："你不是开玩笑吧？"我说："我开啥子玩笑？完全是真的！"她还是像不相信的样子，说："那郑彩虹的意思呢？你可不能让我去碰一鼻子灰哟！"我急忙说："你放心，保证你去一说就成！"她一听这话，心里就明白了，说："哟，你两个是自由爱上了，才来找的我这个媒人！"接着又说，"好哇，别个做媒人，鞋都要跑烂几双，话要说几箩筐，我可不费吹灰之力，就把那两斤谢媒肉得到了！行，我明天就去跟你说！"我一听她答应了，忙说："好姐姐，你放心，谢媒肉不成问题，该怎么着我们一定按规矩来!"她听了这话,又说:"我是和你开玩笑的,哪个要你啥谢不谢的?"

说完这话,我才想起她刚才说的事,忙问:"你刚才说啥子呀?"她说:"你看你光顾高兴,耳朵打蚊子去了,苏家河边的苏老婆婆叫你去给她孙女看看病!"我一时没反应过来,就对她问:"哪个苏老婆婆?"她说:"你忘了?就是合作医疗站成立那天晚上,你们去接生的那家婆婆!"我一听这话,立即问:"她孙女怎么样了?"春琴说:"她没说,只是请你一定去看看!"一听这话,我便回到合作医疗站,背起出诊箱就要走。彩虹一看我要出诊,忙问:"哪去?"我告诉了她春琴的话。她一听去给那个孩子看病,马上便说:"我也去!"接着又说,"那是一个可怜的孩子,从出生就没有见过娘,也不知长成啥样子了?"我一听彩虹这话,看看站里也没有其他事,便说:"那好,我们就一起去看看吧!"

到了苏家河边两年前我们接生那户人家,我们先在门外叫了一声:"有人吗?"然后轻轻一推门,门就开了。我们正准备进屋去,那天晚上我们见过的那个老大娘从里面走了出来,一看见我们,脸上的皱纹便像菊花一样绽放开了,一边笑嘻嘻地叫着:"恩人来了,恩人来了!"一边把我们引进屋去。到了屋里一看,屋子里的陈设虽和两年前一模一样,却比两年前那天晚上少了许多生气,尽管两年前那天晚上还有死神驻扎在这屋子里。老妇人头上的白发也比两年前多了许多,不过身体看起来还硬朗,精神也似乎不错。我朝屋子里看了一遍后,便对她问:"小姑娘在哪里?"老太太像是不好意思地笑了一下,说:"在她娘死的那张床上呢,你们跟我进来吧!"

我们跟随她走进那天晚上我们接生的房间里,还没跨进门槛,我们便看见床上坐着一个两岁多点的小姑娘,瘦得皮包骨头,脸色蜡黄蜡黄,看见我们去了,瞪着一双大眼睛十分茫然地看着我们。那老太太急忙过去对她说:"孝芳,孝芳,是恩人来给你看病了,你不要怕!"说着,她要把孩子抱出来,可彩虹制止了她。彩虹坐在了床沿上,拍了拍双手对孩子说:"来,阿姨抱抱,怎么样?"

可孩子看着她,还是没动,像是呆傻了一般。那老太太又急忙说:"你怎么不说话呢?要不是恩人给你拿炼乳来,你早就饿死了!"彩虹听了这话,忙说:"也不是我给的,是叶院长给的,孩子一生下来就没了娘,哪个人也要心疼的!"说完这话,就去拉小女孩的手,那小女孩躲闪着。但彩虹还是抓住了她的手,轻轻一拉她小手上的皮肤,皮肤就被拉得老长。彩虹立即叹息了一声,说:"怎么瘦成了这样?"话音刚落,苏孝芳的奶奶便说:"她又不吃饭,吃啥子屙啥子,在我们大队赤脚医生和公社卫生院吃了好多药，越吃越严重，现在就差断一口气的样子了，真是造孽呀！"

我听了老人家这话，又就近看了看小女孩的脸色，然后问老太太："他爸爸呢？"老太太叹了一口气，说，"唉，莫说他了，自从女人死后，就变成一条牛一样，只晓得做活路，话也莫得一句！"听了这话，我又想起了我继父，便说："他还年轻，有合适的重新找一个嘛！总不能这样过一辈子呀？"老太太突然抹起了眼角，说："这个样子，有哪个会看得上他？"我听了这话，知道这就是穷人的命，便不再说什么了。我给小女孩诊了脉，看了她的舌苔，又在她的小肚子上按了按，老太太一边看着我给小女孩诊病，一边喋喋不休地对我说："好人，你们两个大好人，可一定要治好她，她娘在阴间里，也会保佑你们两个好人的！"我没吭声，诊断完后，我断定小女孩还是因为从小营养不良所导致的脾胃虚弱，从而造成了消化不良。我想一般的中药对她这种病作用不大，想了一想，便对老太太说："这样吧，我们回去给孩子做点药丸，你后天来取吧！"老太太一听，便叫了起来："恩人，硬是大恩人，我不知怎么谢你们呢！"说着要去烧开水。所谓"开水"，大侄儿你是知道的，就是煮荷包蛋。我们一看，急忙谢绝了，背起药箱就走了出去。老太太一看急了，急忙把几个蛋包在手帕里追了出来，硬要塞给我们。我们千推辞万推辞，推辞不过，我只好叫彩虹收下了。

老太婆回去以后，彩虹才埋怨我说："孩子都那个样子了，正需要营养的时候，你叫我把鸡蛋收下做啥子嘛？"我说："你看老太婆那个样子，你不收行吗？"她听了停了一会儿又问："你怎么想起做药丸？"我说："孩子的体质太差了，一般的助消化药可能不解决问题。再说，孩子都怕苦，中药汤孩子难以喝下，喝一半洒一半起不了作用，所以我想药丸的效果最好！"她说："好是好，可是做药丸要蜂蜜，我们哪里去找蜂蜜？"我说："没有蜂蜜，红砂糖也行。"她说："红砂糖也是凭票供应，我们哪儿去找糖票？"我说："这就要靠你去想办法了！"她说："我又不是卖糖的，能想啥子办法？"我说："人心都是肉做的，你回去把苏孝芳的不幸给你大爸讲讲，请他到公社去求一下供销社的王主任，弄一两斤红砂糖我想还是没问题的！"彩虹听了这话，停了一下才说："你打的还是这个主意呀！"她话是这么说，可从语气中却可以听出来她是非常赞成我这个建议的。

第二天，郑锋果然到公社搞到了一斤红砂糖。晚上，我从一只青花瓷瓶内倒出了一些"鸡内金"粉末，"鸡内金"大侄儿知道吧？对，就是鸡肫皮儿！为什么叫"鸡内金"呢？它本是鸡的肫子内壁上附着的一层角质物，所以叫"鸡肫皮"。这"鸡肫皮"黄灿灿、亮闪闪，很辉煌，有些像金子，因此书上又叫"鸡内金"了！"鸡内金"有啥子作用呢？用于治疗儿童消化不良，那可是一道好药。为啥？我前面讲了我们中医讲究象形，你看那鸡肫子，它是鸡的胃，它直接把食物磨碎，任你什么顽食，比如沙石、玻璃碴子等，它都能直接磨碎并把它们消化掉。所以书上说，鸡内金有消坚化食之本领。每到逢年过节，碰到有人家杀鸡，我都要上门去把那层鸡肫皮要来，洗净、晾干、烤脆，然后用药碾碾成粉末，装在那只青花瓷瓶内收藏起来。然后，我打开柜子上的纸包，取了麦芽、谷芽、山楂、黄荆籽、山螺蛳壳等，又从墙壁上取下几把草药，有鱼鳅串、香附子这些。我先把这些药放到锅里，下面用文火慢慢烤，等把它们烤脆了，然后用药碾细细地碾，把它们全部碾成了粉末。最后我把红砂糖放到药灯里慢慢化开，将各种药粉混合在糖汁里，调匀后，用手搓成豌豆粒大小的药丸。我整整做了一个通宵，才将药丸做成。第二天，苏老婆婆果然来了，我红着眼睛把药丸交给她，并告诉了她服法和需要注意的事项。

才到一个星期，苏老婆婆就来感激不尽地对我说："贺医生，贺医生你真是神医呀！我孙女不像过去那样拉稀了，脸色也好多了！"接着又说，"过去给她灌药，像要杀她一样，灌进去的还没有浪费的多，现在药丸是甜的，吃了还要！"我听了这话很高兴，说："吃完了我再给她做一服！"我说完后，苏老婆婆望着我，像是有话却又不好开口一样，过了半天才结结巴巴地问："贺医生，好、好多钱……"我一听这话，知道她有些作难，便说："五分钱！"她一听只要五分钱，像是不肯相信似的，又过了一会儿，才说："真、真的五分钱呀？"我说："我们合作医疗都只收病人五分钱，你虽然不是我们大队的人，可那孩子可怜，我们就当本大队的社员一样只收你们五分钱！"苏老婆婆一听，果真只掏出了五分钱给我们，然后才千恩万谢地去了。

时间过得真快，转眼就到年底了，我和你彩虹婶的婚礼定在腊月二十六。腊月二十三，是过去送灶王爷上天的日子，也是过小年、家家户户打扫清洁的日子。现在灶王爷是"四旧"，被打倒了，没人管他上天不上天了。因为大家的日子都紧，小年也没什么过头，唯有这打扫清洁卫生，在过一个"革命化"春节中被大家坚持了下来。这天上午，我和彩虹、春琴一起，将大队合作医疗站的清洁卫生也打扫了一遍。尽管只有两间屋子，可我们绑起大扫帚，该刷的刷，该扫的扫，将一些生虫、发霉的草药也拿出来扔了。我们把扫出的灰尘，拿去倒在了旁边的路上——尽管破了"四旧"，可庄稼人思想冥顽，一时改不掉头脑中的旧观念。腊月大扫除的灰尘倒在路上让千人踩万人踏，其寄寓的意思和将药渣倒在路上是一样的。做完这些以后，彩虹突然对我说："贺万山，你来，我有话跟你说!"

一听见这话，我吃了一惊，我们相爱的时间虽然不长，可那天从我继父的墓地回来后，她就一直是叫我万山哥了，今天她却用了这样严肃的口吻和语气叫我，我不知道这是怎么了，便问她："啥话?"她却不说话，径直朝大队背后的小山上走去。我一见，只好跟着她。走到山坡中间，她在一匹岩的边缘坐了下来。然后看着我说："我有一件重要的事告诉你，你要后悔现在还来得及!"

我一看她这副庄重严肃的样子，心里实在纳闷极了，便挨着她身边坐下来，说："啥事现在后悔还来得及?"她目光一动不动地落到我的身上，似乎想看穿我的五脏六腑似的。过了好一阵，她才咬着牙关对我说："我不想骗你，必须要跟你说清楚，我、我……"说着，突然又将嘴闭上了，两边脸颊涌上了一片红晕。

我更被她这副样子弄得莫名其妙了，望着她说："有啥你就说吧，究竟发生了啥事?"她又咬了一会儿嘴唇，才突然说："我已经不是处女了，你嫌不嫌弃我? 要嫌弃我你现在就可以离开……"我一听这话，头脑"轰"地响了一声，顿时像被雷击中似的呆了。我没想到她说的是这事! 说实话，我虽然是医生，可我这人还是有些封建! 尽管我一直没过过性生活，不知道是处女和不是处女究竟有什么不同，但从小到大，从大人们的言谈中和从一些书上读到的，男人都希望新婚的晚上能看到新娘子的"红"。可现在听她这么一说，我知道自己在新婚晚上不但看不到她的"红"了，而且我还没有结婚，就糊里糊涂地被人戴了一顶"绿帽子"! 虽然我爱她，可我二十多年来却还是一个童男子，我可不愿意被人戴"绿帽子"! 想到这里，我的胸脯急剧地起伏起来，身上的血都一个劲地往脸上涌来。我真想爬起来就走开，可是一看她的眼睛，不但有怨恨，更多的是充满着小鹿一样让人怜悯的可怜的光芒。我的心又忽然软了。我想，她能够坦诚地把这事告诉我，这是爱我的表现，她已经遭受过一次失恋的打击，如果我绝情地一走，不是将她再次推入痛苦的深渊吗? 这样想着，我双脚就像被抽了筋一样，想走却没有一点力量。可是我又一时说不出话来，也只有呆呆地望着她。

她见我张口结舌地望着她，以为我还想知道事情的全部经过，便不等我问，便又咬牙切齿地说了一句："贺世忠这狗娘养的，我一辈子都恨他……"话未说完，她忽然埋着头抽泣起来。我一看，心里就慌乱起来了。其实，她不对我这样说，我心里已经猜到了八九分。不过她现在一说，我更加明白了。我想起贺世忠那次回部队时，她送他到城里，在县城住了两天的事，我终于明白当她接到贺世忠要和她断绝关系的那封信时，为什么会哭得那么伤心了。同时，我还想起那天在我继父和我娘的坟前，她一连说了好几个"你要不嫌弃我"的话，当时我没往细里想，现在想来，她早已在暗示我自己有了这么一点污点。我现在该怎么办？听见她抽泣声，我忽然下了决心：见它什么处女、什么"红"的鬼去吧！我可不要什么处女，什么"红"，我只要一个爱我的人，一个和我过一辈子的人！要不是她有这么一点污点，说不定我还得不到她呢！这么一想，我忽然一把将她抱在了怀里，抚摩着她脸上的泪痕说："我不嫌弃！我不嫌弃……"

　　你彩虹婶一听我这话，马上停止了抽泣，用一对泪光盈盈的眼睛看着我，似乎不相信地问："真的，你真的不嫌弃？"我说："我不在乎那么一点东西，我只在乎你对我好！"她一听，马上也抱住了我，头在我怀里摩挲着，说："我对你好，一辈子都是你的人！"我也说："我也一辈子对你好！"她听了这话，又忽然抬起头来看着我问："你真的不在乎？"我说："哄你是狗！"她说："那你向我保证，一辈子不准提起此事！"我说："我保证！"她说："你发誓！"我说："我发誓，我如果提起了这事，不得好死……"她没等我说完，一下捂住了我的嘴，说："不准说这样的话！"我说："那我说什么呢？"她想了一想，然后才说："那我们就什么也不说了！"可是说完这话，她马上又说了，"我本想不告诉你的，可我又觉得不对你说明，有些对不起你，所以才跟你说了……"我没等她说完，就打断了她的话，做出生气的样子说："你说不要再提这事了，怎么又提了？"她一下就不吭声了。过了一会儿，她忽然指着岩下对我问："你看岩下是些啥东西？"我说："乱石头呗！"她说："你知道我为啥子把你带到这儿来？"我一听这话，头皮就有些紧了，可却做出不明白的样子，说："为啥？"她说："要是你今天绝情地走了，我就会一下跳下去……"一听她这么说，我身上冒起来了一层冷汗，突然紧紧攥住她的手，又猛地向上一拉，将她拉了起来，并且大声说了一句："走，回去！"

　　说完，我便拉着她走了。一路上我都紧紧地攥着她的手，生怕会失去她似的。我想，幸好我刚才没有一时冲动走了，要是那样，我这辈子就可能欠下一条人命了！大侄儿，这可是我第一次把你彩虹婶这点事说出来！几十年来，我信守诺言，真的没有把她这点事给任何人透露过。今天我违背诺言跟你讲，一是事情都过去几十年了，二是你彩虹婶也不在人世了，即使生前有对她不满的人，现在也不会去埋汰一个死人了。不过你最好不要把这点事写进你的书里，因为不久的将来我还要到阴间去和她会合，她要是知道了我把她这点事说出去了，说不定会和我打起"鬼架"来呢！

我又扯到一边去了，还是接着说我们结婚的事吧。对于我和你彩虹婶突然结婚的事，不但贺家湾人感到意外，就连周围团转大队的人听了，也觉得太突然，因为他们从没听说过我们谈恋爱，怎么一下就结婚了？可是细细一想，又感到一点都不奇怪，这其中的原因在于贺世忠把你彩虹婶甩了的消息早就在十里八乡传开了，我和你彩虹婶不但也是一个大队的，而且从到公社卫生院培训时起，就天天在一起，两年多时间了，就是石头也捂出感情来了。男大当婚，女大当嫁，何况两个人又是这样般配，结婚有什么奇怪的？那时和现在不一样，那时啥都讲革命，结婚只能举行革命的婚礼。什么叫革命的婚礼？就是新事新办，不准铺张浪费。不过话说回来，那个时候大家生活都很困难，想大操大办也没那个条件。加上我也没个亲人了，所以婚礼不俭朴也不行。但尽管俭朴，却因为我们是赤脚医生，远近又有一些名气，用大侄儿你们这些文化人今天的话说，多少也算得上一个公众人物了，所以来参加我们婚礼的人非常多，连公社革委会李主任也给我们送来了两套《毛泽东选集》和两顶草帽，公社卫生院革命领导小组见李主任都给我们送了《毛选》，也不甘落后，不仅送了同样的礼物，同时还增加了两本新的《赤脚医生手册》。你彩虹婶的爹早已过世，她娘一个妇道人家也不知道怎么张罗，张罗的事自然落到她大爸郑锋身上。郑锋见我那三间茅草房实在太破，便把婚礼的现场干脆放到了大队合作医疗站前面的坝子里。那坝子前面有个土台子，开群众大会时，那个土台子便是主席台，逢年过节你彩虹婶带着她那帮宣传队员唱歌跳舞时，那土台子便是舞台。可这天，那土台子却成了我们拜天地的地方。我和你彩虹婶胸前都各戴了一朵大红花，背上背着公社王主任送的新草帽，每个人手里都捧着一套《毛泽东选集》，被人簇拥着走到了台上。我们首先对挂在台子上的毛主席像鞠了三个躬，接着又对介绍人春琴鞠了三个躬。给春琴鞠躬的时候，春琴显得很不好意思，把头扭到一边咪咪地暗笑，仿佛是她贪了功劳。然后是我和你彩虹婶相互鞠躬。接下来是公社李主任和医院革命领导小组黄组长讲话。他们讲了一大堆空话，今天我一句也记不得了，但其中有一句话，那就是他们都祝福我们白头偕老，我觉得我们做到了！

公社李主任和医院黄组长讲完，我们这个"革命化"的婚礼就结束了。接下来是参加婚礼的群众向我们讨喜糖。那时，糖果也是凭票供应，不过因有公社李主任来参加我们的婚礼，加上郑锋到公社供销社主任那里死磨硬缠，公社供销社王主任给我们批了几斤硬糖。那种糖不知是啥东西做的，非常硬，丢到嘴里还有点苦，放到今天，小孩子也不会吃了，可当时是稀罕物，大家都把手向我们伸过来。我们一边往前面走，一边给每只举起的手掌分别放进两颗糖果。到了人群边上，我们才看见那个叫苏明成的汉子，抱了他的女儿苏孝芳也来了。那汉子胡子拉碴的，看上去像一个五十多岁的老头，穿一身灰不溜秋的、皱皱巴巴的衣服，衣服的肩上打着两块粗针大线、歪歪斜斜的补丁。不过他怀中的女孩儿倒像是经过一番仔细打扮，头上梳了一对朝天椒似的小辫儿，上面用两截红绒毛线绑了，我们农村称那样的辫子为"丁丁猫儿"。衣服也是才做的一件小花衣服。那汉子见我们去了，突然像是不好意思地脸红了。张了张嘴似乎想说什么，却没有说出来，只咧着一张大嘴憨厚地对我们笑着。我一见，忙感激地问他："你怎么也来了？"那汉子又憋了半天，这才憋出一句话来，说："我娘叫我过来看看，你们救了孩子的命呢！"我听了这话，向你彩虹婶努了一下嘴，你彩虹婶马上从盘子里抓起一把水果糖，过去在苏孝芳衣服上找口袋，却没找着，只好往那汉子手里塞。苏明成抬起手来接糖果时，我们才发现他手里还提着一只崭新的竹壳保温瓶。我一见，急忙问："你把这个提来干啥子？"他一听这话，便红着脸说："我娘说，你们结、结婚，我们也没啥子送、送的，就给你们买了这个东西！"说着，便将保温瓶往我手里塞。

我心里一阵热乎，那年头，这东西也是稀罕物，即使是开"后门"，也要和供销社主任关系非常铁的人才能搞出来。他们这样一户人家，也不知是怎样搞到的。因此我急忙将他的手挡了回去，说："那怎么行，你们家那个样子，我们怎么能收你们的礼物？"那汉子一听这话，像是急了，脸涨得紫红，说："你、你们不收，就是看、看不起我们了！"说完又将小女孩儿往上抱了抱，说，"要不是你们，我、我们孝芳早就没命了！你、你们一、一定要收下！"听了这话，我和彩虹交换了一下眼色，我们都知道乡下人实在，今天要是不收下，会使这个憨厚直爽又不善言辞的汉子下不了台。于是我让彩虹把保温瓶收下了，接着我从汉子手里抱过了小女孩儿。小女孩儿脸上果然有了红润的颜色，一对眼睛也有了精神，忽闪忽闪地看着我。我掐了掐小女孩儿手上的肉，发现她手上的肉也扎紧了。我看见小女孩儿看我，便忍不住说："来，让叔叔亲亲怎么样？"我以为那小女孩会认生，却没想到她听了我这话，果真把身子向我扑过来，让我在她脸颊上亲了亲。然后我又对她说："亲亲叔叔！"她又把小嘴贴到我的脸颊上，亲了亲我。她父亲见了，突然十分诧异地说："这孩子怪了，在家里认生得很，除了我们，任何人都不让抱，怎么和贺医生这么亲热？"旁边一个人听了汉子这话，似乎想验证一下似的，朝小女孩拍了拍手，做出想抱她的样子，小女孩儿果然把头偏到了一边。更令我没想到的是，当我打算将她还给她父亲时，她的两只小手竟然紧紧抓住我衣领，一副舍不得放开的样子。还是苏明成见了，一边伸手来接，一边对那女孩儿说："来，来，叔叔还有事，别耽误他了！"把她接了过去。在他接过小女孩时，我掏出了一块钱，悄悄塞到了小女孩儿棉衣里面的口袋里。

　　白天有公社领导在场，我们的婚礼"革命化"了，可一到晚上，却又是另外一回事了。那时许多事都是这样，白天"革命化"，晚上"另外化"。比如七月十四过"鬼节"，大年三十过春节，家里遇到红白喜事等，白天大家对着毛主席的像唱语录歌、表忠心、三鞠躬等，可到了晚上，却仍是悄悄地给祖宗烧纸化钱、求他们保佑平安！我们以为我们白天已经举行了一个"革命化"的婚礼，就可以万事大吉了，可没想到天还没黑，湾里的年轻人就拥到我那三间破草房来闹洞房了。对他们来说，闹洞房才是真正的婚礼，连洞房都不闹算什么喜事？因此，他们一个个比过大年还要兴奋，逼着我和你彩虹婶表演节目。大侄儿你都知道的，表演节目是你彩虹婶的拿手好戏，可那些好事者，醉翁之意不在酒，不管你彩虹婶表演了多少节目，他们都是不依。节目表演得差不多了，他们又逼问我们谈恋爱经过。我们照实说，他们又不相信，我们不照实说，又不像大侄儿你那样可以在肚子里编。后来我的脸皮也厚，他们怎么问，我就怎么答。比如他们问我亲没亲过嘴，我就答亲过了。他们又问我摸过没有，我就说摸了她的手。他们又问摸过大腿没有，我就说隔着裤子摸过等，反正就是一些这样吊他们胃口的话。最后，他们又让我们猜谜，说一些荤素掺杂的黄笑话。你知道乡下人的话粗，那些荤笑话就更难听，我就不给大侄儿你讲了，反正讲了你也不能写进书里，写到书里就要被扫黄了！

闹到半夜，终于像是满足了他们一次难得的精神享受，这才散开了。那时我们年轻，那些荤笑话虽然让我们难堪，却又把我们的情欲给刺激了起来，让我们心里十分难受。他们一走，我们便上床，刚脱掉衣服缩进被窝里，你彩虹婶就往我身上拱。我身子也像着了火一般，恨不得一下就要了她。可是我却挡住了她，认真地说："彩虹，我跟你商量点事，你可要答应我！"你彩虹婶见我满脸严肃，便一下松开了我，问："啥事？"我说："我们还年轻，正是学本事的时候，所以我想我们暂时不要孩子，等过几年再要，你看看行不行？"你彩虹婶一听我这话，像是有些愣住了的样子，过了一会儿才说："这……"一见她迟迟疑疑的样子，我以为她不同意，便问她："怎么，你不同意？"你彩虹婶听了我的话，这才说："要不要孩子，又不是我们说了算……"没等她的话说完，我突然从枕头底下取出了一包避孕套，笑着对她说："你忘了，我们可是医生呢！"你彩虹婶一见，脸一下红得像只柿子，似乎没有想到的样子，过了一会儿，才重新将头靠在我的胸脯上。她嘴上虽然没有答应我，可她眼神却透露出了一种夫唱妇随、百依百顺的样子。于是我一把抱住她，将两个人的身子贴在了一起。

结婚后，我们尽情享受着新婚的甜蜜和幸福。我的那三间破屋，因了你彩虹婶，我觉得也成了一座天堂。我们白天一有时间就回到屋子里，除了做饭吃就是做爱。过去晚上是我一个人在合作医疗站值班，现在变成了我和你彩虹婶两个人。我们将那张单人床换成了双人床，于是合作医疗站也成了我们的洞房。如果有人来叫我或她出诊，我们都一起去，所以外人总是看见我们成双成对、公不离婆、秤不离砣，一副形影不离的样子。就在我们沉浸在爱情的甜蜜和幸福中的时候，上帝却在捉弄另一个人，那就是贺世忠——就在我和你彩虹婶的蜜月还没过完的时候，贺世忠复员了！

那天，我和你彩虹婶去给一个病人看病，回家刚走到村口岔路旁，忽然看见贺世忠背着一个背包，正朝湾里走来。他虽然还穿着军装，可军装上已经没有了领章、帽徽，走路也不像上次回来那样，一副鼻孔朝天的样子，而是眼睛落到地下，仿佛寻找什么东西似的。一见你彩虹婶，他猛地站住了，张开嘴刚想喊，可你彩虹婶脸却忽地一沉，迅速地背过身子朝前走了。我看见他，也本不想理他的，可毕竟是一块儿长大的，看见他背着铺盖卷，这才问："你怎么回来了？"贺世忠忽然叹了一口气，说："我复员了。"我说："复员不是在每年的冬天吗，怎么这时候复员呢？"贺世忠听了我的话，像是有些不好启齿似的，半天才说了一句："唉，别提了。"说完这话，才对我说，"听说你和彩虹结婚了，祝贺你！"说完这话，才像霜打蔫似的往前走了。

这是怎么回事呢？当时我们都不知道，后来我们才逐渐听说，原来贺世忠在和你彩虹婶订婚后，开初还是非常爱你彩虹婶的。一则你彩虹婶是那么漂亮，二则大侄儿你已经知道了，他已经和你彩虹婶发生了关系。那个时候年轻人谈朋友，别说发生关系，就是相互间拉一下手、亲一下，那也是不得了的事。所以那个时候，他三五天就要给你彩虹婶写一封信来，那些甜言蜜语、山盟海誓，把你彩虹婶灌得晕头转向。并且听说他在部队也干得不错，领导已经把他提拔为文工队的副队长了。就在这个时候，文工队里分来一个小女兵，这小女兵十八九岁的样子，军校毕业，穿着一身得体的军装，英姿飒爽，能文能武，嗓音好听得像山上的百灵鸟儿。那身段，那声音，真可说得上是三九天穿裙子——美丽冻（动）人！更具"杀伤力"的是，她的性格十分开朗大方，不管什么人和她说话，她的眼角都挂着几分调皮的微笑，像是亲人似的看着你，又似用眼睛和你说话。你邀请她做什么，她一点也不会推辞，总是显得落落大方，一家人似的。一见面，贺世忠就鬼使神差地被他手下这个小女兵给迷住了。慢慢地，这个小女兵的形象替代了你彩虹婶在他心目中的位置，贺世忠开始为她晚上睡不着觉了。恋爱中的人往往都有些丧失理智，而贺世忠虽然已经到部队混了几年，可他终归是吃我们贺家湾的红苕疙瘩长大的，只有一根肠子一根筋，更显得像个小娃儿似的幼稚。他单方面把女孩对他的微笑和热情当成了对他的爱慕，所以头脑更发起昏来。丧失了理智的贺世忠一方面不断寻找机会去接近和讨好这个小女兵，一方面为了扫除以后婚姻上的障碍，就迫不及待地写信给你彩虹婶，不管不顾地解除了他们之间的婚约。解除了和你彩虹婶的婚约以后，贺世忠以为再也没有什么障碍，他这个癞蛤蟆可以放心大胆地去吃天鹅肉了。也应了那句鬼摸了脑壳的古话，在一次演出时，他见小女兵一个人在化妆室的更衣间里更衣，那高高的胸脯、滚圆的屁股，以及白皙细腻的皮肤，突然让贺世忠这个癞蛤蟆不能自禁了，他猛地闯进更衣间，从背后一把抱住女孩要亲吻她。女孩猝不及防，手里的衣服掉在了地上，"哇"地大叫了一声以后，又马上大叫起来："抓流氓呀——"这一下，贺世忠惹下乱子了：原来这小女兵可不是一般的小女兵，她是师长的宝贝千金，军校毕业后到文工队来锻炼的。团长不得不把这天发生的事汇报给师长，师长雷霆大怒，把女儿喊去一问，要命的是，这小女兵压根儿不承认她在和贺世忠谈朋友，并且还说，她连谈朋友的念头也没有过！这样一来，贺世忠的性质就严重起来了。好在师长没有过分追究，只是一纸复员通知书，让他提前复员回到了贺家湾。现在，他看着已经和我结婚的你彩虹婶，自然是追悔莫及。可是这时，他后悔又有什么用呢？

第七章　我有两次机会可以端上"铁饭碗"

我那两次机会，都跟我的名气有关！这么跟你说吧，就是我们大队的合作医疗越办越好，名气越来越大。当然，合作医疗的名气越来越大，也就是我的名气越来越大。不是在大侄儿面前吹的话，那个时候，不但本大队的人病了要来找我看病，连外大队和外公社的病人也慕名而来。一些上年纪的病人，还把我和我爷爷、我爹联系了起来，说我手里有家传秘方，要不一个赤脚医生，怎么能治那么多病？还有人把小时候那个瞎子给我算的那个命，也搬了出来。这样一传十，十传百，把我传成了"神医"，来看病的人像是赶场一般。我们合作医疗站那两间屋子，常常坐满了等待看病的人，有时人多，连彩虹、春琴拿药都转不过身子，一些人还站到了屋子外面。郑锋见了，又腾出了两间办公室给合作医疗站。我把这两间屋子，一间做了药房，一间屋子里摆上几条板凳，让病人们都到屋子里坐着等候。这个问题解决了，但另一个问题却让我作了难，那就是随着我越来越忙，根本没时间上山去采草药了。可随着病人的增多，用药量也在急剧增加，眼看着屋子里库存的中草药越来越少，我着急了起来，急忙带信让郑锋来商量——现在，我连去向郑锋汇报这么一点时间也没有了。

郑锋来到合作医疗站，看了看屋子里的病人，又看了看那些越来越少的草药，眉头也皱紧了。他在屋子里转来转去，不断地说："个杂种，个杂种，怎么这么多病人？这么多病人，就是专门拿两个人上山去割也割不赢嘛！"然后他又看着我问，"你娃儿有啥子办法？"自从我成为他的侄女婿后，他就再不叫我贺万山或贺医生，而是倚老卖老，"娃儿娃儿"地叫，话音里透着一种长辈对晚辈的亲昵。我一听这话，便提出了一个主意，说："我打算让病人来看病时，每人顺便扯把草药来，用草药来抵挂号费……"可郑锋没等我说完，便直摇头说："这不行，这不行，这是馊主意！"我说："怎么是馊主意？"他说："挂号费是医疗站唯一的经费来源，你们医疗站又不是完全靠中草药治病，没有挂号费，用啥子去买西药和针药？再说，病人又不是医生，他们哪知道你们需要什么药？到时，你们用不着的，他们大量给你们扯来，用得着的，你们又没有，还不是让你们医生作难？"我一听这话，觉得在理，心里便感叹道："到底是姜老才辣，连我都没想到这些！"于是我又问他："那怎么办？"他想了一会儿，突然对我说："你给我开一个中草药的单子来，老子让贺家湾的党员和团员到山上去采！"说完，似乎为自己能想到这个主意开心起来，一边用手搔着后脑勺，一边又咧着大嘴说了一句，"合作医疗是毛主席的合作医疗，我看哪个龟儿子敢不响应毛主席的号召上山采草药！"

听了这话，我果然按照动物尸体类、花木果实类、草本植物类等，分门别类地开了一份中草药目录。这份目录耗去了我一个晚上的时间，将脑壳都想痛了，林林总总有一百多类。第二天，我把目录交给郑锋。郑锋接过去一看，就亮着嗓门儿叫了起来，说："这么多呀？你娃儿是不是想收拾你大爸哟？"我急忙说："我怎么敢收拾大爸？百草都可以入药，就看怎么配方了！"

从第二天开始，郑锋果然就号召全大队的党员、团员和干部，有了空就到山上给我们采草药。那些山花杂草、刺藤野果，还有那些蛇蝎飞虫，都是庄稼人非常熟悉的，因此没几天，我们合作医疗站前面的坝子里，便晒满了大家采来的草药。有了后勤保障，我不再担心无米下锅了，给病人看起病来，更放心大胆了。

那年农历四月里的一天，苏家沟的苏老太婆又带着苏孝芳看病来了。一看见小姑娘，我们才知道日子过得真快，那小姑娘已经六岁了，过了这个夏天就要上学读书了。她仍然干瘦，但个子差不多齐彩虹的腰高了，身上的衣服虽然很旧，但却洗得很干净。一对圆圆的眼睛，脸上略带一点苍白的病容，进屋时两只眼睛怯生生地看着我们。她是感冒了，有些发烧和咳嗽。我给她诊断后，开了一个方子，让春琴去给她拿药。在我给她诊病时，她一双大眼睛始终在我身上转，可是当我去看她，她又怯生生地将眼睛移开了。我摸了摸她的头，问她看啥子？她却不说话，这时她奶奶帮她回答了，说："这孩子是裤子包的，在家里天天念叨要来看看救命恩人，可真来了却不好意思了！"

我一听这话，忙问："真的吗？"那老太婆说："可不是真的？我们给她说，是你和郑医生救了她的命，她就记在心里了，有天晚上说梦话，口里喊着恩人。我说，你恩人他们结婚时，你不是去看过吗？她摇着头，说不记得了！刚才我在路上对她说，见了他们可要喊恩人哟，她还点着头答应我，可现在就不好意思了！"

你彩虹婶一听这话，像是触动了她心里什么，忙把小姑娘拉了过去，抱在怀里说："都长这么高了，真有点像她妈！"可小姑娘一听，却马上低下了头。苏老太婆听了你彩虹婶的话，说了一句："可怜这孩子生出来就没有见过妈长得啥样子！"这么一说，那小姑娘眼睛就红了。你彩虹婶一见，急忙把她搂紧了说："别哭，啊，有奶奶心疼你，也一样！"

在你彩虹婶哄小姑娘的时候，苏老太婆像是想起了什么，急忙把我拉到一边，压低了声音对我说："贺医生，我老婆子问你一句不该问的话，你们结婚这么几年了，怎么没有孩子？"一听她这么问，我都不知道怎么答了。她见我迟疑着没有回答，便又马上说："是不是你们……"说着，她朝你彩虹婶瞥了一眼，然后又悄悄对我说："要不，你们先去抱着个孩子来押长，接下来说不定就生了！"接着又说，"要不去认个干儿子做长子也行，有了长子，就不愁有次子、三子、四子了！"说着这话，她看见你彩虹婶紧紧抱着小姑娘舍不得的样子，突然回过神对我说："哎，贺医生，郑医生，既然孝芳的命也是你们救的，你们又这样舍不得她，如果你们不嫌弃，那就让孝芳拜你们做保爷保娘吧！"我一听这话，便随口叫了一声："好哇！"没想到我这声叫喊把你彩虹婶惊动了，她立即抬起头盯着我问："什么好哇？"我无法隐瞒了，便对她说："孝芳的奶奶想让孝芳拜我们做保爷保娘……"我的话还没说完，你彩虹婶像是不相信地叫了起来："真的？"那苏老太说："只怕你们不答应呢！"彩虹立即巴不得地说："我们有啥子不答应的？我们凭空就得一个干女儿，有什么不好？那好，我们就收这个干女儿了！不过保爷保娘太土了，就喊干爹干妈！"那苏老太一下眉开眼笑起来，说："那行呀！她娘在地下晓得孝芳认了这么好的干爸干妈，也会高兴呢！"说着过去对苏孝芳说，"孝芳，快喊干妈！"那孩子也许是经过了这么一段时间，也许是冥冥之中的感应，愣了一下，果然看着你彩虹婶，脆生生地喊了一声："干妈！"你彩虹婶听了这声喊，不知是怎么的，忽然流下了眼泪。那眼泪流到孩子身上，像是把孩子吓住了似的，瞪着一双大眼不知所措地看着你彩虹婶。看了一会儿，苏老太又叫孝芳过来喊我，那小女孩也十分听话地对我喊了一声："干爸！"喊完，我才开玩笑似的对苏老太说："干爸干妈都喊了，可我们今天什么也没给干女儿准备嘛……"苏老太听了这话，急忙说："今天不要你们什么，你们答应了就好，等过端阳时，我让孩子正式过来给你们磕头！"话是这么说，可彩虹还是掏出了一块钱，塞到孩子的衣服口袋里。

到了五月端阳那天，苏老太和苏明成果然领了苏孝芳，提了十把麻花、两瓶酒和一只鸡，来我们家认干亲来了。那天，小姑娘穿上了一身新衣服，头上绑着两根辫子，脸蛋被阳光晒得红红的，像苹果一样鲜艳。不但小姑娘穿上了新衣服，连她奶奶和父亲也换上了干净衣服，苏明成脸上的胡碴儿也在前两天刮了，显得比我和你彩虹婶结婚那次看见的还要年轻些。你彩虹婶也早早做了准备，因为下半年孩子就要上学，所以我们给小姑娘买了书包、文具盒。我们还按风俗，给孩子买了草帽、雨伞，并且还给她买了一套新衣服。这让她奶奶和父亲十分感激。小姑娘给我们跪下，恭恭敬敬地磕了三个头，爬起来后，就干爸干妈地叫不绝口，喜得你彩虹婶又把她抱在怀里，亲得没个够似的。

就在这天晚上，当我和你彩虹婶做爱又要去拿套子时，你彩虹婶却先去给我拿了出来，说："我已经给你准备好了呢！"过去也发生过你彩虹婶替我准备套子的事，所以也没有多心，就让你彩虹婶帮我把那东西套上了。可等我喷射完毕像往常一样从你彩虹婶身子里抽出来时，却发现套子是瘪的。再仔细一看，原来套子前面破了一个洞。我问你彩虹婶："这是怎么回事？"你彩虹婶说："我怎么知道？可能是你太用力了吧！"我说："这可怎么办？"你彩虹婶说："你怕啥，我是在安全期里呢！"听了这话，我没说什么了。但是一个多月后，你彩虹婶骄傲地向我宣布说："我怀孕了！"你彩虹婶以为我会惊诧，可我却只是看着她笑着说："我知道那天晚上你在避孕套上做了手脚！其实你想要孩子，我也想要孩子了！"说着我突然抱住了她，又在她耳边轻声说，"这是干女儿给我们带来的好运，有了她押长，我们就会生第二个、第三个、第四个呢，不然古人说的怎么会灵呢？你就像母鸡生蛋似的，一直给我下吧！"你彩虹婶听了我这话，脸羞得绯红，却乜斜了我一眼说："计划生育这么严，你还想生三个、四个，美死你个砂罐大爷了！"说完就跑开了。

哎呀，实在对不起，你刚才叫我讲一讲我有两次机会端上"铁饭碗"的事，我却东扯桃子、西扯李子，扯到我们收干女儿的事来了。真是树老根多，人老话多！好了，我这就马上跟大侄儿说关于差点端上"铁饭碗"的事。

第一次机会，就发生在我们收干女儿那期间。就是七五年！这个日子我记得很准。为啥子我记得很准？因为这年六月二十六日，是毛主席"六·二六"指示发表十周年的纪念日。这年夏天，县上要召开全县合作医疗和赤脚医生表彰大会。召开这个会，一方面自然是隆重庆祝毛主席"六·二六"指示发表十周年，更重要的是，那时全国正在开展反击"右倾翻案风"运动。反击"右倾翻案风"大侄儿知道吧？现在很多人都不知道了！大侄儿既然知道我就不多说了。全国都有"右倾翻案风"，卫生战线不可能没有吧，是不是？全国都反击"右倾翻案风"，卫生战线也不可能不反吧？所以，县上这个会，实际上就是拿合作医疗和我们赤脚医生做炮弹，去打那些刮"右倾翻案风"的人。当然，这是政治，我们又不是玩政治的，哪里知道这些，只知道凭做人的本分去办事就是了，只是后来才感觉出了一点。

那天，郑锋从公社开会回来，还没进合作医疗站的门就在外面大声叫了起来："贺万山，你娃儿的好运气又来了！"说着，一步跨进了医疗站的屋子，一看我正在给一个病人看病，便马上住了声，说，"你看，你看，看完了再说。"一边说，一边在旁边的板凳上坐了下来。等我给病人处完方，他拿去让春琴给配药后，我才问郑锋："大爸，啥好运气？"

郑锋听了这话，才从口袋里掏了两张纸递我，我一看是两张表格，便问："这是啥子？"他说："你不晓得自己看呀？"我仔细一看，原来一张是先进合作医疗站事迹呈报表，一张是优秀赤脚医生事迹呈报表。我看后，仍是不解地看着郑锋问："这表给我们做啥？"郑锋才说："你娃儿还不明白呀？县上要召开毛主席'六·二六'指示发表十周年庆祝大会，会上要表彰一批先进合作医疗站和优秀赤脚医生，县革委给我们公社分了一个先进集体和先进个人，公社李主任说了，这两个典型就给我们大队了，先进集体当然是大队合作医疗站，先进个人就给你了。你赶快把这两张表填好，还要写两份先进材料，一份集体的，一份个人的，交到公社革委会，由公社革委会报到县革委去！"

我一听这话，既高兴又感到有些作难，因为我只会给病人开处方，写材料的事还是大姑娘上轿——头一回，不知道该怎么写，要是写砸了怎么办？想到这里，我便对郑锋说："大爸，你知道我从来没写过材料，这个材料怎么写？"郑锋说："你问我怎么写，我也找不到蔸蔸尖尖，不过我问过马主任了！马主任说，现在全国都在反击'右倾翻案风'，卫生战线那些被打倒的走资派不甘心失败，也在蠢蠢欲动，他们极力否定毛主席的革命医疗路线，想重新回到过去城市老爷卫生部和城市老爷太太医院去！因此要用合作医疗和赤脚医生的铁的事实，去反击'右倾翻案风'，去攻打那些刮'右倾翻案风'的走资派，以及那些臭老九，反动专家！"说完，郑锋又看着我说，"知道该怎么写了吧？"

可是我头脑里仍然像糨糊一般，我说："可谁是刮'右倾翻案风'的走资派，谁是反动权威，他们到底说了些啥子，又做了些啥子？我一点也不知道呀！"郑锋听了我这话，像是有些不高兴了，说："你娃儿怎么这样说，啊？谁在刮'右倾翻案风'，谁是反动权威，他们做了些什么，要让你晓得吗？有上面知道就行了，上面怎么说，你就怎么写，你听上面的就是了，说那么多做啥子？"可我还是一根筋，说："大爸，即使是炮弹，我们也要找准目标才能发射呀！随便发射一通，怎么能消灭敌人？"郑锋不愧是当过兵又立过功的人，听了我的话，似乎觉得有道理，于是便说："怎么没目标？李主任说，县革委专门给下面发了一本走资派刮'右倾翻案风'的材料，上面就有原来县医院那个叶啥子院长散布的'右倾翻案风'的言论……"

一听这话，我马上叫了起来："大爸，叶院长不是去年就死了吗？"郑锋说："死了怎么样？那洋葱头还皮焦叶烂心不死呢！"我听了这话，本不打算再说什么了，觉得这个社会太不近情理了，人都死了，他还怎么能刮"右倾翻案风"呢？还要我们拿"炮弹"去打他？可我又实在忍不住自己的好奇，沉默了一会儿于是又问："大爸，李主任说没说他到底散布了些啥子'右倾翻案风'的言论？"郑锋说："怎么没有？那材料上说他临死时，一些医生护士去看他，他还对那些医生护士说我们农村合作医疗只能治小病，不能治大病，治大病还得靠大医院！这不是攻击合作医疗和赤脚医生？李主任说，攻击合作医疗和赤脚医生，就是攻击毛主席革命路线，就是刮'右倾翻案风'！李主任说，合作医疗和赤脚医生怎么不能治大病？你贺万山不是治了很多大病吗？……"我一听到这里，就急忙说："不，不，大爸，我治的也是小病！"郑锋一听，有些不想再和我说下去了，便说："好了，我把啥子都给你说清楚了，你娃儿好好想一想，早点把材料写好交到李主任那儿去！"说罢便走了。

晚上，你彩虹婶回来，我把白天的事告诉了她，她一听，像是捡了天大便宜似的，马上叫着说："好哇，好哇！"我见她高兴，却皱了眉说："好啥子？还要写材料！"她说："写材料有啥子难的？这年头当先进是领导说了算，领导说了让我们当，就是死人的眼睛——定了，材料不过是用草帽打狗——交个圈圈，你以为真凭材料来选先进呀？"我说："不是你那个意思，是另外一回事。"说完，我又把她大爸跟我说的那番话告诉了她。她一听，也有些拿不定主意了。我见她不说话，便又说出了我心里的想法："我觉得叶院长说得很对！你想想，我们合作医疗推行的是土医、土药、土洋结合的方法，药物大多数自采、自制、自用，确实只能医治一些小病和常见病！要是我们能治大病，那苏孝芳的娘也就不会死了。叶院长不过是说了真话，我们怎么能够去批判真话呢？再说，人家对我们那样好，并且已经不在人世了，我们现在去批判他，死人虽然不晓得，可我们自己的良心知道，这样也太对不起人了，你说是不是？"你彩虹婶想了一会儿，才说："那怎么办？公社李主任把先进给我们，那也是看得起我们，你要是不写，不但得罪李主任，我大爸也会不高兴的！"我说："我想了一下午，觉得不写也不对，要按李主任的意思写也不对！我们平头百姓，只晓得过柴米油盐的日子，啥'右倾翻案'不翻案，我们懂得什么？但群众拥护我们合作医疗，我们却是有亲身感受的。我就决定围绕你说的那几句群众歌颂合作医疗的顺口溜，写合作医疗的好处，啥'右倾翻案风'，我们不去提，你说行不行？"你彩虹婶和我一样单纯，一听我这话，便说："怎么不行呢，不也是歌颂合作医疗吗？"于是我们就那样决定了。

过了几天，我把填好的表格和写好的材料拿去交给公社李主任。李主任最初看见我时，满脸堆笑，握着我的手说："热烈祝贺你，贺医生！"接着又说，"这次机会很难得，全县只表彰二十个先进集体，十个先进个人，很不容易，我们公社革委会好不容易才争取来这两个指标呢！"我红着脸说："谢谢李主任，就是不知我们的材料写得行不行？"听了我的话，李主任就去看材料，可还没看上两行，脸上的表情就变了，又翻了一下，就忽地放下手里的材料，脸色凝重地对我说："不行，不行，这材料写的个啥，啊，简直有些敷衍了事！"我一听这话，急忙红着脸争辩说："李主任，我、我写的也都、都是合作医疗的好处呀……"他没等我说完，便沉着脸不客气地说："光写好处有什么用？你这个人，难道一点政治敏感也没有？如果不把合作医疗的好处与当前开展的反击'右倾翻案风'联系起来，你写一百条好处也没什么用！"说完见我呆呆地站在一旁没吭声，过了一会儿又说，"我们需要的，是能够将那些刮'右倾翻案风'的人打倒在地，让他们永世不得翻身的重型炮弹，你这两个材料连'右倾翻案风'都没提，怎么够重型炮弹？不行，拿回去重写！"说着，便把手里的材料扔给了我。我接过材料正要走时，李主任又从他的桌子上找出了一本像杂志那么大的书，朝我一扔说："把这个拿回去看看，就按照这上面的话写！"我一看，那封面上印着"反击右倾翻案风大批判材料"。我立即把书揣在怀里，惴惴不安地走了。

回到家里，我翻开李主任给我的那本材料一看，这才知道刮"右倾翻案风"的人，不但有县上的，省里的，还有中央的。中央刮"右倾翻案风"的人是邓小平，他是全国刮"右倾翻案风"的总头目，书上印了他很多"右倾翻案"的言论。省上的那人我没听说过，县上的就多了，原来的老县委书记看来又是全县刮"右倾翻案风"的头。老县委书记过后，就是各行各业刮"右倾翻案风"的人。我翻到"医疗卫生"一栏，果然上面有叶院长的"右倾翻案"言论。我仔细看着那些"右倾翻案"言论，越看越觉得他们的话有道理。越觉得他们的话有道理，就越感到自己更糊涂，更不知道这材料该怎么写了。

晚上，你彩虹婶看见我睡不着，便说："在想什么呀？"听见她问，我再也忍不住了，便说："我们不去参加县上的会议了，行不行？"你彩虹婶一听我这话，便说："那你怎么给李主任和我大爸交代？"我说："我这几天装病，他们来催材料，就说我在写！等会议要开的时候，我们又把原来的材料报上去，就说因为生病，没来得及改。他们通得过就通过，通不过就算了，反正不能昧着良心说瞎话，你看怎么样？"你彩虹婶一听我这话，也没说同意，也没说反对，但她说了一句："我管你的。"一听这话，我知道她是默认了我的主意。

我迟迟没交材料，公社李主任不断派人来催，每次来催得到的答复都是正在写。后来李主任下了最后通牒说："再不交就取消了！"我这才又把原来那份材料原封不动地交给了他。他一看，顿时暴跳如雷，指着我的鼻尖骂道："贺万山，你这个狗坐轿子——不识抬举的王八蛋，我算是看错人了，你给我滚出去！"听了这话，我也不争辩，默默地离开了。就这样，我失去了这个当先进的机会，李主任另外叫了八大队的张炳成写了两份材料报上去了。

当时我们想，不当先进就不当先进嘛，有什么了不起的？我们就是一个赤脚医生，给病人看病是我们的天职，到县上去开一次会又怎么了？当了一个先进又怎么了？当了先进难道医术就会比不是先进的高一簸片儿了？可万万没有想到的是，这个会开了过后，那十个先进赤脚医生由县革委组织起来，到全县各个公社做先进事迹的巡回报告，用本大队合作医疗和自身的事迹，来反击"右倾翻案风"。他们每个人的报告，都真正够得上是一枚反击"右倾翻案风"的"重型炮弹"，因为他们的发言都是经过县上的秀才精心加工过的。巡回报告一结束，他们这十颗"炮弹"都被选拔到了各自公社卫生院端上了铁饭碗。一次我到公社去，看见了李主任，我想一边悄悄溜走，但他还是把我喊住了，用了一副恨铁不成钢的口气对我说："贺万山，你他妈现在才晓得啥子叫后悔药了吧？你以为先进就是叫你白当的？"我急忙说："李主任，我没有后悔，真的没有后悔！"说完我就走了。

说心里话，大侄儿，说一点不后悔那也是假话，人哪个又不想往高处走呢？早知道这个先进会成为一次改变自己命运的机会，自己也跟着说说假话，不就上去了？可有钱难买早晓得，因此就让机会白白从自己眼鼻子底下溜走了，你说这不是命是什么？好在你彩虹婶她理解我，她那几天见我闷闷不乐，知道我的心事，便劝我说："没端上就没端上嘛，有啥子不高兴的？做人得讲良心，如果为了端只国家饭碗，就把良心卖掉了，还是不是人了？"接着又说，"再说，这样多的人不端国家铁饭碗，不照样过日子吗？"这话算是说到我心里去了，因为这辈子我的追求本身就不高，能活下来，并且有口饭吃，我就心满意足了，何况我现在还得到了全大队最漂亮的女人呢！其实那段时间，你彩虹婶心里也是很痛苦的，但她为了让我高兴，所以要装出无所谓的心情来劝我。我一想，我一个男子汉大丈夫，怎么要让一个女人来安慰呢？因此我又打起了精神来。可是树欲静而风不止，那些到合作医疗站来看病的人，他们事先都知道是让我去当先进的，可后来又换成了八大队的张炳成，他们并不知道这其中的原因，所以纷纷替我抱不平。抱怨过后，又骂上面的人开后门。我又不好对他们解释，只要我把原因说出来，他们一准会认为我是一个十足的傻瓜。因此我只有忍着，结果弄得心里很烦，过了好久，这种情况才有所好转。

没想到世事难料，就在那十颗"重型炮弹"变成十只"铁饭碗"的第二年，那个怒斥"卫生部不是人民的卫生部，改成城市卫生部或城市老爷卫生部好了"和向全国发出"把医疗卫生的重点放到农村去"号召的伟人就与世长辞了。大侄儿你是知道的，在那段日子里，全国人民都沉浸在悲痛中呀！郑锋虽然在毛主席发动的整风运动中给贬回贺家湾来了，可那天他走在路上，一听说毛主席逝世了，"哇"的一声就号啕大哭了起来，哭得伤伤心心，像是死了爹娘似的，一边哭还一边说:"毛主席呀毛主席,你老人家走了,我们该怎么办呀?"不光是郑锋哭,好多人也在哭,心里都有郑锋那样的想法,觉得毛主席一不在了,我们顿时都成了孤儿。有个汉子来合作医疗站里看病,病都没给我说,就急急忙忙地问我:"贺医生,你说毛主席不在了,这世事会不会变?"我叫他坐下来,一边给他把脉一边说:"我怎么知道呢?"他见我不回答,便又自作聪明地说:"肯定会变,一朝天子一朝臣嘛!天子和臣都换了,世事还不会变?"我叫他伸出舌头让我看了过后,便让他讲一讲自己有哪些地方不舒服。他这才皱起眉来,苦着一张脸对我说:"贺医生,我这腰杆有些痛,又酸又软,严重的时候连伸都伸不直,睡到床上又好一些,反反复复的,下肢还有些发冷……"我一听便明白了,说:"你的舌质发红,苔少,脉细数,从症状上看,你是属于肾阴虚了!"他一听这话,像是吓住了一样,马上问我:"那怎么办,贺医生?"我一边给他开处方一边回答说:"晚上和你老婆做那事时节制一点。"他一听我这话,脸先是红了红,可接着就像遭遇不幸似的哭丧着说:"毛主席都死了,哪个还有心思做那个事?"我一听,不禁扑哧一笑,说:"那你们只有在毛主席活着的时候才做那事哟?"他一听这话不吭声了。

白天我虽然不参加病人在合作医疗站里的讨论,除了询问他们的病情外,回答他们的问题也非常谨慎。可一到晚上,当只有我和你彩虹婶两个人的时候,我们仍然禁不住讨论。当然我们讨论得最多的,是毛主席死后,合作医疗还会不会存在的事。我们心里都明白,农村合作医疗是毛主席他老人家号召办的,赤脚医生也是他老人家支持兴起的,他老人家是我们合作医疗站和赤脚医生的总后台,现在我们没有撑腰的了,谁知道我们以后的路该怎样走?当然我们讨论不出结果,我们只是两粒小小的尘埃,这社会怎么变,不由我们做主,我们只有做好随风飘扬的心理准备罢了。果然没过多久,从北京城传出了粉碎"四人帮"的消息。我们以为世道要大变了,可是过了一段时间后,发现日子和过去差不多,你彩虹婶的大爸继续当支书,没隔几天披着衣服到公社开一次会;贺世忠复员回来当了生产队长,现在继续当着生产队长,每天照样敲着老黄葛树上那只钟,让社员上工下工。我们合作医疗站呢,照常开门关门,病人拿着五分钱来,我给他们或开几味草药,或开几片西药,价钱都不会超过五分钱。我们呢,照常由队里记十分工,年底参加集体分红。慢慢地,由毛主席逝世带来的恐慌和不安,渐渐从庄稼人心头消失了。

你彩虹婶分娩就是在这年春天，那时毛主席还活着。当然，即使毛主席不在了，她该生还得生，是不是？分娩前，我叫她到公社卫生院生，可是她却说："我不去！"我问："为啥不去？公社卫生院条件比家里好……"她还没听完就对我说："你就知道公社卫生院条件比家里好，可你没有想到我本身就是大队的接生员，如果我都到公社卫生院去生，以后哪个女人还相信我？"我一听这话也觉得在理，便说："在家里生，我只是担心……"你彩虹婶说："你不用担心，我到公社卫生院检查过，我的胎位很正常，不会出问题的！"又说，"你又不是不知道接生，到时你只按照平时接生的方法，帮我接生就是了！"听了这话，我没有再坚持，但我还是悄悄到公社卫生院买了一些应急的药品，以防万一。没两天，你彩虹婶很顺利地生下了一个大胖小子。因为生在春天，我给他取了一个名字——贺春！

长话短说吧，大侄儿，一转眼，毛主席逝世都快两年了。在这将近两年的时间里，世事说没有变吧，许多地方也和过去不同了。比如每个大队，都很少再将那些"五类"分子押去批斗了，还比如，过去打倒的很多老干部，这时又重新上台掌权了。就拿我们公社来说吧，先前那个想把我变成"炮弹"的李主任被调走了，重新来了一个马书记，这个马书记原来就是另一个公社的书记。至于我们公社卫生院，苗院长又当了院长，尽管这时他都五十多岁了，那个靠造苗院长的反起家的中医学徒，这时又靠边站了。还有一个我印象最深的变化是，这时各行各业空喊口号闹革命的人少了，大家都似乎在认认真真做一些实事来了。

这年十月的一天，天气十分晴朗，"十月小阳春"嘛，只要不下雨，天气总是很好的。我记得清清楚楚的，这天天空蓝得像是洗过似的，一尘不染，比镜子还明亮。树上的叶子虽然有些略带黄影了，可远远看去，却还是翠绿的。合作医疗站门前的坝子里，绚烂的阳光跳着舞蹈。那阳光亮得眩目，使人不敢久看。天气不冷不热，真有些像小阳春的天气，我只在衬衣外面套了一件你彩虹婶给我编织的深灰色毛衣，在给一个病人看病。这个病人是相邻五大队的，姓杜，三十多岁，他的症状是"风热在表"，鼻塞、流涕、打喷嚏、发热、有点怕冷和出汗，还有些口干。已经在他们大队的合作医疗看过两次，可吃了药病还严重了。我一看便知他们大队的赤脚医生是将他的病当"风寒在表"给治了，所以才会越治越严重。我正想问他们大队的赤脚医生给他开了些什么药时，忽然听见门外传来一阵脚步声和说话声。我抬起头往窗外一看，见是公社马书记和卫生院的苗院长，陪着一个中年女人走来了。这女人年纪在五十岁左右，上身穿了一件玫瑰色的翻领毛衫，下身穿着一条蓝灰色的裤子，脚着一双平底圆口的力士鞋，脸白白胖胖，蓄着齐耳短发，头发虽然已略现花白，但精神却是十分矍铄的样子。

听见脚步声和说话声，你彩虹婶首先抱了贺春出去看。她盯着那个中年妇女看了一会儿，突然大声叫了起来："贾姨！"叫完，又马上冲我叫了起来，说，"万山，万山，你快出来看看是谁来了？"我一听这话，急忙丢下笔就起身往外面走。这时那中年妇女似乎想不起你彩虹婶来了，看着彩虹说："你是……"彩虹急忙笑着回答："贾姨，我叫郑彩虹，你记不得我了？那年我到你家去，是你出去给我买的两瓶炼乳，叫我拿回来给那个孤儿吃……"贾姨没等她说完，便叫了起来："哦，我想起来了！不过你比过去胖了，看起来也比过去成熟多了！"说完看见她怀里抱着的孩子，便又问，"你结婚了？"你彩虹婶一听这话，脸红了一下，说："早结了！"这时你彩虹婶看见我出来了，便又马上高兴地对我说："万山，这是叶院长的爱人贾姨……"一听这话，我立即惊住了，呆呆地看着她不知该说些什么好。这时，倒是贾姨过来一把拉住了我的手，连声说："你就是贺万山贺医生？"我不知贾姨这话的意思是什么，只顾频频地对她点头。点完过后，我又急忙对她说："贾姨，在你面前，我怎敢称医生？你就叫我小贺好了！"贾姨听了我这话，便笑了笑说："是医生就是医生嘛，有什么不好意思的？"可说完后又说，"不过叫小贺倒觉得亲切得多，那我就叫你小贺了！"说完她又把你彩虹婶看了看，说，"你们两个……"我从贾姨眼里看出了她的疑问，便立即说："贾姨，她就是我爱人！"贾姨一听这话，就连声叫了起来："好哇，好哇，可惜贾姨没吃成你们的喜糖！"我说："我们结婚已经好几年了，贾姨！那时叶院长还活着，可我们怎敢去请你们？"一听这话，贾姨的脸色就沉下来了。这时一旁的苗院长才急忙对我介绍，说："贺万山你还不知道，叶院长的爱人现在已经是县医院的院长了！"我一听这话，又是一番惊喜，却不知该说啥好，只看着她一个劲地说："真的？真的？"说完我才对他们说，"屋里坐，屋里坐！"一边说，一边将他们引到合作医疗站去了。

贾姨走进合作医疗站四处看了看，看完了后才对我问："贺医生，你们就在这样的环境下给病人看病？"我马上说："是的，是的，贾姨，乡下不比你们大医院，到处都是乱七八糟的！"贾姨笑了笑，说："比起你们来，我们真感到惭愧！"我问："贾姨，你们惭愧啥？"贾姨说："在我们医院里，挂号有挂号室，收费有收费室，看病有临床科室、功能科室，住院有住院部。临床科室又分内科、外科、急诊科、观察室、五官科、口腔科等，每个科室又有门诊、病房，外科还有手术室、治疗室这些。功能科室又有药剂科、检验科、放射科、心电图室、B超室、胃镜室、注射室等，这些科又有各种分类，如药剂科又有中药房、西药房、中西门诊药房、住院部药房、制剂室等，检验科又有临床检验室、生化室、血库等。这还不够复杂，光一个内科，下面又有胸内科、脑内科、心血管内科等，外科也分为胸外科、脑外科、骨科与专门外科，比如烧伤外科、皮肤外科等。可是你们呢……"

她的话还没完，五大队那个感冒病人像是被他们打断了诊病，有些不高兴了，忽然打断她的话说了一句："贺医生这里是气包卵坐臼窝——一包在内！"一听他这话，我急忙瞪了他一下，没想到贾姨听了这话却笑了起来，说："说得好，说得好，话糙理不糙，这就叫全能医生，不简单，不简单！"那病人一听这话，似乎受到了鼓舞，便又说："你们城里医生眼睛不行！你们城里医生的'眼镜'，是那个啥显微镜和那个啥照光的机器，离了这两个'眼镜'，城里医生的眼睛基本上就不会看病了。可我们贺医生不要那两个'眼镜'，凭肉眼就能把病人的病看好……"我听他越说越不像样了，便对贾姨说："贾姨，我给他的方还没处完，我处完了再来陪你们哈！"贾姨说："你去吧，病人要紧！"我于是重新坐在诊桌前，给病人处了方，并亲自去给他配了药。

等他拿了药走后，我才过来对贾姨说："对不起，贾姨，乡下人说话没有轻重！"贾姨说："人家说的是真话，怎么没轻重？"说完这话，她突然对马书记、苗院长笑了一下，说："对不起，马书记，苗院长，你们出去等等我，我和小贺和小郑说点儿事！"马书记、苗院长他们一听，果然出去了。等他们走了以后，贾姨先看了我和你彩虹婶一眼，然后目光落到了我的身上，娓娓地说开了："小贺，真佛面前不烧假香，我就开门见山了。你叶叔生前，多次在我面前谈起过你，说你不仅好学、谦虚、正直，是一个当医生的好苗子，更重要的，是你有一颗像古人说的'庇苍生、救含灵、济黔首'的人道主义胸怀，这对一个医生来说才是最关键的。医生是帮助病人摆脱死亡威胁、远离病痛困扰折磨的天使，如果没有'以其术仁其民'的医德，即使医术再高，那也只能成为沽名钓誉和捞取财物的工具。遗憾的是，我们一直没有机会下来看你，但我们一直在关心着你，曾悄悄向人打听过你的情况和医术。尤其是你们苗院长重新恢复院长职务后，给我们介绍了你的很多情况。特别是那年你不愿违背良心，把自己变成所谓'反击右倾翻案风'的'炮弹'，而丧失了到公社卫生院工作的机会。实话跟你说吧，那年一些人为什么要把你叶叔这么一个已经死去的人作为靶子来打？实际上打的不是他而是我！因为邓小平同志重新出来主持工作以后，县医院很多老职工也都纷纷要求我出来主持医院工作，那些靠造反起家的人害怕了，于是借毛主席'六·二六'指示发表十周年和'反击右倾翻案风'之机，借你叶叔的亡灵来打击我……"

一听到这里，我一下明白了，原来是这么一回事，幸好我当时没按上面的要求写材料，要是写了，不是往贾姨的伤口上扎一刀吗？政治这玩意儿，实在是太复杂了！我正想给贾姨解释，却听见她又说了："听苗院长说了这事，我十分感动，心里更钦佩你了！医术是仁术，医行是德行，像你这样有德行的医生，在这个社会和时代已经不多了。所以我今天下来，专门是来……"说到这里，贾姨停了下来，目光又在我和你彩虹婶脸上扫了扫，看见我们全神贯注地在看着她，这才说，"请小贺你出山，到县医院工作！"

我和你彩虹婶一听这话，立即像是吓着了似的互相看了看，然后你彩虹婶才叫了起来，说："真的？贾姨，这是真的？"贾姨脸上仍带着亲切的笑容，看了看我又看了看你彩虹婶说："贾姨会对你们说假话？"说完又恢复了先前庄重严肃的样子说，"小贺，小郑，现在拨乱反正，医疗卫生战线又恢复了过去的秩序。可经过'文化大革命'这场浩劫，各行各业恢复都相当困难，尤其是我们医疗战线，真是百废待兴呀！你们有所不知，过去一些老专家、老医生，在这十年浩劫中，不少人被打成'反动医疗权威''走白专道路典型'，受到造反派的迫害，有的含冤而死，有的身体残废，有的抱病身亡，即使是侥幸活下来的，现在年龄也很大了。这十年中，大学停办，医科大学也是一样，也没毕业生分配到医院里来。最近两年来了几个社来社去的'工农兵'学员，却是不敢让他们治病。所以小贺、小郑，我现在受命主持县医院工作，你们知道我最需要的是什么？是人才，是能够治得到病的医生！所以我给县委领导汇报了，我要在全县范围内选一批医术和医德都很高的医生，补充到县医院各个科室……"

听到这里，我的心"咚咚"地跳了起来，急忙红着脸对贾姨说："贾姨，我只是个赤脚医生，也不是吃商品粮的户口，这能行吗？"贾姨听了忙说："这个不是问题，领导已经给我吃了定心丸，说对特殊的人才，可以特殊解决户口！"说完，停了一下又看着我说，"我今天来是先听听你们的意见，如果愿意到县医院来，我回去就给县委打报告！"我听贾姨说可以转户口，心跳得更厉害了，像是拿不定主意似的看着你彩虹婶。你彩虹婶见我目瞪口呆的样子，便生怕失去机会似的，急忙对贾姨说："贾姨，这是好事，怎么不答应呢？"接着又对我说，"还不谢谢贾姨！"可是在那一刻，我却突然有些犹豫了，搔着头皮说："这事太突然了，这事太突然了，让我想想行不行，贾姨？"贾姨见我这样子，先是说："怎么不行，你想好了就给我回个信！"可刚说完这话，她像是发觉有些不对劲的样子，又看着我说，"怎么，你还有什么犹豫的吗？"

听见贾姨这话，我便立即看着她说："贾姨，你是知道的，我只是一个大队赤脚医生，用过去的话说，就是一个草药先生，到了你们县医院能行吗？"贾姨听了我的话，马上说："怎么不行？煮酒熬糖，各有一行，他们用他们的现代医疗技术给病人治病，你用你的草药给病人治病，只要能治到病，那不一样吗？"接着又说，"你可不要小看了你的草药，过去的民间医生，就叫'草泽医'。这'草泽医'可是我们中华民族传统医学重要的一部分呢！刚才我给你数了一大堆我们医院的这科室、那科室，就是没有一个草药科，你来了，我专门给你设一个草药科，让你用草药治病！"我一听这话，觉得主意倒是不错，可是信心却又不足起来，于是又说："这行吗？县医院是大医院，病人相信的都是那些机器，治的也是大病，谁还来相信我的这些草药……"贾姨又忙打断我的话说："怎么没人相信你的草药？现在不是就有很多人相信你的草药吗？"我说："因为这是在乡下。"贾姨说："其实县医院也不是光治大病的，也治常见病，中草药既便宜，又能治病，时间一长，哪会没人来找你治病？"接着又说，"你来了就知道了！"可我还是拿不定主意，过了一会儿又对贾姨问："贾姨，我来了，彩虹和孩子可不可以也转户口？"贾姨一听这话，便立即斩钉截铁地说："这个暂时不行！你都知道现在的户口政策有多严，能转你一个人的户口就不错了，小郑和孩子的户口只能在农村，至于以后，我不敢给你打包票！"一听这话，我更犹豫了，说："这么说来，我们只能是半边户了！"接着又说，"可我这一走，我们大队的合作医疗又怎么办呢？"贾姨见我拿不定主意的样子，便又说了一遍："小贺，小郑，我给你们时间，你们再好好考虑一下，想好了，就给我个信！总之，我还是希望小贺到我们医院来，这可是一个机会！"我说："行，贾姨，我一定尽快答复你！"说完，贾姨站起来，从你彩虹婶手里把贺春抱过去亲了亲，然后和我握了握手，就和马书记、苗院长一起走了。

晚上，一轮圆月高高地挂在空中，如银子一样的月光笼罩着我那三间破草房，像织了一张柔软的网一样。从窗户看出去，满天的星星又多又亮，它们眨着眼睛，虽然声息全无，却让人感到几分热闹和忙碌的样子。天空是这样明朗，可我们的心里却充满了一种说不出的复杂的情愫。吃过晚饭后，你彩虹婶哄贺春去睡了，我一个人坐在桌子边，两眼望着屋外的星星发呆，脑海里想着的却是白天的事。这样坐了一会儿，你彩虹婶将孩子哄睡着了，才出来问我："你白天怎么不一下答应了贾姨？"我从窗外收回目光，说："乍听到这个消息，我脑子里很乱，不知该不该答应。"你彩虹婶说："有啥不该的？这是别人打起灯笼火把都得不到的事！"接着又看着我问，"上次把那个'铁饭碗'失去了，你不是后悔过吗？"我说："是后悔过一阵子，可那是在公社卫生院！"她说："公社卫生院和县医院，难道不一样吗？"我说："那大不一样了。公社卫生院说透了，还是一个农村医疗站，我到了那里能派上用场！可到了县医院，我一直在想，我究竟能做些啥子？"你彩虹婶听了这话，马上说："治病呀，你是医生不治病，还能做啥子？"我说："治病是治病，可我究竟能治啥子病？你知道覃祥官吗？"你彩虹婶说："覃祥官怎么不晓得？农村合作医疗的创始人，赤脚医生的好榜样，我们到卫生院培训，第一天不就是讲的他的事迹吗？"我说："你记得就好，我就怕自己即使到县医院去了，最后也要像覃祥官那样，重新回到贺家湾来为群众看病！"

覃祥官，大侄儿你知道吗？你不知道。对了，我就晓得你不知道，不但你不知道，现在恐怕没几个人记得这个人了！但在那个时候，覃祥官可是个不得了的人物，有年国庆，他和一个叫吴振才的人，在天安门城楼上参加过国庆观礼。要没有他，就没有农村合作医疗和我们赤脚医生呢！是怎么回事？你听我慢慢说。覃祥官最初就是端的"铁饭碗"，在当时的公社卫生院工作。他在公社卫生院看到乡亲们有病不能医、有病无钱医的情况，就从农村办信用合作社、供销合作社、农业生产合作社这些组织中得到启发，毅然扔掉了公社卫生院的"铁饭碗"，回到村里，用自己的一技之长，在他的家乡乐园公社杜家村的深山老林里，靠自己的一点积蓄和募集起来的三百元钱，办起了大队合作医疗。农民每人每年向合作医疗交一块钱，大队从公益金中按每人每年补助五角钱的标准，提给合作医疗站做医疗基金。合作医疗办起来后，杜家村大队的社员就也像我们今天一样，只需交五分钱的挂号费，小病小灾都可以就地免费医治。这个方法一传十，十传百，得到了群众的欢迎和肯定，很快震动了全国。那时，毛主席他老人家正为农民看不起病发愁，一听说了这事，他老人家提起笔来就在覃祥官的材料上写了几行字，那几行字用过去的话说，就是下的"圣旨"。毛主席是怎么说的呢？毛主席说合作医疗是医疗战线的一场大革命，解决了农民群众看不起病、吃不起药的困难，这是好事呀！毛主席的"圣旨"一下，《人民日报》就在头版头条以《深受贫下中农欢迎的合作医疗制度》为题，详细报道了覃祥官办合作医疗的成功经验。就这样，覃祥官的名字在全国家喻户晓了。六九年的时候，覃祥官被毛主席作为贵宾请到北京，和毛主席一起在天安门城楼上观看了国庆大典盛况。此后，覃祥官又好几次被毛主席亲切接见，并选为全国人大代表，还率团出国访问，向世界宣传中国的合作医疗经验。这样一来，合作医疗和赤脚医生就在全国遍地开花了，你说，我们这些赤脚医生，是不是都沾了覃祥官的光？不久，覃祥官就被任命为湖北省卫生厅副厅长。

副厅长是什么官？后来我才听人说，比我们县委书记还要高一簸片儿，就是跟我们地委书记的官一样大！县委书记官就够大了，可他比县委书记的官还要大，按说覃祥官应该很高兴吧？可是他却高兴不起来。为啥？说白了，覃祥官无论当多大的官，他也就是一个农民，从一个农民到一个大官，他可能想都没有想到。这个官该怎么当，他肯定也没有思想准备。那个时候的会议不多，文件又少，不像现在一些当官的整天都陷进文山会海里。加之他文化程度又不高，说了一辈子乡下土里吧唧的话，叫他打官腔都不会打，何况他本身又不善言辞，一天到晚都坐在卫生厅的办公室里，像个木偶一样。要是现在就好了，没事可以上上网，打打游戏，可以和朋友聊天，可那时没有这些，那时的干部作风既讲清廉，又讲实干。坐了几个月，覃祥官觉得比坐牢还难受！他在家里，摸病人的手是摸惯了的，上山采药是干惯了的，现在既没有人找他看病，更没有什么地方采药！批文件又怕批错了，说话又打不来官腔，连走路都是一副老农民相，迈不来四方步。所以覃祥官觉得这副厅长还不如自己在家乡当赤脚医生自由和快乐。他心里惦念着家乡那些他看过的病人，挂牵着合作医疗。后来当领导要将他的户口转到省城时，覃祥官想了很久，终于拒绝了。三个月后，覃祥官辞去了副厅长职务，又回到了家乡的深山老林，还当他的赤脚医生。所以我说，大佬儿，人的命是老天爷早就给你注定了的，不该你吃那碗饭，你就是把饭碗端到手里了，也喂不到嘴里去。要不，人家当了副厅长又放弃了，为啥呢？

我把覃祥官的事情给你彩虹婶讲了过后，你彩虹婶说："你和覃祥官不一样，覃祥官是当官，当官主要是享清闲，他闲不惯，你到县医院去，还是去干老本行，有医你行，有病你治，又不是叫你去享清闲。"我说："是有病治，可跟在村里治病就大不同了。其一，我文化不高，就一个小学毕业生。你想想，到了大医院里，哪个不是大学毕业？最不济也是一个专科啥的，你说我一个小学生算个啥？不是读书读出去的，混在那些才子堆里，要面子没面子，要里子没里子，不可能受人尊重。但在村里面，我还算半个文化人，脸上多少有些面子，乡亲们夸我，我随时都有自豪感！其二，我到县医院去做啥？动手术我拿不稳手术刀，西医我只是一知半解，我只懂点中医和草药。在乡下，大家喜欢我的草药，是因为大家没钱，草药便宜，又能治病。可到了大医院，人家信的是西医，谁相信我的草药？久而久之，我也可能像覃祥官一样，坐在诊室里，一没人找我看病，二没地方去采药，那不把我憋死？"你彩虹婶听了我的话，半天没吭声。过了一会儿，我又对她说："我走了，还有两个放不下。一个放不下的是你，贾姨不是说了吗？即使我到县医院去了，也只能转我一个人的户口，孩子现在才一岁多，把你们娘儿俩丢在农村，医生这职业又不像当干部，得成天坐在诊室里给病人看病，到时十天半月甚至一两个月都见不上面怎么办？二是放不下这合作医疗。这合作医疗办了十多年了，是石头都焐热了！你好歹还能接生，可春琴却什么都不行，只能照处方拿点药，只要我一走，你说这合作医疗还能办下去吗？"大侄儿，我给你说过，你彩虹婶是个十分贤惠的女人，一直是我说什么，她就听什么，即使发表点意见，那也是以我的意见为准。她听我说完后，于是就改了口说："你说得也是，半边户名义上好听，有人在外面工作哟，实际上在生产队里处处吃亏！要不，我们明天去问问大爸，他说能去就去，说不能去就算了！"我一听，觉得这是大事，是应该听听郑锋的意见，便说："你说得对，明天我们去问问你大爸！"

　　第二天一早，我和你彩虹婶就来到郑锋家里，我才把昨天贾姨的话和自己的想法说完，郑锋便亮着粗喉大嗓叫了起来，说："妈的巴子，你娃儿还有点狗屎运呢！不想去就不去吧，有啥子猴子捡片姜——吃了又怕辣，丢了又舍不得的？吃公家饭有啥子好的？你娃儿没有在公家里待过，不晓得公家里面的复杂！那些人一个个都像好斗的鸡，今天巴不得把你踩倒，明天又巴不得把别人踩倒，钩心斗角，当面喊哥哥，背后使家伙！那年我也只是在一旁发了点牢骚，就被人打小报告上去，说我反对总路线、'大跃进'，结果我就被打成'右倾'，给放回来了……"说到这里，他显得有些愤愤不平起来，停了一会儿才接着说，"喊明叫现说，上回你没有端成'铁饭碗'，我还暗地里高兴呢！为啥？八大队那个张炳成捡了你一个漏箭，端了公社卫生院的'铁饭碗'，结果八大队的合作医疗现在就垮了！贺家湾、郑家塝这么多人，总要有个看病的是不是？要换了别人，我还有些不放心呢！所以要我说，还真不如跟老子留在家里好！"你彩虹婶听到这里，忽然接了郑锋的话说："大爸，毛主席不在了，你说这合作医疗会不会办得长久？听说有的地方已经办垮了，如果我们的合作医疗也垮了，怎么办？"郑锋听了这话，马上对你彩虹婶不客气地问："你听到说哪儿的合作医疗垮了，啊？垮了的地方是有，那是办得不好的缘故，我们的合作医疗办得这样好，怎么会垮呢？"又说，"合作医疗和赤脚医生是毛主席的革命路线，即使毛主席不在了，哪个龟儿子敢不按毛主席说的办？报纸上不是说，要按毛主席的既定方针办吗？你们放心，只要还是共产党的天下，这合作医疗就一定会办下去！只要合作医疗能办下去，赤脚医生你们就放心地当一辈子！"他当时说得那么肯定，说得我们心里都暖洋洋起来。这不能怪他目光短浅，其实当时每个人，都不知道后来的形势会发生什么变化。谁会想到只在其后的两三年内，中国社会就发生了彻底的改变呢？不但合作医疗垮了，连郑锋自己——这个当了多年支书的老革命，也因为跟不上形势下台了。要是郑锋早知道会这样，也许他当初就会支持我到县医院去了。好在他当时还说过一段话，至今想起来也是正确的。他说："再说，不管哪个皇帝坐天下，都会有人生病，即使合作医疗垮了，到时候你们就背个黄包袱，像过去的郎中那样，走村串户当游医，也能把自己养活嘛！离了那个县医院哪儿就不活人了？"说着，又看了看你彩虹婶和她怀里的贺春说，"要是他们把你们娘儿俩的户口也转成吃商品粮的，你也同时安排到县医院去，那倒是可以去的！"你彩虹婶一听这话，便笑了起来说："那是不可能的，大爸，人家要的是他，提都没提我，我去做啥子？"说完这话，她看了我一眼，问，"你说呢？"我本来就在犹豫，现在听了郑锋的话，更坚定了不去的决心，便说："那好吧，啥人啥命，我们哪儿也不去，就留在贺家湾了！"

第二天，我便赶到县医院去了。贾姨一看见我，露出了高兴的样子，可刚听完我的话，脸上就现出了几分失望的表情，过了一会儿才又像想挽留我似的说："小贺，你真的想好了吗？"我说："贾姨，我想好了！"贾姨又沉吟了一会儿，才说："好吧，小贺，你的担心也不是没有道理，我尊重你的选择！但尽管如此，我还是再给你一段时间，你回去再好好考虑考虑。机不可失，时不再来，错了这个村，就没那个店了！"我说："贾姨，不用再考虑了，我们已经考虑好了。"贾姨听了这话，就不再说什么了。她到里面屋子去拿出了一套小孩衣服对我说："你们结婚，我们也没来祝贺，这套小孩衣服，是我回来专门买的，权当表达一下我的心意吧！"我收下了衣服，说："贾姨太客气了，你看我都打着空手来，你还给孩子买衣服。"接着我又说，"贾姨，叶院长埋在哪里的，有没有墓碑，我想到他墓前去给他烧纸！"贾姨听了这话，便说："你还记得去给他烧纸，这很难得，可是我给你说了地方你也找不到，就算了吧！"我一听这话忙说："叶院长对我和彩虹的帮助和教诲，我们永远不会忘记。他死的时候我没来成，今天借这个机会去给他烧把纸，也是应该的，贾姨你给我说说，我自己能找到的！"贾姨听了这话，像是十分感动，说："你肯定找不到的！那个时候像他那样的人死了，哪儿还能够立碑呢？"说完这话，她想了一想才又说，"这样吧，你到医院大门口等我，我到办公室去把工作安排一下后，带你去一趟！"我一听这话，立即说："那好，贾姨！"

说完，我就走出医院大门，在正对着医院大门的香烛纸蜡店里买了香烛纸蜡，然后站在医院大门口等贾姨。没一时，贾姨出来了，我便跟着她一起往城外走去。我们一边走，贾姨一边对我说："小贺，不瞒你说，他亲自带出来的学生和提拔过的人，现在都没几个人记得他了，你和他只是一面之交，却还记着，他九泉之下也会高兴的！"我说："农村有句俗话，叫作'受人一饭之恩，当以万石相报'，叶院长是个好人，我怎么能忘呢？"

说着，我们到了城南的坟地里，那儿荒草萋萋，无数个坟头默默伫立在秋阳之下。叶院长的坟头很小，像是隆起的一个没发泡的馒头，紧靠着叶院长坟头的，是一座又高又大的新坟，阳光照在新掩埋的坟土和还没褪色的花圈上。秋风吹拂着花圈上那些五颜六色的纸，发出如泣如诉的响声，虽然也给人一种凄凉的感觉，但那凄凉也是一种红色或黄色的凄凉，不像叶院长的坟头，那是真正的凄凉，像是积了许多的怨气和悲伤在那里一样。我点燃了香蜡，插在坟前，然后按照农村的风俗跪了下来，就着香蜡的火苗，将纸一张张撕开烧起来。我烧纸的时候，贾姨在一旁偷偷流泪。我烧完了纸，又对着坟头磕了三个头，这才站了起来。离开的时候，贾姨又拉着我的手，说："小贺，贾姨请你再想想，不然你今后会后悔的！"我说："贾姨，谢谢你了，我一定不会后悔的！"说完我便告别贾姨回来了。

　　就这样，我把这次进城端"铁饭碗"的机会给放弃了……我后来后悔过没有？实话对大侄儿说吧，直到今日，我也没有后悔过。为啥？我只给大侄儿说一个原因，你就知道我不会后悔了。当年我没有答应贾姨去，贾姨后来又去找了一个和我差不多的姓夏的农村中草药医生，把他调到县医院去了。贾姨也果然因神设庙，在县医院成立了一个"草药科"。那夏医生医术也不错，很快就有了一点名气，病人都叫他"夏草药"。可没红到两年，医院改革，科室承包，医生工资和奖金与收入挂钩，别的科室的医生可以开高档药、贵重药，检查也是做了CT，又做B超，又做啥子生化，总之是反反复复做呗！可那"夏草药"怎么开高档药、贵重药？又怎么叫病人去做检查？所以不但病人的红包得不到，医药代表的回扣得不到，连基本的工资、奖金也拿不齐，后来只好提前退休，又回乡下摆草药摊了！你说我后悔不后悔？我不后悔，想得通，而且越到后来，我越不后悔，可我那个孽障，就是你那个不争气的兄弟贺春，他却想不通了！骂我当初没选择去县医院，是只为自己着想，没为儿女着想，耗子眼睛——只看一寸那么远，要不，他现在就是城里人了！还说你老了我们不管你，是你场后头下雨——街（该）背湿（时）！你听听，这是什么话？

　　我不说这些了，说起气人。时候不早了，老叔去做午饭，你就在老叔这儿吃稀饭。老叔这儿没菜，就抓泡菜下稀饭，怎么样？老叔现在笨手笨脚的，饭做得不好，你不嫌弃就行……还是到兴成家去吃饭？说好了的？既然说好了的，老叔也就不留你了。那就吃了饭我们两叔侄再来慢慢摆！孝子，你给我送客去，别老是在那里困倒起……

第八章　我们收养了苏孝芳的私生子

大侄儿这么快就来了？你中午不睡午觉？坐在椅子上眯一会儿就行了？哎呀，我们农村人睡啥午觉！不过我现在老了，说没睡午觉吗，坐下来就打瞌睡。你说在睡觉吗，可一惊又醒了，不像年轻时那样，睡得雷都打不醒！你是写书的，晚上一定要早些睡，早上早起来！如果你晚上睡不好觉，白天就精神倦怠，哈欠连天，眼皮沉重，手脚疲软，还怎么写书？特别是这个季节，空气中水汽大，我们中医称水汽为"湿"，"湿"是"六淫邪气"之一，很能伤害身体。书上说："湿性重浊黏滞，最能遏阻气机。"人的气机被"湿"所阻，便会觉得瞌睡多，欲睡不睡，欲醒不醒……莉莉来了？你上学不径直去，又到爷爷这里来做啥子？来，我给你说一下，这个你叫叔叔！这位叔叔可不得了，是个写书的，装了一肚子的书，学问大得很，你今后可要向他学习！大侄儿，你还不认识她吧？她就是我那个孽种的丫头，歪竹子生直笋子，她爹把我当仇人，她一天却要来巴我！叔叔问你读几年级了？你给叔叔说说！裤子包的，说读几年级都不好意思……啥，又来问我要钱？爷爷又不欠你的？你怎么不把好吃的给爷爷拿点来，要钱就来了！怎么不向你爹和你娘要？爷爷现在也挣不到钱了，你倒经常来要钱，到了爷爷老得动不了的时候，你怕不得给爷爷的钱了呢！要钱做啥子？买笔？上星期才给了你五块钱买笔，现在又要买笔，你给我扯谎捏白的……好，给你一块钱，可不准到你大龙爷爷的店里买吃的哟……要两块？爷爷又不是开银行的，哪能你要好多就给你那么多……哪个说我有钱？爷爷是医生不假，可现在爷爷柜子上的药都生虫了，也没病人上门，哪来的钱？好，给你两块，以后不要再来向爷爷要钱了哟！拿到钱就走了，也不跟叔叔说声再见，真没教养……大侄儿，你都看见了，虱子都靠不住，难道还靠得住虮子？有时候生气想不管他们，可看着那个样儿，爷爷前爷爷后的，哪个又硬得起那个心肠哟！

还是说正事吧，大侄儿！我放弃了到县医院去的机会，继续留在大队的合作医疗站里当我的赤脚医生，这样又过了两年多时间，到了八一年的时候，一天，郑锋又给我、你彩虹婶和春琴三个人，一人拿了一张表来叫我们填。一听说填表，我便开玩笑地对郑锋说："怎么，又叫我们当先进呀？"郑锋说："你娃儿，上回叫你当先进你不当，现在你想当先进了，是不是？别把你砂罐大爷想死了！"说完才正经地说，"告诉你们，上午公社开了会，学了上面的文件，从今以后，你们不再叫赤脚医生了……"一听这话，我们都吃惊地盯着他，问："不叫赤脚医生，那叫啥子？"郑锋说："叫'乡村医生！'"我们听后，又互相看了一眼，然后重复了一句："乡村医生？"

郑锋看见我们不明白的样子，就说："这是上级文件定的，说以前的赤脚医生不再叫赤脚医生了，凡经考核合格，相当于中专水平的赤脚医生，发给乡村医生的证书，以后就叫乡村医生了！"说完看着我们还是绿眉赤眼的样子，便又像是安慰我们似的说了几句："妈拉个巴子，管它叫啥子，你们反正都是医生，只管行医便是！"可我们却不那样想，一听说要经过考核，还要达到相当于中专水平，才能发给那个乡村医生的证书，心里就着急了。我们几个，文化最高的是你彩虹婶，可她也只是初中毕业，我和春琴，都只念过小学，我们也不知道这"相当于中专水平"是个什么样的水平，又不知道上面怎样进行考核，因此心里就紧张了起来。我看着郑锋问："怎样才相当于中专文化水平？像我们这样，如果考核不合格，就不能再行医了哟？"郑锋听了我这话，说："你问老子，老子又怎么知道？所以说上面叫你们填表呢。填好就交到公社卫生院去，怎样考核，上面要统一安排！"说完又像是不满地嘟囔了一句，"龟儿子些！"说完就走了。

我们不敢懈怠，急忙伏在桌子上一笔一画地填起表来，填表时我们心里都捏了一把汗，不知今后还能不能当医生了。填好表后，由我统一去交到公社卫生院。这时我才知道，我们的担心是多余的。苗院长接过我们的表格，在上面签了"同意"两个字，交给办公室加盖了公章，然后对我们说："贺医生你回去吧，你们都通过了！过几天我们就到县上给你们办统一的乡村医生证书！"我一听这话急忙吃惊地说："苗院长，我们真的通过了？"苗院长说："你们行了这么多年的医，也没出过医疗事故，难道还不够中专文化水平？"接着又说了一句，"我们全公社的赤脚医生没有一个不合格!"听苗院长这么说,我有些疑惑了,说:"既然如此,苗院长,那为什么要改名呢?"苗院长说:"我也闹不清楚,上面说改革,我想这就是改革吧!"我又问:"那合作医疗站还改不改名称呢?"他说:"这个我没听说过,改不改那得看上面!"然后又补了一句,"管它叫什么,你当好你的医生吧!"我说:"那是!"说完我就回去了。

又过了一段日子,"乡村医生"的证书便办下来了,我们把它挂在合作医疗站的墙上,进进出出都看它几眼,很为那上面盖着的大红印章感到骄傲。后来我们才听说,全县所有的赤脚医生,除了极少数发生过严重医疗事故的外,摇身一变,现在都成了"乡村医生"。而"合作医疗"这个名称,则始终没有变。

可令我们没想到的是,在我们由"赤脚医生"变为"乡村医生"后不久,一场大变革在农村掀起了。大侄儿比我更清楚是啥子变革,那是重新把田地分给各家各户。那是在八二年收了小春作物后,这天,郑锋又走进了我们合作医疗点,他板着一张脸,像是谁欠了他什么一样,一进门就说:"娘的个×,地主资产阶级复辟了,国家变颜色了,马上要分田到户了……"关于"分田到户"这事,我们两三个月前就听说了,闹得沸沸扬扬,可那时也没说定,一会儿说不分,一会儿又说要分,区里和公社还到我们大队来开了一个会,会议的主题就是"刹住分田单干风"。可几天以前,县上又把大队书记以上的干部召去开了几天会,我们虽然不清楚县上的会议内容是什么,但现在听郑锋这么一说,心里就明白了。尽管我们心里已经有所准备,但听了郑锋的话,还是感到惊讶,便说:"真要分呀?"郑锋听了又愤愤然地说:"狗日的些,不要毛主席的革命路线了!贫下中农又要吃二遍苦、受二茬罪了!你们合作医疗准备关门吧……"

一听这话,我们马上就叫了起来:"啥,合作医疗要关门?"郑锋说:"田地到了户,庄稼都各种各的了,也不兴记工分了,不关门,鬼大爷给你们报酬呀?"我们一听这话,顿时像泄了气的皮球,都叹息了一声,然后才说:"办了十多年的合作医疗,算是完蛋了!""哪个时候关门,是不是今天就关?"郑锋一听这话,又发起火来了——那几天郑锋的火气特别大,动不动就冲别人吹胡子瞪眼睛,有时甚至一开口就日娘捣老子地骂人——冲我们叫了起来:"老子说今天就关门了吗?狗日的些,不给我好好把摊子守到,看老子今后怎么收拾你们!"骂完,这才气鼓鼓地走了。

果然没两天,生产队就开始分田地了,分完田地,就分生产队原来的财产,不但耕牛、犁耙、拌桶这些分了，连保管室晒坝里的石板，也数了块数按人分了。我们一家三口不但分了四亩多地，而且还和你世财叔、世福叔和贺长军四家，共同分了一头牛。一分了地，合作医疗不用别人说，事实上是已经垮了。首先退出去的是春琴，她家里人多，需要人干活，何况她也知道自己医术不高，即使留下来不走，也没人找她看病。因此分了地的第二天，她就到合作医疗站来拿了自己的东西，和我们"拜拜"了！我和你彩虹婶目送她走了以后，也想关门回去，可这时贺世凤喉咙里"呼哧呼哧"地像拉着破风箱一样来了。大佬儿你是知道贺世凤的，他在很早的时候就得了哮喘病，被湾里的人称为"痨病砣砣"，三天没有两天好，成年一副病恹恹的样子。因他干不得重活，生产队安排他养牛，现在牛分到各家各户去了，他自然养不成牛了。他是合作医疗站的老病人，要说捡便宜，他才是真正捡了合作医疗的大便宜，每次他来看病，给他的药哪里才值五分钱？起码要翻过好几倍，因为他那病很顽固嘛！但合作医疗再吃亏，也得给他看呀，要不办合作医疗做啥子？现在他一看见我，便上气不接下气地说："万、万山哥，快、快给我打、打一、一针，我、我吊不上、上气来了……"我一听，忙说："世凤老弟，合作医疗已经垮了，春琴都背起包包回家了，我也要关门了……"他没等我说完，便马上哭丧着脸说："那、那哪个给、给我看、看呢？"我说："我也不知道你该找哪个看病了！"他一听我这话，马上就抓住了我的手，仿佛害怕我会跑掉似的，说："那、那不行，你、你要给我、我看、看病，我快、快要死、死了……"我一看他那样子，才三十多岁，就胡子拉碴，满脸皱纹，脸色蜡黄，张着嘴巴大口大口地喘着气，很难受的样子，便说："好嘛，今天我给你看了，下次你就到公社卫生院去找医生给你治了！"

他一听这话，像是放心了，便松开我在凳子上坐了下来，嘴里发出的喘息声像打雷一样。我先从保温瓶里倒了一杯开水给他喝了几口后，才给他打了一支氨茶碱针，又给他配了一些感冒和止咳药。在给他打针的时候，他的手一边按着屁股，一边回头对我像拉着破风箱似的问："万、万山哥，你、你说不、不给我治、治病了，我这病怎、怎么办……"听到这里，我突然想起了不久前听别人说的一个土方，便说："我给你说一个土方子，说不定能缓解你这病。"他一听，忙问："啥、啥子土、土方子？"我说："你夏天在地坝边种几窝丝瓜，等丝瓜藤长起来了的时候，每天傍晚拣一根最粗壮的藤蔓，用刀割开一个小口子，下面放只口盅或大碗，让从口子里流出的汁滴到里面，然后喝下去。"他一听这话，立即瞪大了眼睛，说："这、这行、行吗？"我说："以我们中医来看，就倒是有些道理的。因为像你这病，是属于肺痿或肺痨，肺属金，金本燥，肺燥成病，因此治疗你这肺上的病，主要在于滋阴降火，甘凉清润。丝瓜汁性清凉，用它来养阴滋肺，止咳化痰，也许能行，不信你试试吧，反正又不要你花钱！"可他听了却说："那丝、丝瓜藤的汁、汁都流、流光、光了，还怎、怎么、么结、结瓜呢？"

我一听这话，有些气恼起来，便对他说："你呀，你呀，是你命重要，还是几个丝瓜重要？"你世凤叔听了也不生气，却又对我说："你世、世普兄弟也给、给我说、说了一个土、土方，却是吓、吓死我了……"我急忙问："怎么吓死你了？"他说："你知、知道是个啥、啥子土方？他、他说，要将、将一个四斤的西、西瓜，切一个小口，把籽挖、挖出来，放蜂蜜三、三两、麻、麻油三两、鲜姜二、二两切成片、枣子十、十个，把核、核去掉，然后将瓜、瓜皮盖好，放到锅、锅内同煮。锅里的水、水只、只能淹到瓜、瓜的一小、小半，煮一个半、半小时后，把瓜汁喝、喝了，同、同时吃一点姜片，说、说是连吃两年就可、可以断病、病根……"我不等他哆里哆嗦地说完，便说："西瓜、蜂蜜、麻油都是滋阴滋肺的，这偏方有些道理。"可你世凤叔却撇了一下嘴，继续说道："好倒是好，可那偏、偏方哪是我们穷、穷人吃、吃的？"听了这话，我也觉得这方子好是好，像世凤这样的人家确实不容易实现，便不再说什么了。

我给世凤包好药后，又对他说："老弟，不是老哥今天要为难你了，土地也分到户了，也没有谁给我们记工分了，现在我们行医，就不能像过去只给五分钱挂号费就行了。"他立即瞪大了眼睛看着我说："那、那怎、怎么办？"我说："我们是一个湾的，过去我从我继父家里回来，是你们收留了我，所以从今往后，凡贺家湾和郑家塝的人来看病，挂号费我一律免收，但药钱你们得给我！"他一听这话，便说："多、多少药、药钱？"我说："你这次是一角二分药钱！"他听说是一角二分药钱，脸上的皱纹便挤到一起了，说："我、我哪有一、一角二、二分钱，你、你给我记、记上吧！"我知道他家的日子确实很紧，便说："那好吧，我给你记上，你哪个时候有了就哪个时候给我！"他说："是、是。"于是我拿一个本子给他记上了。从那时开始，贺世凤每次来看病都是赊账，赊了十多年，一直到你那个没良心的兄弟贺春打着我的名义，去那些欠账户把钱硬要回来为止。

贺世凤拿了药前脚刚走，贺善怀的女人董秀莲又来了。看见她一来，我心里就生气了，说："你又来干什么呀？"她说："看病呀！"我说："集体都垮杆了，也没谁供给我们工分了，我们也和你们一样，要回去种自己的包产田，马上就关门了！"她说："关门，关啥门？"我说："关合作医疗的门。"她说："你关了门还是要给我们看病！"我说："我关了门还看啥子病？"她说："你关了门，难道哪个把你医生也关了？你是医生不看病做什么？"我一听这话，有些愣住了，不知该怎样回答她。她见我这副傻乎乎的样子，便快人快语地说："哪个叫你当的医生？当了医生就得看病，哪管你关门不关门哟！"说着，屁股往凳子上一坐，把手伸了出来，像是命令似的对我说，"快来诊脉！"我看她胡搅蛮缠的样子，没法，只得过去把手指搭在她的手上，一边诊脉一边问她："哪儿不舒服？"她说："腰痛！"我又问："腰怎么痛了？"她说："不是把地都分给各家各户了吗？今上午把阴沟里的泥起起来往地里挑，挑完过后腰就痛了！"我一听便知是怎么回事了，连脉都不诊了，拿了几贴膏药便对她说："分了地，一锄就想挖个金娃娃，是不是？你做活慢点儿，腰就不会痛了！你是闪了腰，贴两张膏药就好了！"她拿着膏药走了以后，我怕又有人找来，就急忙关了合作医疗站的门走了。

晚上，我想去找郑锋谈谈，可是刚走到他的院子里，便听见他在屋里一声长一声短地哭，一边哭还在一边诉说："毛主席呀毛主席，你老人家才死了好久，中国就变了哟……"我一听，便知道他喝醉了，此时又在胡言乱语了，又转身回去了。过了两天，我才重新去找他，对他说："大爸，我们医疗站怎么办呢？"他说："我现在已经糊涂了，你说怎么办？"我说："我想不看病了，可是大家又非要来找我不可！我想看呢，可家里有包产地不说，上面又没人给我说个子丑寅卯……"他说："上面现在都是裤裆里打麻将——哈不开了，还给你说个子丑寅卯，有人找你看病还不好？"我说："合作医疗都不存在了，我要是还在大队那几间屋子看病，别人会有意见。我搬到自己那三间破茅草房去看吧，可那像什么诊所？"他说："田地虽然分了，共产党还没有被哪个分嘛，共产党的屋子为什么不能用来给老百姓看病？集体财产现在都分光了，大队现在也啥都没有了，就那几间屋子还在，你要是怕别人有意见，每年给大队缴点钱，大队把那几间屋子租给你，你该看病看病，该收费收费，有啥不行的？"我一听这话，觉得是个主意，只是担心自己地里的活儿，于是又说："可我地里的庄稼怎么办？"他说："那我就没有办法了！你一只手只能按住一条鱼，不可能按住几条鱼，你自己看着办吧！"我想想也只能这样了，先走走再看吧。便又对郑锋说："合作医疗站还剩有一些药，我也不想占集体便宜，大爸你找人来盘一下，该折价算给我们的，以免别人说三道四的！"郑锋听了这话，第二天果然找了几个大队干部，另外加上春琴，一起来盘了原来合作医疗的点，把剩下的药品按购进价折算给了我们。就这样，原来的合作医疗一下子变成了我的私人诊所。有病人来求医时，我就看病，没病人来时，我和你彩虹婶便到自己的包产地里劳动。

这样大约过了将近一年，世事又有了一些变化，主要是原来的公社变成了乡，原来的大队，也跟着变成了村。最大一个变化是：在公社变成乡、大队变成村不久，公社来人宣布了郑锋"让贤"的决定。说"让贤"是一个好听的字眼，实际上是免他的支书职务了，由贺世海接任。要说你世海叔，自己弟兄，人还是不错的，但一朝天子一朝臣，所以他上任的第二天，我便去找他，对他说："世海兄弟，你现在当了书记，可人亲理不亲，原来合作医疗那几间屋子，我每年给大队交了一百五十元租金，现在你当政了，你如果要收回去就收回去吧！"他一听我这话便说："我收回来装空气、喂蚊子呀？村里现在连买根大头针的钱也没有，你那一百五十块钱，糠壳不肥田也松下脚嘛！"接着又说，"再说，贺家湾一两千人，大家有个伤风感冒的，没个地方看病怎么行？我把房子收回来了，你到哪里去行医？你安心在那里看病，没人撵你！"听了这话，我吃了一颗定心丸子，回去了。

就这样，我在原来大队合作医疗的屋子里，又行了四年的医。在这四年的时间里，我履行了自己的承诺，凡贺家湾和郑家塝的人来看病，我一律不收诊费。尽管这样，许多人还是挂账。都是一个湾的熟人，我也不好问他们为啥要赊账，赊了账又啥时来销账，更不能像现在城里的医院一样，你要去治病，医生首先就问你钱带足了没有，没钱就走开。他们说挂上就挂上吧，反正他们迟早会还的。当然，我这样做也有好处，那就是当我家里的农活忙不过来时，总会有湾里的许多人来帮我。后来我见他们老来帮我也不是个办法，我就把地包了一些出去，只种了两块好地，这样就好一些了。

可令我们没想到的是，一天，你世海叔愁眉苦脸地找到我的诊所来了。我一见他这个样子，便问他："兄弟，哪里不舒服了？"他说："心里不舒服。"我开玩笑地说："是周萍昨晚上没让上床？"他说："扯淡！明给你说吧，老哥，我觉得有些对不起你！"我说："你没哪儿对不起我呀？"他说："明给你说吧，村里这房子你开不成诊所了！"我一听这话，顿时愣住了，忙问："怎么回事，村里要收回去了？"他说："不是收回去，是要卖！"我说："卖？"他说："上面来了文件，不

137

但要求学校的校舍达标，还要求要'六有'！你知道的，我们村小学早就成危房了，可村上又没钱修，只有把村办公室卖了，再让大家集点钱，把学校修好！"一听这话，我忙说："村办公室卖了，你们到哪里办公？"他说："就在学校旁边多搭一间房做村上的办公室吧！"接着又说，"这就实在不好意思了，要赶你走了！"我说："房子又不是我的，有啥不好意思的？我这马上就想法搬走。"

回到家里，我给你彩虹婶说了村上房子要卖的事，你彩虹婶一下犯起愁来，说："那么多的药，把它们搬到哪里去呢？"我说："你不用着急，现在村里好多人家都盖新房子了，我们家里这几年也积了一些粮，手头也多少有点现钱，这几间破草房也该拆了重建了！"她说："别人建房，都是自己做砖烧瓦，可我们哪有时间去做？"我说："没有时间做我们就花钱去买砖瓦，就是欠一点账，这房子也一定要建，不建我们到哪儿去行医？"你彩虹婶听了我这话，不作声了。于是我立即做起建房的准备来。湾里的人听说我要建房，又像我当年从继父家回到贺家湾时一样，不用我招呼，就纷纷跑来帮忙。有人帮我去买砖，有人帮我去买瓦，有人帮我把包产地边的树砍回来，还有一些人则来帮我们扒旧房子、挖地基和下基石。正式建房那几天，湾里很多人都放下自己的活儿，跑来看看有什么做的，即使找不到活干的，也要在一旁看着泥水工和木工师傅，仿佛监工似的。一些妇女则在外面临时搭起的灶台边，帮你彩虹婶忙活。真应了人多力量大的话，只一个多星期，我们的三间瓦房和一间偏厦就建起来了。

这房子你都看见了，坐北朝南，开门却向东，为啥向东呢？因为东边是大路。正房虽然只有三间，可每间的进深很长，从中间隔开，就是六间屋子了。我把堂屋前面的屋子做我的诊室，虽然没有我爷爷过去那样高及横梁的药橱，但我把原先大队合作医疗站那个陈列中药的柜子给买回来了，现在立在堂屋靠右手的墙壁边，也还像个样子。建好房子后，我又叫木工师傅给我做了一张带三个抽屉的诊疗桌，是柏木的。做好以后，我想上漆，却没有漆，也只有将就了。当时做好后，桌子还是很坚固的，可是我没有药案，捣药切药和制药都在这张诊疗桌上，久而久之，不但这诊疗桌的榫头松动了，连桌面也裂了缝，手往上面一放直摇晃，我在上面开处方时，就在上面铺几张报纸。那几把供病人坐的椅子也是当时做的，刚做好也是新崭崭的，可现在也快散架了，只好让它们歪歪倒倒地靠在墙边，我也懒得去收拾它们了。我当时还做了三张像乡卫生院那样的病床，心想如果有病情较重的病人来了，就让他们在这里休息观察。现在这床，贺春这狗东西搬回去了两张，还有一张在我里面的屋子里。堂屋前面的屋子成了我的诊室，后面屋子则成了药材仓库。两边的房间，左边一间是观察室，一间暂时还空着。右边是我和你彩虹姊以及贺春的卧室，偏厦是厨房和茅房。我们还在正屋前面用石棉瓦搭了一个敞棚，如果病人多，便可以在那里候诊。我又去找贺世普——这时你世普叔已到乡中心小学做校长去了——写了一副对联，写的仍是当初我爷爷诊所那一副："但求世人莫多病，何愁架上药生尘"，拿回来贴到大门上。这样一来，我的诊所就有些像模像样的了。

我搬诊所那天，全湾的人都赶来祝贺，不少人买来了鞭炮，炸了小半天，门前的地坝里堆满了厚厚一层鞭炮屑，整个贺家湾都是一种硫黄的味道。我也按照农村的风俗，办了十多桌"九大碗"招待大家，一是感谢建房时他们来帮忙，二是庆祝乔迁之喜。那时物价便宜，猪肉才六角多钱一斤，办十来桌"九大碗"也花不了多少钱。酒桌都摆在外面的坝子里，喝酒的时候，贺世风突然喊了我一声——他只要不喘气，说话就很流畅——说："万山哥，我们湾里还没个百货店，你这屋子还空一间，干脆顺便再开一个百货店，也方便大伙儿！"接着又说，"一头牛是放，两头牛也是放，你反正也要在家里看病，卖点小百货就当是半夜打摆子——顺带！"他的话一说完，众人都说好，我也觉得这主意不错，正想回答时，忽然贺大成憋红了脸站起来，眼巴巴地看着我喊了一声："万山叔……"我说："啥？"他又憋了半天，才吞吞吐吐地说："我、我和玲玲也说要开、开一个百货店，正、正在找人做、做货架子……"贺世风听后，马上说："那有啥，你开你的，他开他的，一屋两头住，生意各做各……"可贺大成还是涨着紫红色的面孔说："可、可一个湾就、就……"我一下明白贺大成的意思了。大侄儿你是知道贺大成的，他小时候害小儿麻痹症，把腿害残了，现在瘸腿走路，下地劳动不行。他去年和玲玲结了婚，玲玲你还记得吧，就是刘良芬的那个哑巴外孙女儿。当年大队合作医疗才办的时候，刘良芬把她抱来让我给她看病，她才三岁，我这十七八年医生当过来，她已经是二十岁的大姑娘了。说实话，除了她的耳朵听不见、嘴巴说不出来外，玲玲长着一张苹果脸，不高不矮的身材，饱满而健康的胸脯，黑里透红的肌肤，身腰丰满，是个能干的姑娘。但无论怎样能干，因为聋哑，没人娶她，最后嫁给了贺大成。不过，这倒是合适的一对，大成虽然瘸，人却忠厚、老实。现在，这对不幸的人要开一个店，倒是一件好事。他是担心一个湾里就这么点买卖，我的人缘又好，如果我把店开起来了，肯定就没有他的戏唱了。因此我马上就对他说："大成，你和玲玲开吧，我不开！"大成马上高兴了，咧着大嘴说："万山叔你真的不开？"我说："我把我的医行好就不错了，哪有精力开店？"他一听，就端起酒碗过来敬我的酒。

晚上，你彩虹婶才对我说："其实把我们那间屋子拿出来开个店，这主意是不错的！"我说："主意是不错，开个店也能赚到钱，可就是良心上过不去！你忍心去跟一对残疾人争那点饭吃吗？"你彩虹婶说："怎么是和他们争饭吃呢？他开他的，我们开我们的！"我说："锅里只有那么一点饭，一个人吃可以吃饱，可如果去舀的人多了，还吃得饱吗？何况刘良芬当初是冒着风险，救过我的命的，我们怎么能忘恩负义呢？"你彩虹婶听了这话，这才不提开店的事了。没几天，大成和玲玲的百货店果然开起来了。大成因腿脚不方便，便在家里经营那个店。玲玲则像男人一样成天在地里劳动。后来事实证明，大成和玲玲这店是开对了，因为当麻将被引进到贺家湾后，大成的店便成了贺家湾第一家麻窝子。大成每天从麻将桌上抽点成，加上卖货的收入，一家人的日子倒也过得去。两口子非常感谢我，说当初要是我这个店开起了，他们就是蚂蚁爬雷钵——没有股股了。后来每年过年，大成和玲玲都要拎一瓶酒或两斤糖来给我和你彩虹婶拜年，不过这是后话了。

自从我在家里建起诊所以后，发生的事就多了，我都不知该从哪件事说起。我就从苏孝芳这鬼丫头说起吧！大侄儿已经知道了，苏孝芳认了我和你彩虹婶做干爹干妈，时间一晃又是十二三年过去了，她也从一个头上扎丫搭搭的黄毛小丫头，长成了一个像天上仙女下凡的美女。说她像仙女下凡，一点也没夸张。她的个子比你彩虹婶还要高，身材也像你彩虹婶当初一样苗条。一张鹅蛋形的脸，像十五的月亮一样妩媚和明净，尤其那双大眼睛，比我们八卦井的水还要清亮，头发又黑又直，不过却不像你彩虹婶当年那样，编一根辫子垂在背后，而是拉直了披在肩上，瀑布一般。大家都说，这丫头要是生在城里，完全可以去当电影演员。我和你彩虹婶常常想，这丫头前辈子肯定和我们有点什么，要不这辈子我们就不会这样有缘了！自从认了我们做干爹干妈，她就对我们特别亲。她上小学也是在我们大队上的，因为从苏家河边到我们这儿，比到她们大队小学还要近一些。一下课，她就到合作医疗站来了，一张小嘴儿"干爹""干妈"地叫个不停。你彩虹婶忙不过来时，她就小大人似的，去抱起贺春又是拍又是哄。贺春会走路后，她就牵着贺春到处走，有时还把他抱到学校，那情景，真像是亲姐弟俩。你彩虹婶很舍不得她，说："这丫头缺的就是往我肚子里过一趟了！"你彩虹婶后来一直想生个女儿，我想就是起于那时。遇到下雨天或放学晚了，你彩虹婶就把她留在我们家里，晚上还要她挨着她睡。每次到了我们家里，你彩虹婶不但要给她洗头、梳头、洗衣服，还要教给她一些只有母亲才能给女儿讲的私房话。后来小学毕业到乡上念初中以后，来往少了一些，但只要放了假或过年过节，她一定会到我们家来。来了手脚也勤快，见了力所能及的活儿就做，那副懂事的样儿惹得我和你彩虹婶巴不得把她含在嘴里了。

就在我们修了新房的第二年春天，这个鬼丫头整岁十九，虚岁二十，她要到重庆一家叫"富渝足浴中心"去做洗脚妹，是她一个远房表姐介绍的。那时洗脚这个行业才刚刚兴起，生意火爆得不得了，那个足浴中心的老板是个四十多岁、又矮又胖、像个滚地南瓜一样的男人，开了好几家洗脚店。苏孝芳读初中二年级的时候，他的父亲苏明成在给一个小煤窑挖煤时，被塌方的煤层给压死了。那时死一个人不像现在这样有巨额赔偿，那个小煤窑主只拿了一点钱，将她父亲草草埋葬了，然后象征性地给了一点抚恤金，她们祖孙俩，老的老，小的小，又不知道去和煤窑主理论，事情就了了。苏孝芳初中毕业后，就想出去打工，可她奶奶不让。一是她年龄还小，出去不放心，如果出了什么事，对不起死去的娘和父亲；二是她奶奶年纪也高了，相依为命过了这么多年，舍不得她离开。可这次一是有她表姐介绍，二是她年龄也有这么大了，加上村里像她这样的年轻人都出去打工了，她奶奶把她留在屋里，留得住她身子留不住她的心。于是嘱咐了她和她表姐一通，就像放鸟儿出笼一样，让她们去了。

可是没想到，到了洗脚城不久，她就怀孕了。孩子的父亲不是别人，正是她那个又矮又胖的老板。一发现自己怀了孕，这鬼丫头一下慌了。那个表姐又不是她的亲表姐，她不敢给她说，怕她把事情传回老家，更不敢给她奶奶和我们写信或打电话，甚至连对她老板，她也不好对他说，想自己一个人把问题解决了。她悄悄哭了两晚上，然后谁也不告诉，就突然离开了洗脚城，到一家鞋店去帮人家卖鞋。一边卖鞋，一边想去把肚子里的孩子打掉。可到医院里一打听，做一个无痛人流，包括术前的检查费、术前消炎、麻药、麻醉的手术费、无痛人流费、术后消炎药等费用加在一起要一千二百元，假如同时还有妇科炎症的话，可能就要突破两千元。这个鬼丫头一听要这么多钱，当即吓得就只有伸舌头的份儿。她在医院里待了半天，才像被霜打蔫了似的走出来。走到街上，她的双腿软得一点力气也没有，也不知道该往哪儿去。在大街上走，仿佛满街都是熟人，一双双眼睛都在盯着她的肚子看，好像都知道了她的丑事似的。她低着头，躲避着众人的目光，转到旁边小巷里。在小巷子里走了不久，突然眼前一亮，她看见电线杆上贴着一张小广告，上面写着："解命放生，无痛人流，一贴了之！"一时，这鬼丫头像是见了救命稻草一样，也来不及细细地去想一想，便寻着小广告上的地址找了过去。

在更深的一条小巷子里，她来到了一间低矮破旧的屋子门前，匆匆往屋子里一瞥，只见一张桌子后面坐着一个和尚打扮的男人，还没来得及看清他长得什么样，见那男人的目光也在看她，那脸便臊得像要淌血似的，急忙又把头低了下去，然后鼓起勇气问了一句："你就是静亿法师？"那男人一听，急忙从后面站了起来，说："正是！"说完两只眼睛仍紧紧盯着她。这鬼丫头把头埋得更低了，结结巴巴地说："你、你真的有、有药，能、能把孩子打、打下来？"那男人立即大包大揽地说："那还有假？"说着忽然从抽屉里拿出一个像是什么执照似的东西，在这鬼丫头眼前晃了一晃，又马上收了回去，这才又接着说，"我是佛教协会章华寺第二十三代弟子，本寺的无痛人流膏为镇寺之宝，今为解命救生，特拿出来贡献社会！姑娘你放心，凡怀孕在两个月内，只要贴上本寺膏药一帖，不出一个星期，胎儿便可流出来，无痛无痕，保你无事！"孝芳一听这话，又迟疑着问："多少钱一张？"那"法师"说："本法师膏药原卖六百块一张，看姑娘这个样子，我就优惠你两百元，四百元是一分不能少了！"这鬼丫头听了这话，连想也没想，就从口袋里掏出四百元钱放到桌子上，从那人手里接过一张膏药走了。

回到店里，她躲进自己那间小屋子里，将膏药贴在了自己的肚脐眼上，然后怀着又惊又喜又不安的心情，等待着肚子里的胎儿"流"出来。可是三天过去了，肚子里没有一点动静，五天过去了，肚子里还是没有一点动静，一个星期过去了，肚子仍然是平平安安。这鬼丫头便又去找那位叫静亿的"法师"，那"法师"说："我说过，我这膏药对超过了两个月的便没有效了，姑娘肯定不止两个月！"孝芳一听这话，心里更着急了，她只知道大致时间，超没超过两个月，连她自己也说不清楚，于是便带着哭腔道："这、这怎么办？"那"法师"说："姑娘不必着急，我这里还有一种膏药，专门针对三个月内的胎儿的，姑娘可换一帖回去贴！"孝芳又问："多、多少钱？"那"法师"显出慷慨的样子说："因姑娘已是回头客了，这次收你三百元就是!"这鬼丫头一想事已至此了，便又掏出三百元从那"法师"手里换回一张膏药，回来重新贴到肚脐眼上。可是，这专门针对三个月胎儿的膏药，其效果和第一张完全一样。半个多月过去了，胎儿不但没有流出来，肚子还长大了许多。孝芳再去找他时，那人早已不在了。到这时，这鬼丫头才明白受了骗，这时才狠下心，咬着牙到医院去检查，医生告诉她是宫内孕，母子都正常。可当她提出做人流的时候，医生说已经三个多月了，不适合再做无痛人流了。

这时，这个鬼丫头才不得不硬着头皮，去找原来洗脚城那个又矮又胖的老板。那老板一听这鬼丫头怀了他的孩子，竟然喜出望外，要她把孩子生下来，甚至埋怨了她大半天，说她为什么不早告诉他，要去把孩子打掉，幸好她遇着了一个骗子，把他的孩子保了下来，以后如果碰到这个"法师"，他还要感谢他呢!说完，赶紧在外面租了一套房子，还给她请了一个保姆，把她包养了起来。又靠金钱开路，搞了一张准生证。万事皆备，只等着孝芳分娩了。按说，事情到了这一步，结果还不算太坏，反正事情已经发生了，只有走一步看一步了!可令所有人没想到的是，那个又矮又胖的老板可不是个简单人，他是山城的一个大毒枭，开洗脚城只是方便他进行毒品交易。不久，他在一次毒品交易中翻了船，不但家抄了，洗脚城关门了，两口子都被抓进监狱里关了起来，肯定要判死刑，幸好孝芳这鬼丫头没有被卷进去，还没她的事!可是老板一抓，她就一下成了墙壁上的乌龟——四脚无靠了。肚子里揣着一个七八个月的孩子，引不敢去引，生又谈何容易?且不说她现在断了生路，就退一步说，即使还有生路，孩子生下来怎么办?走投无路之下，她才把发生的一切告诉了那个远房表姐。远房表姐一听，人是她带出去的，她如果不马上回来告诉她奶奶，如果出了事，奶奶向她要人怎么办?于是连夜乘火车赶回来，第二天一早便去把事情的前后经过讲给了她奶奶听。她奶奶听完，觉得天都塌下来了，可她除了着急以外，一点办法也没有。在家里抹了半天眼泪以后，便拄着拐棍到我们家来了。

老太婆到我们家来，本想跟你彩虹婶说说——这些事，只有女人才好开口，并且向她讨讨主意。可是这天逢场，你彩虹婶赶场去了。老太婆没办法，只好一把鼻涕一把泪地把事情跟我说了。我听她说完，一时也只感到气愤、担心和埋怨，心里也没主意，可是一看老太太那个样子，害怕她出什么意外，便劝她说："老人家，事情发都发生了，既来之，则安之，你也不要太着急……"她瘪着嘴说："我怎么不着急？这鬼丫头生下来就没有娘，是我一把屎一把尿把她带大的，她爹又死了，要是她出了啥子事，我死了哪个来埋我？"我说："着急是该着急，可光着急又有啥用？再说，你都这么大的年纪了，还管得了她什么？天塌下来还有高个子顶着，她喊了我们一声干爹干妈，现在出了这样的事，我们不会不管的！等彩虹回来了，我就和她商量，看想个什么办法让她把孩子顺利生下来，以后该嫁人还是嫁人，现在出这些事又不是她一个人的责任！"劝了半天，才把老太太安稳下来，然后又对我千恩万谢了一通，这才又拄着拐杖回去了。

中午你彩虹婶回来了，我本想马上就对她说，可又怕有人来打搅，于是就忍住没说。到了晚上，我们坐在床头，我这才把事情经过原原本本地对她讲了。你彩虹婶一听，马上就怒气冲冲地骂了起来，说："这个死婆娘儿，怎么会出这样的事呀？一个黄花大闺女，连婚都没有订，就把私娃儿怀起了，还要生下来，今后有啥脸见人……"我一听她这么说，就急忙打断她的话说："好了，你也别骂她，也别恨她，现在这个社会，别说像她这样一朵刚刚绽放的鲜花，一些野蜂浪蝶要打她的主意，就是很多良家妇女，忍不住诱惑都变坏了！加上她从小到大，没离开过苏家河边一步，哪知道外面人心的险恶？何况端了别人的碗，就服人家管，老板要她这样，她有什么办法？老板再施上一些手段，她就更没办法了！现在出了事，虽然是一失足成千古恨，却也不是不可以原谅的。再说生儿育女的事，你是知道的，有的就那样一次，就怀上了，有的三年五载，也只见丢种子，不见出苗苗，这也由不得人。算起来时间差不多，大概她一进去老板就看上她了。现在怎样责怪她都已经晚了，重要的是想个啥子办法？"

你彩虹婶一听我这话，虽然怒气消了一些，但仍是气鼓鼓地说："我们有啥子办法？如果是团转哪个小伙子的，让他娶了她就是。这年头，生米做成熟饭的事已经不是啥丢人的事，可现在她找谁去？"接着又愤愤地说，"让她把那个孽种生下来吧，众人的闲言碎语和唾沫星子都要把她淹死！"我听到这里，突然扑哧地笑了一下。你彩虹婶见我笑，立即问我："我说得不对？"我仍是笑眯眯地说："你说得固然对，可我说两个人，你都是知道的，一个是湾里贺德良的女儿贺翠到福州打工，被老板包养了，也生下一个儿子，老板有了儿子却不要儿子的娘了，并且害怕贺翠留在福州要给他找麻烦，就一脚把贺翠踢回老家来，在县城花了两万多块钱，给贺翠买了一套房子安家，作为给孩子娘的补偿，贺翠现在就住在县城并把父母都接了去。比起贺翠来，雷家湾的雷慧却没有这样幸运了。老板一见这姑娘生的是一个女孩，不但拒绝要这个孩子，还不承认他和她有关系。姑娘只得含泪将孩子送给了别人，这事还是传回了老家，大家也只是把这老板骂了一通没良心了事。这年头，笑贫不笑娼已经见怪不怪了，你说是不是这样？"

听了我这番话，你彩虹婶就不再骂那个鬼丫头了，问我："那你有啥办法？"我见她不那么生气了，便又笑着对她说："你是她的干妈，再说这些事女人比男人更有主意，所以我问你的办法呢！"你彩虹婶先是愣了一会儿，似是在想办法的样子，可过了一会儿，却摇了一下头说："我想不出啥子办法！又不是一头猪儿牛儿，那可是一个人，一条生命……"听到这里，我又突然咧开嘴角对你彩虹婶轻轻一笑，那笑有些意味深长和偷着乐的样子，一边笑，一边用了开玩笑的口吻突然说了一句："你不是一直还想要个女孩吗？"你彩虹婶一听我这话，像是明白过来了，马上对我问："你这话是啥子意思？你想要这个孩子，是不是？"说完不等我回答，马上又接着说："我想要个女孩不假，可我想的是自己生一个，而不是别人的孩子……"我不等她说完，马上就说："都是孩子，不都一样？"你彩虹婶听了，马上顶撞我说："那怕大不一样！不是瘦肉不巴骨，要不，为什么要说儿要亲生的话？"说完这话，她又瞥了我一眼，然后又补了一句，"再说，你能保证她就会生个女孩？"我说："是男孩更好哇！现在计划生育这么严，好多人做梦都想个儿娃子。她准生证也有了，我们大不了给乡上计划生育部门缴点罚钱，当白捡个儿子，有什么不好的？"我一边说，一边观察着你彩虹婶的脸色，继续说，"儿子长大了跟着我们学医，又能当我们的传人，又能给我们养老送终，有什么不好？"你彩虹婶听了我这话，又反驳我说："那我们自己的儿子长大就不能给我们养老，不能当我们的传人？自己能生，为什么不自己生一个来养，要去抱养别人的孩子？抱别人的孩子，不管你做得再周密，坛子口好封，人口难封，难保十年八年以后不把消息传出去。你辛辛苦苦把他（她）带大，可他（她）要是负了心，回去认他（她）亲娘，你还不是哑巴吃黄连——有苦说不出来！"

听了你彩虹婶这番话，我有些说不出话来了，像是被你彩虹婶的话噎住了似的。你已经猜出来了，我当时确实打定的是把那孩子抱回来养的主意。一则是孩子可怜，不管父母有多大的罪孽，孩子没罪是不是？再则，我想我们来养这个孩子，那鬼丫头放心！孩子是娘身上掉下来的一块肉，不管过多少年，那当娘的想起孩子，哪个不牵挂的？虽说那时因为计划生育搞得很严，丢孩子的很多，不管是儿是女，只要健康，都能送出去。可要送一个好人家，还是不容易的。再说，她一个姑娘家，又知道该托什么人去送？这些年，你彩虹婶一直还想生个孩子，尤其想生个女儿，我正是拿准了她还想要个孩子的心理，所以才敢提出这个主意的。可没想到她却不愿意抱养别人的孩子，只想自己生一个。我理解你彩虹婶的心情，她是女人，在儿女感情上想得比我们远。她的担心也不是没有道理，这不是她自私，更不是无情，我理解天下做娘的心，她们为儿为女钱可以舍，财也可以舍，甚至命都可以舍，唯独爱却不能轻易舍！可是一想起苏孝芳这个鬼女子和她肚子里的孩子，我也不愿放弃自己的主意，于是我又绕了一个弯子来说服你彩虹婶。我说："我倒不是说非要把她的娃儿抱回来养不可，只是想到这牵涉几条人命！你想想，那丫头现在四脚无靠，连说句心里话的人都没有，要是一时想不通去寻了短路，她和肚子里的孩子就是两条人命。她一死，她奶奶经受不了这个打击，也肯定活不长，加起来是三条人命！如果我们不知道这个消息也就算了，可既然知道了，就不能见死不救，是不是？"

我这么一说，你彩虹婶果然就沉默了。我又马上乘胜追击地说："自从上午她奶奶来跟我说了这个消息后，我心里就一刻也没消停过。我想起这个鬼女子命也真苦，要不是她前辈子欠我们的，就是我们前辈子欠她的，要不怎么偏偏让我们去把她接生到这个世界上来？要不怎么一落地，她娘就离她而去了？我觉得这分明是老天爷在安排我们照顾这个无娘儿！一下午，我脑壳里都像走马灯似的晃动着她的模样儿。一会儿是个捧在手里的血肉模糊的婴儿，一会儿又是一个瘦得皮包骨的、奄奄一息的黄毛小丫头，一会儿又是一个抱着你的大腿，牵着我的衣服喊干爹干妈的干女儿！我甚至还看见了她挺着一个大肚子，满面泪痕，悲戚和悔恨地叫我们去救她的样子……"说到这里，我看见你彩虹婶的眼圈有些红了。我知道话说到这里，已经打动了你彩虹婶的心，应该马上收住了，可我还是忍不住又补了几句，说："我还想起你说过她就是缺从你肚子里过一趟的话，越想心里越乱，我想如果我们真要不管她的话，这辈子心里恐怕也不会安宁！"

我的话刚完，你彩虹婶的泪腺就像失去控制了似的，泪水倏地涌了出来。我一见，就急忙说："哎呀，我就这么说说，你流什么眼泪？好了，睡吧，睡过一晚把这事忘了就好了！"我这么一说，你彩虹婶反而抽泣得更凶了，说："要睡你去睡吧，我睡不着！"我故意问："怎么睡不着？"你彩虹婶没有回答我的话，却抬起眼把我看了一阵，才突然回答说："你不要假装了，说来说去你是想把那鬼丫头的孩子抱回来养！"又用不容置疑的口气对我说，"我答应你，不过我要你答应一个条件!"

我一听这话,怕失去了机会,忙问:"啥条件?"你彩虹婶说:"如果她生的是个男孩,我要你答应我们再生一个女儿!"仿佛害怕我会拒绝似的,又马上说,"我这辈子就想要个女儿,你还记得苏孝芳这个鬼丫头十一二岁到我们家里来的情形吧?又是帮我洗碗、烧火、做饭扫地……什么都做,还懂得体贴和心疼我。可你看贺春这个浑小子,今年满打满算十一岁了,却只知道饭来张口,衣来伸手,扫帚倒在屋里,他也绝不会去扶一下。现在的男娃儿是娶了婆娘就忘了娘,所以大家都说,这个社会是养女儿比养儿子强,女儿是父母贴身的小棉袄,养女才知娘辛苦!莫得个女儿,我心里总是觉得缺了一块似的!"一听这话,我便说:"可我们要是又生一个男孩呢?"她说:"那我就认命了!"我见她这么坚决,便说:"好,我答应你!"说完我又像坚定她信心地说,"你以为我就不想要个女儿呀?跟你说,我心里其实也想!俗话说,养女儿,喝油汤,哪个又不想喝油汤,是不是?"

你彩虹婶听了我的话笑了。但还没等她笑完,我又紧接着说:"不过要等这个孩子大了一些,我们才能要,不然,一下子带两个小娃儿,你怎么吃得消?"你彩虹婶生怕我会改变主意似的,马上回答我说:"那是当然,我也没说马上就要!"我说:"既然这样,那我们就这样说定了!"我又看着她说,"我想让你明天到重庆去一趟,一是去看看这个鬼女子,二是去给她当面说说,让她心里有个打米碗,不着急!另外还要看看她有啥困难,能帮她安排的,就帮她安排一下,你看呢?"可你彩虹婶却皱了眉头说:"我倒想亲自去看看她,可家里贺春要读书,还有猪,怎么走得开?你一个大男人,走哪里都利索,你就走一趟,不要推给我了。"我说:"我去了有些话不好对她说。"她说:"有啥不好说的?你就叫她想吃啥就去买来吃,缺啥就跟我们说。我们供养不起她一辈子,但这一两个月,就是我们不吃不穿,也要保她吃、保她穿,直到把宝宝顺利生下来……"说着,她像是想起了什么,突然看着我郑重地叮嘱我说,"还有,她娘生她的时候是难产和大出血,我也不知道这鬼丫头怎么样,叫她一定要到医院去检查一下胎位和各项生化指标,生的时候不管多少钱,都要到医院去生!"接着又对我说,"你手里还有多少现钱,都带去给她,让她照顾好自己的身子!"我一听这话心里有底了,便开玩笑说:"到底是当妈的,我还没有想到这些呢!"

第二天天没亮,我起来收拾了一些东西就往城里赶。从城里坐车到了火车站，然后乘火车去了重庆。我按照她表姐给她奶奶留下的地址，当天下午就找到了这个还有一个多月就要分娩的鬼丫头。这些过程，包括我在重庆如何给那鬼丫头的表姐一些钱，让她搬来和那丫头一起住，好照顾她，以及后来她如何在表姐的陪同下到医院生孩子这些事，我都不给你详细说了。现在我只把后来抱孩子回家的事给大侄儿讲讲，因为我觉得这事跟演电影差不多，想起来怪有意思的。

自从我们确定要抱养苏孝芳这个鬼丫头的孩子后，你彩虹婶就问我："我们怎么去抱呀？"我知道你彩虹婶的意思，她是想既要这个孩子，又要少罚些款——那时不管你是自己生的，还是哪儿抱养的，都要交计划生育罚款。我也没有想好主意，但对她说："你别忙，只要我们想要，办法总有的！"你彩虹婶听了这话，便等着我拿主意。一直等到那鬼丫头孩子生下来——顺便说一句，那鬼丫头生的是个儿子——我们原是说好了的，等孩子满月了后我们就去抱回来。可时间一天天过去，现在看着要去抱了，我还没想出办法，怎么办？这天晚上睡到床上，我忽然眼前一亮，急忙过去对你彩虹婶说："我想到办法了！"接着我附在她耳边把我的主意说了一遍。你彩虹婶一听，先还有些犹豫，说："要是我稳不住怎么办？"我说："这又不是去抢劫，有啥稳不住的？再说，你跟那些人又不是不熟！"接着又说，"我想只有这样，我们才能既把孩子抱回来，又少交甚至不交罚款！"你彩虹婶想了一下，终于同意这么去做了，便说："那好，你就去安排准备吧！"

我见你彩虹婶答应了，心里很高兴，于是就抓紧做准备了。在那鬼丫头满月后的第二天，我就赶到了重庆，把她和孩子以及她那个远房表姐都一起接回到她远房表姐的家里。我给她表姐详细交代了抱孩子的事，让她不要慌，只要把孩子交到那鬼丫头的干妈手里后，一切都没事了。孝芳那鬼女子见孩子马上就要抱出去了，舍不得，一个劲儿嘤嘤地哭，但她那表姐却非常懂事，也显得很老练，说："她干爹你放心，这点事我一定完成好！"我见她说得很有信心，又劝了孝芳这鬼丫头一阵，就放心地回来。

第二天正好逢场，你彩虹婶装作赶场，很早就到了乡计划生育办公室。计划生育办公室的张主任和你彩虹婶是老朋友了。大集体时代她也和你彩虹婶一样，喜欢唱歌跳舞和演样板戏，但她演样板戏不演李铁梅，只演《智取威虎山》里的小常宝。她们虽然不是一个大队的，但每年公社调演，她们都会碰到一起，所以那时就很熟了。后来她丈夫的姑父做了县计生委的主任，她就被招出来了，经过简单的培训，做了乡上的计划生育专干，几年过后又当了主任。当了主任后，她就离不开你彩虹婶了！为啥？一是那些年计划生育抓得很紧，乡计生办又只有三个人，遇到到村里做孕检、发放计划生育药品这些事，虽然村里也有计划生育指导员，可都是大男人，女人们怎么会脱了裤子让一个大男人去看？遇到这样的事，他们就只有来求你彩虹婶帮忙。还有一点你万万不知道，你彩虹婶和我，还是乡计生办的"卧底"！怎么是"卧底"？因为当时那些父母躲着和偷着生出的孩子怕被发现后罚款，都不敢抱到医院里去打预防针，一些父母便抱到我们村医的诊所来打。上面知道这些情况后，便要求我们给这些孩子打针的时候，要记下他们的姓名、出生时间、父母亲的名字以及是第几胎等，报告给乡计生办，然后乡计生办便组织人下来收罚款。乡上正因为要依靠我们这些"卧底"，所以对我们都很好。此时张主任一见你彩虹婶，就开起了既亲切又粗鲁的玩笑，说："死婆娘，老叉花，打扮得这样漂亮，不怕被别的男人把你拐起走了哇？"每逢当场天，计生办都有许多人，一听她这话，就有好多男人的目光朝你彩虹婶瞟过去了。你彩虹婶也不生气，说："要拐拐吃国家粮的，拐我一个乡下老太婆做什么？人家又不缺妈！"

一边玩笑着，一边进了张主任的办公室。坐下来后，张主任去给你彩虹婶倒了一杯水，放到她面前后才悄悄地问："有情况？"你彩虹婶听了这话，笑了一笑说："是有点情况。"张主任一听这话，立即要去关门，你彩虹婶见了，这才又笑着说："哪个叫你们把计划生育工作做得这么好，把下面情况都做得没有了！"张主任一听，就看着你彩虹婶，有点失望地问："那你怎么说有情况？"你彩虹婶说："我是说我有点情况。"张主任问："你有什么情况？"你彩虹说："我前次来换了节育环，可不知是怎么回事，这段时间小腹一直有点疼，我不放心，今天特地来检查检查，别是出了什么问题……"那张主任听了，这才说："你个死婆娘，怎么不早说，我还以为是什么情况呢！"说着，正要去给你彩虹婶检查，你彩虹婶却说："别忙，我去上个厕所！"说着走了出来。

你彩虹婶来到计生办的大门外，拿眼一瞅，就看见苏孝芳那表姐已经抱着孩子来了，也正拿眼四处瞅呢！那表姐穿了一件深绿色的风衣，将衣领翻起来遮住了两边脸颊，头上又包了一条粉红色的头巾，打扮得像个年轻妈妈一样。你彩虹婶那天在外衣外面特地套了一件淡紫色的毛衣，下面穿一条蓝灰色的裤子，这都是我特地安排好了的。所以尽管她们以前都不认识，可现在一见面，都把对方认出来了。你彩虹婶朝苏孝芳的表姐点了点头，然后又笑了一笑，便上楼找张主任检查去了。

那检查只是借口，张主任把她带到隔壁的检查室看了一下，便说："有什么问题，好好的呢！"你彩虹婶故意问："怎么小腹会痛？"张主任又说："总是贺医生晚上不安分，那事过度了吧？"你彩虹婶知道她是开玩笑，便也说："你怕是说你自己吧！你们国家干部吃得好要得好，又不操心柴米油盐，有的是精力，不做那些事做什么？"说着话又和张主任一起回到她的办公室。这时办公室又等了几个人，你彩虹婶坐下来，装作休息一会儿的样子，一边慢慢喝水，一边不时和张主任搭上一两句话。

就在这个时候，苏孝芳的表姐抱着孩子走进了张主任的办公室，眼睛迅速朝屋子里扫了一遍，便把头埋了下去，然后径直走到你彩虹婶面前，装作很急的样子对你彩虹婶说："大姐，请你帮我把孩子抱着，我去上个厕所！"你彩虹婶赶紧伸手接住襁褓，口里大声说："屎尿不由人，快去快回，我给你抱到！"那鬼女子的表姐就急匆匆地出去了。你彩虹婶揭开襁褓看了一看，只见那孩子脸蛋红红的，睡得正香。你彩虹婶说她当时就想去亲孩子的脸蛋，可是她怕引起计生办的人怀疑，便忍住了。过了一阵见那鬼女子的表姐没回来，你彩虹婶便故意说："怎么这么久还没有回来？"旁边张主任便打趣说："总是拉绵条屎嘛！"又过了一会儿，女人还是没回来。你彩虹婶又说："这个女人怪了，莫不是赵巧儿送灯台——一去永不来哟！"张主任也觉得有些不对头了，便说："她刚才大姐大姐地叫你，我还以为是你的熟人呢！"你彩虹婶说："屁的个熟人，我认都认不得她！"张主任马上警惕起来了，说："快打开襁褓看看，莫不是又是跑到计生办来丢娃儿的哟！"接着又说，"有人对计划生育不满，经常把婴儿抱来丢到我们办公室门口，害得我们抱也不是，不抱也不是，你快看看是不是？"你彩虹婶听了这话，打开襁褓，果然发现里面有张纸条，上面写着几个阿拉伯数字，便一下叫了起来："果然是丢孩子的，这可怎么办？"外面的人听说又有人把孩子丢在计生办，都纷纷挤进屋子里来瞧稀罕，也有人认识你彩虹婶的人，这时便说："人家可能是看上你家了，晓得郑大姐心肠好，这才把孩子交给你的！"你彩虹婶故意装出着急的样子说："人家哪儿是看上了我，人家到这里来丢孩子，肯定是看上了张主任……"话还没说完，张主任便对你彩虹婶斥责道："郑彩虹你可不要乱说，人家是把孩子交给你的，又没放到我的桌子上！"你彩虹婶说："我怎么是乱说？

人家为什么没抱到别处去，却抱到你的办公室里来丢？我把孩子交给你们计生办公室好了！"说着要把孩子往张主任的办公桌上放。张主任这下生气了，立即板了脸吼道："郑彩虹，你干什么，啊？难道你也想像一些别有用心的人那样，破坏计生部门的形象？"你彩虹婶听了这话，又把孩子抱了回来，却苦了脸说："那我又怎么办？"这时旁边有人对你彩虹婶说："郑医生，你就抱回去吧！千错万错，小孩子莫得错！"说着又过来揭开褓褓看了看孩子的小脸，然后又叹息一声说，"造孽呀，大小也是一条命，郑医生你就当做好事吧！"还有人说："就是，郑医生，人家既然把孩子交到你的手里，肯定是相信你，你就先抱着吧！"你彩虹婶听了众人这话，又做出为难的样子看着张主任，那张主任此时只想怎么清静，便也对你彩虹婶说："要不你就先抱着，说不定孩子的娘过两天就找来了！"你彩虹婶听后，又装作犹像的样子，想了一会儿才说："好嘛，我先抱回去和老贺商量一下，要是老贺不要，我在哪儿抱的，就还到哪儿，啊！"接着又对张主任说，"要是罚款，张主任你要给我做个证明，是你叫我抱回去的，啊！"张主任生怕你彩虹婶改变了主意，急忙说："什么罚款不罚款，先把孩子抱走再说！"你彩虹婶听了这话，这才抱着孩子走了。

当你彩虹婶在乡计划生育办公室演戏的时候，我在家里却坐也不是，站也不是，心里像十五个吊桶打水——七上八下的。尽管这事是我一手策划的，但我还是害怕这中间出事，孩子抱不回来。因为就在抱孩子以前，我曾经从一本书上看到一篇文章，里面说有一个发了财的老板养了个二奶，二奶给他生了一个儿子，他要把儿子抱回家里来养，又不能让他家里的老婆知道这件事，于是也打算上演一场捡孩子的戏。他专门从乡下把老娘叫了来，让老娘没事时到旁边公园去和一帮老太太摆龙门阵。这天老太太正在公园里和一帮老太太家长里短地闲聊，突然一个年轻女子抱了一个婴儿来到她面前，对她说："老人家，帮我把娃儿抱着，我去去就来！"那老太太果然给她把娃儿抱着了。可是这一抱着就是一上午，那女子都没回来，那老太太便知这孩子是被狠心的父母扔掉了。可她哪里知道她怀里抱着的正是她的亲孙子。因为他儿子为了保密，没把事情给老娘交代清楚，只以为他老娘得了孩子会直接抱回家。可没想到她老娘见那给孩子的女子半天没回来，想抱回家去又怕儿子媳妇埋怨，一时拿不定主意，在公园里着了急。这时，公园的老头老太太便给她出主意，让她抱到民政局去。她果然在一帮老头老太太的陪同下，把孩子抱到了民政局，然后才回到家里。那儿子一见老太太空着手回家，便知道不好，大声问她："孩子呢？"那老太太说："你也知道孩子的事了？我交给民政局了……"话还没落，那儿子大叫了一声："你老糊涂了，那是你的亲孙子……"一边叫，一边就往民政局跑。跑到民政局，民政局说："孩子已交到儿童福利院了！"又急忙赶到儿童福利院想要回孩子，可儿童福利院说："你要收养孩子，先到公安局去办理能够证明你没有孩子或没有生育能力以及有能力抚养孤残儿童的相关手续！"这人没法，看着自己的血脉在福利院里拿不出来，回来便把气撒在他老娘身上，他老娘失去孙子本来伤心，受了儿子的气后便跳楼自杀了。我虽然不知道这故事是不是像你们这些写书的人吃竹子，屙背篓——在肚子里编的，但在这天我想起这个故事的时候，心里就更像是有只小猫在抓挠一样，不安地在家门前走来走去，望着前面的大路，越望越不踏实。

后来，我实在忍不住了，决定亲自到乡上去看看。可就在这时，你彩虹婶抱着孩子急匆匆地回来了，我心里一块石头也落了地，那个高兴劲，就像哑巴讨婆娘——别提了！我急忙去接过来，打开襁褓，在小家伙脸上亲了起来。我亲他的时候，小家伙醒了过来，睁开一对黑亮黑亮的小眼睛看着我，也不哭，小身子在襁褓里动了动。我急忙对你彩虹婶说："快去兑奶粉，他可能饿了！"你彩虹婶却说："他已经吃饱了！"我说："哪来的奶？"你彩虹婶："苏孝芳那鬼丫头在半路上守着，看见我了，要跟我一起到我们家来。我说，孩子在我们家里，你想看他，随便啥时候来都行，可今天才抱给我们，你就跟我一起去，别人要是怀疑怎么办？她听了这话，才流着眼泪把孩子抱到没人的地方，偷偷地喂了奶。"我一听这话，又急忙说："哪个当娘的都舍不得孩子，丢冷落了就好了！"接着我又说，"我生怕出了意外，正准备来看你呢！"你彩虹婶听了，用了嗔怪的语气跟我说："你也是，弄得像电影里演的地下党一样。抱娃儿的时候，我手都在打战呢！"说完才问我，"给他取个什么名字？"我说："你说呢？"她说："我一个妇道人家哪知道？"我于是说："那就叫他贺健吧！健康的健，愿他健健康康长大成人！"这名字是我早就想好了的，但原先不是准备用健康的"健"，而是用下贱的"贱"。因为我想这孩子本不该来到这个世界的，可却来了，说明他确实命贱。另外，按照我们农村的风俗，孩子取个贱名也好养。可后来一想，还是用健康的"健"。你彩虹婶一听，也满意这个名字，就这样，你贺健兄弟来到了我们家里。

不哄你说，这么多年，尽管湾里有很多人在猜测你贺健兄弟的出身，可没有一个人知道是怎么回事！我刚才犹豫了很久，想不把这事告诉你。可想来想去，我还是决定说出来，你想写进书里就写进书里，反正水都过几滩了，你彩虹婶、贺长寿也离开了人世，就算湾里人知道苏孝芳这鬼女子姑娘时的事，现在也算不上什么丑事了！我早就想把贺健的身世说给他听，可话到嘴边又像是茅坑边捡根帕子——不好开口。那一回，苏孝芳得了胆结石，到贺健的医院治疗，因为钱不够，那小子竟不给动手术，气得我当时就想大声对他喊："她是你娘！"可是我喉咙像是被痰黏住了，喊不出来。现在既然大侄儿叫我讲这辈子的事，我把这事讲出来，让他知道也好，省得我去跟他再说一遍。我把他养大了，他认不认我都没关系，我只希望在苏孝芳还活着的时候，他能够回来喊她一声娘，也不枉他娘生他一场，你说是不是？

第九章　贺春迷上了武术

我还是接着说苏孝芳的事吧。在把贺健抱给我们后，我们以为她会三天两头地跑来看孩子的，可是这鬼女子还是懂得我们——尤其是你彩虹婶的心的。与其长痛，不如短痛，既然孩子给我们了，她就不应该放不下，不应该三天两头跑来看。为了割断这分思念，她在家里住了十几天后，又出去打工了，走的时候都没到我们家来一趟，还是她走了以后，她奶奶来告诉我们的。顺便说几句，抱孩子的事，她奶奶也不知道。我到了重庆回来后，只对她说："孩子已经处理掉了，你放心，孝芳说现在很忙，过年的时候再回来看你！"为了让孝芳那个表姐保守秘密，我还给了她几百块钱的"封口费"。所以，直到她奶奶死，也不知道贺健是她的曾外孙子。她来对我们说："那鬼女子又不知出了啥子事，从回来后就在眼泪水里过日子，一天怕要淌几大缸，问她她又不说，怄死人了！"我和你彩虹婶当然知道原因，可是我们都不说，只是劝她说："姑娘大了，自然有自己的心事，你不要去管她！"又说，"她又不是小娃儿了，又上了一回当，你放心，她不会再出啥事了！"老太太说："她走了也好，免得我老太婆讨些气恼。"我们这才知道她又出去了，忙问："她又到哪儿去了？"老太太说："谁知道呢？只说是出去打工，我问她还是不是又到重庆打工，她说，给你说了也不知道！"我们听后，也猜不透其中的原因，只好对老太太说："她不说就算了，总有一天她会回来的！"老太太也说："那倒是，她要是不回苏家河那个湾湾了，就算她出息了！"

第二年的腊月二十，这鬼丫头果然回来了，回来的第二天便提了礼品来看我们。经过一年多时间，这丫头不但恢复了原先的模样，还显得成熟了许多。她不再把头发披在肩上了，而是用一根皮筋束着，像马尾似的垂在脑后，额头上几绺乌黑发亮的刘海，修剪得很整齐，衬托得一张鸭蛋脸更加红润。那对像湾里八卦井的井水一般透彻的眼睛，这时更如明镜似的，像是只要一眨眼，就能把世事看得明明白白一样。身子比过去稍微胖了一点，但并不妨碍整体的匀称，洋溢着青春的活力，同时又显出了一种比过去更大方的神情。也许她已经把孩子丢冷落了，也许是她在努力控制着自己的情绪，看见在屋子里蹒跚学步的贺健，她也只是像常人一样，欢叫着过去抱起来，正要将孩子的小脸蛋贴到自己的脸上亲时，谁知贺健却认生，两只小手撑住她的脸，不但不让她亲，反而哭了起来。你彩虹婶一见，急忙过去从她手里把贺健接了过来，并且拍着他的屁股说："真是没出息，姑姑抱你，你还哭？"她一听这话，有些像是愣住了的样子，过了一会儿才说："他怎么叫我姑姑？"你彩虹婶知道她话里的意思，便乜斜了她一眼，并嗔怪地说："死丫头，你说叫啥子？"她说："我叫你们干爸干妈呢。"我一听这话，便说："这有啥？巫士出门各叫各，不叫你姑姑，难道叫你……"

说到这里，我猛地住了嘴。这鬼丫头的两只眼睛却端端地看着我，像是想继续听下去的样子。我急忙岔开了话题，说："你怎么走的时候也不来跟我们说一声？"她听了这话，把眼皮垂了下去，用长长的眼睫毛盖住了眼睛。过了一会儿才抬起头来，但眼睛却看着门外，声音像是从很远的地方传来一样，幽幽地说："没来得及，说走就走了。"我怕又让她勾起往事，急忙说："你回来得正好，你要不回来，我们还要打起灯笼火把将你找回来呢！"

她一听我这话，马上又看着我问："找我做啥？"我说："你年龄也不小了，也该考虑自己的婚姻大事了！你干妈给你找了户人家，我看人也不错了，是你干妈保媒，对方也一口应承，就看你的意见了！"我的话刚完，就听见她问："是谁？"我正要回答，却看见世财家里的谢双蓉带着她的女儿兴英来了。兴英十五岁，脸色不但不像她这个年纪的孩子那样红润，还有些病恹恹的样子，眉头也皱在一起，一看就知道是身体不舒服。一见有病人来了，我就对她说："这事你去问干妈，你们娘儿俩到灶屋里去，一边做饭，一边慢慢摆龙门阵！"你彩虹婶听了这话，果然抱起贺健，和她一起到灶屋去了。

果然是小姑娘有病，她一坐下来，两眼就看着她的母亲。她的母亲似乎明白她的意思，就立即对我问："她大伯这里有没有喝的？"我问："谁喝？"谢双蓉说："就是她呀！像是吃了一升盐似的，饭不吃，光想喝水，你说怪不怪？"说完又对小女孩说，"没出息，想喝水就跟大伯说嘛，又不是外人！"我又看了小姑娘一眼，见她嘴唇有些焦涩晦暗，便问她："你想喝水？"小姑娘点了点头。我不用把脉，心里对她的病已猜到了八九分，便急忙去给她倒了一杯水来，她端起就咕咕地喝下去了。等她喝完水后，我才给她把脉。我把手刚搭到小姑娘的手腕上，就感觉她的手汗津津的。我又问："喜欢流汗水？"谢双蓉马上说："正是，一天怕要流几桶汗水！"我又叫小姑娘把舌头伸出来。我一边看舌苔，一边又问小姑娘："来月经了吗？"那小姑娘一听，脸顿时红得像一块绸布，不但没回答，还把头扭向了一边。我想，乡下女孩就是乡下女孩，不如城市的女孩大方。谢双蓉见小女孩不答，自己也愣了一下，才又对小女孩说："大伯问你，你说嘛，有啥子不好意思的？"可小姑娘还是红着脸不答。这时谢双蓉才替女儿回答了。等谢双蓉回答过后，我才看着小姑娘说："兴英，你不要不好意思，今后不论到哪儿去瞧病，医生像我刚才那样问你，你一定要老老实实回答医生的话，不然会耽误治疗，知道吗？"那小姑娘听了我这话，才红着脸点了点头。我诊断完毕，见病情与我猜想的完全相符，便对谢双蓉道："孩子是热邪入里，所以口渴！"她问："啥子叫热邪入里呀？"我说："一时给你讲不清，但我给你打个比方说，人体内有许多水是不是？但人体内的水与人体外的水是有区别的。人体内的水多了不行，多了会成为水肿，但少了也不行，少了就会'伤津'。'伤津'就是体内的水，被体内的邪火烤干了……"谢双蓉一听这话，有些着急了，急忙说："那怎么办？"我说："别着急！她这个渴，一方面是因为体内的津液被热邪灼伤了，另一方面大量的汗水又带走了不少津液，所以你就是把我们八卦井里的水喝光了都无益！"接着我又说，"我给她开一剂生津止渴的中药，喝了就好！"说完我就伏在桌上处起方来。在我处方的时候，不时听见苏孝芳和她干妈从灶屋里传出的一两句话，像是意见不合在争吵一样。我心里虽然有些疑惑，却暂时顾不上去管她们，只专心地给小姑娘开着药方。

我将一服"玄麦柑橘露"的药方开好并配好药，看着那母女俩走了后，这才走进灶屋里，对她们问道："你们刚才高一句低一句说得那么闹热，说些啥子，也说给我听听嘛！"你彩虹婶听见我问，立即抬头看了我一眼，脸上挂着生气的神色，说："让她跟你说嘛！"说完又瞪了苏孝芳一眼。我立即将目光转到孝芳身上，可是她却红着脸，把头埋下了，一副不敢和我对视的样子。我又问了一遍："到底为什么，怎么都不说，啊？"你彩虹婶听见我的话音也有点不高兴了，这才说："这死丫头也不知是被鬼迷了心窍还是怎么了，她要我去给她介绍贺长寿……"你彩虹婶的话还没说完，我也像是听到一个晴天霹雳似的叫了起来："啥？"那鬼丫头听到我的叫喊，把头埋得更低了，眼睛看着鞋尖，我从侧面看到她连耳根也像抹了胭脂一样红透了。我叫完了后，才放低了语气问："你是不是不满意干妈给你介绍的那个对象？"她仍然没有抬头，也没答话，却用力地摇了一下头。我又尽量和颜悦色地说："要是不满意，还可以继续找嘛，才这个年龄，又不是没人要了，怎么就想起要嫁给贺长寿呢？"接着我又说，"要说长寿，我也不是嫌他别的啥子。要论做活路，倒是铁打的钉耙——一把硬手，为人也是石头打磨扇——石（实）打石（实）的，就是前些年因为母亲的病，把他拖穷了不说，还欠了一身债，至今还住在原来的破房子里……"

我话还没说完，那鬼丫头却嘟囔似的说了起来："我也是穷惯了的……"一听这话，我像被人兜头打了一棍，过了一会儿才说："好吧，就算你不怕穷，可长寿比你要大七八岁，并且他还结过一次婚，那女人后来跟人跑了，虽然没有孩子，可毕竟也算是二婚的人呀……"我还要接着往下说，没想到那鬼女子又打断了我的话，低低地说："可我……也算不得是大姑娘了呀……"我和你彩虹婶一听她这话，知道她的心结在哪儿了，于是我又说："你说些啥呀？你哪儿不是大姑娘了，啊？现在外面出这种事的人多，只要你各人不把自己当破罐子摔，没人能知道你是什么！"又说，"快打消那个主意！人往高处走，水往低处流，我们不是嫌长寿什么，总觉得你嫁给他，是睁着眼睛跳崖！"我讲了半天，以为她把我的话听进去了，没想到我的话音刚落，她突然又从嘴里蹦出了一句话，差点把我噎过去，她说："睁着眼睛跳崖我也愿意！"听了这话，我不知该说啥好了。你彩虹婶有些生气了，突然说："我们给你说了半天，你才一个耳朵进一个耳朵出，我们也没有法了！"说完又愤愤地补了一句，"你愿意睁起眼睛跳崖就去跳，我们肯定不会跟你去说这个媒的！"你彩虹婶说完这话后，屋子里的气氛显得更不融洽了。我想了想，及时把话题打住，就什么也不说了。吃过饭走时，我又劝了她一番，话当然还是刚才那些话，不过我说得更恳切了些。

过了几天，她没有再来对我们说这事，我们以为她回心转意了。可没想到的是，腊月二十五这天，湾里突然传出了贺长寿和苏家河边的苏孝芳将在腊月二十七订婚的消息，媒人是贺长军的女人。我们这才想起，贺长军的女人程素静正是从苏家河边嫁过来的，她们算是熟人。这鬼女子见我们不答应给她做媒，便去找了程素静做介绍人，可见她真是吃了秤砣——铁了心。我们听到这个消息后，心里都惊诧得不行，同时又有一种说不出的滋味。晚上坐在床上，你彩虹婶一边哄贺健，一边对我说："你说这鬼女子心里究竟是怎样想的？"我说："我怎么知道？"她说："她是不是还牵挂着贺健，或打着别的主意，才故意要嫁到贺家湾来挨到我们一起住的？"这正是我焦虑的事，可我嘴上却说："她有什么别的主意呢？即使她心里真放不下贺健，难道她还会把孩子要回去？她真要了回去，不等于把自己的丑事让天下所有人都知道？一个女人，谁会去做这种埋着不臭掘开臭的事？"你彩虹婶也觉得我的话有道理，却还是想不明白她为什么会这样，便又对我说："那你说她到底看上贺长寿什么了呢？"我想了一会儿才说："也许她那天说得对。一个大姑娘，没结婚就生了孩子，总觉得低了人一等。如果嫁给了一个各方面条件都不错的小伙子，日后知道了这事，那肯定是不幸福的。贺长寿人老实，家里穷，年龄又比孝芳大了那么多，知道心疼女人，即使有朝一日知道贺健是她生的，也一定不会嫌弃她，这鬼丫头大概就是这样想的！"你彩虹婶点了点头，可又觉得有什么不对："她嫁给贺长寿，长寿和我们是一辈的，她又认我们干爸、干妈，你说她今后怎么来称呼我们？还有，他们今后有了孩子，或者贺春、贺健，又怎么称呼她？如果依长寿的辈分，他们今后的孩子自然该叫我们叔、婶，可如果依这鬼母子的辈分，他们今后的孩子又该叫我们爷、奶了，这不乱了吗？"我说："这有啥子难的？俗语不是说得好，嫁鸡随鸡、嫁狗随狗吗？她既然嫁给了长寿，他们今后的孩子自然该依长寿的辈分叫我们，贺春、贺健自然也要随我们的辈分喊他们！至于她私下里想怎么喊我们，随她就是了，难道你还真把这干爸、干妈，当成了她的亲爸、亲妈了不成？"你彩虹婶听了我这话，觉得有道理，便不说什么了。所以贺春、贺健一直把贺长寿和那鬼丫头喊叔和婶，而他们后来生的贺平安和贺冬梅，也管我们叫叔和婶。只有那鬼丫头，私下里还是一直叫我们干爸、干妈。

　　闲话少说，果然第二天，贺长寿左手提着两瓶酒，右手提着一只大红公鸡，像捡到一块金元宝似的，喜滋滋地到我们家来了。爱情使人年轻，这话一点也不假。自从贺长寿原来那个女人跟人跑了以后，我就没见长寿打扮周正过。穿的衣服不但灰不溜秋，而且还皱皱巴巴像从泡菜坛子里扯出来似的。头发蓄得老长，像是猪的鬃毛一样，一脸络腮胡又密又黑，也不刮一下，三十多岁的人看上去就像五十多岁的老头一样。可这天，他穿了一件崭新的深青色上衣，一条蓝色便裤，头发剪成了一个小平头，脸上的胡须刮得干干净净，只留下了又粗又黑的胡碴儿，宽宽的浓眉下边，一对眼睛闪着幸福的光辉。我已经猜到了他的来意，可却装作什么也不知道的样子，对他说："长寿，你这是做啥子呀？"他把酒放到我的诊桌上，把鸡放到地上，然后张着嘴，露出满口白中带黄的牙齿，朝着我嘿嘿地憨笑，脸上泛着难以掩饰的喜色，却什么也说不出来。过了半天，才终于憋出了一句："万山哥，彩虹嫂，我明天订婚，来请哥和嫂吃订婚酒。"等他吞吞吐吐地说完，我故意叫喊起来："什么，你订婚了？"喊完又问，"女方是谁？"他脸更红了，手在衣服上擦了两下，像是没地方放似的，然后才说："哥和嫂你们还不知道哇？就是你们的干女儿苏孝芳呀！"我一听，更做出没想到的样子，说："是孝芳？那好哇，长寿！孝芳可是个打起灯笼火把也难找到的好姑娘，我和你彩虹嫂祝贺你了！"他听了我这话，又咧开大嘴嘿嘿地笑了两声，然后像是不好意思地说了一句："可不是这样吗？"我以为他还有什么话，可他说完却住声了。我一见又说："订婚的日子怎么看得这样紧？"他说："孝芳说反正婚事迟早都是办，不如年前订了婚，年后办了喜事，就把她奶奶接过来看家，我们一起出去打工挣点钱，回来把家里的房子改建一下！"我一听这话，就知道这一切都是孝芳这鬼丫头安排的，便说："这样也好！"他听了我这话，像是更加高兴起来了，马上接着说："万山哥、彩虹嫂，从家族来说，你们是我的哥嫂；从孝芳方面来说，你们是她的干爸干妈，从今以后，我和孝芳都把你们当亲人，你们有啥事，喊我一声便是！"我没想到这个老实巴交的汉子能说出这样一番话来，心里十分感动，便说："我们这个干爸干妈，也只是一个名分，倒是孝芳这孩子，生下来就没了娘，很早爹又死了，缺少人疼爱，你能娶上她，是前辈子修来的缘。你倒是要好好疼她，要是你对她有啥不好，我们是不会依的！"你彩虹婶听了我这话，也马上说："就是！她六岁就认我们为干爹干妈，到现在都快二十年了。这二十年里她在我们家里走动，我们早把她当成半个女儿了，我们也当她半个娘屋人，到时候你对她不好，可别说我们胳膊肘往外拐，帮干女儿不帮你这个兄弟哟！"长寿听了我们的话，立即像是发誓地对我们说："哥、嫂，你们看着吧，如果我对孝芳有半点不好，天打雷轰！"说完回去了。

长寿走后，我看着你彩虹婶说："事情都这个样子了，你说怎么办？"你彩虹婶想了想说："我能怎么办？别说是一个干女儿，就是自己的亲生女儿，她铁了心要嫁他，我还没办法呢！"可说完后又像是自我圆场地补了两句，"不过这样也挺好，住在一堆一块的，长寿人又老实，今后有什么真能互相照应！"我一听这话，又笑着对她说："你刚才说我们是她半个娘屋人，既是娘屋人，总不能两手空空地就把女儿打发出去吧？"你彩虹婶知道我话里的意思，便说："你说怎么办呢？"我说："这是当妈的事！"她想了想，便说："明天去吃酒的时候，我悄悄问问她还差点啥东西，绫罗绸缎、金银财宝这些贵重物品我们给她置不起，就给她置一套床上用的东西吧！"我说："啥东西并不重要，这么多年了，我们看着她长大，只要能给她留下一点念想就行！"

你是知道我们贺家湾结婚送礼的风俗的，什么都要双数，暗喻好事成双的意思。春节过后，你彩虹婶果然亲自进城，去给苏孝芳挑选了两床被褥，两对枕头及两床床单。被褥一床是大红色的，一床是粉红色的，中间都印着鲜艳夺目的喜字。枕头上织着鸳鸯戏水，床单上印着并蒂莲花。他们在正月二十一办了喜事。办完喜事后，苏孝芳果然去把她奶奶接到了贺家湾给他们看家，她和长寿到广州打工去了。

他们在外面只打了半年多的工，就又回来了，原因是苏孝芳这鬼女子又怀了孩子。他们原本是想不回来生孩子的，可他们在广州是三家人合租的一套房屋，每户人只有一小间屋子，做饭也不方便。更重要的是外面花销大，生了孩子又没人照顾，所以就又决定回贺家湾来生。苏孝芳这鬼女子回来时，她身孕已满了七个多月。和怀贺健时躲在家里不敢出门不同，这次，她可以挺着一个大肚子，脸上挂着即将做妈妈的骄傲和幸福的神情，在湾里走来走去。贺长寿果然对她疼爱得不行，吃了饭，连碗也不让这苏孝芳收一下，一副生怕碰坏了的样子。她的奶奶是过来人，知道孙女儿嫁了人，迟早要生孩子，在旧历二月间就孵了两窝小鸡养着，现在公鸡都养到了三四斤重，母鸡也都开始下蛋了。看见孙女儿挺着个大肚子回来了，高兴得手忙脚乱，又马上蒸了几坛醪糟，用泥土封了坛口放在那儿，一切皆备，只等那鬼丫头生产了。可是随着她分娩日期的临近，我心里却有一种强烈的不安的感觉。这天晚上，我对你彩虹婶说："孝芳这鬼丫头生贺健时，胎位就有些不正，幸好是到了医院里生，才没出问题。这次也不知道她到医院里去检查过没有？明天你去问问，最好叫她到医院里去生！"我又说，"不怕一万，就怕万一，不管怎么说，医院里要安全得多！"

你彩虹婶听了我的话，第二天果然去了，回来却对我说："那鬼丫头从怀上以后，就没去医院做过检查，根本就不知道胎位正常不正常。"接着又说，"贺长寿说了，他们找贺凤山画了两道符，一道符由孝芳带在身上，一道符贴在他们床头。贺凤山还教了他们一个驱产妇鬼的方法，说到时如果遇到危险，就按照他告诉的方法做，保证万无一失！"我一听这话就火了，立即愤愤地说："瞎胡闹，他保证个屁！到时候出了问题他能负责吗？"

第二天，我亲自去找了苏孝芳和贺长寿。我一去，就黑着脸，不客气地大声说："叫你们到医院去检查一下，怎么不去，啊？"说完不等他们答话，我又看着苏孝芳说，"你妈就是因为生你难产死的，难道你也想走你妈的路？"我本想把她生贺健时胎位不正的话说出来，可一看长寿站在旁边，就把话咽回去了。但我相信这鬼女子把我没说出的话猜出来了，因为她红了一下脸后，马上就嗫嚅地回答了我一句："我们明天就到医院去。"看见她这副小鸟依人的样子，我的心马上软了，于是放低了声音说："小心能走遍天下，即使一切正常，去医院检查一下，自己也放心一些是不是？过去老年人有一句话，说女人生孩子是过鬼门关，一只脚在阳间，一只脚在阴间，怎么能大意呢？"一说到这里，我马上想起二十多年前苏孝芳的妈生她时死的情形，心里就一阵发颤，于是马上又对长寿说，"你怎么去信凤山那套？如果画符能解决问题，还要医院做啥子？明天一定要把她带到医院检查一下，听见没有？"贺长寿见我的话说得坚决，也唯唯诺诺地答应了。

尽管他们都答应了，可我仍然有些不放心，过了两天，我又过去问他们检查的结果。苏孝芳用手扶着自己的肚子，笑着对我说："干爸你放心，医生说正常着呢！"我有些不相信，向贺长寿伸出了手说："检查的报告单呢？你给我看看！"贺长寿听了我这话，却吃惊得瞪大了眼睛，说："什么报告单？"我说："你们不是检查了吗？做了B超就有B超报告单，做了生化检查就有生化报告单，怎么会没有呢？"贺长寿听了，这才苦着脸说："我们没去县医院检查，只在乡上卫生院做了一下检查。"我立即叫了起来："乡卫生院连一台B超机都没有，他们能做什么检查？还不是用手给你摸一摸就是！"说完我又生气地问长寿，"为啥不到县医院检查？"苏孝芳见我黑着一张雷公脸，又看见贺长寿急赤白脸一副答不出话的样子，急忙插话说："干爸，我们到县医院去过了，一打听，做一次检查要好几百元钱，我们就没检查了，回来到乡卫生院检查了一下。"怕我还不放心，便装出一副若无其事的样子对我说，"干爸你放心，这么多女人生孩子都没有啥，我也不会有啥事的！再说，乡上医生都说正常，那一定是正常的了！"听了这话，我还真不好说什么了，便说："好嘛，既然你们都放心，我还有啥不放心的？不过，我把话说到前头，生孩子时一定要到医院去生，哪怕是到乡卫生院都行，尽管乡卫生院条件也不好，但总比在家里强些!"嘱咐完毕，我便回去了。

我以为他们会按我的要求去做，可没想到的是，苏孝芳并没有到医院去生孩子，仍然留在了家里生，并且真像我担心的那样难产了。这天晚上，我和你彩虹婶刚刚睡下，就听得一阵急促的敲门声。我披上衣服跑过去打开门一看，原来是苏孝芳的奶奶。老太婆一手打了手电筒，一手拄了拐杖，一看见我，便马上上气不接下气地喊了起来："她干爹，快，快，孝芳要生了!"又说，"又像她娘一样，孩子半天不下地!"我一听这话，身上的肉都绷紧了，马上大声说："不是叫她到医院里去生吗，怎么没去?"

老太婆一听我这话，迟疑了一下才说："他们说到医院生个孩子至少也要花一两千块钱，说家里房子还破破烂烂，哪有钱到医院生孩子? 又说生孩子又不是生病，到啥子医院? 湾里这么多女人生孩子都是在家里生的……"没等老太太说完，我便打断她的话，说："你快回去吧，我和彩虹马上就来!"事已至此，我知道自己再说什么都没用了，只有赶快去救人。

老太太听了我的话，马上就转身离开了。我以为你彩虹婶还在睡，没想到她听到我和老太太的话，早起来了，并且正在往药箱里装接生用品。我说："多带一些急救药品!"她说："硫酸镁，你那药箱里还有没有硫酸镁?"我说："有!"我一边说，一边从自己的药箱里拿出一盒硫酸镁针剂交给她。她把药装进药箱里后，刚要盖上盖子，又担心纱布不够，又塞了一些纱布和药用棉花在里面，这才盖上药箱盖子。然后我们立即出门，朝贺长寿那两间破房里跑去了。

我们赶到那鬼丫头的家里时，老太太已先我们一步回到了家里，此时正拿着一根平时赶猪用的竹响篙，使劲地在阶沿上"哗哗"地敲，一边敲一边用不关风的嘴巴大喊："背时瘟丧，出来! 出来!"我一看，知道老太太又在按过去的规矩帮孙女儿"催生"了。我娘活着时曾对我说过，过去妇女难产时，家里人便敲响篙，一边敲一边喊"出来、出来"，婴儿就会顺利出来。如果没有响篙，也可以用扫帚扫簸箕，一边扫嘴里一边发出唤猪儿的"喏喏"声。因为据说难产的婴儿大多是猪狗转世，转世之前还残留着前世做猪做狗时懒惰的习性，因此用响篙和扫帚就可以把"懒猪懒狗"吆喝出来。我当然知道这是迷信，可此时救人要紧，也顾不得去劝老太太，和你彩虹婶几步就跨进了产妇的屋子。

跨进去一看，大侄儿你万万想不到贺长寿在做什么? 这个狗东西他信了贺凤山的话，正用一床棉絮包了孝芳的身子，手拿一根桃子棒子"噼噼啪啪"地往棉絮上打。虽然是隔了一层棉絮，可苏孝芳那鬼女子是临产的人呀，怎经得住桃木棒子打？不知是因为痛还是因为不能呼吸空气，那鬼女子一边在棉絮里颤抖和抽搐，一边发出痛苦的叫声。我一见，急忙大叫一声："贺长寿你杀人呀？"那狗东西听见我的吼声，都没有停下手里的木棒，仍然一边在棉絮上打，一边对我说："我驱鬼！孝芳可能是遇到'产妇鬼'了，必须要把鬼赶下来……"我没等他说完，急忙冲过去夺下了他手里的桃木棒，十分气愤地说："你这是瞎胡闹！这是迷信，哪儿有鬼？"可是他还不服气，说："要不是有鬼附了身，孩子怎么会生不下来？不赶走这鬼，孝芳会倒霉的！"说完还要来夺我手里的木棒。你彩虹婶见了，也十分生气，她一把从我手里拿过木棒，冲长寿说："你再打就要出人命了！"说着，几步跨出屋子，将木棒扔到外面去了。

这时，我过去打开棉絮，只见苏孝芳一张脸白得像纸，两只鼻孔急速地一张一合，嘴唇呈现出乌紫的颜色，那样子，分明是已经踏进了鬼门关。我一见，也不知哪来的力气，竟向贺长寿狠狠踢了一脚，将他踢到了一边。现在，我们已经顾不上她肚子里的孩子了，最要紧的是迅速把产妇从虚脱和半休克中抢救过来。可是我们仍然没有任何抢救的条件。平时遇到这样的事，唯一的抢救措施就是给病人推葡萄糖，或是让病人喝糖开水。虽然我们做好了接生准备，可没想到情况会是这样。幸好你彩虹婶已不是二十多年前那个毫无经验的接生员了，这时她显得比我还要冷静。她和我一起把苏孝芳在床上放平，然后像一个临阵的指挥官似的，对我大声说："测血压！"于是我马上打开血压器，给这鬼丫头测了血压。然后她又对我说："测呼吸！"于是我又拿出听诊器，给她测了呼吸。最后，她说："硫酸镁，注射硫酸镁！"我说："硫酸镁？你早知道会出现这种情况？"她像是不耐烦了，说："你哪那么多话？"说着，亲自拿了针管过来。可是当她去找孝芳的血管时，却怎么也找不到。这时老太太已经回来，我见屋子里灯光太暗，急忙去拿过老太太手里的手电筒，为你彩虹婶照着。可是你彩虹婶仍然找不着那鬼丫头的静脉，几次注射都未成功。你彩虹婶急了，我看见她额头上冒出米粒大的汗珠。

见你彩虹婶着急，我心里更急，可我也帮不上什么忙，只在心里一遍又一遍地为苏孝芳祷告，希望她能够挺住。如果再拖下去，她就有可能死去。真应了狗急了跳墙，人急了生智这句古话，在那一瞬间，我的目光从那鬼丫头白皙而光滑的大腿上掠了过去，突然叫了起来："有了！手上血管找不到，找大腿内侧的静脉，那里好找！"你彩虹婶一听我这话，也马上明白过来，说："你怎么不早说！"说着，就去掰开那鬼丫头的大腿，终于在右腿内侧找到了她的静脉血管。我看着你彩虹婶慢慢将针头插进她的血管，一颗悬着的心终于落了地。随着针药缓缓注入血管，那鬼丫头终于渐渐平静了。

长话短说吧，大侄儿。天亮的时候，这鬼丫头终于生下了一个男孩。我们以为孩子在她肚子里已经窒息死了，可没想到的是，孩子竟然还活着，只是不啼哭。苏孝芳的奶奶按照过去的规矩，从墙角提起一只空坛子，往床面前的地下一摔，随着瓦缸一声清脆的破碎声，那婴儿真的啼哭起来。随着婴儿的啼哭，屋子里所有的人眼角都浸上了湿润的泪水。贺长寿跑过来，突然扑通一声就跪在了我和你彩虹婶的面前，一边磕头一边对我们说："谢谢你们，没有你们就没他们母子的命了！"我虽然对他又气又恨，可一见母子都平安，因此对他的气也消失了，只是对他说："母子都平安，是你是福分，以后可不要再糊涂了！"他又一连磕了几个头，这才爬起来。你彩虹婶把孩子包好交给苏孝芳时，那鬼丫头睁开虚弱的眼睛看了看，突然对你彩虹婶请求说："干妈，你和干爸给他取个名字吧！"你彩虹婶听了这话，就拿眼看着我。我想了一想说："这孩子命大，不但他平安来到了这个世界，还保佑了他娘平安，就叫平安吧！"我看见那鬼丫头听了我的话，嘴角露出了一丝微笑。于是这孩子就叫了贺平安。

你问贺冬梅是什么时候生的？你问得好，你不问我，我还要给你说呢！冬梅是在平安一岁多后，苏孝芳又怀上的。那时计划生育抓得特别紧，苏孝芳是躲出去生的。这次贺长寿吸取了教训，没让苏孝芳在家里生，而是花了两千多块钱到医院去生的。只是她刚从医院回来，乡上收计划生育罚钱的人就来了，又收走了他们三千多元的罚款，因此他们说这娃儿是用钱买来的，所以给她取了个小名叫"赔钱娃儿"。为啥要叫这样个小名呢？意思就是说她一来到这个世界，就让父母背上了几千块钱的债务，这就注定了她以后要用青春和肉体去换钱来加倍偿还父母债务的命运。可怜的孩子，她实在不应该来到这个世界！

哦，还忘了告诉大侄儿，我曾经答应过你彩虹婶再生个女孩。就在苏孝芳生了冬梅不久，有天晚上，你彩虹婶突然看着我问："你说过的话忘了没有？"我说："啥话？"她说："你是假装记不得了！"说完后就提醒我说，"孝芳都有冬梅了，贺健也这么大了，你答应过我们还生个……"她说到这里，故意把话打住了，却定定地看着我，眼睛里流露着渴望。我明白她的意思了，急忙说："我是答应过你，可现在计划生育这么严，孝芳是第二胎，都罚了三千多元的款。我们现在有贺春贺健两个孩子了，如果再生，就是三胎，三胎要罚七八千元，我们怎么交得起罚款？"

她说："比我们穷得多的人都想方设法超生，别人都生得起，难道我们生不起？"我说："要是我们也像那些人，反倒好了，越穷越生，越生越穷，债多不愁，虱多不痒，上面咬这些人的脑壳硬，咬屁股臭，没有办法！可我们开得有诊所，多少有点毛毛让上面抓，所以要夹紧尾巴做人，你说是不是？"她一听我这话，脸色立即黯淡下来，接着像是非常失望地说："你说话不算数，当时可是说好了的……"一看她这个样子，我马上说："我怎么不想要个女儿呢？可是我说的也是事实。我还担心如果生了，他们把我们的诊所取缔了，那我们怎么办？"又说，"要不，我们再等等看看，啥时计划生育政策松一些了，我们再生一个也不迟，你说呢？"她听了这话，又抬起头看了我一眼，然后说："好嘛，这可是你说的，到时候可又别找这样借口、那样借口哟！"我说："不会了，不会了！"

可大侄儿你是知道的，计划生育是基本国策，怎么会有松动？就这样一年拖一年，你彩虹婶自己也知道她想再要个女孩的希望成了泡影。现在我才跟你说句老实话吧，其实是我不想再要孩子了。一则是我们已经有了两个儿子，要送他们上学读书，大了要给他们建房子、讨婆娘，负担本来够大了，要是你彩虹婶又生一个儿娃子，那岂不把我们累死？再者，我当时看见那两个小子长得好好的，人见人爱，我就想与其再生一个，被计划生育部门罚款，不如把罚款用到他们身上，这就和"与其伤其十指不如断其一指"的道理是一样的。可哪晓得这两小子后来都辜负了我们的期望呢！所以不瞒大侄儿你说，我现在最后悔的就是这辈子没满足你彩虹婶想要个女孩的心愿，一想到这点，我就觉得对不起她。

既然刚才我说到两小子的事，从现在开始，我就来说说他们的事。我先给你说贺春的事。只要一提起他，我心里的火气就忍不住往上冒，恨不得一刀宰了他狗日的。老辈人说龙生龙，凤生凤，老鼠生儿打地洞，我看这话并不准确！就说我和你彩虹婶吧，一辈子行得端、走得正，没做过什么恶事、坏事、亏心事，上对得起天，下对得起地，中间对得住自己的良心，可你贺春兄弟尽做些没良心的事，一点不像我和你彩虹婶的种！真是有时候歪竹子也能生出直笋子，直竹子也能生出歪笋子，这没办法。也许是我们上辈子做了啥孽，这辈子老天爷来处罚我们吧……

听人劝，得一半，好，我听你的话，不生气了，真的不生气了！想起来，气也是白气，我们一把屎一把尿地把他养大，就尽到责任了，至于他硬要往邪路上走，我也没办法。现在也不株连九族，他一人做事一人当，我也犯不着为他气坏了身子。只是我觉得怪对不起贺家湾的父老乡亲们，所以我有时会因为他而生气。

说句心里话，从你这个不争气的兄弟一生下来，我心里就充满了希望。啥希望呢？就是想让他以后当一个好医生！我们行医的人过去都有一句话，说医不过三代，就是说当医生超过三代就不行了。我们家从我爷爷算起，到我这一代，也正好三代。但那时我和你彩虹婶都还很年轻，一心想打破这个神话，所以也想把这种"仁术"让你这个兄弟给继承下来。他满周岁那天，我和你彩虹婶在床上摆满了许多东西，有笔、本子、书、锅铲、镰刀、镜子、碗等，想让他"抓周"。这是从老辈就传下来的规矩，说是小孩抓着的东西，就能看出他以后会成为什么样的人。为了检验他长大能不能成为一个医生，我特地把从我爷爷手里传下来的药灯和药戥摆在最醒目的位置。不但如此，我还特地摆了几味中药在席子上，我想，他总能抓住其中一样。没想到这小子在床上爬了一圈以后，却什么也没有抓，然后翻过身来，翘起小鸡鸡，突然朝天撒起尿来。并且那尿水直直地冲过去，淋在药灯上。我一看心里一下就凉了，急忙对你彩虹婶说："完了，完了，这小子今后不但一事无成，还可能是个混世魔王！"你彩虹婶脸上也挂着一丝失望的表情，但她趁我转身的时候，却悄悄将我那支钢笔塞到了那小子手里，然后冲我叫起来："快看，贺春把钢笔抓到手里了，他今后是个读书的料！"我虽然没有看见你彩虹婶做假，但我明白这小子仰面躺着，是抓不到钢笔的，我理解一个做母亲的心情，不愿扫她的兴，其实她这样做也是为了我，于是我也假装高兴地说："好哇！好哇！只要能够认真读书，那也是好的！"说完才把这小子从床上抱起来。

可后来的事实证明，我的话果然说中了。但在上初中以前，我们对这小子还是没有失去希望，原因是这小子虽然读书成绩不太好，但还算听话，大约就是从到乡上中心学校上了初中以后，这小子就不知不觉地发生了变化。那时，这小子已经差不多有我这么高了，一张脸胖嘟嘟的，留一头浅发，脑袋又大又圆，像只皮球，两只招风耳贴在两边，身子壮得像是一只小肥猪儿，手臂和大腿的肌肉紧绷绷的，似乎藏着许多过剩的精力。那阵我们刚抱养了他弟弟贺健不久，你彩虹婶要带孩子，有时还要出去接生，我呢，也是一天到晚不是忙着出诊，就是在家里接待病人，也没时间去管他，一点也不知道他那个像皮球一样又圆又大的脑袋瓜子里，正在"滋滋"地往外生长着许多歪点子。

　　一个星期天——那是在他上初中三年级下半期的时候，我从外面出诊回来，突然看见他穿着一条短裤，光着上身，攥了拳头，在院子前面那棵李子树下"嘿嘿"地击打着一只沙袋。那沙袋是用一只装化肥的尼龙口袋做成的，也不知他从哪里鼓捣回来的沙，用一根绳子缠住袋口，吊在李子树的树枝上。他的个子虽然差不多有我高了，可岁月到底还没有把他的身体铸成成人的格局，显得有些细长。光着的上身和裸露出的下肢的皮肤，因为还没有晒过太阳，呈现出一种奶白色的光泽，脸上也还带着一种天真淘气的神气，一看就知道是一个正在成长中的孩子。尽管如此，我还是要说，这小子的体格和身架子也确实不错，他的臂膀虽然还不粗，却是宽宽的，胳膊也是长而有力，躯干像猴子一样灵活和敏捷，每一个击打的动作也充满力量。也不知他已经打了多久，脸上和身上都挂满了珍珠似的汗水，在太阳下熠熠闪光。我一看，便问他："你是不是嫌吃多了不消化？"

　　这小子一听我的话，先是愣了一下，接着露出了两排又细又白、十分整齐的牙齿对我笑了一下，然后才说："我练武！"我说："眼看下半年就要毕业了，别人都在抓紧学习，你还有闲心做这些空事？"他听了我的话，连头也没有抬就对我说："我不想像别人那样当书呆子，我要做霍元甲、陈真、黄飞鸿那样的大侠，纵横江湖，当龙头老大，没有人敢欺负我！"我一听这话，感到又好气又好笑，便说："你当屁的个大侠，也不吐泡口水照照是不是那块料！"说完我又大声呵斥道，"还不快给老子去做作业！你要是给我考不上县里的卫校，看老子不把你当沙袋打！"我以为他会像过去那样听我的话，可是没想到他却说："我才不上你那啥子卫校呢！"我听他这么说，先是愣了愣，接着才对他说："你不上卫校，那就给老子考个清华、北大嘛！"他听后却说："我要上中华文武学校！""中华文武学校"大侄子你是知道的，它是我们市里一所专门教孩子一些拳脚功夫的武术学校，学生毕业后，优秀者会被一些赌场和夜总会老板以及物业公司招去做保安，差一些的会流到社会上打架斗殴，做小混混。我听了这小子的话，原本是生气的，可想了一想，却突然笑了。怎么回事呢？我把它当作小孩子的话听了！于是我说:"只要你不向老子要钱,有本事你就去上!"说完我就进屋去了。

晚上坐到床上,我对你彩虹婶说起了白天贺春这小子的事,你彩虹婶也认为这是小孩子闹着玩的事,她说:"这都要怪现在的电视,里面尽演些剑仙侠客打打杀杀、逞强好斗的节目,把孩子都教坏了!"我说:"可不是这样吗?他要只是说说倒没啥大不了的,怕只怕他拿着棒槌就当针(真)呢!"你彩虹婶想了一会儿才说:"小孩子的事,怎么可能当真呢?俗话不是说细娃儿耍麻雀——图新鲜吗?过几天他把手打痛了,不用你去说他,他自己就会歇下了!"我听了这话,也觉得有道理,便不再说什么,由着他的玩性去了。

可是没想到,过了两个星期,这小子不但没有歇下来,反而像是上了瘾一样,越打越上劲了。先他还只用拳头打,最后变成了手脚并用,将沙袋又是打又是踢的。每天放学书包一放,就朝沙袋跑了过去,不打出一身臭汗,是绝不会收手的。我看他越来越痴迷的样子,觉得不干涉不行了,于是趁他上学的时候,把口袋从树上解了下来,将里面的沙子全倒在了外面的路上。下午放学回来,他看见沙袋没有了,就瞪着一双像是要和我们打架的眼睛,大声地冲我们大叫:"谁把我的沙袋倒了的?"我说:"是老子倒了的,怎么样?"他狠狠地瞪着我,喉头上下滚动着——他不但开始长喉结了,嘴唇边还有了一层浅浅的、黑茸茸的胡须了。瞪了一阵,这小子突然无可奈何地跑到树下,像是击打沙袋一样,发泄般对着那棵李子树的树干,又是用拳头打,又是用脚踢,还用臂膀去碰,击打得李子树一阵乱颤。我没想到这小子竟然这般倔强,但又不好去制止他——我总不能去把李子树也砍了吧!我想,你只要不怕痛,愿意怎么打树就怎么打吧,我不相信你的拳头比树还硬。

这样过了一段日子,有一天,他的班主任老师突然到我们家里来了,一进门就对我说:"贺医生,贺春怎么没来上学?"我一听这话,惊得叫了起来:"他吃过早饭就背起书包上学去了呀,怎么没到学校?"老师听了,说:"他一连三天都没来上学了,我还以为他病了呢!"我说:"这个狗东西,他没去上学到哪儿去了?"老师说:"找找吧,找着了你们家长也不要打他,现在的孩子逆反心理都很重,你越打他,他越不会听你们的话,找着了只叫他来上学就是!"我说:"好的,张老师,我会按照你的话去做的,谢谢你走这么远的路来告诉我们!"老师说:"这是应该的!"说完,老师就回学校去了。

到了下午放学的时候,这小子背着书包回来了。他以为我们还什么也不知道，嘴里假意哼着歌儿，做出一副若无其事的样子。放下书包，他正要往外面走时，我却在他背后大喝了一声："站住！"他一下站住了，回头看着我，还假装不明白地问了我一句："啥事？"我的脸紧紧板着，目光像锥子一样盯着他，又接着对他说："你跟老子过来！"这小子见我的脸色很难看，心里大约意识到什么了，脚步十分不情愿地往前挪了两步，嘴里犟着说："什么嘛？"我等他走到面前，才盯住他问："你没去上学，到哪儿去了？"这小子听了我的话，一下明白了，可他却没有回答我，眼光扫了我一下，便把头掉到了一边去。我一看他这样，心里更气了，又大声问了他一遍，这时他才带着一副满不在乎的口气说："我去蒲家岩拜师学武去了！"我一听这话，顿时气不打一处来，突然扬起巴掌，朝他脸上左右开弓，打了他两巴掌，一边打一边愤愤地骂："学你娘个×，不好好读书，格老子鬼摸你脑壳了！"这小子挨了打，却也不吭声，甚至连用手去摸一摸挨打的脸颊也没有，只用愤愤的眼光看着我，像是带着仇恨一样。我更抑制不住满腹怒气了，又对他大喝了一声："跪下！"可他昂着头，脸上带着一丝挑衅和轻蔑的表情，动也没有动一下。我更火了，看见墙角有一根扁担，便怒气冲冲地冲过去操起来。这时你彩虹婶抱着贺健出来了，她悄悄拉了一下我的衣角，并向我投来一丝埋怨的眼神。我一见她的目光，突然想起了小时候继父用扁担追着打我的情景，心一下软了下来，可是我却不知道该怎么办了。幸好这时你彩虹婶过去，对那小子说："你爹叫你跪下，为什么不跪下？还不快跪下给你爹认个错！"那小子又愣了一会儿，大约也意识到自己过分了一些，这才将双膝一弯跪了下来。一见这小子跪下了，我还有什么说的呢？便自己给自己找了一个台阶下，说："就给我这样跪着，不叫你起来就别起来！"说完背着药箱，装作出诊的样子走了。

经过这样一回事，这小子消停了一些，没有再旷过课，回到家里，也克制住了对那棵李子树挥拳使腿的欲望，最起码在我们眼皮子底下，他是如此。说话间中考的时间就到了，一天他放学回家对我说："爸，你说我究竟考什么学校？"我一听他这话，便反问他："你自己说想考什么学校？"他说："考高中肯定是没指望的，再说，即使勉强考上个普通高中，以我的成绩，难道还能考上大学？"我听他说得有理，便又问："除了高中，还有什么学校？"他说："你不是想让我上卫校吗？我就读卫校好了！"我一听他回心转意想上卫校了，心里就高兴起来，说："好哇，我和你妈想的就是让你上卫校！前人有一句话，叫积财千万，不如薄技在身！医生这个职业，不管哪朝哪代都不会过时，读了卫校回来，即使找不到工作，你也可跟着我行医，一辈子也就不会饿着饭！"可话一说完，我又担心起来，说："考卫校你的成绩没问题吧？"他一听急忙说："爸，这你不用操心，这几天外面好多职业技术学校都到我们学校来散发资料拉生源，县里的职专更不在话下，只要想去读都没问题。"我也听说过那时职业技术学校的生源大战，听了这话，忙说："那你赶快就报卫校的名，别让其他学校拉走了！"他说："明天我就到老师那儿领一份报名表回来填。"我说："老师那儿有报名表？"他说："老师向职业技术学校介绍一个学生是有回扣的，所以职业技术学校就把报名表给老师了。"我说："原来是这样！"

第二天，这小子果然拿回一张县卫校的报名表，当着我们的面填写了。没过多久，我们果然就收到了一张县卫校的新生录取通知书。一见这录取通知书，我和你彩虹婶心里才算踏实了。你彩虹婶毕竟是当娘的，怕家里的旧褥子被单拿到学校里去，让别的同学笑话，特地进城去给他添置了一套床上用品，包括褥子、被面、床单和席子，全是新崭崭的。那小子见了，说还要衣服和球鞋，还要买一只装衣服的箱子，要拉杆的，拖起来才方便。你彩虹婶问我买不买，我想了一想说："买吧，现在的孩子讲时髦，他看见别人有，自己没有，又要埋怨我们了！"又说："难得他三十天坐磨子——想转了，能够按我们的想法去读卫校，就是好的。只要他听话，我们现在多花了点钱也没什么。"说完我又补了一句，"反正父母挣得再多，也是给儿女挣的！"你彩虹婶听了我这话，果然又去给他买了两套新衣服、一双球鞋和一口拉杆箱子，牛津布面的。

转眼就到了入学的日子，这天晚上我对他说："你弟弟小，你妈走不开，明天我送你到学校去报名。"他一听，急忙说："不，不，你们都不用送我了，我自己去报名就是！"你彩虹婶说："你揣几千块钱在身上怕不怕？"他又马上说："怕啥子，精光白日的，难道还有人敢来抢我不成？"又说，"再说，我也不是小孩子了，县城又不远，别人几千里几万里，还要自己去呢！"我想了一想说："想来也是，你都这样大个人了，也该学会自己照顾自己了！我像你这样大的时候，不但自己要养活自己，还在替别人看病了！"接着我才说，"不过几千块钱带在身上，还是要小心一些才是！"他听了马上又信誓旦旦地说："你放心，爸，我把钱捆进被子里，被子背到我身上，谁把钱拿得去？"我一听这话，便说："那好吧，既然你不要我们送，我们当然也乐得不跑一趟！"可说完过后，我又叮嘱他说，"到了学校，你就去报名把钱交了，啊！"他说："那是当然，不交我怎么报得到名呢？"

第二天吃过早饭，我提上他的箱子，你彩虹婶牵着贺健的小手，一起把这小子送到村口，你彩虹婶要我把箱子给他提到公路边，可这小子坚决不让，说："爸、妈，箱子又不重，我一个人又不是提不走，还要你们送什么？你们回去忙自己的事吧！"我说："你真不让我们送了？"他说："送得再远你们也要回来的！"我一听这话，心里一热，就说："那好，你既然知道这个道理，我们就不送你了，前面的路你就自己走！"说完，我把箱子交给了他。他接过箱子，朝我们看了一眼，然后转身走了。我们站在原地，一直看着他走远了，才转过身往回走。我们默默地走了一段路，我忽然像是忍不住似的对你彩虹婶说："娃儿长大了，懂事了！"你彩虹婶用她那红红的眼睛瞪了我一眼，然后才嗔怪地说："你一张嘴巴老是搁在人家身上说东道西，现在才知道娃懂事了哟？"听了你彩虹婶这话，我确实意识到过去自己瞎操了些心，便说："我说他是为他好，哪个做父母的不是希望儿女好呢？"又说，"他现在懂事了就好，我也就少操心了！"

过了两天，我突然觉得事情有些不对劲，那天正吃着饭，我像是受了惊似的，放下筷子对你彩虹婶喊了一声："不好！"你彩虹婶被我的喊声惊住了，瞪着一双大眼看着我说："你惊惊乍乍的做啥？"我说："贺春这狗日的平时百草不掂，连扫把倒在屋子里都不得扶一下，这次他又背棉絮又背席子，手里还要提着一口箱子，怎么就舍得下这么大的苦力了？要在平时，他吵也要吵着我们送的，难道他真的一下子就懂事了？"你彩虹婶听了我的话，也觉得事情有些蹊跷，便说："那你说是为什么？"我说："这小子别是诈了我们！"她说："那怎么可能呢？他不是去上学还能去做啥子？"我说："不行，明天我得到县里卫校去看看！"你彩虹婶说："你要去看就去看，可别吓唬我！"

第二天天还没亮，我就往县城里赶，到了卫校一打听，这杂种果然没到学校报名。学校的领导对我说："学校昨天和前天是报名注册的时间，现在报名时间已经过了，我们还正准备给他原来的班主任打电话催呢！"我听完这话，头脑一下子都觉得大了，急忙转过身子就往家里跑。

回到家里，我把这小子没去卫校报名的事给你彩虹婶说了，你彩虹婶一听马上就抹起眼泪来，说："他没去学校，又到哪儿去了呢？"我说："你先莫急，不管他到哪儿去了，反正死不了！"说完我又觉得自己的话不像一个当父亲的说的，于是又说，"我们去找他的同学挨个挨个地问，麻雀飞过都有一个影影，他能背着我们，我不信能背着所有的同学！"你彩虹婶听了我的话，觉得有理，于是不哭了，立即把贺健寄托在池玉玲家里，和我一起去找他那些初中同学打听去了。我们先从和他最要好的那几个同学找起，终于打听出来了：原来这小子偷梁换柱，揣着我们给的几千块读卫校的钱去上中华文武学校了。

按说，知道了这小子的下落，我们该是一块石头落地了，可是我们还是高兴不起来，尤其是你彩虹婶，晚上对我说："怎么办呢？怎么办呢？你去把他喊回来吧！我一想起电视里那些打打杀杀的事，就忍不住心惊胆战。你看那里面的人，不管武艺多高强，不是被别人杀死就是自己把别人杀死，我可不愿看到他也是这样的下场……"说着说着就哭起来了。我心里本来就烦，一看见你彩虹婶哭，更烦上加烦，便没好气地说："死就让他死吧，有什么了不得的？"你彩虹婶一听我这样说，眼泪流得更厉害了，一边抽抽搭搭地哭，一边数落我说："你说这话太不要良心了！敢情不是从你身上掉下来的，你就不心疼是不是？我从一尺那么长就一把屎一把尿把他带大，你却说让他死，难道他是牵着我的衣襟角角拖油瓶来的……"一番话说得我心里酸溜溜的，于是对她说："好，好，你不要说了，明天我到中华文武学校把他喊回来就是！你以为我想让他去学那些打架斗殴的功夫？我还不是和你一样担心！"听了我这话，你彩虹婶才止住了哭声。

第二天鸡才开始叫，我就起床往县城赶，到了县城天正好亮了，我又立即乘车赶到火车站，买了一张到市里的火车票。中午时分，我到了市里，找到了那小子读的中华文武学校。那是一个私人老板办的学校，实行的全封闭式管理。我不知道学校里面如何，但校门却修得又高又大，镶了大理石，显得富丽堂皇。一道铁栅子门紧紧闭着，旁边小门虽然没有上锁，但左右两旁却分别站了一个彪形大汉，穿着保安衣服，腰上松松地挂着一根皮带，皮带上斜吊着一根电警棍，手摁在电警棍上，眼露凶光，如传说中的门神一般。我正要进去，一个保安伸手拦住了我，并且吼道："干什么，干什么，啊？"我说："我来看我儿子！"他说："看儿子也不行，不能进去！"我说："怎么不能进去，自己的儿子都不能看了？"他说："这是学校的规矩，你儿子既然来到了学校，我们也要对你儿子负责！对你儿子负责，也是对你们家长负责，知道吗？"我说："那怎么办？难道我大老远来，自己的儿子都不能见一面，这是什么规矩？"那人说："你到那儿传达室坐着，我们去把你儿子喊出来，你们可以在那里见面！"说着，他便问我儿子叫什么，读什么年级。我不知道他读的是几年级，便说了那小子的姓名和入学时间，那人听了便往里面走去了。

我按照那人的吩咐来到传达室里，传达室里坐着一个老头，年纪看起来要比我大几岁，看见我进去，便问我："从哪里来？"我回答了他。他又问我来干什么，我又回答了他是来干什么的。他听说我是来看儿子的，就去给我倒了一杯水来，然后又去坐在桌子边耷拉着眼皮似睡非睡去了。没一时，先前那人来了，却给我带来一个不好的消息，他说："你儿子不愿见你，他叫你回去，并且让我转告你，他在这儿一切都好，叫你们不要担心！"我一听这话，顿时傻了，立即说："什么，他不愿见我？老子这么远跑来，他竟然不见我？"那人说："他不愿意见你就不愿意见你，有什么奇怪的？你回去吧，啊！"说着就对我挥了一下手。我还想求求他让我进去亲自和这小子说说，可是他已经转身走了。到这时我才明白过来，这小子大约已经猜到了我的来意，怕我把他拽回去，所以才铁下心不见我的。我一下像泄了气的皮球，一屁股在椅子上坐下来，嘴里说："这狗日的，这狗日的，连见都不见我，叫我回去怎么跟他妈交代？怎么交代……"旁边的老头见我这副垂头丧气的样子，很同情似的对我说："你究竟有什么重要的事？如有重要的话也可以跟我说，我转告他！"一听这话，我马上就像吃了一肚子黄连，巴不得对人诉一下心中的苦似的，便把自己如何想让他学医，他又如何一心想当霍元甲、陈真、黄飞鸿那样的大侠并且偷偷摸摸来这里的事说了一遍。我的话一完，没想到那老头却对我说："我说你这位大兄弟啊，看你年龄也老大不小了，怎么还是这样糊涂？俗话说，儿孙自有儿孙福，莫与儿孙做马牛！你想让他学医，他就能学好医？你即使把他拽回去，他不照你的路走又怎么办？天生一人，必有一路，既然他一心想学武，你就不如就让他留在这儿，少操些心有什么不好？还有，他已经入了学，你现在把他拽回去，交的学费一个子儿也不会退给你，几千块钱不是扔进水里，连泡也没鼓一个吗？"我把苦处诉完，又听了他这样一番话，心里开朗了一些，想一想也是这样，牛不喝水强按头，那还不如就干脆由着他。只要他在这里不惹是生非，能安安心心把人混大，以后再成个家，立个业，我们做父母的也算责任尽到了，就再也不会为他操心了！这样一想，我就又回来了。回到家，我对你彩虹婶说了见那小子的经过和那老头的话，你彩虹婶听了，挂念虽仍是挂念，可看得出来，她心里已经不像过去那样着急了。

　　本来以为事情就这样消停了，可是没想到刚过一个星期，学校保卫科打来一个电话，说这小子在学校里和人打架，把人打成了重伤，让我们拿一万五千块到公安局赎人。一听见这话，我像是被人当头打了一棒似的，手拿着话筒半天没回过神，耳朵里回响着"嗡嗡"的声音，有种要晕过去的感觉。你彩虹婶见了，忙问我出了什么事。我哆嗦着嘴唇说："你那儿子闯祸了！"她说："闯啥祸了？"我把打架和拿钱取人的事告诉了她。她还没听完，脸就白得没一点血色，嘴唇像风中的树叶一样颤抖却没有发出一点声音，过了半天才"哇"的一声哭了起来，一边哭一边说："那怎么办？你还不快想法找钱去把他取出来！"又说，"我说过不把他叫回来，不是被人打就是打别人，没有好下场的！"我说："我不是没去叫过他，可他不听我们的，有啥办法？现在哪个的话他才能听……"

说到这里，我眼前突然一亮，想起一个人来，于是急忙对你彩虹婶说："要想使他回心转意，除非有一个人出面，恐怕还能行！"你彩虹婶一听，急忙止住哭声问："你说是谁？"我说："兰子！"你彩虹婶听了我的话，先是愣了一下，接着眼睛里也闪出两点明亮的火星，可过了一会儿却说："我们的娃儿不听话，现在都被公安局关进去了，叫我们怎么去对人家开这个口？"我说："这有啥？既然是亲戚、你知我识的，有啥不好开得口的？再说，大家心里都明白，难道还会看我们的笑话？"你彩虹婶又想了一会儿，大约觉得我说得有理，于是急忙对我说："那还愣着做啥子？我们快去给人家说说吧，娃还在公安局关着呢！"我听了这话，便马上和她一起出门去了。

兰子是谁，大侄儿出去了这么多年，恐怕不知道了吧？就是你彩虹婶娘家的一个隔房侄女，大名叫郑兰。她的父亲叫郑全福。我一说郑全福你就知道了吧，他后来还当过郑家塝村民小组的组长。兰子和我们家那小子是同一年生的，却比我们家那浑小子懂事多了。因为是转弯抹角的亲戚，兰子很小就在我们家走动，我们家那浑小子到了他外公家里，也免不了要到兰子家去玩，后来又一起上小学、上初中，所以两个孩子算得上是一起长大，用你们写书人那些酸溜溜的话来说，就是青梅竹马，两小无猜。尤其是到了初中，我们家那小子常常借口让兰子补功课，有时是到兰子家里去，有时是把兰子叫到我们家里来。两个孩子碰到一起，就把门关起来，嘀嘀咕咕不知说些什么，反正看起来挺亲热的。对两个孩子的事，我们两家大人都看在眼里。对我们的家庭和我们那小子，郑全福两口子自然没啥说的，能和我们家结上亲，是他们求之不得的事。对兰子，我和你彩虹婶也十分喜欢，主要是这孩子稳重和懂事，一点不像我们家这浑小子！再说本身就是亲戚，结了亲就更是亲上加亲，有什么不好的？只是因为两个孩子还小，我们双方大人都没把这事说破，但心里都十分明白。现在，我见我们做父母的没法叫那小子回心转意，就想借助爱情的力量，请兰子出面去劝说那浑小子，说不定那浑小子就听了她的。

果然，郑全福两口子听说我家那小子因为打架，被公安局关了起来，立即为他们未来的女婿担起心来。兰子的母亲立即说："把他叫回来也好，我们都是本分人，一辈子只求平平安安过日子，当啥大侠，让人担惊受怕的!"郑全福也说："让兰子去劝劝他也好，我马上去把兰子叫回来!"——在这里我还要向你多说一句，兰子已经到我们原来的区中学上高中去了。虽然她考的成绩也不是很好，但毕竟比我们家小子强——我听了这话，故意对郑全福说："你只是去给孩子说一说，如果孩子不愿意就算了!"郑全福听了这话，却大包大揽地说："她大姑和大姑爷放心，这事还由着她了!"说完就真的出门跑了。

到了下午，兰子果然和她爹一起回来了。大约在路上郑全福已经把事情告诉她了，这姑娘一见面就对我们说："大姑、大姑爷，你们不用担心，我保证把他叫回来!"说完怕我们不相信，又说，"他过去说要习武，我没反对，可没想到他出去打架，还要家里拿钱去取人。不管怎么说，打架总归是不好的! 有了第一次，就会有第二次，现在不把他喊回来，今后还不定会闯什么祸!"我一听这孩子年龄虽然不大，说话却这么有理，一时更喜欢她了，便对她说："兰子，你把他劝回来了，大姑和大姑爷不知该怎么感谢你呢!"她一听张了张嘴，看样子想回答我，看见我在看她，突然之间脸却红得像是一只熟透了的柿子，倏地跑开了。

第二天，我、你彩虹婶和兰子就赶到了那小子的学校。在学校的保卫科里，我们才知道了事情原委。原来这学校管理一直很混乱，学校里的学生拉帮结派、恃强凌弱的事经常发生。那天，我们家那小子和几个也才入学的新生，突然被几个高年级学生堵在了巷道里。那几个学生一开口，就是向贺春和几个新生每人"借"五百元钱。贺春和那几个新生知道这是勒索，不愿意给，那几个学生便朝贺春他们挥起拳脚来。他们以为这些新生才入学，没啥本事，容易欺负，却没有想到我们那小子在家里是练过几天功夫的，手上和腿上都有些力气。混战中，贺春一脚将对方一个学生的两根肋骨踢断了，造成了重伤。好在公安机关在办案中了解到是对方勒索在先，又是他们先动手，加上我们那小子又属于未成年人，因而从宽处理，只责令拿出一万五千元钱支付对方的医药费，然后把这小子从公安局领出来。我们听说了事情的经过后，才感到宽心了一些。

从学校出来，我们又往公安局赶，在公安局的治安科交了钱以后，兰子突然对我和你彩虹婶说："大姑、大姑爷，你们不要去见贺春哥，要不就先回去等着，让我一个人去见贺春哥，好不好？"我说："为啥我们不能见？"她说："他见了你们，说不定又会产生逆反和抵触的心理！"我一听这话倒有些道理，便又问："你一个人行吗？"这孩子听了我的话，脸又马上红了，说："大姑、大姑爷你们放心，我相信贺春哥经过这样一回事，肯定知道自己过去的想法错了，一定会回心转意的！"我见她说得这样肯定，便说："好吧，孩子，大姑、大姑爷就把这事交给你了！"说完，我和你彩虹婶就先坐车回来了。

也不知兰子到底对这小子说了些什么，又是怎么说的，第二天，这小子果然背着被盖，拖着箱子回来了。见了我们，一副霜打的模样。能够回来就好，我们也没责怪他。第二天，我又到县卫校去，问还能不能入学。那卫校正没生源，一听我的话，便急忙回答我说："能，能，我们还给他保留着学籍，只要把费缴了，马上就可以来读！"我听后，立即跑到教务处交了费。这样，这小子在中华文武学校兜了一圈，把我的两万多块钱白扔进水里后，还是上了县里卫校。直到他在卫校规规矩矩读了一段时间的书后，我和你彩虹婶一颗心才慢慢放下来！唉，中华文武学校传达室那个老头叫我莫为儿女做马牛，可天下父母，哪个又做得到呢？你说是不是，大侄儿？

第十章　贺春做起了"游医"

　　哈，你长军兄弟过来了！你看他走路蔫丝丝的，脸色青格格的，像是几天没吃过饭一样，一定是哪儿有了毛病来找我给看病的。大侄儿要不你就出去走走，活动活动筋骨，让我给他把病看了再接着给你讲。长军，你哪儿不舒服？全身都不舒服！哎哟，说起来你这病就严重了！你把症状给老叔说一说，老叔看看你是不是饿痨病……全身发软，软得像一团烂棉花？脚还沉重，腿上像是绑了两只石磙子？那想不想困瞌睡呢？脑袋一天都是昏昏沉沉的，成天都想困瞌睡？好了，把手伸过来我给你诊下脉……看看舌头……啥子绝症哟，世界上哪来的那么多绝症？你到其他地方看过没有？吃过西药？我告诉你，你这病非常简单，不过是湿热为患，小毛病，不过西药解决不了问题，我给你开一剂"三仁汤"，保准你吃了药病就没有了……多少钱？又不是外人，你看着给吧！只有三块钱？那就三块钱吧！你慢走，哈！

　　大侄儿，你都亲眼看见了，过去我这诊所，不是吹牛的话，不但垄断了贺家湾和周边几个村的生意，还招来许多外地的病人，有的甚至赶一二十里的路程，也要慕名来找我看病。那个时候我从早到晚都没有休息的时候，连吃饭都有病人等着，常常要忙到晚上七八点钟才能歇下来。可现在不行了，你坐了两天，今天才来一个病人。怎么不行了呢？我一说大侄儿就明白了。一是现在行医的人多了。特别是那些在卫校读过三年书的学生，这些二十岁出头的毛小伙子们，原本希望通过学校的学习，毕业后能找到一份工作，可找工作哪有那么容易？连大学毕业生都不好找工作，何况一个中专生？找不到工作，便纷纷回到老家来开一个诊所。虽然这些年轻娃娃初出茅庐，行医的技术和经验都不足，但是医一些基本的病症，拿拿药打打针还是能应付的。馍馍只有那么大一块，分的人一多，掰到每个人手里的，自然就少了。更重要的，是农村里的人差不多都走光了，只剩下一些老人和孩子，孩子金贵，有了病就往医院里抱。老家伙得了病，则是能拖就拖，实在拖不过了，才来找我们看一下。不过我也想得通，病人少，我的收费又低，虽然赚不了钱，但房子是自己的，也不拿钱去买，只要不赔本就行了。主要是你老叔做了几十年村医，说句心里话，大侄儿，叫我不行医了，我还真丢不下去呢！

你看我说着说着就又跑题了！好，我这就接着说你那贺春兄弟的事！

长话短说，三年一晃而过，那小子卫校毕业了。三年时间里，那小子终于长成了一个成人的体格。不但个子比当初打沙袋时高了许多，那胸脯也长宽长厚实了，背也挺得又直又硬了，嘴唇上那圈绒毛变得更黑、更硬、更密起来，和人说话的时候，像是掩藏不住脑袋瓜子里那点小聪明似的，眼睛滴溜溜地转，透着清澈的光辉。一件长过膝盖的白大褂往那颀长匀称的身子上一套，在街上那么一走，你还别说，身后马上就能跟着一群大姑娘呢！

那时，我还不知道他只是一堆马粪，外面溜溜光，里面一包糠！但看见自己的儿子长成了一表人才，又念了三年中专，心里还是非常高兴的。回来那天晚上，我就对他说："回来就好好跟着我行医！我累了大半辈子，早就想清闲一下了！"可他一听我的话，就说："我要到深圳去！"我说："你到深圳去干什么？人家到深圳去，是因为没有职业，你现在有份手艺，为啥不可以就在家里好好当自己的医生？"他说："家里能挣到啥子钱？深圳是改革开放的前沿阵地，流动人口多，我随便开个药店，也比你在家里这个诊所强得多！"我一听他这话，知道这小子心还不小，便说："你别还没有学会爬，就想学跑，能不能挣到钱，得看你的能力和水平，我还不知道你的水平如何呢！"他说："这你不用管，我反正是不得在家里跟你一起守这个诊所的！"说完怕我又拦阻他，便又说，"郑兰也要去，我们说好了！"我一听郑兰也要去，便没什么话说了。自己家的孩子我阻拦阻拦就算了，可郑兰毕竟没有过门，我不好不叫别人去。再说，他们正在谈朋友，你不能叫他们东边一个，西边一个，像牛郎织女一样不在一起呀？于是我说："你一心要去，那你就出去试试吧！天下的钱，没那么好挣的！"过了几天，这小子果然又从我这里拿了几千块钱，和兰子一起到深圳去了。

可是还没到一个月，这小子就给我打电话回来了，说："老汉，再给我寄三千块钱来，我要回来！"我一听这话，心里就有些不高兴了，便说："你不是说深圳好挣钱得很吗，怎么又要我给你寄钱了？"他说："哪个叫你只送我去读了个卫校呢？我跟你说，这个卫校文凭根本不顶用！我想开个药店卫生局不给办执照，我想行医又没有执业医师证，我到哪里去挣钱？"我说："你读了三年书不说，走的时候才从我这里拿几千块钱，现在又要钱，老子这样一个诊所，能挣多少钱？"他说："老汉，你别说那么多，到底寄不寄钱来？不寄，我就只有在深圳流浪了！"你听听这小子的话，好像我前世就欠他的一样。晚上我又和你彩虹婶商量，你彩虹婶说："你不给他寄钱，真让他在外面当流浪汉呀？他现在到外面走了一趟，知道了外面的钱不好挣，回来帮你又有什么不好？"没办法，我只好给他寄了三千块过去。

几天以后，这小子果然回来了。却是一个人回来的，你彩虹婶一见，忙问他："兰子呢？"这小子一听，竟大大咧咧地回答说："拜拜了！"我一听这话，吃惊得瞪大了眼睛，便盯着他问："啥？你说啥？"他又说了一句："拜拜了！拜拜了你都不知道，就是分手了！"我们听了，惊了半晌，这才问他："怎么分手了，啊？"可这小子并不回答我们的话，却仍然满不在乎地说："天涯何处无芳草，难道离了她我就讨不到婆娘？"我们见他这样，知道问不出什么，也不问了。第二天，我让你彩虹婶到兰子家去问问他们是不是真的分手了？你彩虹婶回来对我说，他们确实是分手了，可到底是因为什么分的手，郑全福和兰子的母亲也没说出个所以然。晚上睡在床上，我和你彩虹婶叹了大半天的气，为失去了兰子这样一个懂事和稳重的儿媳妇而感到惋惜。

这小子回家后，开始和我一起行起医来。没过几天，我就发觉这小子读了三年卫校，却没有学到多少扎实的技术，大多数都是些一知半解的知识。不过这不要紧，老医生，少裁缝，只要他肯学习，肯钻研，又有我手把手地教他，没有他学不会的东西。可要命的是他既没有足够高的技术和知识储备，又不肯钻研学习，只是想得过且过。回到家这么长一段日子，我就从没见他摸过书本。有一天，我实在忍不住了，便对他说："贺春，你曾爷爷和爷爷留下那么好的医书，你怎么也不看一下？"他说："那些书都过时了！"我一听，忙说："啥？过时了，医书哪有过时的？"他说："你那《赤脚医生手册》，不是过时了？"我说："即使是《赤脚医生手册》，也没完全过时呀！我们当年就凭着一本《赤脚医生手册》，不是也治好了许多病吗？"又说，"古人曾经说过，医术仅能医病人，不能医医人，唯医书能医医人！医人不解书，还叫什么医人？"他听了我这话，又强词夺理地说："你怎么知道我没读书？我读的解剖学、生理学、药物学，你这里有吗？"一听这话，我一下被噎住了，便说："我是没读过你说的那些书，不过我知道书是读得越多越好！"说完，我知道和他说不到一块儿去，便不再说什么了。

如果他只是不肯上进，却能够听我的话，老老实实地跟着我也就好了。可这小子最终是个不肯消停的！一天，他突然对我宣布说："老汉，我们这个诊所，该进行改革了！"我一听，便看着他问："怎样改革？"他说："首先，要废除凡本湾的人看病都不收诊费的规定！"我说："为啥？"他说："你要明白，我们诊所不是慈善机构，不是做好事的地方，看了病收诊费，这是天经地义的！"我说："是天经地义，可当年要是没有贺家湾人收留我，你老汉的骨头说不定早化成灰了，更不用说有你们了！"他说："这是两码事，他们收留你是应该的，你本身就是贺家湾的人！你收他们诊费也是应该的，因为你付出了劳动！"

我不想和他纠缠，便又问道："就这一条？"他听了又马上说："还有，药价得提高……"没等他说完，我又马上问："提多高才算高呢？"他说："那没标准，黄金有价药无价，农村诊所，收多收少哪个不是凭医生说了算！药又不是油盐酱醋，油盐酱醋卖多少钱一斤，大家都很熟悉，药就不同了，有几个人知道你那些药的价钱？再说，也不是家家都有人生病，就是收高一点，病人想计较也没法计较。医疗市场就是聚钱的磁场，你看看城里那些医院，治个感冒没几百块钱，绝对好不了的！可是你才收多少钱，同样是治感冒，连医院的一点零头都不到，怎么能赚到钱？"

我一听他说这些，就想起了我从爷爷留下的一本书里读到的药王孙思邈说过的一段话，他说如医者凭借医术去谋取财物，不仅是不仁义道德的，而且人和神都会感到耻辱，是一个行医的人万万不能做的。可现在这小子竟然怂恿我做这些，我就已经知道了这小子的医德有问题，但我还是尽量忍住心里的不高兴，对他说："治个感冒都要几百块钱，这怎么做得到？"这小子听了我的话，以为我动心了，马上又振振有词地对我说起来："怎么做不到，老汉？我跟你说，我在卫校的一个同学，他娘原来也是村里的赤脚医生，还有一手治蛇咬伤的绝活，也跟你和妈一样，在乡下行了多年的医，连房子都造不起，日子过得紧巴巴的。后来我同学的哥哥接了他娘的班，在公路旁边开了一个诊所，没过几年，你猜怎么样？人家发了，在城里买了套十多万的房子，现在又把诊所兼药店开到了城里！

我那同学就是看到他哥哥当医生好赚钱，所以考起了高中都没去读，而来读卫校的！人家是怎么发起财的？同学给我介绍经验，说他哥哥在村子里治病，诊断费、治疗费、药费，什么费都是不能少的，而且说多少是多少，有时病人和他砍砍价，他少三两块钱下来，病人还会感激不尽。他摸到病人这个心理以后，每次收费先冒起一截，然后又才少两块下来，这就像城里卖打折商品一样，看似打了折，实际还赚了！这是一个方法，还有一个方法，就是遇到一些家境好的村民，一服药两服药不让他的病'断根'，慢慢、慢慢地吊到医，让他吃过三服四服药，这才见好就收。为什么别人治感冒，可以收病人几十到一两百元？这就是诀窍！这还是小儿科，人家还有更好的捞钱绝招，比如遇到急性感冒，急性感冒要发烧咳嗽是不是？他就说是得了传染性肺结核，不得了了；遇到咳嗽喉咙痛就说扁桃体急性发炎……这样把小病说成大病，不马上治疗，恐怕就有生命危险！你说哪个人不怕死？那病人一听这话，再没有钱也要想方设法去挪、去借，大把大把地把钱掏给他。等人家钱交得差不多了的时候，病人的病也'治'好了，反过来还要夸他哥哥医术高明呢！你看人家这医生又赚钱又赚名，哪像我们捧着金饭碗讨饭……"

听他说到这里，我的心里像是吃饭吃到了一只苍蝇一样，有种恶心的感觉，正想打断他的话，没想到这小子一点不会看我的脸色，反而说得更起劲了："人家不但在病人身上赚钱有一手，我告诉你，老汉，人家还卖假药和过期药呢！我到他们诊所去看了的，你道人家怎么卖？我跟你说，老汉，药柜的抽屉不是分两层吗？我同学那哥哥的药柜也一样，但人家那里面装的货不一样！怎么不一样？人家那药柜抽屉里，外面装的是真药，里面藏的是假药。病人来了，他抬眼一看，如果觉得这病人是有点来头的，便给抽屉外面的真药，如果病人是那种老实懦弱好打整的，就给抽屉里面的假药！当然还要看病人有钱无钱，对那些出得起钱的病人给真药，出不起钱又想病得到治疗的穷人，就给点假药把他们糊弄到。你猜这些假药和过期药又是从哪里来的？我跟你说，专门有做假药和过期药生意的贩子，只要你要，那些假药贩子就会给你送来！你以为那些假药贩子会像做贼一样，偷偷摸摸地送哟？才不是那样呢，人家是开着专车送。有时是在白天，有时是在晚上，反正不要你去取货。那真药是什么价，假药和过期药是什么价？老汉你说，人家怎么不财源滚滚嘛？"

一番话说得我的心像是做了贼一样咚咚地跳起来。听这小子说得有鼻子有眼的样子，不像是吃竹子屙背篓——在肚子里编出来糊弄我的。这时，我才知道自己大半辈子住在这山沟沟里给乡亲们看病拿药，还不晓得外面的世界发生了这样的变化，真的像别人说的跟不上形势了！可我也没有立即反驳他，只又看着他问："就这两条？"他听了又马上说："当然不止！第三，给我买辆摩托车……"我打断了他的话，问："买摩托车做什么？"他说："老汉，你以为现在出诊还像你们过去那样，再远的路都靠两条腿走呀？现在是信息时代了，时间就是效益，时间就是金钱，有了摩托车，不但出诊方便快捷，而且对病人来说，还意味着时间就是生命！"说完似乎害怕我会不答应买，接着又说，"你看现在年轻人，别说是我们行医的，就是做点小生意或经常出门的，哪个还走路？我的那些同学，差不多都买上摩托车了！"我一听他这话，马上想起了合作医疗站成立时，你彩虹婶从城里买回的那两张画报，一张画报上的赤脚医生推着自行车，一张画报上的赤脚医生骑着马，觉得这小子这话还说得有点道理，那时有条件的赤脚医生都能骑马或骑自行车，何况现在时代已经变了呢？再说，有了摩托车，对抢救一些危重病人也确是有帮助的。当然，我也知道这小子另有小算盘，那就是想显摆。可是人在年轻的时候，谁又不想显摆一下呢？他看见同学都有了，自己没有，难免心里不想。想到这里，我本想马上答应他，可一想到买摩托车又要花三四千块钱，一下又犹豫了。于是我没马上表态，又看着他问："没有了？"

他想了一下，又接着说："还有，那赊账的规矩也要改……"我知道这小子一说起来，又会滔滔不绝地说出一番歪道理来，便不想让他再说下去了，于是马上打断了他的话，正了脸色说："你小子给我好好听着，你说的这些改革，我月亮坝坝里耍刀——跟你明砍，我不想改，也没法改……"他一听我这话，顿时瞪大了眼睛，十分诧异地看着我。我怕他和我争起来，于是不等他开口，就又急忙说："你想让我向你那位同学的哥哥学，还不如叫我提着刀直接去杀人好了！你想想，他坑蒙拐骗，卖假药、过期药，当不当是在间接杀人？这样的昧心钱你老子也能去赚？钱不烧手，哪个都想赚，却不能昧了良心！我们家里，从你曾爷爷开始，几代人都没做过这样的事，难道你想从我开始做辱没祖宗的事？再说，城里是城里，乡下是乡下，城里满大街的人，不知道哪个是哪个，可我们农村，哪个不是开门就相见？要不是亲连亲、戚连戚，就是一个祖宗下来的，全都是熟人，你要是做了一点昧心的事，不到半天，全湾都会晓得，人家当面不骂你，背后也会把你祖宗八代全骂遍，你还有啥脸在湾里见人？"接着，我又对他说，"你真打算当一个好医生，从今往后，把脑袋里那些歪想法都通通扔掉，跟着老子好好给人治病！至于别人怎么发财，怎么赚钱，你不要去管，只管走自己的路！再说，我们有这份手艺，虽然发不起大财，却也不会饿到饭，你说是不是？"

这小子听完我的话，脸上一副不服气的神情，我说完后，他的嘴张了张，似乎还想反驳我，可一看我决然的样子，又沮丧地把嘴闭上了。我看见他这副样子，又有些心疼起他来，不管怎么说，他也是想家里好，总不能不给他一点安慰吧？于是我又对他说："至于买摩托车，我想了一下，你也说得对，过去我们出诊全靠走路，不但费力，有时还耽误了病人的治疗。遇到路远的，来去就是一天，其他病人只好在家里等。现在时代不同了，年轻人大都骑上摩托车了，你想要一辆，老子答应给你买一辆，老子年纪也一天天大了，出诊也不太方便了！"这小子见我虽然否决了他的其他改革建议，却答应了给他买一辆摩托车，脸上的神情就一下转过来了，马上对我说："老汉，你放心，以后出诊这些事你就放心交给我好了！"我说："那你还要练好本事，不然老子还是不放心！"他说："农村这点子病，大不了就是点伤风感冒，有什么我不能对付的！"为了不扫他的兴，听了这话，我也没再多说什么。

过了不久，我果然凑了四千多块钱，让他去城里买了一辆摩托回来。从此以后，这小子不管有事没事，都骑着它在村里村外的公路上显摆，有时也骑着它出诊。可是很快我就发现，这小子压根儿不适合当医生，因为他不但缺乏足够的医疗技术和知识，而且还缺乏对待病人的那份耐心。

你是知道的，一个医生如果没有耐心那怎么行呢？耐心也是一种医德，体现着一个医生的修为。比如说给病人诊脉，望、闻、问、切，"切"是最重要的。切脉时最需要的就是医生那分最细微的感知能力，可这细微的感知能力从哪里来？就是从医生的耐心和静心而来。医生切脉时，不管周围有多少病人，外界干扰有多大，医生都要敛神静气，如入无人之境，达到一种神游物外的境界，用两根手指去细细地探测病人经络运行时气息的微小变化，如果医生没有耐心，匆匆忙忙，慌里慌张，怎么能诊出病人哪儿出了问题？切脉时要有耐心，出诊时更是如此。我们过去出诊，如果遇到病人只是一般的病，不需要打针或输液，那还好说一些，诊了脉，了解了病情，处了方，配了药，再告诉病家怎样熬煎，怎么服药，饮食上需要忌什么等，然后就回来了。如果碰到病家的病情比较严重，需要打针或输液，那我事先不但要准备好一些防过敏的应急药品，还必须待在病人家里，观察他会不会出现异常现象，要直到病人完全稳定或病情有所好转后，我才能起程回到诊所。遇到这样的情况，我在病人家里往往一待就是半天，有时甚至要待一个整天。可有啥办法？这是必须要待的，不然，要是医生走了，病人才出现异常情况，那麻烦可就大了！正因为我对病人有这份耐心和责任心，所以行医几十年来，一次医疗事故也没有发生过。想起这一点，我就感到有些骄傲。

贺春这小子就不同了，我也不知他一天像鬼撵起来了似的，究竟在忙些啥子。按说他有了摩托车，来去可以节省很大一部分时间，完全可以安下心来，在病人家里多待上一两个小时，等病人把药水打完、情况安稳后再走人。可是他不，到病人家里把针一打、药水一挂，也不管病人会不会发生过敏反应或出现异常情况，拍拍屁股就走人，像是哪儿有什么人在等着他一样。我说过他几次，他不听，反而还自恃有理地对我说："我出诊的一个最大特点就是'出'嘛，又没有把诊所搬到他们家里去，为什么要留下来观察呢？"接着又说，"我出诊就已经是方便他们了，既节省了病人就医的时间，使他们得到了及时的救治，又免除了病人及其陪同家属来诊所看病的路途劳累，已经够意思了，怎么还要我在他们家里陪伴呢？他们又没有多给我钱！"我说："你匆匆忙忙地回来也没多少事，就留在病人家里多待一会儿，又有什么呢？"他说："你怎么知道我没事？买摩托车的目的就是为了节约时间，能够多看两个病人，你现在叫我待在病人家里观察，还不如不买。"一听见这话，我感到无话可说了。我想起我们年轻时，脑袋里成天想的是怎么治好病人的病，让他们少受痛苦的折磨，可现在的年轻人，他们除了年轻气盛和心高气傲以外，开口闭口就是怎样多挣钱，所以才没有耐心在一个病人家里耗费太多的时间，才不会耐着性子等给病人把药水打完后观察一段时间再离开。可我又知道，这种一心只想赚钱的想法与医生的职业恰恰又是背道而驰的。长此下去，这小子终究会出问题。

果然不久，我的担心就变成了现实。这天上午，贺春这小子吃过早饭便出诊到黄家沟看一个病人，这个病人是昨天下午就来请了的，约好了这天上午去。我一个人在家里接诊了两个病人，一个病人是个老胃病患者，他的慢性胃炎发作了，还有一个是感冒患者，打喷嚏流鼻涕加点发热，不是很严重。我给他配了药，让他回去多喝白开水和注意休息。刚嘱咐完他，学校里的李老师就来了，一进门就对我说："贺医生，贺医生，快到学校里去！"我一看李老师慌慌张张的样子，便问："出了啥事？"李老师这才急赤白脸地说："贺健下课时和几个同学玩游戏，不小心掉到台阶下面，把头摔伤了!"我一听这话，心里立即像有人揪了一把似的，有些紧张起来，马上问："摔得严重不严重，怎么不叫他回来?"他说："我们叫他回来，可这孩子说回来要耽误上课，还说不严重，可我们一看流了很多血，不放心，所以来叫你去看看!"我一听说他摔在头部，又流了很多血，心里也有些慌乱起来，于是顾不得再说什么，背起药箱便和李老师一起走了。

可是我刚踏出门槛，贺世益的老婆吴泽英就拐着小脚一颠一颠地跑来了。你还记得湾里贺世益和吴泽英他们两个的样子吧……是的是的，贺世益个子不高，人却有些胖，看起来红光满面，却是个老病号。吴泽英个子要比贺世益高得多，长得一双鹭鸶腿，走起路来晃晃荡荡的，你说得一点不错! 是，他们都死了好几年了，这人嘛，不死世界上怎么装得下? 好了，我说正经的，她一跑到我门口，看见我背着药箱正往外走，便着急地叫了起来："哎呀，你要出去?"

我看见她惊惊慌慌的样子，急忙问她："有啥事?"她不等我话音落地，双手在膝盖上一拍，就叫着说："我们家那老不死的病又犯了，你快去给看看……"我一听是这事，心里就犯难了，马上说："这怎么办? 贺健从学校的台阶上摔下来把头碰伤了，正流着血，我要去看看!"她一听这话，也着起急来，像我一样地叫着说："这怎么办? 这怎么办? 我们家那老头子你也是知道的，一犯起病来就只有出的气，没进的气，吓死人了!"我听了这话，便说："你先回去，我到学校去看看，如果贺健确实不严重，我马上就来……"

正说着，突然一阵摩托车声响，贺春这小子鼻梁上架着一只蛤蟆镜，风风火火地回来了。我一见便高兴起来，说："你回来得正好，我这儿正愁着呢!"他一听我这话，便一脚跨在摩托车上，一脚站在地下对我问："什么事?"我说："贺健在学校里头摔伤了，正要去看看，可你世益爷的病又犯了，分不开身呢!"又说，"你世益爷患得有高血压和冠心病，去年还突发了心肌梗死，幸亏我去抢救及时，才没出问题。你现在马上过去，先给他挂上药水，有什么情况就及时来告诉我!"他一听这话，便说："他那病我治过一次，都是老毛病了，没什么大不了的! 你去吧，我去给他把药水挂上就是!"一边说，一边叫吴泽英上了摩托。在这小子发动摩托正准备走的时候，我又对他说："挂上药水后你要留下来观察一会儿，记得有一次，他曾发生过药物过敏……"可是我的话还没说完，这小子已经开着他的摩托"突突"地走了，也不知我的话他听见没有。看着这小子的摩托跑远以后，我才急急忙忙地到学校看贺健去了。

说到贺健，我现在得发一点岔，给你说一说他了！他出生和我们收养他的事，我是给你谈过了，但他成长的事，我还没有给你说过。当然，这人就像地里的庄稼，只要有那样一棵苗苗，只要风调雨顺，就不愁它不长。所以老辈人都说人是愁生不愁长，好像没过几年，娃娃就长大了。你这个兄弟也一样，说话说话的，他就长成一个半大小子上五年级了。说起你这个兄弟，我和你彩虹婶打小就喜欢他，因为他听话，一点不像他那个哥哥那样让我们操心。这么给大侄儿说吧，他满周岁那天，我也像当年他哥哥一样，把药戥、药灯、书、笔、锅铲、镰刀、镜子、碗等摆在床上，让他抓周。大侄儿你猜怎么着？两次他都爬过去把药戥抓到了手里。你彩虹婶一见，还记得我当时说过的话，她说："你还没有抱养他的时候就说，如果是个男孩，长大了跟你学医，当你的传人，看来你怕硬是有那个命！"我一听这话，便十分高兴地说："有这个命就好，这也许是上天早就给我们安排好了的！"

说也奇怪，这小子后来一连串的表现，让我们真的看出了他确实是一个天生就该当医生的料。为啥呢？你说两三岁的小孩最喜欢什么？喜欢贪玩是不是？可这小子，在他两三岁的时候，我发觉他不是喜欢贪玩，而是喜欢待在屋子里，看着我给病人诊病、拿药，有时还喜欢给我当配角，譬如我要给病人抓药了，他会急忙跑过去给我把药戥拿过来，我要捣药了，他又会急忙去给我把药臼捧过来。久了，我还发现他有一个怪脾气，喜欢闻药味，有次我从外面回来，正碰见他把药柜的抽屉拉开，一个抽屉一个抽屉地嗅里面中药的味道，那小鼻子一吸一吸，像是十分有味一样。到了六七岁的时候，他竟然能报出每个抽屉里的药名来了。有一次我为了考他，把抽屉打乱了装进药柜里，然后随便拉一个抽屉出来，他竟然也回答得丝毫不差，惊得我和你彩虹婶半天都没合上嘴巴。现在这小子只有十二岁，才上五年级，可他能随口说出许多中药的药性来了。有时候他放学回来，遇到我在家里忙不过来的时候，他可以将我处好的方子，拿去帮我给病人配药了。大侄儿，你说这是怎么回事呢？你们文化人有句话，叫近啥……近朱者赤，近墨者黑，对，也许是这个缘故吧！当时我就晓得他长大了笃定会成为一个好医生，那心高兴得就像是要融化了一样！

还是长话短说吧，正因为你这个兄弟比他哥哥要听话，读书成绩又好，一点不让我们操心，所以说句心里话，虽然他是我抱养的，但我要比心疼贺春还要更疼他些！我这点偏心连一些病人都看出来了，说我这是皇帝爱长子、百姓爱幺儿的旧观念作怪，可哪儿是这样一回事呢？所以一听他在学校里受了伤，我心里就非常着急。我本想让贺春去学校里瞧瞧他弟弟的，我去给贺世益看病，可我话到嘴边却又咽回去了——我要亲自去学校看看才放得下心来，所以还是让你贺春兄弟去了贺世益家里。

到了学校一瞧，发觉头皮碰开了一个口子，没伤着里面的骨头，确实流了不少血，但伤势算不上很严重。那个和贺健一起玩游戏、不小心将他挤下台阶摔伤的同学一看见我，吓得身子直发抖，一副要哭的样子。我一见，急忙抚摩着他的头说："不要怕，孩子，你不是故意的，叔叔不怪你！"他抖了半天，还是把头垂得低低的，声音怯怯地说："我错了，叔叔，以后我再不玩了！"一听这话，我又说："怎么不玩？孩子家不玩还叫孩子了？不过以后玩小心点就是了！"那孩子听了这话，这才点了点头。我用药剪将贺健伤口周围的头发剪开，用酒精在伤口上消了毒，看见伤口还是有那么长，我又缝了两针，然后敷上消炎的药粉，缠上纱布。处理完毕以后，这才背着药箱往家里走。

刚走到家里还没放下药箱，就见贺春这小子又"突突"地骑着摩托车回来了。我一见忙问："怎么这么快就回来了？"他说："药水挂上了，不回来做什么？"我说："我给你说过，挂上药水观察一下，他年龄大了，又发生过药物过敏，要是又发生药物过敏怎么办呢？"这小子说："都是老挂药水的了，怎么会呢？"我说："你怎么就知道不会呢？俗话说，不怕一万，就怕万一，要是出了事怎么办？"又说，"过去我去给他挂药水，总要等到药瓶里的药水滴完才离开，有一回甚至等了四个多小时……"他没等我话完，便说："我给吴泽英交代清楚了的，如果感觉不舒服，就叫她把药水放慢一些……"

这小子的话还没完，吴泽英就跌跌撞撞地跑了来，一边跑一边上气不接下气地叫："万山，万山，你快去看看，我家老头子挂上药水后不行了……"我一听这话，顿时感觉头脑都大了，急忙说："怎么不行了？"她说："我也不知道，他说心里难受，手脚一个劲儿发抖，脸色都变了……"我不等她说完，心里就知道准是药物过敏了，来不及再想什么，抓起药箱就往外面跑。那小子大概也意识到出问题了，便追出来对吴泽英说："我叫你把药水放慢些，你没这样做？"吴泽英一边跟着我颠着小脚跑，一边回过头说："怎么没放慢，放慢了他还是说难受……"我顾不得说什么，只撒开脚丫朝前跑。

到了贺世益家里，果然这老头子脸色紫乌紫乌的，四肢乱颤，但喊他已经说不出话来了，那药水还挂着。我一见，急忙去拔了针头，又马上打开药箱，拿出注射器，给他注射了一支抗过敏的针剂。过了一会儿，病人的脸色开始有些好转了，手脚也不像刚才那么抖动了。又过了一会儿，病人终于睁开了眼睛，看见是我，手便伸过来拉住了我的手，说："谢谢你救了我的命！"我那时真不知道该说什么好，只安慰了他一通便回来了。

　　我回到家里，本想将这小子痛骂一顿的，可一想他现在都这样大了，要是和兰子没有分手，也许早就当爸爸了，我怎么还能像小孩子一样想怎么骂就怎么骂？于是我尽量忍住心里的火气对他说："我给你说过挂了药水后要观察一阵，你把我的话当耳边风！不是离得近，今天不就出大事了？"这小子听了我的话，也没和我争论，只嗫嚅着说："过去他都没有出现过药物过敏，哪知道他今天会出这样的事呢？"见他一副知错并有些悔意的样子，我心里的气又消了一些，便说："你既然把病人不舒服了就把药水放慢一些的话都嘱咐了吴泽英，为什么不告诉她如果病人不舒服了就把针管拔掉的话呢？"这小子红了脸，又过了一会儿才对我说："我忘了。"我说："我行了一辈子的医，一直小心翼翼，从没出过医疗事故。你曾爷爷、爷爷也是一样，一辈子都把病人当成亲人，所以才被称为德行医生，十里八乡的人没有不称赞他们的！"又说，"吃一次亏长一次智，搞医这件事，人命关天，风险很大，这次没出大事，是老天爷在保佑我们，以后再也不要发生这样的事了！"

　　这事发生后，贺春这小子安生了一些时间，到了病人家里，给病人挂上药水后，虽然不会像我那样要等药水挂完才离开，但也不像过去一挂上就匆匆忙忙地离开了，至少要留下来观察一会儿才走。可啥人啥性是天注定的，就像狗一样，永远也改不了吃屎的性。没过多久，他的老毛病又犯了，于是出现了一次更严重的医疗事故——这小子把贺建春、贺建华、贺建国的老娘给医死了！这事不知你听说过没有？还没听说过？说起来也不怕丢丑，我就给大侄儿把经过说一说。事情是这样的，贺建春、贺建华、贺建国的老娘不是都要满八十岁了吗？三个儿子，老伴早死了，她是跟着老幺贺建国一起住的。要说这老太太，她不像贺世益那样经常闹病，身体硬朗得很，那牙口还嚼得动干豌豆，你说那身体好不好？平时别说吃药，连引子水也没喝过，所以她常常在湾里夸海口说她要活一百岁！可就是这样一个人，那天下午，她觉得自己不舒服，她的小儿子贺建国便来请我去给她看看。可不巧的是我到雷家湾出诊去了。雷家湾的雷绍柱老汉是个怪人，他不相信任何医生，每次他病了，都必须要我去给他看病，而且他只吃中药，对任何西药和针药都一概拒绝。现在这样痴迷中医的病人很少了，可是病人相信你，请着你了，你就不能不去呀。我不在家，贺春一听，背起药箱便去了贺建国家里。这小子检查后，发现老太太是患了胸膜炎，需要注射青霉素，于是在做了皮试后给老太太进行了静脉注射。注射完毕后，他对贺建国说："明天和后天我再来给她注射两次就没事了！"说完就走。贺建国等我们家那小子走后，真的也以为没事了，就扛起锄头下了地。可是等他晚上收工回来时，发觉老太太早已死在床上，身体都僵硬了！

一听到这个消息后，我像是掉进了冰窖里，心里想："终于出事了，怎么办？怎么办？"可这小子却不以为然，说："这不关我们的事，我做过皮试，发觉没有过敏反应才注射青霉素的！"我说："没有过敏反应人怎么死的？"他说："我怎么知道？"我说："你等着人家来打官司吧！"他说："打就打，我还怕他们打官司？"我说："你不怕老子怕，这诊所的执照上写着老子的名字，你当然不怕！"你彩虹婶听见我们吵，也慌了，急忙对我们说："你们还有心思吵，还不快想法息事宁人，硬要等着人家来打官司或把诊所砸了呀？"我说："能想啥子法，人家人死在家里摆起的，难道你还有本事去起死回生？"在关键时刻，女人倒显得比我们镇静了，她说："找人出面说和说和吧，他们如果需要钱，就赔他们一点钱吧！"我一想也只有这样了，便问："你说找谁去说和贺建国他们才会给面子呢？"你彩虹婶迟疑了一下才说："叫贺世忠出面说说吧，他是支书。"说完她的脸有些红了。我知道她是犹豫了很久才把话说出来的，就说："那好，我就去试试吧！"说完，我就揣了一万块钱去找贺世忠。大侄儿你是知道的，我们贺家湾有个传统，就是遇到村里因纠纷死了人，只要不是太出格，都是就活人不就死人。啥意思呢？就是说一般都是为着活人开脱，因为人死了不能复生，一了百了，可活着的人还要过日子，还有将来，而死是过去了的事，人要为将来着想而不能想着过去，所以就有就活人不就死人的说法。尽管我和贺世忠是情敌，可事情都过去这么多年了，再说是他抛弃的你彩虹婶，也不能怪我。何况他现在又是贺家湾的当家人呢？所以他听了事情的原委后，便欣然地接受说："这有啥子？人又不是你们故意害死了的，有啥理由来找你们的麻烦？再说，是他们来请的贺春去给老太太治病，又不是你们自己问上门去的，要说有责任，也是他们先有责任，后才是贺春的责任。你们丢了自己的事去给他们老娘治病，是他们欠了你们的人情，即使是你们不慎出了问题，两相抵消，就哪个都不欠哪个的了！都是一堆一块儿住的，低头不见抬头见，难道一根眉毛扯下来就把脸盖住了？今后就不见人了？"说完这番话后才对我说，"你放心，我这就找他们说去，看他们哪个好意思来和你们打官司或来砸你们的诊所！"说完果然就去了。

他们果然没有来找我们任何麻烦，更没有一点想和我们打官司的意思，反而还通过贺世忠带话给我们，说老人家那样大的年龄了，迟早都是要死的，一笔写不出两个贺字，也不是有意的，怎么会来找我们的麻烦呢？听了这话，我和你彩虹婶一颗心才放了下来。

你一定会觉得奇怪，一场医疗纠纷怎么就这样容易解决了，如果放到城里，还不把天都闹垮？其实说怪不怪，正如贺世忠所说，大家都住在一堆一块儿，你知我识，每个人都处在一个人情关系中，没有哪个人不受人家的人情，欠了一个人情，就好像矮了人一截。另外，在一个小村子里，大家打交道不像城里人那样打一次就算了，是会一辈子把交道打下去的，所以哪个都不想一次就把事情做绝，断了自己以后的后路。这就是熟人社会的好处，有时人情会大过人命，所以贺建春、贺建华、贺建国没找我们闹，反过来还安慰我们。

事情虽然了结了，可我的心里却始终结下了一个疙瘩，我觉得我不能再让贺春这小子跟着我干了。以这小子的医疗技术和服务态度，迟早还会惹出麻烦，如果让他继续跟着我干下去，到时候痛脚连着好脚，让我过不了安生日子，不如趁早让他各自干去。于是等这事平息过后，我便对他说："你现在也是二十六七的人了，读了三年卫校，又跟着我闯了几年，也应该独立了！我想了一下，你也不能跟我一辈子，不如我们现在就分开，你好自己出去打你的天下。"这小子一听我的话，马上流露出了一副早就期望着的样子对我说："这话可是你说的，啊！那好，我也不想连累你，你给我把房子盖好，我就马上出去！"我想起才赔给贺建国三弟兄的一万块钱，心里就有些生气，于是说："你还好意思叫我给你盖房子，这回因为你，我又白白丢了一万块钱！你想想，你前前后后，让我扔了多少冤枉钱？"又说，"我就这么一个小诊所，能挣多少钱？再说，又不是只有你一个，还有你弟弟在读书，也要用钱……"他没等我说完，马上打断了我的话，说："我不管那么多，反正你们生得起儿子，就盖得起房，没有房子我就不得出去！"接着又说，"人家世龙叔一辈子挖泥盘土，还给兴成哥把新房盖起了呢！湾里哪个父母没给儿子盖新房？"我一听他这话，便想了一想说："你真要我们给你盖，那我们就在这房子旁边给你盖一间，你各人搬过去！"他一听就叫了起来："你说得轻巧，吃根灯草，你就在这房子旁边盖，哪个要你这房子！"我问："那你想要在哪儿盖？"他马上说："在机耕道旁边的四方地里给我盖！我的要求也不高，只盖三间一楼一底，外加一个偏厦就行了！"我说："你这个要求还不高？你老子怕只有去抢银行，才能给你把房子盖起来！"他说："那我不管，反正我只要房子！你们不愿盖房子，要不你们搬出去也行，我就住现在的房子！"我说："你想让我们搬哪里去？"他说："搬哪里是你们的事！"说完这话，脖子一抬，像是和我前世有冤、今生有仇一样，将一个又硬又直的背脊甩给我，然后气鼓鼓地出去了。

晚上我向你彩虹婶说了白天贺春说的那些话，你彩虹婶听了说："盖吧，不盖他怎么把婆娘接得进来？"——我还忘了给大伝儿说，这小子和兰子分手后，先后又走马灯似的谈了几个女朋友，最后才和你现在的这个叫李小琳的嫂子谈成功。我说："他要盖楼房，我哪找那么多钱？"你彩虹婶说："现在盖房子不是盖楼房，还像我们那时盖几间平房？盖几间平房，就是贺春依了，亲家亲家母那边，恐怕也是不得依的！"我说："我怎么会不知道这个道理？可手中没刀杀不死人，钱才是硬的！要盖楼房，我们手里的钱还差老长一截，怎么办？"你彩虹婶说："借吧，借起我们两个老家伙又慢慢还嘛，有啥办法？"又说，"反正就是这一回了，把房子一盖，婆娘一讨，我们就像甩祸事一样，把他甩出去了！今后管他是好也罢，不好也罢，他各自一家人了，就再也不会来找你的麻烦了！"我一听这话觉得也对，如果不把他打发出去，要是他再给我弄出个医疗事故出来，让我一下赔上十万二十万，或者让别人来把我的诊所砸了，不是还会损失得更多？于是我打定了主意给他盖房。

房子是第二年给他盖好的，就按照他的意思，把房子盖在了机耕道旁边的四方地里。盖好房子后，我们一不做二不休，又给他把亲事办了。喜事就在他的新房里办的，那天晚上客人走光了以后，这小子突然对我说："老汉，是你把我们赶出来的，不是我要出来的哟！我现在就把话跟你说明白，从今往后，我们之间就是竞争关系了，你可不要再来干涉我，说我这也不对、那也不对了哟！"我说："现在各做各的事了，我还来说你啥？"他说："还有，要是你竞争不过了，你可也不要怨恨我，啊！"我听他口气实在太大了，便说："你的大话不要说得太早了，究竟谁输谁赢，现在还说不准呢！"说完我就回去了。

这事过了两天，贺世凤突然耷拉着脑袋，又像是病了一样到我诊所来了。一看见我，那眼睛就期期艾艾地往一边躲闪，似乎想说什么又不好开口的样子。我看见他这样子，便问他："世凤你怎么了？"他过了半天，这才终于吞吞吐吐地对我说了："万、万山，我、我欠你的医药费，能不能再宽我几、几天，等我下半年卖、卖了圈里的猪，我一定来、来给你结清！我、我也知道在你这、这里挂了那么多药账，实、实在不好意、意思……"我一听这话，有些丈二和尚摸不着头脑了，便对他说："世凤，你这是什么意思？哪个在向你催账了？"他的眼睛亮了一下，忽然看着我说："你、你没有催、催我还钱？"我又说："我啥时候催你还钱了？这么多年你来我这儿看病都是挂账，我都没有催过你还钱，怎么现在就来催你了？"他听了我话，似乎还不肯相信，张着嘴望了我半天，这才说："那、那、那贺春怎么说是你、你催我们还钱……"一听这话，我马上叫了起来："啥，他来叫你们还钱？"他说："可不是吗？贺春拿着欠账本来对我们说你们家修了房子，经济很困难，连买药都没有钱了，他是受你之托，来把欠诊所的钱都收回去！大家也都知道你们家修了房子，又挂了这么长的时间，不好意思，都纷纷找钱来交了……"我还没听完心里就明白了，于是立即对他说："我并没有叫这小子出来讨债，他是打着我的招牌出来向你们收钱的，你不说我还不知道呢！"我又对他说，"你回去，你那点钱啥时候有了，啥时候给我就是，不要着急！"他听了我的话后，咧开嘴皮对我笑了一下，转身回去了。等他走后，我才去抽屉里找我那本挂账的本子，账本却没有了。我这才知道这小子早就打定了去收我欠账的主意。

晚上，我实在忍不住了，便跑过去问他："谁叫你出去收的那些挂账？"他听见我问，知道包不住了，便说："看病给钱，天经地义，何况一些人年年挂账，搞成习惯，我现在帮你把他们的坏习惯打掉，难道还不好吗？"我说："一些人是经常挂账，可人家也从没赖过账，一有了钱都会来销账，再说，我也没有叫你去收账，你瞎操啥子心？"接着我就大声说，"收了多少钱，你给我拿出来！"他一听这话，便说："这钱我要用！"我说："这钱又不是你的，你要用自己去挣！"他一听，又说："老汉，这话亏你说得出，这钱怎么不是我的？你总不能把我分出来就不管我了吧？"我说："我给你把房子修起了，婆娘也讨进屋了，你还要我怎么管？"他说："这就是管？喊明叫现说，我还需要创业，需要资金！"我说："你还想创什么业？"他说："你也是知道的，这儿是机耕道边，村子里的人进进出出，都要打这儿经过，除了开个诊所外，我们还想开个卖小百货的商店……"

我一听这话，没等他继续说下去，便打断了他的话说："我们当年把房子修好以后，就有人建议我们顺便开个百货店，可后来一听说贺大成和郑玲玲要开，我们就不开了。你大成哥两口子你又不是不知道，他们一个是瘸子，一个又聋又哑，这么多年来，湾里都没有人再开一家百货店，主要就是可怜他们！你现在开一家百货店，不是和他们抢生意吗？"他说："抢生意就抢生意，那有什么？"我说："你倒是觉得没啥子，可大家在背后头不骂你先人祖宗才怪！"说完这话，我知道钱是要不出来了，便黑着脸离开了这小子的屋子。

回到家里，我把这小子打着我招牌去收挂账和准备开百货店的事，又对你彩虹婶说了。你彩虹婶到底是做娘的，护犊心切，听了我的话便劝我说："算了，你也别气了，他收了就收了，自己的儿子，也不是外人！"我说："我不是心疼那几千块钱，主要是今后叫我贺万山怎么见人？你都是知道的，这么多年来，我贺万山行医啥时候对病人说过钱的事？啥时候催过病人的挂账？现在老都老了，才给大家留下一个不厚道的印象！"又说，"如果他把钱拿去办其他事还好说，偏偏要去开个百货店和大成两口子抢生意，不知道内情的，还以为是我们让他这样做的！"你彩虹婶听了说："他要开，你也要把心放开一些！"我说："你以为开个店，就是他个人的事哟？这么多年来，湾里都没有人出来开第二家店，为啥？主要是大家都有个想法，人家是残疾人。谁再去开一个店，谁就是去抢残疾人的饭碗！现在他把店开起来，不光是会影响到他和大成、玲玲的关系，还会引起全湾人对我们的看法，让我们怎么有脸去见大成和玲玲？"你彩虹婶听了我的话，也说："你说得也对，明天我再去劝劝他，让他别开这个店了！话又说回来，湾就这么大，已经开了一家，现在再开一家，又能赚到多少钱？"我一听你彩虹婶这话，立即说："你自己养的儿子还不知道他的脾气？这小子想干的事，你不让他去碰个头破血流了，他是不晓得回头的。他要开就让他开吧！"说完，我们就再不说什么了。

这样，这小子既开起了诊所，又开起了小百货商店。开业那天，这小子张狂得不得了，把他卫校的那帮哥儿兄弟都请来了，光摩托车都停到院子外面的机耕道上去了，又是放鞭炮，又是猜拳行令的，整得个雷吼地喝的。我看见了，便对他说："你小子是骡子是马，还没到道上跑，就这样扯旗放炮的做啥子？只怕是欢喜过了头，会打破碗呢！"他听了我的话，有些不高兴地说："你别管我，我迟早会超过你！"我说："你超过我好哇！古人都说一代更比一代强，你真的比我强，我睡着了都要笑醒，只怕你娃儿会欢喜开头、怄气收场呢！"他听了这话，像是更生气了，理也没理我就走了。

果然不到半年，我的话就应验了！怎么回事呢？我不说你也猜得到，那就是不管是诊所还是百货店，他都开不下去了！尤其是百货店，这湾里人也怪，明明这小子的店在大路口，来来去去都方便，可大家宁愿绕来绕去，也要到大成和玲玲的店里去买东西。看着病人不到自己的诊所来，看着货架上的货物一天天发霉，这小子终于着急了。一天，他垂头丧气地走到我的诊所里来，一进门就说："老汉，我的诊所和店都开不下去了，你说怎么办？"我一听这话，便说："你不是还要和我竞争吗，怎么开不下去了？"他愤愤地横了我一眼，似乎想发泄什么，然后才强压住了心里的火气说："我知道，我现在这样子，你是看我笑话了！"我一听这话便说："老子看你笑话？老子要看你的笑话，怕一辈子也看不完！"他一听我这么说，马上又抬起眼睛看了我一眼，然后才说："你没看我的笑话，那就要给我出主意！"接着不等我回答，又马上往下说了，"我打算把百货店里的商品贱价处理给贺大成，把店关了，然后还是回来跟你一起行医……"

一听他这话，我立即说："你当初就不应该开这个百货店，现在把它关了，说明你还不糊涂！"说完我也不等他回答，又接着说，"你如果需要我去给你大成哥和玲玲嫂子说一下，把你店里没过期的商品接过来，我倒是可以去说的！可你又要回来和我一起行医，那可不行……"他一听我这话，立即叫了起来，说："为什么不行？"我说："你既然出都出去了，还回来做啥子？再说，老子现在诊所的生意也不是很好，我一个人完全够了！"他听到这里，抬起眼睛看着我，眼神既有些愤愤不平，又有无可奈何的样子，然后才说："可我诊所里一点生意也没有……"

到底是自己的儿子，十指连着心，看见他这副样子，我的心又软了。我想了一会儿，才突然说："你没有生意，不会出去找生意吗？"他听到这里，眼睛闪出了一点火星，然后盯着我问："怎么找？"我说："你不是有摩托车吗？虽说你们那些同学出来新开了很多诊所，可也并不是每个村都有，但没诊所那些村的人也照样要生病，你不能骑着摩托车把医送到这些村去？"说完见他还有些不明白的样子，我又说："医家有多种多样，过去有铺医、堂医、摆摊医，还有一种医生叫走方医。为啥叫'走方医'？就是行走四方的医生，也叫游医！你可别小看了游医，小时候我经常看到游医到我们湾里来，现在我还记得他们的样子，穿着长衫马褂，背着一只黄包袱，手里摇着一只铃子，一边在路上晃晃悠悠，一边叫喊治疗疑难杂症。一听见铃声，我们就知道是医生来了，马上跑出去，在他背后嬉戏打闹。这些医生只要在村里一出现，马上就会有人把他请到家里去。医生在人家家里吃了饭，就免费替人家看病。来的时间多了，大家就慢慢熟悉了。游医给村里人看了病，要是这家人没钱也赊账，说以后来了再收。这些游医治好一个病人以后，便通过这个病人和他的亲戚朋友帮他做宣传，久而久之，信他的人多了，他就不做游医了，他把自己住的地方告诉大家后，人们有病就去找他医治，有的游医后来还成为很有名的医生。你现在在贺家湾开诊所，也不想想，我老汉行医几十年了，你才几天，你说病人相信你还是相信我？还说要和我竞争！所以我想，你与其在家里饿老鸹守死鱼鳅，不如骑上摩托，带上中药、西药，先到那些没有诊所的村去当'走方医'。等名声出来了后，还愁没有病人来找你？再说，你的那些同学当中，就没有当'走方医'的？"

我的一番话说完以后，这小子的眼睛果然亮了，他看着我说："我也想过当游医，可怕别人笑，现在听你这么一说，我倒想试一试了！"又接着说，"不过，老汉，我把话说到前头，如果还不行，那我可是要回来的！"我说："有啥不行的？不管做啥子医，你都要用心！你只要用了心，天下没做不好的事！"他听我这么说，就不再说什么了，喜滋滋地回去了。

这小子从此就当起了游医。他在摩托车后座上焊了一个架子，又找裁缝缝了一个装中药的包袱，和过去游方郎中的黄包袱一模一样。他将中药包袱和西药药箱往架子上一放，就等于把一个诊所全让摩托车给驮了。他又在摩托车的把手两边，各捆了一面小旗子，一面小旗子上写着"中医世家"四个字，一面旗子上写着"妙手回春"四个字。摩托车一跑起来，那小旗子就呼啦呼啦直响，像是给他打气似的。加上这小子不论走到哪儿，都把我给抬出来。人家一听他是贺万山的儿子，还有啥怀疑的？慢慢地，这小子真像我估计的那样，在一些村庄打开了局面，找他看病的人逐渐多了起来。有时，他一天能看十来个病人，有时甚至超过了我，能看二三十个病人，在周围的村子里也渐渐地有了一点名声。

可是西瓜皮打掌子，这小子到底不是正经材料，才稍微有点生意，他就又打起了歪点子。有天，黄家沟的黄仕才突然来到我的诊所，他望了我好一阵，才迟迟疑疑地从口袋里掏出一张处方笺对我说："贺医生，平常我到你这儿来弄服药，最多六七块钱，今天你儿子小贺医生给我开了一服药，说要三十多块钱，我嫌贵了没抓，你给我看看是些啥子药，怎么这么贵？"我接过药方一看，眼睛就大了！这个狗杂种，怎么能这么糊弄病人，这完全是在骗病人的钱嘛！可因为是自己的儿子，我不便揭穿，只对黄仕才说："老黄，如果你按照他上面的处方抓药，可能确实要三十多块，不过你的病并不需要这样贵的药！这样，你把这个单子留下来，我给你另外处个方子，就在我这里抓，既不要这么多钱，药效也是一样的！"说完，我就另外给他处了一个方子，他花了六块多钱，拿着药走了。

晚上，我揣上黄仕才的那个单子，又到这小子家里去了。一进屋，我就想骂他的，可看见儿媳妇在旁边，我只好把气忍住了，对他说："最近生意怎么样？"他面露喜色，嘴里却说："马马虎虎！"我说："生意不错就好！不过有一件事我一直想提醒你，却没有提，今晚上不得不对你提一下了！"他立即问："啥事，老汉？"我说："你都行了好几年医了，也还没取得个医师证，诊所也没取得个合法的手续，抽时间去考个证，办个正式执照吧！"他一听忙说："老汉，我以为你赶过来要说啥重要的事呢，原来还是这事！"说完又不以为然地回答我说，"要什么执照？你看你办了执照的，每年不但要向上面交两三千元的管理费，遇到年终了，还要交检证费，药检时要交药检费，遇到培训时还要交培训费，还有什么体检费、消毒费等杂七杂八的费用。这还不说，你还要完成乡卫生院给你下达的疾病防疫、卫生宣传等任务！我不办什么执照，每年不但少交几千块的费，还要节省许多工夫，哪点不好？"我耐着性子听完他的话，这才说："你说的虽然是事实，可你没有医生资格，诊所又没有办执照，县里每年都要开展打击非法行医活动，如果清查起来了怎么办？"他说："那有什么，他清查起来了再说！"说完马上又补了两句，"山高皇帝远，我不相信他们能查到贺家湾来！"

我听他这么说，反倒觉得我的话是多余的了，于是我不再说什么。这时李小琳也到里面屋子里去了，我便掏出那张处方往那小子面前一放，说："你说说，这是怎么回事？"他朝那张处方瞥了一眼，故意装作不明白地问："怎么了？"我说："你小子能呀，知道故弄玄虚、瞒天过海了！明明是金银花，你在处方上要写上双宝，明明是胡椒，你要写成古月！人家只是感冒引起一点消化不良，几味药就可以解决问题，你却开了三十多味药，而且尽盯着贵药开，你学你那同学的哥哥，倒学得很像的嘛！"我一边说，一边盯着他，以为我说完，他的脸会红，却没想到他一点也不在意，说："这有什么？现在那些大药厂还搞这些偷梁换柱的把戏呢！不信你到医药公司去问问，一些很普通的药拿到厂里换个名字，就成了新药、特效药，立即骡子就卖出了马价钱！药是怎么贵起来的？就是这么贵起来的！"我一听这小子的话，就知道他不会认错了，便说："好，你有理，我没有理，你小子就这样走下去吧，迟早有一天，你会栽的！"说完这话，我就回家了。

果然不久这小子就栽了，不过不是栽在给病人开贵药和瞒天过海上，而是栽在县卫生局开展的打击"黑诊所"和非法行医的专项行动中。这天下午，我正在诊所给一个病人看病，你彩虹婶忽然神色慌张地跑回来了，还没进门，就在院子里喊了起来："老头子，老头子，不好了，不好了……"我一见她这个样子，急忙把两根诊脉的手指从病人手腕上放了下来，盯着她问："出啥子事了？"你彩虹婶一步跨进了屋子，上气不接下气地看着我说："县上打击黑诊所和非法行医的人查到贺春的诊所没有执照，也没有执业医师证，并且……"见她吞吞吐吐不肯说的样子，我又马上追问："并且什么？"她看了一眼病人，犹豫了一会儿才说："还在他的诊所里查到了假药，执法队的人要取缔他的诊所，还要罚他的款，你快去看看吧……"我听说这小子还卖假药，大吃了一惊，忙说："我去看啥子……"你彩虹婶一听我这话，马上叫了起来："湾里好多人都去帮他说情了，你不能不管呀？"旁边病人也说："贺医生，要不你去看看吧，我是老毛病了，不要紧，等你去把事情说好了后回来再给我看病也不迟！"我说："我又不认识执法队的，我去了，难道执法队就不取缔他的诊所，不罚他的款了吗？"你彩虹婶又犹豫了一下，然后才说："听说带队的是叶院长和贾姨的小儿子，你去说说，说不定会起作用的……"

我一听这话，先是愣了一下，然后才看着你彩虹婶说："叶院长的小儿子，你认识吗？"你彩虹婶摇了摇头。我说："既然你都不认识，我哪里又会认识他？"你彩虹婶说："即使不认识，你去给他说说我们和他父母的关系，他也会知道的……"我没等她说完，便马上说："那我就更没脸去见他了！你想想，叶院长和贾姨当初是怎么对我们说的？对我们又寄托了多大希望？可现在，我贺万山的儿子不但非法行医，开黑诊所，还卖假药，我还有啥脸去给这小子说情？茅坑边捡根帕子，我好开口呢？"你彩虹婶听了我的话，更像热锅上的蚂蚁急了起来，嘴里叫着说："那怎么办？那怎么办？"我说："你要是不放心，去看一看可以，但你千万不要去说情，更不能去阻挠人家执法！这小子，不让他碰点尖尖石头，他不晓得厉害！"你彩虹婶听了这话，果然绝望地去了。

不过事情解决得还算便宜了这小子。怎么回事呢？不瞒大侄儿说，县上的执法队这天下午在贺家湾的执法没有进行下去。为啥执行不下去？我一说你就明白：城里那些大医院倒不是黑诊所，可却不是为农村人开的。农村人到城里的"红诊所"看次病，少则几百元钱，多则成千上万元，你说农村人怎么看得起？所以农村人说："耕一春，收一秋，病一次，汗白流。"又说："脱贫三五年，一病回从前。救护车一响，两头猪白养。一人生病，全家受累，卖了猪鸭，不够药费……"到城里的"红诊所"看不起病，他们就只有把自己的命交给乡下的"黑诊所"了。他们才不管你是"红诊所"还是"黑诊所"，只要能用很少的钱治好自己的病就是好诊所，他们就信他！所以县上的执法队到各地去取缔黑诊所和打击非法行医，都会有很多村民来给"黑诊所"讲情，甚至阻挠执法队执法。更何况我们贺家湾，虽说平时大房和小房在一些小事上有些不和睦，可遇到像县上执法队来取缔"黑诊所"这样的事，大家就会马上胳膊肘往内拐，不论是大房小房，都会看成是自己的事跑去帮忙。因此我们贺家湾的团结，那是墙上挂喇叭——有鸣（名）有鸣（名）又有鸣（名）的。这天下午，全湾的人把执法的那几个人围在中间，你一句我一句地要求执法人员撤销对这小子的处罚并允许继续营业，还做出了不答应就不让工作人员离开的样子。执法人员害怕闹出群体性事件，最后终于做出了妥协，只没收了这小子的假药和象征性地罚了一点钱就回去了。

这次执法检查，由于贺家湾宗族的阻碍，这小子的黑诊所没有取缔，虽然收走了假药，罚了一点款，可根本没有伤到这小子筋骨。应该说这小子的运气算是不错的了，可这小子似乎一点也没吸取教训。晚上你彩虹婶刚把饭舀到桌子上，这小子就在院子里大呼小叫了起来："贺万山，贺万山，你出来……"听见这小子直呼我的名字，你彩虹婶手里的碗"哐"地掉在了桌子上，然后打开门对外面说："贺万山这几个字是你大呼小叫的？你不怕遭雷打？"这小子说："没你的事，叫贺万山出来！"我一听这话，搁下碗就走出去了，然后对他说："有啥事你说吧？"他说："我正式通知你，从今晚上起，我们正式断绝父子关系，你再不是我的老汉了！"又说，"我出了事，湾里不相干的人都来帮我说情，你却见死不救，躲在屋里连面也不露，你不像当爹的，所以我宣布我不再认你是老汉了！"当时，大侄儿，你是不知道，我心里那个震惊、痛苦、羞愧、愤怒……真是啥子味儿都有了。我突然大叫了一声："畜生，你给我滚开！"你彩虹婶听了这小子一番话，这时也回过了神来，对他说："你就是再不认他，你也是他生出来的！"说完也吼了一句，"还不快滚！"那小子听了，这才转身走了。

这小子走后，我哪还有心思吃饭？泪水在眼里团团转。不是我意志软弱，你想哪个做父母的，辛辛苦苦把儿女带大，却会被儿女宣布断绝父子关系？你彩虹婶知道我心里难过，便劝我说："他这是因为下午的事，心里的气还没散开，才把气撒到你身上的，你何必跟他一般见识？"又说，"他也是一时的气话，哪会真的和你断绝父子关系？"可是我又哪儿听得进去？我端了一把椅子坐到院子里，我现在还记得那天晚上的月亮很亮，可我却觉得那月光很冷很冷，跟我的心一样冷。我想起你彩虹婶想要他的时候，那心情是何等急切；想起这小子才生下来的时候，我和你彩虹婶又是何等高兴；想起这小子从上小学到开诊所，花了我多少钱，我们是把心都掏出来给他了，现在一次一次地出事，他不责怪自己，反倒打一耙，怪到我身上来了！我越想越委屈，真想放声大哭一场。你彩虹婶见我像菩萨一样在院子里坐着，叫了我好几遍去睡，可我既不想动，也不想睡。这样坐了很久，我看见你贺健兄弟从屋子里走出来了。他来到院子里，紧紧地依偎在我身边说："爸，你放心，哥哥不认你，我认你！他今后不养你，我一个人养你和妈！"一听这话，我眼里的泪水再也包不住了，吧嗒吧嗒地直往下掉。然后我的手在这孩子的头上反复抚摩着，嘴里没说话，心里慢慢暖和了。又坐了一阵，我们父子俩终于牵着手回屋去了。

第十一章　贺健在城里开了医院

大侄儿，累了没有？你没有累我就接着往下讲。要不是你看得起我，专门丢了工作跑回来找我摆龙门阵，我肯定会把这些陈谷子烂芝麻的事烂在肚子里，一辈子都不得对人讲！

刚才说贺春的时候，我提到了你贺健兄弟，贺春那不争气的东西把我怄伤心了，我不想再提他了，现在老叔就说说你贺健兄弟的事。前面我已经给大侄儿说了，你这兄弟跟他的哥哥大不相同，从小就表现出对医药的迷恋，我们就知道这小子命里注定是个做医生的料！果不其然，这小子高中一毕业，就报考了华西医大。但这小子运气还是差了一点儿，华西医大当年录取的分高，没把他录上，而被川北医学院录取了。接到通知书那天晚上，他对我说："爸，我不想去上川北医学院，我想复读一年，明年继续考华西医大！"我一听这话，便说："川北医学院也是本科院校，像我们农村人，能考上一个本科院校也就不错了，还有啥值得挑三拣四的？"他说："华西医大毕业后好就业些！"我说："好不好就业，学校的名气当然重要，可自己的本事更重要！只要自己有真才实学，哪儿都好就业！"又说，"毕业后实在找不到工作，回来跟老子一起开诊所，也是就业……"可这小子还没等我说完，便撇了撇嘴说："我再找不到工作，也不会回来和你一起开诊所！"我一听，立即看着他说："回来开诊所就丢你的人了？"他见我有点不高兴了，便马上换了一副口气对我说："爸，也不是我看不起你，也许只有你们这一代人，才这样守着一个乡村医生的职业了！过去守着还有病人，可现在你一天还能看上几个病人？农村人都走得差不多了，你说在农村开诊所还有什么前途？再说，你一辈子担了多少责任和风险，可收入呢？说句不好听的话，比城里的叫花子都不如！你苦了一辈子，难道还想让我也跟着苦一辈子呀？"一番话说得我心里痛了起来，但他说的是事实，不像他那个混账哥哥啥都和我瞎掰，我想反驳他，却找不到理由，只好说："那好，你想怎么做就怎么做吧，只要你比老汉强，老汉就高兴！至于你老汉，只有这点本事，所以也就只能在乡下干一辈子不起眼的活儿了！再说，我不做这事，这周围的人有了病又到哪里去看呢？"说完这话，我就不再说啥子了。这小子还想和我商量复读的事，但听了我的话后，知道我是不赞成他复读的，所以开学的时候，乖乖地去川北医学院报到去了。但就是从这天晚上开始，我发觉这小子虽然不会像他哥哥那样成为我的冤家对头，但再也不是过去那个帮我拿药戥、捧药臼，围着我身边转来转去的乖孩子了，而是已经长大成人，知道怎样走自己的路了！说句伤心的话，大侄儿，孩子长大的时候，也就是父母失去他的时候，你说是不是？

这小子从大四开始，就往城里的大医院到处投简历，但每次投出去都石沉大海。这年头，中国的人太多了，你看看城里的大医院，哪个医院不是人满为患？听说一些县医院，都只接受博士研究生和"海归"了。临到毕业的时候，我听说县上要搞一次人才招聘会，其中就要招一批应届和往届的医科毕业生补充到全县的乡上卫生院去。我听到这个消息后马上给他打电话，可这小子在电话里说："我才不会到乡卫生院去呢！乡卫生院和你的诊所有什么区别？还要钩心斗角，看人脸色！"我说："你这也不愿意，那也不愿意，难道读了几年书回来就像二流子一样东晃西晃呀？"他听了我这话，马上说："爸，你放心，我已经找到工作了！"我一听这话，高兴了，立即说："哪个医院要你了？"他说："没有哪个医院要我，他们不要我，我还看不上他们呢！回来以后，我和同学一起，自己在城里开家诊所！"我说："自己开诊所，当然也是一条路，可在城里开诊所，要租房子，要买器械、药品，可需要不少钱呢……"

他没等我继续往下说，便打断了我的话，说："我知道，爸，你是害怕我向你要钱！我也知道这些年你的诊所生意不好，挣点钱都供我读书花了，我不向你要钱！"我说："没有钱你那同学会答应你和他一起开诊所？"他说："爸，你放心，我那同学的爸爸是县工商局的干部，妈妈在财政局工作，姐姐在税务局工作，他们家里有钱。我们已经说好了，开诊所的钱全部由他们出，需要的手续也由他们去办，我只用技术入股，赚的钱我三他七！"我一听这话，便说："说来说去，你还是在给他打工！"他说："这和打工又不一样，打工的工资是死的，不管赚多赚少、亏多亏少都是老板的，与工人没关系。可这种办法是把所有利益都与我联系在一起了，赚多了我也有份儿！"过了一会儿又说，"虽然分成的比例我少了一点，但谁叫我们没钱呢？出钱是有风险的，就让他们高一点吧！再说我那同学也说了，我们现在是才起步，先这样试试，如果生意好，分成的比例是可以商量的！"

我听了这话，又说："可要是赚不到钱呢？"他说："爸，在城里开诊所怎么会赚不到钱呢？再怎么说，每个月那两千块打工的钱总能挣回来嘛！"我一听他这么说，心里便想："也是，在城里开诊所再不赚钱，也总比打工强嘛，要不，城里怎么会有那么多诊所呢？"于是我对他说："那好，你都是大人了，自己的事自己看着办吧，反正你也没有投资，也不要一锄就想挖个金娃娃，就当打工那么想吧！"说完，我还是有些不放心，又问，"你那同学也是川北医学院的？"他说："不是，他没考上本科，只读了一个医专！"我说："医专毕业也好，你两个一个本科，一个专科，牌子倒是很响的，那就好好干吧！"说完我们挂了电话。

果然，这小子一毕业，就到城里和他同学一道筹办他们的诊所去了。开业的前一天，这小子专门回来请了我，我便和他一起进城去了。诊所开在县城最中心的十字街——红旗街和胜利街的转角处，一共三间门面房，房间很宽大，中间的隔墙打通了，一间门面房做诊室，诊室的前半部分一左一右摆着两张诊桌和椅子，以及病人就诊、候诊时坐的凳子，诊桌上摆着传统的"老三件"——体温表、血压计和听诊器。左边靠墙壁砌了一个洗手池，池的边沿上放着一块肥皂。屋子中间用一块雪白的布幔将前面隔开了，里面摆了两张诊疗床，上面都铺着雪白的布单。一间门面房是药剂室，药剂室完全是以西医的模式布置的，靠墙壁立着一个巨大的不锈钢架子，架子上的瓶瓶罐罐里都是各种药片和药水。外面又用不锈钢管烧了栅栏，药从栅栏的小窗子从里面往外递出来。这间门面房也用一块布幔隔成了两半，外面是药剂室，里面也有一排椅子、两张小床、几张注射时用的高脚凳子和几个打吊针时用的铁架子，看来这就是一间治疗室了。另一间门面房里摆的东西可就让我大开眼界了，一个个全是现代化的仪器，我也叫不出名字，后来听贺健给我介绍后，我才知道这里有什么CT，B超，血液、生化检测仪等。我一边看一边问贺健："你们这样一个小诊所，用得上这些东西吗？"这小子说："爸，麻雀虽小，五脏俱全，怎么会用不上呢？"可说完又悄悄附在我耳边说，"即使用不上，摆在这儿也可以唬人呢！再说，他们家有的是钱，不缺这点钱!"我听了这话，便在这小子的头上轻轻敲了一下，说："你小子别不好好干嘛!"他说："我知道，爸!"

贺健的同学姓肖，叫肖伟，戴一副高度近视的眼镜，瘦高瘦高的个子，脸颊也像身子一样又瘦又长，因为瘦长，所以不但颧骨看起来有些突出，下巴也有些尖。看人的时候，镜片后面的一对眼睛像是进了沙子一样不断地眨动，给人一种滑稽的感觉。但总的来说，他对人还是十分热情的，一看见我，便"贺伯伯""贺伯伯"地叫个不停。还有他的父亲、母亲和姐姐，在我看来也都很平易近人，说话做事一点也没有做干部那种官腔和居高临下的做派。大约是担心影响不好的缘故，诊所开业这天也没请客，城里又不准放鞭炮，所以和贺春那小子的诊所开业那天相比，一点也说不上热闹。但还是有很多人送了花篮来，门口放不下，就摆到两边街边去了，花篮上写着各种祝贺的话。也有很多人送了红包，肖伟的妈妈肩上挎了一个挎包，不论是肖伟的爸爸、姐姐还是肖伟自己收到的红包，都马上交给她，她接到后一边微笑，一边以极快的速度把红包放到挎包里去。送红包的人很多，我也闹不清他们是什么人，红包里装了多少钱，我自然也不清楚。

吃饭的时候，肖伟要我去坐上座，我说："我怎么能坐上座呢？让你爸爸去坐上座!"可肖伟的爸爸听了却说："不不不，贺医生，听说你都行了几十年医，医术又很好，德高望重，既然贺健和肖伟既是同学，又联合开了诊所，这也是缘分，你今后还要多帮助他们，今天这上座非你莫属!"我说："我一个乡巴佬，只知道给病人诊诊脉，开点中草药，治治乡下人的感冒发烧还可以，怎么能够帮助他们?"肖伟的爸爸又说："你老哥太谦虚了！即使你不能帮助他们，你远来的是客，客不上座，难道主人去上座?"可我还是不愿去坐，这时肖伟过来把我往上座拉，他们诊所里请来的两个小女孩——一个护士，一个药师——也在一旁说："贺伯伯不要客气了！贺伯伯不要客气了!"我瞥了一眼贺健，这小子像是看出了我的心思，便对我说："爸爸，恭敬不如从命，坐就坐吧!"听了这话，我才不再客气到上面坐了。

我一坐下，肖伟的爸爸就从酒柜里拿出一瓶酒来，我一看是五粮液，听说这酒很贵，得好几百块钱一瓶，乡下人都说，喝这样一瓶酒就当吃一头牛，因此我急忙对他说："肖同志，我不喝酒，别把这样的好酒浪费了!"可姓肖的却说："这有什么？今天贺健和肖伟的诊所开业，我们得好好庆贺庆贺!"说着给我倒了满满一杯，然后又对肖伟和两个诊所的女孩说，"你们今天都要好好敬敬贺伯伯，向他学习！"说着，他端起自己的杯子就给我敬起酒来。大侄儿，你是知道的，你老叔这辈子哪受过这样的抬举？人家县里的干部来给我敬酒，我哪能不喝？我不喝不是不给人家面子吗？所以我再不喝酒也得要喝下去。几杯酒一下肚，我脑子便晕晕乎乎起来了。脑子一犯迷糊，嘴里话也多了起来。当肖伟来敬我的酒的时候，我竟也斜着眼睛，端着酒杯看着他说："你们要行医，我给你们摆个龙门阵，过去我们邻省有位名医，听说我们大巴山这儿物产十分丰富，便想到我们这里来行医。于是不辞辛苦，翻了好几座大山，过了好多条大河，一天翻过大巴山，走到我们这儿来了，看见一位打柴的汉子背了一大捆柴，在炎炎烈日下赶路，累得面红耳赤，气喘吁吁，身上汗如雨下。走着走着，打柴的人突然看着路边有一条清溪，这人便放下身上的柴火担子，脱掉身上的衣服，光着身子跳入溪内洗起澡来。洗了一阵澡后，这人爬起来穿上衣服，挑起柴又走了。这位名医看到后，觉得这人热极而跳入冰冷的山溪水中，使热气积聚体内得不到发散，会造成热在骨髓、寒在皮肤，成为'寒包火'的难治之症，弄不好还会死亡。为了挽救这人的生命，且使自己医名远扬，这个名医便跟在打柴人后面，准备随时去救他。走着走着，前面出现了一个幺店子，只见这打柴人又放下柴担，走进幺店子，大声吆喝：'小二，给我煮碗热面，红汤，多加辣面、大蒜！'那店小二不一时果然煮出了一碗热面，加进大量的辣椒和大蒜。这打柴人端起面碗，就稀里哗啦吃了个精光，吃得周身大汗淋漓，把刚才受到的'寒包火'全消除了。那位想到我们这里来行医的名医突然意识到，这里的医学水平太高了，连一个打柴的樵夫都懂得这样多，何况真正的医生，那就更不得了了！左想右想，算了，还是回去哟！于是又回去了。"说完故事，我又看着贺健问，"你知道这个砍柴人是谁吗？"贺健这小子在听我讲的时候，睁着一双大眼，张着嘴，很专心的样子，可一听见我问，便马上茫然地摇了摇头。我说："是你曾爷爷，你曾爷爷可是一方名医，好比华佗再世呢！"这小子一听，马上说："爸，你喝多了一点！"说完又对桌上的人说，"我把我爸先送到诊所休息一会儿，他确实不怎么喝酒！"说着就过来扶我。我那时的自控力还行，知道如果不走，酒力上来了后说不定会出更多的洋相，便和桌上的人告了别，跟贺健这小子先走了。

在这小子他们诊所的诊疗床上睡了一会儿后，我感到清醒多了，看看才是城里人上班的时候，我便要回去。贺健说："爸，你就在城里多住一天嘛！"我说："城里有什么住的，街上除了车就是人，哪有我们乡下清静？老子还是回去，在城里怕睡不着瞌睡！"贺健见留不住我，便从里面去提出一个挎包，挎在肩上对我说："那我送你，反正诊所才开业，也没什么病人！"说着就把我送出来。送到南门场口的时候，他才从挎包里拿出一只杯子，说："爸，我知道你喜欢喝茶，把这只杯子拿回去泡茶吧！这杯子是真空的，双层，可以保一天的温！"我一看这杯子是不锈钢的，亮晶晶的，确实不错，便说："你小子钱还没有赚到一分，就花钱去买这样好的杯子，这辈子怕是积不下财呀！"

他一听我这话，脸稍微红了一下，立即说："爸，我哪有钱去买这样的杯子？是肖伟送我的！"我说："这样说来，你那同学倒还不是个小里小气的人！"这小子听完，却马上说："他家里这样的杯子多的是！"我一听这话，倒有些摸不着头脑了，说："他家里又不是造杯子的，怎么多的是？"他说："爸爸，你就有所不知了，他们家三个人，也就是他爸爸、妈妈、姐姐都享受公费医疗！公费医疗是什么意思？就是看病、吃药、打针都不要钱！这杯子是装止咳糖浆的，你看看这杯口上，不是还写着'止咳糖浆'几个字吗？因为这样的真空保温杯，外面一个要卖两三百元，所以他们想要这样的杯子了，就到医院里去找医生开几瓶止咳糖浆，回来把里面的药倒了，留下杯子就做茶杯用！"

我一听这话，就像小孩子在听狼外婆的故事一样，张着嘴，有些目瞪口呆地望着贺健这小子，说："还有这样的事？"贺健这小子做出一副见多识广的样子继续说："不但有保温杯，肖伟他们家里的电饭煲、高压锅，都是从公费医疗开来的呢……"我没等他说完，便吃惊地打断了他的话，说："电饭煲、高压锅能治病吗？"他说："不能治病又怎么能从医院里拿回来？我跟你说，爸，不但电饭煲、高压锅能治病，只要你跟医生关系好，可以'治病'的东西多着了，吃的、用的都有！用的有手镯、镀金项链、皮带、台灯、电热毯、电饭煲、高压锅、矿泉水壶、枕头等。戴手镯可以降血压，戴镀金项链可治颈椎病，皮带治腰痛，台灯治近视眼，电热毯治风湿病，电饭煲、保温杯、矿泉水壶治胃病，枕头治失眠！吃的有红枣、莲子、药酒、甜酒、糯米……"

这些我从没听说过，觉得今天算是大开眼界了，便说："还是做城里人好哇！农村人哪有这样的福分？"他纠正我的话说："也不是所有城里人都有这样的福分，是端'铁饭碗'的公家人才有，党和政府对他们的关心嘛！"说完把杯子递给我，又接着说了一句，"爸，你慢走，反正你那诊所病人也不多了，想到城里来走走就来走走！"我接过那小子手里的杯子正打算离开的时候，忽然想起叶院长的坟就在城南，于是马上对他说："诊所才开业也没有病人，你跟我一起到个地方去！"这小子马上问我："到什么地方去？"我说："到了就知道了！"这小子的眼睛眨了眨，像是有些犹豫的样子，可一看我的眼神就不好再说什么了，果然跟着我走起来。走了不远，旁边刚好有个卖香烛纸钱的日杂店，我去买了一把香、半捆纸和三根红蜡。你贺健兄弟一看我买这些东西，更加大惑不解了，说："爸，你买这些东西做什么？"我说："去祭奠一个人。"他又说："祭奠谁？"

我把半捆纸让他提着，自己只拿了香和蜡烛，走出了日杂店我才对他说："祭奠一个大恩人，我说这个人你也不晓得！"于是我一边走一边跟他讲起了叶院长的事。可这小子却心不在焉的样子，我讲完了，你万万猜不到他说了一句什么话。他说："要是叶院长还活着就好了，起码我到县医院也有个关系可以利用嘛！"我一听他这话，觉得实在有些刺耳，本想说他几句，可一想一个时代有一个时代的活法，现在本身就是一个讲关系的时代，这小子的话虽然有些不中听，并没有多大错误，我如果批评他，倒显得自己迂腐不堪了。我便不作声了。

走了一会儿，我和你贺健兄弟终于来到那块原先埋葬叶院长的草坪地里，可是我却傻眼了：草坪和坟墓早就成了一幢幢小别墅似的楼房，连叶院长坟墓的大概位置我都分辨不出来了。我傻不啦叽地站了一会儿，手里的蜡烛落了地，口里说："没有了，坟墓没有了！"贺健这小子听了我这话，有点事后诸葛亮地说："爸，你早说是这里，我们就不来了！你还不知道，这儿被称为县上的富人区，我还在县上读高中的时候，开发商就在这儿建起了联排别墅！"我说："找不着叶院长的坟了，我们随便找个地方把纸给他烧了吧。"你贺健兄弟一听，忙说："那可不行，爸，你看四面都是住房，你对着哪个方向烧都是犯忌的，要是人家出来看见了，我们就惹麻烦了，况且这一带住的都是县里的干部！"我一听这话，觉得对着人家的房屋烧纸，那是咒人家死的意思，确实不行，便对贺健这小子说："那把纸给我，我回去再烧给他！"那小子果然把纸给了我，我提着纸和香蜡就回到了贺家湾。晚上，我给你彩虹婶说了叶院长原来的坟地现在建成了县上的高档富人区，然后，我和她来到院子里，用生石灰在地上画了一个筛子大的圆圈，在圆圈里把纸烧给了叶院长。我一面化纸，一面在口里喃喃地说："叶院长呀叶院长，你的坟墓虽然没有了，但愿你的魂不要随着你坟墓的消失而消失，多少还留一点在人世间吧！"你彩虹婶没听清楚我的话，便问："你叽里咕噜地在说些啥子呀？"我说："我在喊叶院长的魂回来呢！"

说着说着我又没在点子上了！我就长话短说，还是接着说你贺健兄弟和他同学开诊所的事吧。一句话，他们的诊所只开了三年就散伙了！怎么回事呢？俗话说，打伙的生意不好做，大侄儿你也是知道的！头一年，两人合作得倒还不错。两个才从学校出来的娃娃，心里单纯得像张白纸，没想到其他的，只想到怎么做番事业，所以两个人都不计较什么，亲密得像是一个娘胎出来的一样。很多时候，贺健吃饭都在他同学家里。他同学肖伟又送了一些东西给贺健，比如做饭用的电饭煲、高压锅等。当然，这些东西也都是他爸爸、妈妈或者姐姐从医院开回来的。但他们在享受党和国家对他们的关怀的同时，也多少让贺健这小子沾了光。可是才过一年，贺健这小子便回来对我说："爸，我不想在那里干了！"

我一听这话，忙问他："你们不是干得好好的，为啥不想干了？"他说："我觉得这样干下去没什么意思！"我说："怎么没意思，去年连工资带分红，你不是比在县医院上班还强得多吗？"他说："要按我的劳动价值，远不止这点！我现在才给你说句老实话，别看肖伟戴一副眼镜，文质彬彬的，穿上白大褂，一副医生的派头，可肚子里却没多少货！我也不知他那三年医专是怎么上的，连给病人打个点滴，他半天都找不到血管，扎得病人嗷嗷地叫，连那个护士小徐都不如，医术就更不说了。一年的时间了，他没看几个病人，病人一来，就问'贺医生在不在？'如果我不在，他们宁愿坐在凳子上等，也不会找他看病。我成天忙不过来，他却把病耍出来了！这还不说，他是城里长大的人，狐朋狗友又多，经常到外面去和他们喝酒，然后醉醺醺满嘴胡话地回到诊所里来，你说这像什么医生？要是诊所里没有我，病人早就不来了！他开诊所时明明说了，如果生意好，就提高我们分成的比例，现在他提都不提这个话了……"

我没等贺健这小子说完，就知道他们之间的合作出毛病了，立即打断了他的话说："他不提这个话就算了，你才出来，学本事才是最重要的，钱都挣得完？挣得多多用，挣得少少用，一辈子要挣多少钱，何必钻到钱眼里去？再说，你现在挣得比县医院的医生还多，也就该知足了，别吃饱了不晓得放碗！"又说，"有病人找你，这是好事，年纪轻轻的，多干点有啥子？吃得亏，打得堆，何况病人找你是信得过。我揣摸你同学的心里，恐怕正是因为没病人找他，他心里不好受，才出去和同学喝酒的！人心打比是一样，人家再有钱，可办个诊所也是不容易的，诊所办起来了，自己没有红，却让你红起来了，哪个都有点嫉妒心理，特别是你们年轻人。可他心里虽然嫉妒，却又不好说你，因为你是他的合伙人，他得依靠你！从今往后，他有啥不懂的地方，你多给说说，煮酒熬糖，充不得老行，你小子也不要骄傲，凭着自己有点本事就瞧不起人！"这小子听了我的话，大约是觉得有理，所以过了一会儿才回答了我一句："我尽量努力吧，爸！"

　　这小子和我谈过话后，第二天又进城去了。可是我心里却踏实不下来。我也年轻过，我知道年轻人随着身上的稚气和纯真慢慢被社会上的人情世故剥去以后，思想就会变得复杂起来。年轻人的思想一旦复杂起来，我们乡下人就说娃儿长大了，大佬儿你们这些文化人就说"成熟"了。不管是长大了还是成熟了，我都觉得不是啥好事。虽然我劝了这小子，但我不知他究竟听没听进去？要是没听进去，回去又因一点鸡毛蒜皮的小事和同学闹了起来，不但伤了和气，更会影响到诊所的生意，一旦这小子离开了诊所，他又到哪儿去找职业？我把自己的担心给你彩虹婶说了，你彩虹婶一听也着起急来，说："那你还是要随时进城去看看，钱都是人家出的，他只当是两手雪白地给人家打工，人家除了工资还给他分红，还有啥说的？他要是把工作丢了，还不是我们老家伙的一块心病！"我说："你说得是，等天气凉快一点了，我就进城去敲打敲打这小子！"

　　又过了一段时间，我果然进城去了。走进诊所，我忽然看见贺健的对面坐着一个姑娘，二十来岁的样子，一张苹果脸，泛着年轻女孩那种天然的红晕，两道眉毛又弯又细，眉毛下的一对眼睛有点儿鼓，粗看嘴唇有点上翘，给人一种性格开朗的感觉，细细一看却是因为上门牙有点儿往外突的缘故。总的来说，这姑娘说不上十分漂亮，但也说得过去。她穿了一件吊带短裙，露出的两只胳膊比玉石还白，正一边和贺健亲热地交谈着啥，一边嗑着瓜子，嗑出的瓜子壳就放在贺健的诊桌上。一看见我走进屋子，这姑娘才停止了说话，同时顺手将桌子上的瓜子壳抓起来放到垃圾桶里去了。

　　贺健一看见我，便马上站起来说："爸，你怎么来了？"说完这话，才指着姑娘对我介绍起来，说，"爸，这是胡灵！"说完又对胡灵说，"这是我爸！"那姑娘听了这话，脸上迅速飞过一朵红云，有些害羞似的低低地喊了一声："贺伯伯好！"一看姑娘这样子，我心里已经明白了，便朝诊所看了一下，把话题引开了，说："肖医生没来？"贺健回答我说："他刚才出去！"我又说："没病人来？"贺健这小子又说："才看了一个，刚走！"又说，"小诊所哪像大医院那么多病人？有时病人多，有时又没有病人……"正说着，那个叫小徐的护士和药剂员小胡从旁边那间屋子里"咭咭"地笑着过来了，估计她们是听见我的声音才过来的。一看见我便叫着说："贺伯伯来了！"说着小徐要去找纸杯给我倒水，我急忙掏出自己的杯子说："我自己有杯子！"小徐把杯子接过去，看了看说："哟，和我们肖老板的杯子一模一样呢！"我听了这话，心里想说："就是你们肖老板送的呢，怎么会不是一样的呢？"但我忍住了没把这话说出口。

小徐把水倒来后，在屋子里坐下了，胡灵把她们看了看，又把贺健看了看，像在做什么决定似的，过了半晌才红着脸对贺健说："你爸来了，好好陪陪你爸吧，我回去了！"又回头对我说，"贺伯伯你好好在城里玩！"又挥着手对小徐和小胡一边做"拜拜"，一边往门外走。刚跨出门槛，贺健这小子突然对她喊了一声："别忙，我送你！"说着对我说了一声，"爸，你坐一会儿，我马上就回来！"说着就追出去，和胡灵一块儿走了。我看着他们的背影，可小徐和小胡这两个鬼丫头却"哧哧"地盯着我笑。我被她们笑得有些不好意思了，便问她们："你两个笑啥？"小徐说："贺伯伯，你是专门进城来相儿媳妇的，是不是？"

我一听这话，急忙说："说啥话呀？贺伯伯今天赶场，顺便过来看看，相啥儿媳妇？我看那姑娘像是城里人，就贺健这样子，有哪个城市姑娘会看上他？"小徐听了我的话，正想回答，却被小胡抢在了前面，说："贺伯伯眼睛好厉害，一眼就看出了人家是城里人，还说不是看儿媳妇！"又马上说，"告诉贺伯伯，贺医生的女朋友不但是城里人，人家爸爸还是卫生局的局长，专门管我们的呢！"她的话刚完，小徐又快人快语地接着说了起来："就是呀，贺伯伯，以后贺医生攀上高枝儿了，贺伯伯给他说说，可要多关照关照我们哟！"

我一听两个姑娘的话，心里又惊又喜，喜的是这小子真的在谈朋友了，惊的是人家的爹是个当官的，保不准这婚姻能不能成？为了不让两个鬼精鬼精的小丫头看出我的心思，我马上就岔开了话题，问她们："你们诊所还可以吧？"两个小丫头愣了一下，小胡才对我说："还行，过得去吧！"话音刚落，小徐也说："主要靠了贺医生，贺伯伯你可能还不知道，不久前来了一个腰疼的病人，说是疼了几十年，经过了好多大医院的医生都没治好，可贺医生两服药就给他治好了。现在贺医生的名气比原来更大了，你今天恰巧碰着病人少，要是往天来，贺医生根本没时间和你说话！"一听姑娘这么说，我也不知是真是假，但我心里还是十分高兴。

正说着，贺健这小子回来了。两个姑娘一见，便吵着对他说："贺医生，贺伯伯大老远从乡下来，今天中午你可要请客！"贺健这小子脸上挂着喜色，说：

"请请请，我现在就去给你们一人买支雪糕，先把你们请了!"两个姑娘撒了撒嘴，说："哪个吃你的雪糕，要请就到福满楼去撮一顿!"一边说，一边却走了。

她们一走，我想抓紧时间说话，正要开口时，又害怕两个丫头偷听，便对他说："我要去赶会儿场，现在反正没有病人，你陪我出去走走!"这小子知道我有话对他说，马上脱了白大褂，过去跟两个丫头打了声招呼，就陪我出去了。刚走到街上，就碰到他的同学肖伟回来了。肖伟一看见我，喊了一声："贺伯伯，你来了?"我说："我来赶场，顺便过来看看!"肖伟又看了一下贺健，说："你爸爸难得来，你就陪他一会儿!"贺健这小子说："我一会儿就回来!"他们说话的时候，我的眼睛一直看着他们，想从他们脸上看出一点东西，可是什么也没看出来。等肖伟进诊所后，我才抓紧时机问："你们现在还在闹意见没有?"又说，"我和你妈都很担心你们继续闹不团结，你妈特地叫我来看看!你妈说，开诊所的钱你也没有出一分，人家不但给你工资，还给你分红，所以你妈叫你好好干，不要和人家争长论短!"

可这小子听了我的话，却把话题岔开了，忽然问我："爸，你觉得胡灵怎么样?"我一时没回过神来，说："什么怎么样?"他稍迟疑了一下，才继续说："人呀，你觉得她长得怎么样?"我一下明白了，便说："人长得再好，也不能拿来吃，只要你们两个对脾气就行!"又说，"听说她爹是卫生局局长，就是不知他瞧不瞧得上我们平头百姓!"这小子说："爸，你都知道了?"我说："刚才小胡和小徐给我说的!"他说："她爸是卫生局局长不假，可明年就要退休了，他想在退休以前办一所私人医院……"我说："他办私人医院关你啥事?"他说："他当然不能以自己的名义办医院，胡灵对我说，如果我们的事成了，就用我的名义办……"我心里立即明白了，便说："那你这儿怎么办?我看你同学待你还是不错的……"我的话还没说完，这小子马上说："爸，我总不能一辈子都寄人篱下，是不是?"说着语气加重了，变得愤愤不平起来，"明明自己干得多，可分红时却让别人拿大头!"停了一会儿又说，"拿破仑说，不想当将军的士兵不是好士兵，如果真的成了，我就是院长，你说我能不能干出更大的事业?"

一听他的话，我晓得了这小子的野心不小，我也没问是胡灵追的他，还是他想攀高枝儿，主动去缠的胡灵，我只担心他和同学的关系，便说："管你怎么着，自己去拿主意!但即使要和你同学分手，也要好说好商量，千万不要打肚皮子官司，更不要闹得个脸红脖子粗的，让人家小看了我们!"这小子说："我知道，爸，在我们的医院没办起以前，我还需要在他的诊所栖身呢，我和他吵什么？"我听了这话，明白这小子不但野心不小，而且城府还很深，觉得自己不论说什么都是瞎子打灯笼——白费蜡，于是不再说啥了。

回到家里，我对你彩虹婶说了这小子跟胡灵谈恋爱的事。你彩虹婶一听，立即缠住我问个不停：这女娃儿长得乖不乖？嘴巴甜不甜？说话做事有没有礼貌……我翻来覆去地回答了几遍，她似乎还不满意，最后竟然埋怨我说："你也是，也不叫他带回来我看看！"我知道天下做母亲的，没有一个不担心儿女的婚姻大事，便说："你要看，不知道抽时间到城里去一趟？现在又不是父母之命，媒妁之言的年代了，看你去看了以后能说些啥嘛？"她说："即使我不能说啥，看一眼我心里总踏实一些！"我说："人家是丈母娘看女婿，越看越喜欢，你怕成了老人婆看儿媳，越看越喜欢了！"你彩虹婶听了我的话，也没说什么，不过我看得出来，她确实很想去城里看看这个未来的儿媳妇。

转眼到了年底，一天，你彩虹婶突然对我说："就要过年了，人家都进城办年货，我们家一点也不办呀？"我一听她这话，就知道她想借办年货的机会进城去看未来的儿媳妇，便说："办呀，怎么不办？明天我们就进城去，看你想买啥就买啥！"

第二天，我们果然进城去了，说是买年货，可你彩虹婶一进城，就要我先把她带到贺健的诊所去看看。我知道她的心思，果然先带着她去了。刚进诊所，就看见诊所门前的人行道树底下蹲了一个人，这人大约五十多岁，面孔粗糙，皮肤黧黑，脸上像犁沟一样布满了皱纹，头上没戴帽子，头发茬子又短又硬，已经开始花白，看上去像是撒了一层霜在上面似的。身上裹了一件仿佛从垃圾堆捡来的又脏又旧的羽绒服，双手怕冷似的抄在怀里。脚上穿一双大约是别人扔掉的旧皮鞋，没穿袜子，脚背像是枯树皮一样开着裂，上面蚯蚓似的爬着两根大筋，一对眼睛却不断地往贺健他们的诊室里瞅着。诊室里人很多，一些病人没凳子坐，只好四处站着。我以为他也是等候看病的，也就没有问他为什么蹲在那里。

这小子正在给一个病人看病，看见我们来了，只忙忙地对我们说了声："爸、妈，你们来了！你们要是没什么要紧的事，就等等，我现在没时间陪你们！"我说："我们也没啥要紧的事，你先忙着吧！"说完后，为了不打扰他给病人看病，我和你彩虹婶就退到了诊所外面的街道上来。

可没过多久，贺健这小子就出来上厕所了。厕所在诊所对面的马蹄巷里，我看见他朝厕所走去时，朝蹲在树下那人看了一眼，那人像得到暗号似的，脸上立即出现了讨好的笑容，马上从地上站了起来，和贺健这小子一起往对面巷道里的厕所走去。走到巷道边，那人回过头朝诊所这面看了一眼，见并没有人注意他们，便迅速从口袋里掏出一个红包塞到了贺健的手里。贺健也像是十分明白似的，接红包的手一挥，就把红包放进了白大褂的口袋里，然后若无其事地进了厕所。那人送了红包，像是完成了一件大事，马上顺着街道走了。

吃午饭时，贺健这小子果然把胡灵也叫来了。你彩虹婶见过胡灵后，像是有点儿不满意，悄悄对我说："是个龅牙腔，眼睛又有点鼓，不好看……"我急忙对她说："快别这么说，你儿子都没计较，你计较啥？人要那么好看做啥？好看不好吃！"胡灵看见我和你彩虹婶在交头接耳，知道在议论她，倒显得十分大方，一点不计较似的，仍然"伯伯""嬢嬢"地喊个不离口，一下子弥补了长相上那点不足，最后你彩虹婶也高兴起来。吃过饭我们出来时，我才把这小子叫到一边问："你今天收病人红包了？"

他听了这话，有些不好意思地笑了一下，说："你怎么知道我收红包了？"我说："我亲眼看见的，你上厕所时，那蹲在树下的汉子追过来，把红包递到你手里的！"他听了先没回答我，过了一会儿才说："那人的老婆痔疮十分严重，他到县医院去打听，县医院要三千多块钱才动手术。他又到我这儿来问，我说你给一千块钱，我给你动！他听了很感动，就要送我红包，可人又那么多，不好送，所以就在外面等我……"我没等他说完，就沉下脸对他说："你看人家那个模样，瞎子都能看出来是个没钱的人，你怎么好收人家的红包？"这小子说："那有什么？我只收他一千块钱的手术费和医疗费，给他节约了两千多块，他只送了我五百块钱的红包，我还是给他节约了差不多一半的钱呢！"

我一听这话，知道这小子和他哥哥一样，不但也钻进了钱眼里，还有些掰瞎道理了。我说："这么说你收了人家红包还有功劳了？不管怎么说，我只要一想到他那身皱巴巴、脏兮兮的衣服和脚上像树皮一样粗糙的皮肤，就觉得你收人家红包是昧良心的事，以后你小子不要去做这样的事了！再说，要是你同学知道了你收红包的事，会怎么看你？"他听了我这话，马上露出了一丝不屑的笑意说："这有什么？他知道就知道吧，反正我也不打算在他这里干了！"我说："你们真的要分开了？"他说："不瞒你说，爸，我和胡灵已到民政部门登记了，她爸也已经把办医院的房子租好了，就在新开发的西区里，两千多个平方米的写字楼，上下三层，过年时结了账我们就各做各的了！"一听这话，我知道这小子已经吃了秤砣铁了心，再说什么也是白费口舌了，便不再说啥，和你彩虹婶回去了。

　　果然，年底他们把账算清了以后，就像耗子钻水沟——各走各的路了。贺健那小子的同学虽然觉得有点为他人做了嫁衣裳的感觉，但一想到贺健现在攀上了高枝儿，说不定以后还得仰仗他，心里再有气也憋着，所以分手还算平静。过年时，贺健这小子也没回来，就留在了城里老丈人家里。这小子还带信让我们去城里过年，我们想，我们到城里你老丈人家过年算什么角色？因此我和你彩虹婶也就没去。一过完年，这小子就忙着请工人装修房屋，采购医疗器具和药品，招募医生、护士等，整整忙了半年，医院才办了起来。医院取名叫"灵健医院"，我一听这名字，便明白是分别取了胡灵和贺健这小子的名字来组成的。胡灵的名字排在前面，我便知道尽管贺健这小子表面挂着医院法人的牌子，真正的法人恐怕并不是他小子！

　　灵健医院开业这天，我和你彩虹婶都没有去。不是贺健没请我们，几天前他就打电话回来跟我们说了。还说他也请了贺世海和贺兴仁，说都是一个湾的，又都在城里混，今后难免不互相照应。我说你娃儿请得对，知道该怎么为人处事了！这小子又说胡灵的爸爸也说了，到时请我们一定要去。听他这样说，我就在电话里回答他："即使胡灵的爸爸没请，我和你妈难道就不会来？把你从一尺那么长带到今天有出息了，即使我们帮不上你啥子忙，来看一看心里也是高兴的嘛！"那小子听了，急忙说："那就好，爸，我们等你们了！"

　　到了开业这天，我和你彩虹婶怕误了事，鸡还没开始叫就起床了。我们做好早饭吃了，换上衣服，天才开始打亮口。我们正准备出发时突然听见有人敲门。打开门一看，原来是苏孝芳这鬼女子！时间过得真快，苏孝芳转眼都四十多岁了。头上已经有丝丝白发了，脸上也起了许多皱纹褶子。她见我和你彩虹婶上上下下都穿着新衣服，像是要出门办什么喜事的样子，便着急地看着我们叫了起来："干爸、干妈你们这是要到哪儿去呀？"我说："你还不晓得呀？贺健的医院今天开业，请我们去参加他的开业庆典呢！"说完这话，我又看着她说了一句："贺健这小子出息了，都当院长了！"可是她听了我的话，却没有露出高兴的样子，反而把眉头都皱到了一起，苦着脸说："那怎么办？桂琴昨天晚上睡的时候肚子就开始痛，这阵痛得更厉害了，估计是要生了，我来叫你们去接生呢！"

我一听这话，立即脱口而出，说："啥，平安都要当爸爸了？当初你生他时，长寿用棉絮包住你，在你身上打，说是要驱你身上的鬼，那情景我们都还记得呢！"你彩虹婶听了我的话，也说："就是呀，时间过得太快了，孝芳你都要当婆婆了！"我们贺家湾叫奶奶为"婆婆"，说一个人要做"爸爸""妈妈""婆婆"了，那是恭贺人家有福气的意思。苏孝芳听我们这样说，抿着嘴唇笑了一笑。二十多年的时间把她的模样改变了许多，就是她这笑，还保持着少女时的样子，不事张扬，像是不好意思似的。笑过后她才说："都是托干爹、干妈的福，我们才有今天，这辈子多靠了干爸、干妈，只是不知道平安家里的生孩子顺利不顺利呢。"你彩虹婶说："上次我去给桂琴检查胎位时，就曾经给她说过，到分娩时一定到城里医院去生，怎么没去？"

孝芳听了你彩虹婶的话，忙说："平安到县城医院去问了，现在到医院生孩子，比过去更贵了！县城医院生个孩子要四五千元，如果是剖腹产，说不定还要多。就是乡上医院，顺产也要三千多元，他们两口子舍不得花这笔钱，觉得生孩子不是啥大事，所以坚持要在家里生！"我说："生孩子怎么不是大事，难道你忘了生平安时的事了？还忘了你娘是怎么死的？"苏孝芳听了这话，脸色一下黯淡了下来，说："我说过他们的，可他们不听，我和他爹又有啥办法？他们还说，万山叔和彩虹婶不是接过这么多的生吗？到城里去生，不是同样这样接生吗，何必要去多花这几千块呢？"我听完孝芳这话，还想埋怨他们几句的，可话到嘴边却说不出来了。我知道，并不是农村女人不知道在家里生孩子的风险，她们谁不想到大医院去生呀？可大医院生孩子确实太贵了，动不动就是两头甚至三四头大水牛的钱，一般的乡下人怎么拿得出？实际上，乡下女人是在拿命来做赌博呀！

一想到这里，我就不说什么了，可是贺健那里又怎么办呢？我搓着手想了一阵，才望着你彩虹婶说："那怎么办呢？要不你去给桂琴接生，我一个人到城里去吧？"可你彩虹婶此时有些拿不定主意了，说："要是遇到像平安出生时那样的情况，我连个出主意的人都没有，要不我们换换吧？"我又看了苏孝芳一眼，便说："接生是大事，你说得对，不怕一万，就怕万一，多个人就多分力量。他那医院开业，我们去不去都照样开，我们都不去了！"又说，"我现在就给贺健打个电话，告诉他我们不去了！"说完，我就掏出手机，给那小子拨起电话来。电话响了半天，那小子都没有接，我估计他们还在睡瞌睡。正要挂机时，那小子才"喂"了一声，声音迷迷糊糊的。我说："是我！我和你妈今天不能来参加你们的开业庆典了！你平安兄弟的老婆桂琴要生了，我和你妈要去接生……"我的话还没完，这小子便用了生硬的口气对我说："离了你们，难道他们的孩子就生不出来了吗？那国家还开医院做什么？我跟你们说，不要以为你们接了这么多生都没有出事，要是一旦出了事，你们就吃不了兜着走！"我一听他这话，恨不得立即对着话筒大叫一声："混账东西，你知道桂琴是谁？是你的亲兄弟媳妇，她生的是你的亲侄儿呢，你知道吗？"可是这话只在心里叫了一遍，我便挂断了电话，和你彩虹婶子拿上接生的用具和药品，跟着苏孝芳一起走了。

二十多年的时间过去了，长寿原来那三间草屋已经换成了三间平房。尽管换成了平房，但在贺家湾，还是算贫穷的。大侄儿，你是知道的，我们贺家湾的住房经过了四次"改朝换代"。大集体时代，湾里的房子大多数都是土墙房子，上面盖着麦草或稻草，如果遇到大风把麦草或稻草吹翻了，或者鸡飞上去把草刨开了，那就是白天见太阳，晚上见月亮，大侄儿，你们写书人有句话叫"风雨无阻"，住草房最怕的就是房顶"风雨无阻"。分田到户后，村里开始建"瓦房"。瓦房就是拆了草房的顶，将麦草或稻草换成了瓦，墙大多数还是用的土坯。只有少数几户人，用了石条子做墙。后来又开始把瓦房改建成平房。为啥子叫平房呢？因为"平房"的顶是水泥预制板材，是平的，村民可以在上面晾晒衣物、粮食，成为庄稼人的第二个"晒坝"。第四次建房，就是大侄儿你今天看见的"楼房"，有的人家两楼一底，有的人家三楼一底，最不济的也是一楼一底。房是一个人的脸面，所以大侄儿你回到贺家湾，只要看看房子就晓得谁家有钱没钱。

长寿家的平房就是在原来草房的屋基上建的，只是每间屋子的进深比原来草房延伸了一些，中间用土坯隔成了两间。过去长寿和苏孝芳以及女儿冬梅的卧室都在南面，南面没有竹子遮挡，通光通风好一些。平安结婚以后，孝芳和长寿把南面的卧室让出来给了平安两口子，自己和女儿搬到了北面原来平安的卧室里。北边的屋子有一个偏厦把阳光挡了，只能从前面墙壁的窗户透点光进来，不但光线暗淡，还有偏厦里的猪牛粪的味道传过来。也就是说，现在桂琴生孩子的地方，正是当年平安来到世界时的那个地方，连床摆放的方向和位置都不差一点。我们到达时，天已经亮了，屋子里传出产妇一声连一声的叫唤，可平安却不在屋子里安慰和照顾产妇，而是站在门口，像鹅一样伸长脖颈望着前面的小路。平安虽然也长得四四方方，胸脯宽宽大大，性格却有些木讷和拘谨，这一点和他的老子长寿一模一样。他初中没毕业就辍学出去打工了，他和桂琴就是在打工时认识的。桂琴也没多少文化，两个人都只能干些既辛苦又不赚钱的体力活。打了几年工，都没赚到钱，后来到一个建筑工地上搬砖，倒是可以挣到钱的，可辛辛苦苦干了一年，到年底结账的时候，包工头却卷起铺盖跑了，几十个做苦力的工人没一个拿到钱。这件事过后，他和桂琴就回来了。他一见我们，就咧开厚厚的嘴唇傻笑，脸上有种抑郁的、惶恐的表情。

我们走进屋子，发现长寿也起来了，他没按照过去的规矩去敲响篙或扫簸箕帮儿媳妇催生，看来他也知道那些都是迷信了。此时他只坐在堂屋的板凳上抽自己种的旱烟，味道很大，烟头一黑一亮。亮的时候，他那张粗糙的脸就闪一下。他的年纪本身就比孝芳大七八岁，此时已完全是个老头的样子了。脸像烤干了的苹果，唇边挂着一撮灰白的胡须，脑袋往下垂着，看见我们时也像平安一样咧开嘴唇笑了一下，但和平安不同的是，他嘴里的牙齿已经缺了几颗，而平安满嘴的牙齿还是完整的。

我们走进产妇的屋子，大约是又一次阵痛袭来了，桂琴只是朝我们投来了一瞥感激的目光，还没来得及跟我们打招呼，就一手抓着床沿，一手握成拳头，一边在空中挥舞，一边大声叫了起来："啊……啊……痛死我了……痛死我了……"声音凄厉，你彩虹婶和苏孝芳一见，立即过去把她的手抓在自己的手里，同时安慰地说："不要紧，桂琴，坚持住！"这时平安也进来了，孝芳立即对他说："你进来做啥子？还不快去拿把响篙到门口敲，把这懒猪儿懒狗儿变的赶出来！"又说，"叫你老汉莫光坐到抽烟了，他帮不到其他啥子忙，去烧点热水这点事都做不得？等会儿娃儿生下来就要热水！"平安听了，脸上立即带着一丝不知所措的表情出去了。不一会儿，屋子外面果然就响起了一阵敲响篙的"叭叭"的声音。接着，长寿也进灶屋烧起水来了。

这时产妇的阵痛过去了，你彩虹婶抓紧时间去给桂琴检查，苏孝芳则打开桂琴的箱子，从里面拿出了给孩子准备的小衣服、包布、小毯子等，全是从商场里买回来的，还透着一股香味。我一看见这些东西，就想起四十多年前去给苏孝芳接生时，她奶奶拿出的那些小衣服，全是用旧衣服改的，也没有专门的包布，只有两条烂裤子，也不知是谁穿过不要的。至于婴儿的小毯子，那时是见也没见过。我又想起平安出生时，这屋子里阴暗潮湿，那只十五瓦的电灯泡发出的光模模糊糊，我们找孝芳那鬼女子的动脉血管，怎么也找不到，最后还是借助于一支手电筒的光才找到。可现在这屋子里宽敞明亮多了。看着这一切，我心里禁不住生出了许多感慨。可是还没等我想明白是什么感慨，产妇又一次叫了起来。这次似乎比刚才更严重了，她脸色苍白，呼吸急促，身子一阵阵痉挛，大颗大颗的汗珠出现在额头上。一看见这样子，我心里又有些着急了，可你彩虹婶却像胸有成竹一样，她跳到床上，托起桂琴的屁股，大声叫道："一切正常，用力，娃儿快要出来了！"苏孝芳这鬼女子也过去将桂琴的两条大腿往两边掰，嘴里也叫道："用力，桂琴，你万山叔和彩虹婶在这里，不要怕！"

桂琴像是得到了安慰，她用手从上到下按着肚子，似乎是在赶孩子出来一样。突然之间，她用牙齿紧紧咬住了嘴唇，将身子往上拱了起来，从额角上渗出的汗珠大如黄豆。突然之间，一个赤条条的婴儿从桂琴的大腿间滑落下来。这小家伙像是很性急似的，还没等我们看清楚她长得什么样时，便马上"哇哇"地啼哭起来。大侄儿，你没有接过生，你不知道一个接生员听到这"哇哇"的婴儿哭声时，心里是种啥感受？我们一听到这哭声，就觉得这声音比世界上所有的音乐都好听，激动得只想放声大哭或高声喊叫！为啥？因为只有孩子落了地，接生员的心才能放下来。

你彩虹婶迅速地把孩子的脐带剪断，在脐带处敷上药，贴上纱布，拿上小衣服给孩子穿上，并用包布包好。这时平安也不敲响篙了，咧着大嘴走进屋子，这汉子一边高兴地望着你彩虹婶手里的孩子，一边嘿嘿地笑，傻了一般。苏孝芳这鬼女子也是一样，脸上挂着开心的笑容，在屋子里一趟趟地来来去去，却像忘了该干什么一样。最后似乎才记起来，急匆匆地跑出去打了一盆热水来，让你彩虹婶洗手。我看见她打水的盆子是一只不锈钢盆，也像是为迎接这个小生命才买的。看见这只崭新的不锈钢盆，我忽然记起平安出生时，孝芳的奶奶打水用的是一只破旧的木盆。我想起这些的时候，就觉得这二十多年时间还是有些变化！从我们进屋到孩子顺利出生，长寿就没进来露一下面，这时我喊叫起来："长寿，你不进来看看孙女呀？"这汉子听了我的叫喊，急忙跑到儿媳妇房间的门口，只是脑袋伸了进来，脸上的皱纹绽放得像一朵菊花，脚却没有动，只对屋里说："有什么看头？只要鼻子嘴巴长全了的就好！"我知道他这是在遵守我们贺家湾儿媳妇生孩子，老公公不能进儿媳妇房间的风俗，便从你彩虹婶手里接过孩子，把她抱到门口让这个老实憨厚的汉子看。这汉子马上伸出手来在孩子脸上轻轻触摸了一下，眼睛立即笑成了一条缝，嘴里像平安一样说不出什么来。苏孝芳见长寿用手指触摸孩子的脸蛋，便心疼地说："你那手指头硬得像石头，别把孩子摸痛了哟!”说完过来从我手里把孩子抱过去,放到床上去了。

我们都以为万事大吉了,苏孝芳把孩子放到桂琴身边后,就急忙出去给产妇和我们煮红蛋。可令我们没有想到的是,孩子生出来都包扎好了,桂琴的胎盘却仍然留在子宫里没出来。孩子生出了胎盘不出来的现象,医学上叫作“胎盘滞留”。“胎盘滞留”可不是好事,它会导致产妇大出血而死。现在想起来,当时苏孝芳的娘生她时,就是因为“胎盘滞留”而出血死去的。现在,从桂琴的产道里,已经开始往外出血,如不采取紧急措施,桂琴随时都会有生命危险。我和你彩虹婶交换了一下意见,决定立即采取人工剥离,虽然这也有些危险,但只要小心、细致,一般产妇的生命是能够保住的。可是,当我们正要采取人工剥离手术时,才发觉没有带多的备用手套。刚才你彩虹婶接生的那双手套已经污染破裂,不能再用了。回去拿吧,又根本没有时间了。情急之中,我马上对你彩虹婶说:“不用手套了,直接消了毒把手拿进去!”可你彩虹婶听了我的话,却有些犹豫了,说:“我没有直接用手去剥离过胎盘,要是……”

我一听她这话,知道她信心有些不足,便说:“我来!”说着,我拿出酒精瓶子,把手和手臂都消了毒,然后在产妇的床前跪了下来,你彩虹婶和平安已经把产妇抱起来掉了个方向,我跪下来的时候,脑袋正好夹在产妇的两条大腿中间。我们乡下人的风俗,认为一个男人的头被女人的大腿这样夹住,而且还是才生过孩子、从阴道里正往外流血的女人大腿,那是十分秽气和不吉利的。可我哪里顾得这些?我只知道我是医生,救人是上天给予我的崇高职责。我把贺平安都赶了出去,让你彩虹婶和苏孝芳把桂琴的大腿再掰开些,把消了毒的右手五指攒拢,捏成锥尖状,然后慢慢地插进产妇的阴道。在产妇的阴道里,我的手感到了一种热辣辣的、像岩浆一样的液体在里面奔流。我知道那是桂琴这个年轻生命身上的血,它们被魔鬼驱赶着想寻找地方奔流出来,可却被我的手堵住了,所以它们十分生气。产妇的位置比我高,她卧在床上躺着,我跪在地上,手臂低于她的产道。因此那些鲜红的液体毫不留情地顺着我的手往外流。它们流过了我的手臂,然后顺着手臂流下来染红了我的衣衫。可我根本顾不上,只一心想尽快把产妇子宫中的胎盘剥离出来,越快越好。我的手已经进入产妇的子宫了,可是我不敢大意,我不断在心中告诫自己,千万不要大意,老天爷保佑我不要再出什么意外!小心,小心,再小心,动作既要快,手上用力又要轻巧,别碰伤了子宫,给产妇造成第二次伤害。贺长寿建平房时,已经将屋里地面做了硬化处理。我的两只膝盖跪在水泥地上，最初还没觉得什么，可时间一长，我觉得两只膝盖痛了起来，不但膝盖痛，大腿也麻了起来，像是有些不听使唤了似的。可是我不敢动，我知道只要身子一动，手上的均衡和用力也就会分散。我对自己说："即使你的脚断了，也不会危及生命，可桂琴才二十多岁，这个年轻的生命就在你手里，孰轻孰重，你自己掂量！"就这样，我咬紧牙关坚持着，从我身上淌下的血水和汗水流了一地。终于，谢天谢地，留在产妇子宫里的胎盘被我完整地剥离出来了。大侄儿，你那天不在现场，你不知道当我的手从产妇的阴道里滑出来时，那一家子人，包括长寿在内，响起的不是笑声而是一片哭声。而我呢，却是像要昏厥过去一样，一下瘫坐在了地下的血水与汗水当中。你彩虹婶一旁早做好了准备，我的手从桂琴阴道里一滑出来，她就马上去给桂琴推了葡萄糖。没过多久，桂琴的产道就不再往外面流血了。我们一看，知道产妇平安了，我这才从地上爬起来，叫苏孝芳去找了一件长寿的衣服来换了，又用热水擦了身子和洗了手，接过孝芳早已煮好的红蛋吃了起来。

吃红蛋的时候，苏孝芳又对我说："干爸、干妈，还是你们给孩子取个名吧！"我一听这话，就急忙说："平安是我取的名，这丫头我就不取了，让平安和她妈妈给她取吧！如果我有啥希望的话，就是希望二十多年后她再生孩子时，能像城里人一样在医院里生，别再吓唬我们了！"你彩虹婶听了我这话，却说："别把你砂罐大爷美死了！到她生孩子的时候，你都七老八十了，还想接生？"我说："只要农村人都能够到医院生得起孩子，我巴不得现在就把这只接生箱子扔了，永远不做这份职业都行！"你彩虹婶说："就是呀，你看农村现在很多职业都消失了，比如裁缝、木匠、石匠、铁匠、弹花匠都没有了，可为啥接生员这个职业不消失呢？"

正说着，平安忽然拿着一条巴掌宽的红布带子过来披在我肩上。我开初还没弄明白是怎么回事，便问道："这是干啥呀？"平安没答，苏孝芳却说了："给你挂个红！"我这才明白了，原来他们是怕我沾上了女人生孩子的秽气，以后不吉利，所以给我披红驱邪。我虽然是医生，嘴上说不相信这些，可心里还是有些半信半疑，再一想，反正这又不费事，便说："那好，我现在就拴在身上！"说着当着他们的面，把红布带子拴在了腰上。挂了红，平安又拿来一个鼓鼓的红包，我和你彩虹婶就再三推辞起来。我说："我和你彩虹婶接了你们家三代人的生，救过两条人命，你娃就拿这样一个红包谢我们，拿得出手吗？"那平安也老实到家了，一听我的话，竟然满眼的惶惑，一副不知该怎么办的样子，然后拿眼睛去看他妈。我一见就笑了起来，说："平安，老叔是和你开玩笑的，哪是要你的红包嘛！老叔和你彩虹婶是救了你们家两条人命不假，可我们救人的时候，并没有想到钱，要是收了你的红包，我们自己就会觉得不干净了！"你彩虹婶也说："添人进口是喜事，按说我们该买点东西来表示祝贺！礼物我们也就不专门去买了，红包你们也留下！我们知道你们家的日子并不宽裕，有了一个孩子，以后花钱的地方多，你们把这点钱留下，以后孩子需要啥就去买点啥，就当是我们给孩子买的，好不好？"可平安和苏孝芳坚决不干，最后我们只得象征性地收了他们两百块钱，他们这才不坚持了。

吃过红蛋后，苏孝芳送我们回去，走到院子外边，她忽然对我说："干爸，我这段日子觉得身体有点不对头！"我说："怎么回事？"她说："我肚子里经常一阵阵地发痛，有时是在心口这里，有时又在肚脐眼上面一点，痛起来的时候像是有什么东西绞，可过一会儿就消失了。又有些像感冒了，恶心，想呕吐……"没等她说完，我又问："发不发热？"她说："有时候发热，有时候又发冷！"听了她的话，我又看了看她的脸色，她的脸色有些发黄，确实像是有病的样子。于是我就对她说："人上年纪了，病就要钻出来，你把这两天忙过了，过来让我给你诊断一下，开两剂中药吃了再看看！"说了这话我们就回去了。

第十二章　贺健不给苏孝芳做手术

　　大侄儿，我刚才说到平安家里生孩子的事，就把贺健这小子办医院的事打断了，现在言归正传，我还是接着给你说贺健这小子的事吧！

　　这小子医院开业那天，我和你彩虹婶都没去成，后来贺兴仁从城里回来，我才听他说起那天开业的情况，说不但光花篮就压断了半条马路，还请了乐队和城里"夕阳红"秧歌队的老太太们披红挂彩地游了一趟街。乐队敲洋鼓、吹洋号走在前面鸣锣开道，乐队后面是抬着广告牌的年轻漂亮、被称为白衣天使的女护士，天使后面是身穿白大褂的医生，最后才是敲腰鼓、挥彩扇的"夕阳红"的老太太。游行的队伍从西区医院的门口出发，走过了南大街、胜利街、和平街、八一街、工农街、解放街，最后从北大街绕回西区，几乎把城里的主要街道都走遍了，走到哪儿，就造成哪儿的汽车喇叭响个不停。因为路人的目光都黏在了那些女"天使"身上，造成了交通堵塞。奇怪的是，这么大的事，胡灵的父亲始终没有出来露一下面，不但他没露面，连胡灵的妈也没露面，像这事和他们完全无关一样。可他们虽然没在医院露面，在家里却不轻松，原来胡灵父亲管辖的那些部门——大大小小的医院来上礼，都不是到"灵健医院"送给贺健或胡灵，医院门前只摆了他们送的花篮，红包都是直接送到胡灵父亲的家里的。全县大大小小的医院、医药公司还有一些做药材生意的老板，不下几百，所以大侄儿你想想，别的不说，光是接待这几百送礼的，就够他们忙的了，何况还有一些其他送礼的人呢？即使他们想到医院来露下面，可人又不是孙悟空，可以有分身术，你让人家怎么来呀？兴仁说："胡灵的父亲那天收的红包，我估计都要用麻袋装了！"我说："你说这话怕是夸张了，用麻袋装要多少钱？"他说："不用麻袋装，至少也可以用口袋装了！"我不知兴仁说的是真是假，反正我也没亲眼看见……哎呀，你看我这张臭嘴在胡说些啥呀？我怎么能说自己亲家的坏话呢？幸好只是给大侄儿你说，要是有其他人在场，把这话传给胡灵的父亲了，不是会说我在背后嚼他的舌头吗？

我们不说这些了。我是在一个多月后才进城去看这小子的医院的！真是不看不知道，一看吓一跳，我当时想，这哪是医院，分明是一座宫殿嘛！上下三层，一层有挂号室、中药房、西药房、收费室、治疗室、急诊室、中医室、小儿科、五官科、皮肤科等，第二层有西医内一科、内二科、内三科、牙科、妇产科、CT检查室、B超室、心电图检查室、生化室、手术室、抢救室等，那些机器，听说许多都是从外国买回来的。第三层是住院部，里面布置得像宾馆，楼道里铺了地毯，人走在上面一点声音也没有。除了规模比县医院小一些外，其他功能和设施跟公立医院完全一样。看着看着，我的脸上突然有些发起烧来。我想，凭我贺万山这点本事，别说这辈子，就是十辈子，我也没法让自己的儿子开起这样的医院来。现在有句话，叫作干得好不如嫁得好，看来这话千真万确！想到这里，我就对贺健这小子说："你小子不知前世做了啥子善事，这辈子命里注定有几两福分，找了一个当官的丈人，你就好好干吧！"这小子听了我的话，像是有些不好意思地笑了笑，却什么也没说。我一见，又说："有啥不好意思的？过去的戏文里也有落难公子进京赶考，中了状元，就被皇帝召为驸马爷的事嘛！"又说，"母以子贵，要是你妈来看了你的医院，不知心里会有多高兴呢……"说这话时，我突然想起苏孝芳，心情禁不住一下沉重起来。我想一个女人千辛万苦生下一个孩子，如今这个孩子有出息了，可是她不但不能享这个孩子的一丁点福，连认一下孩子都不能，这是多么残酷的事！因此我没把话说完就打住了。

可是这小子却一点也不知道我的心思，听了我的话却说："爸，你叫妈啥时候来看看吧！"我说："她肯定会来的，自己的儿子开了这么好的医院，这是长脸的事，你说她怎么不会来看？"说着我们就往外走。走出医院大门，这小子忽然站住了，两只眼睛像是小时寻求帮助似的望着我，然后用了恳求的语气对我说："爸，反正家里的诊所也没什么生意了，你和妈的年纪又一天天大了，你们就干脆搬到城里来住吧……"没等他说完，我马上说："搬到城里来做啥？真的就来享你们的福呀？我和你妈现在还动得，才不想来享哪个的福呢！"这小子一听，脸上呈现出一种委屈的神情，立即说："爸，不是那个意思！你来了，我给你安排一个中医门诊，你就到医院里来看病……"我没等他说完，就叫了起来，说："那可不行，你老汉生来就是做乡下郎中的命，坐到你这皇宫似的医院里我会头晕，你就让我和你娘在乡下住到老死算了！"这小子流露出了一种失望的情绪，过了一会儿才说："爸，你不知道，我现在很需要人帮助呢？"我当时一点也不知道这小子的生活并不怎么如意，只是想到他医疗上的事，便说："这就怪了，你医院里这么多医生，都是你老丈人从全县精心挑选来的，在医术上都是倒拐子长毛——全是老手了，还需要我帮助啥？再说，我一个乡下的老头来了，又能给你什么帮助？"这小子听我这么说，只是苦笑了一下，便再也没说什么了，只对我挥了一下手，转身回医院去了。

回到家里，我对你彩虹婶谈起了这小子的医院，正说得高兴的时候，苏孝芳突然勾腰驼背地来了。我看见她用双手按着肚子，脸色黄黄的，便想起了桂琴生孩子那天晚上，她对我说的肚子痛的事。等她坐下后，我便问她："你怎么这时才来？"她仍是紧紧地抱着肚子，一双眼睛里充满着痛苦的神情，半天才对我说："早就想来看的，可桂琴月子还没满，走不开，所以拖到现在才来。"听了这话，我又问了一句："桂琴和孙女都好吧？"这鬼女子听了我的话，忍住疼痛，脸上露出了一丝笑容，说："昨天她们母子俩都过了一下秤，孩子比出生时重了两斤，桂琴比原来重了十斤，什么都吃得下！"我听了这话便说："吃得下奶水才足，那是好事嘛！"

说完这话，我才对她说："你是不是还是肚子疼？"她听见我问，立即蹙紧眉头，一边用左手按住肚子，右手指着痛的地方对我说："可不是吗？不光经常痛，这里还像吃多了不消化一样发胀，这里有一种像喝了辣椒水似的，不但辣乎乎的，还有一种烧灼的感觉，还经常反酸、嗳气……"我一看她指的发胀的地方是下腹部，指的经常烧灼感的地方是上腹部，因此从症状看，我判断她又是胃炎发作了。这鬼女子从小胃上就有毛病，两岁多的时候，我就给她做过助消化的药丸，后来胃上的毛病一直没断根。话又说回来，农村人哪个又没个胃病呢？我把了脉后，从脉象上也像是胃上的病，便给开了一个方子，一下配了三服药，对她说："不着急，回去熬起慢慢喝，喝完肚子就不会再痛了！"我本想把贺健医院的事告诉她，可是一看到你彩虹婶在旁边，怕引起她多心，便把到嘴边的话给忍回去了。

可是苏孝芳吃了我的药，病情一点也没有得到缓解。我以为是药方不对，又调整了几味药和加重了一些药的剂量，可她吃下去还是外甥打灯笼——照舅（旧）！这天吃中午饭的时候，平安忽然急匆匆地跑了过来，一脸惊慌地对我说："万山叔，万山叔，你快去看看我妈吧！"我一听这话，急忙问："你妈怎么了？"他说："我妈肚子痛得在床上打滚，连吃下去的饭也吐出来了……"我没等他说完，马上站起来背上药箱就去了。

到了这鬼女子家里，果然见她躺在床上，头上大汗淋漓，脸白得像是一张纸。我急忙在床边坐下，问她："你怎么了？"她睁开眼睛看了我一眼，眼神像是非常绝望似的，过了一会儿才按着肚子有气无力地对我说："肚子痛，连周身都痛了，痛死我了，干爸，你给我熨一下，看能不能好点？"

什么叫熨一下？大侄儿你这就不知道了！我现在就来给大侄儿讲一下什么叫"熨法"，你知道了说不定今后也用得上。熨法是过去民间一种治疗痛症尤其是肚子痛的土方法，很多中医都会。熨法有很多种，如盐熨、酒熨、葱熨、姜熨、鸡蛋熨，这些东西是家家都有的，随手就可以取来。还有就是泡菜缸子里的泡萝卜，也是熨法的最好东西。如果吃多了，肚子不消化，犯饱胀，用泡萝卜浇热后熨胸腹，功效又快又好。用盐熨时先把盐炒热，用布包起来。如采取酒熨，则是将酒装入壶中烫热后隔衣熨腹。熨时要先熨胸，后熨腹，先熨上，后熨下，先熨手，后熨脚，先熨前，后熨背，这叫顺熨。如果熨反了，就叫逆熨，逆熨不但不能治病，还会加重病情。如因饮食不消化而导致的腹胀痛，熨反了还会引起发呕。

熨法的适应证是痛，无论手膀子痛、脚杆痛、脑壳痛、胸腹痛，只要熨一会儿，就可减轻疼痛。如果是熨跌打损伤引起的痛，一般是用葱，因为葱通气，气通则血行，痛就停止了。熨头痛最好用泡萝卜，古代传有萝卜汁滴鼻治头痛的验方，故用它来熨效果好。如果头痛是感冒引起，必然伴有发烧，用萝卜熨就不如用生姜来得快，因为感冒病人吃生姜水，出点汗就可以好，所以用生姜熨感冒是对症治疗。如果手边没有生姜，煮个鸡蛋来熨也可以。酒是熨寒湿、风湿痛的好东西，所以患有寒湿、风湿的人，吃药都要加酒，才能把药引入经络。盐是一味可入血之物，中药书都说咸走血，指的就是食盐。所以盐熨可治风湿或寒湿，但最适宜的，则是熨治妇女月经小腹痛，因为这种痛，乃是血分上的病。还有一些比较复杂的病，如采用熨法治疗还要加一些中药，效果才会更好。比如患痢疾的人，他要熨治的话，就在熨治中给他加点黄连、木香；再比如熨黄疸，要用百部根加茵陈蒿；熨鸡爪风加点川椒；熨疟疾加点常山……

这些都不说了，大侄儿也不一定喜欢这些。当时我听了苏孝芳的话，果然叫桂琴去炒了一包盐，用布包好拿了过来。然后我叫这鬼女子在床上躺平，解了外面的衣服，把里面的内衣拉平，我试了试盐包的温度，然后才慢慢地往她的胸口贴去。在盐包贴住衣服的一瞬间，这鬼女子大约因为烫轻轻地叫了一声。我又将盐包拿开，稍等片刻后又贴上去。如此反复了几遍，直到盐包的温度合适了，我才将它紧紧贴在这鬼女子的胸腹上，从上到下，从左到右慢慢地熨起来。熨了一阵，我发觉盐的温度下降了，又叫桂琴重新去炒了一遍。

熨了两遍，这鬼女子就觉得好多了。但我知道这只是治标的办法，治本还得靠吃药。于是我又给她把了一遍脉，所有的症状和脉象看起来都仍然像是胃上的病。我便奇怪了，就说："你已经在我这儿吃了好几服药了，从症状和脉象分析又是看准病了的，可吃了药又不见效，这就是怪事了！从我行医以来，还没遇到过这样的事。所以我想别是其他啥病，得到大医院检查检查！"

她听了我这话，马上说："大医院我们怎么检查得起？"我说："其他大医院检查不起，可贺健这小子的医院难道也检查不起？"我早就想把这小子开的医院对她说说了，这下逮着了机会，说完这句话后，我便把自己看到的向她眉飞色舞地描述了起来："你还不知道，这小子医院里的好多设备，都是从外国进口的洋机器呢！病房都像宾馆，里面空调、电视、抽水马桶啥都有。这些都不说，那些医生都是他老丈人从全县经验最丰富的退休老医生里请来的，什么疑难病症都能治，这小子现在是鸭儿棚子的老汉睡懒觉——不捡蛋（简单）呢！"我说完这话，终于看到了这鬼女子忍住疼痛，从嘴角荡起两道涟漪一样的括号，说："算了，医院才开业，我们就去麻烦他多不好！"我说："这有啥，又不是外人！"我本想说："自己孩子开的医院，怎么算是麻烦？"可话到嘴边，一眼瞥见平安和桂琴站在旁边，便急忙打住，换成了这样一句话。这鬼女子像是听懂了我话里的话，又从嘴角牵出两道括号，说："那就依你说的吧，可得等冬梅回来……"

我一听这话，立即问："怎么要等冬梅回来？"我的话一完，她又咧开嘴角笑了一下，不过这次是一种凄苦的笑，然后才对我说："也不怕干爹笑话，平安两个积攒的一点钱，桂琴坐月子就用光了。大家都说救护车一响，几头猪白养，到城里医院看次病，没个一两千块钱能行？现在我们就等冬梅拿钱回来救命了！"听了这话，我的心立即像是坠上了一块石头，说："冬梅一个打工妹，能有多少钱?"她说:"多少总有一些。"我说:"要是她没有钱,你的病就不治了?依我看,你们也不必等冬梅了,先到医院去,我不相信你没钱,贺健那小子敢不给你治病!"说完,我用眼神鼓励她。可这鬼女子马上把脑袋偏了过去,躲开了我的眼神,然后说:"还是等冬梅回来再说吧,平安已经给他妹妹打电话了!"我见她主意已定,也就不打算再劝她了,便对平安说:"那好吧,冬梅一回来,平安你就过来给我说一声,我好事先给你贺健哥打个电话说一声!"平安点了点头,我又给苏孝芳拿了一点止胃痛的药,告诫她痛起来了就服下去,然后便回来了。

过了两天,平安果然跑来对我说:"万山叔,我妹妹回来了!"我问:"你问过她带了多少钱回来没有?"平安红着脸说:"我没问。"我见这汉子什么也不知道的样子,便说:"那好吧,我今晚给你贺健哥哥打电话说说,明天你们兄妹陪你妈直接去吧!你们放心,我会叫你贺健哥哥给你妈好好检查的,价钱上叫他尽量优惠,如果钱不够,你们把账挂到那里就是,你贺健哥哥不会不让你们挂账的!"平安听了我的话,又老老实实地回答了我一句:"是,万山叔!"可说完了这话他并不走,却望着我急了半天才憋出一句话,"我妈说问问你,给贺健哥哥送点什么好?"

我一听平安这话,便急忙叫了起来:"什么,难道你们还要给他送红包?"平安说:"我妈说,也不是红包,只是拿点东西遮遮手,也算个人情嘛……"我没等他继续往下说,便在心里说:"这世界上哪有当娘的病了去找儿子看病,还要给儿子送东西的理?如果真要这样,那天理也难容了!"但我没把这话说出来,只打断了他的话说:"回去给你妈说,啥东西也不要拿,你们怎么能给他拿东西?"可平安是个死心眼儿,还在那儿说:"可我们怎么好去呢?我妈说,城里人喜欢土鸡,就把桂琴坐月子没杀的两只鸡给贺健哥哥拿去,万山叔你看行不行?"我说:"你妈糊涂,你也跟着糊涂,你贺健哥哥开得起那样大一座医院,还会少了他的鸡吃?与其给他拿去,还不如杀了让你妈补补身子!"说完我又做出非常严肃的样子对他说,"我说了不准拿就不要拿,你们拿去反而是败坏了贺健的名誉!"这汉子听了我这话,弄不清是真是假,有些拿不定主意地搔起头皮来,然后回去了。

晚上,我给贺健这小子打了一个电话。我说:"明天你苏二娘要来你医院检查一下病,你好好给她看一下!"说完我告诉了他苏孝芳的病情,然后又对他说,"你苏二娘家的情况你是晓得的,你桂琴嫂子前不久又坐了月子,你冬梅妹妹打工也没挣到钱！都是一个湾里的，小时候你到他们家里去，你苏二娘实在拿不出啥子给你，灶孔里也要给你烧根红苕或芋头，你现在出息了，可别忘了本，啊！"这小子听了我这话，似乎有些不耐烦了，半天才含糊地说："爸，叫她先来看吧。"我见这小子态度不明朗，便干脆挑明了说："诊费和药费，你不能收她的高价，听见没有？如果钱不够，你该挂着就挂着，即使她还不起，老子今后来还！"又说，"还有，不管她送啥礼物来，你都不能收她的，知道吗？你如果收了她的东西，谨防你回贺家湾来，老子打断你的腿……"这小子似乎听不下去了，急忙在电话那头打断了我的话，说："好了好了，爸，我都知道了，你还翻来覆去地说什么？你还想不想我今晚上睡瞌睡？"我听见他这么说，口气便缓和了下来，说："你知道了就好，那我挂电话了！"说完我把电话挂了。

第二天一大早，平安和冬梅果然带着他们妈妈进城去了。平安背着一只背篓，里面是不是装的鸡我也不知道。看着母子三人往城里走，我笑着对他们说："我已经给贺健打电话了，你们放心，该怎么治就怎么治，如果需要住院就住下来，啊！"苏孝芳回头对我笑了一下，像是十分感激我似的。

可是令我万万没想到的是，天黑的时候，这母子三人又回来了。去的时候脸上都带着笑容和希望，可回来的时候，除了满脸的疲惫和失望以外，似乎并没有收获什么。我非常奇怪他们怎么这么快就回来了，于是吃过晚饭，我又赶到这鬼女子家里去了。

我去的时候，孝芳没在屋子里，贺长寿在一旁闷声不响地吸他的叶子烟。平安扯了一根板凳让我坐。我坐下后对冬梅问："你妈呢？"冬梅不像她哥哥是个闷嘴葫芦，虽然她也是初中没毕业就出去打工，但她嘴比平安能说。她长得十分像苏孝芳年轻的时候，一张瓜子脸，稍有些清瘦，但不失妩媚。一只端正玲珑的小鼻子，说话时鼻翼不断翕动。嘴唇清秀，嘴角稍微有点上翘，下巴呈现出一个很好看的弧形，这一切都给人一种甜蜜可爱的感觉。她听了我的话，便急忙对我说："回来就睡去了，妈饭也没吃！"又说，"中午也没吃饭。"我看出她说话气呼呼的，像是对谁有气一样。

我一听冬梅这话，急忙接住话问："怎么回事，你妈是啥子病？"她张了张嘴，似乎想答又不想答的样子。这时平安在一旁瓮声瓮气地说了一句："是胆结石，要做手术。"我一听，立即叫了起来，说道："啥，胆结石？"我在为这个消息吃惊的时候，也同时为自己的误诊感到不好意思，便不由自主地又问了一句：

"真的是胆结石，不会错吧？"冬梅说："光检查费都花了一千多块，怎么会错？"我一听这话，露出了不相信的神色，说："检查了些啥子项目，你们把检查单给我看看？"

冬梅听了这话，动了一下，可随即又坐了下来，但过了一会儿，还是站起来去拿出了一把检查单。我接过来一看，有 X 射线的，有 B 超的，有胆囊 CT 的，有血常规、尿常规、大便常规……我一看，也不知这些检查哪些该做，哪些不该做，便说："怎么这么多，还化验大便……"冬梅不等我说完，马上补了一句："贺健哥哥说，要不是因为我们是熟人，还有几样检查要做呢！还说他已经是最大限度地优惠我们了……"我说："怎么不做手术呢？"冬梅和平安听了我的话，都沉默了，过了一会儿，冬梅才说："用什么做？我一共只有两千多块钱，检查费就花去了一千多块，还剩下一千多块，可光手术费贺健哥哥就要我们交四千块，我们哪有钱交？"

听了这话，我脸上的肌肉不由自主地板了起来，说："我不是给你们说过吗，叫你们先挂上，你们怎么不挂上？"冬梅听了这话，像是十分委屈似的，愤愤地说："怎么没说？可胡灵嫂子不答应挂，我们有什么法？"说完像是压抑不住似的，更大声地说了起来，"我们再也不会到贺健哥哥的医院里去看病了！贺健哥哥还好说，那个胡灵像个特务似的盯着我们，好像贺健哥哥会把东西偷给我们似的！更气的是那个老妖婆，就是胡灵嫂子的母亲，说什么：'我们医院大，开支也大，马上就要去进药和设备了，哪能想赊就赊呢？你们以为我们医院像你们乡下的小诊所哟？到时候你们爬起来一趟跑了，我们找哪个？'贺健哥哥听了这话，不知道说了一句什么，那老妖婆竟然当着我们的面说贺健哥哥：'你看看你都弄了些什么人来？老实像人家说的，和乡下人定了一门亲，一辈子都扯不伸是不是？开家医院，马上就是这个亲、那个戚，都是想来占便宜的，你把这医院当慈善机构了哇！'说得贺健哥哥脸红筋涨地答不出话来……"

也许是冬梅的大声说话吵醒了苏孝芳，她在里面叫了起来："冬梅……"冬梅这才住了嘴，进里面去了。不一时，扶着她出来了。苏孝芳一见我，便对我说："干爸，这也怪不得孩子，我也看出来了，贺健虽说是院长，可他当不到医院的家，当家的是胡灵和她娘！我这病你不用担心，今天我们回来时，在路上遇到一个人，他说二面山那边有座庙的菩萨很灵，有人去求子，第二年就得了儿子，有个高中生去求功名，第二年就考上了大学。他说他上半年也生了病，吃了很多药都没好，他抱着试一试的心情也去求了菩萨，结果回来没多久病就好了！我想明天和平安他爹也一起去求求菩萨，说不定菩萨也同样会保佑我呢！如果这样能治好，我就既不需要到医院去挨一刀，还能省下几千块钱呢！"说完又看着我问，"你说呢，干爸？"

一听她这么说，我的心里就像有针在扎着一样，马上说："你怎么去信这些胡话？如果真的求菩萨就能治到病，还需要医生做啥子？"又说，"你们先别忙，明天我进城去问问这个混账东西！他再当不到家，我不相信这么一点小事都做不到主？"说完，我脸孔发烧地回去了。

第二天天刚亮我就赶到了城里，我在他的医院门前守株待兔，贺健这小子刚一上班，就被我给堵住了。这小子似乎知道我是为什么来的，脸上立即呈现了一丝慌张的神色，有点不安地问："爸，你怎么这样早就来了？"我说："老子巴不得昨天晚上就来找你小子算账呢！"这小子听了我的话，立即朝身后看了看，这时正好有几个医生护士朝他走来，他便故意提高了声音大声说："爸，你还没吃早饭吧？来，找个地方我陪你吃早饭！"说完这话，就先转身朝外面走了。我知道这小子是怕我在医院里骂他或指责他，让他丢了面子，想让我一边去和他说话。毕竟是自己的儿子，这点面子我还是要帮他维护的，于是我没再说什么，跟着他去了。

这小子左拐右拐，把我带到了滨河路，找了一家很清静的早餐店坐下，给我买了两只包子，一碗稀饭，一个鸡蛋。老板娘把东西端上来了，可我却做出赌气的样子不吃，说："从昨天晚上起，我气都吃饱了，你就是拿龙肉给我我也吃不下去！"这小子一听我的话，像是急了，急忙说："爸，我求你了，你先把饭吃了，要打要骂都随你！你这个样子，让我的熟人看见了会怎么想？"说完不等我答话，又马上说，"我知道你是在为昨天苏二娘的事生气，可是你以为我心里就好过？"一听他这话，我才说："你有什么不好过的？当上乘龙快婿了，发财了，就六亲不认了，是不是……"这小子张了张嘴，似乎想插话的样子，但我没让他把话说出来，又继续说了下去，"你晓得她是哪个吗？她是你……"说到这儿，我一下顿住了。在来的路上，我在心里不知下了多少决心，要在今天把这小子的身世当面告诉他，可话到嘴边我又犹豫了。这小子趁我打顿的当儿，把话接上了，说："我知道她是苏二娘，小时候她待我确实像是亲生儿子！我记得有好几次，你和妈到城里买药去了，我就到他们家里去吃饭睡觉，每次睡觉醒来，我都发现自己躺在她的怀抱里！可是，爸，我希望你们能原谅我，我、我也是实在为难……"这小子说到这里，目光突然暗淡下去，流露出一个受了委屈的孩子想向亲人倾诉却又无法开口的样子。

一见他这副神情，我就知道这小子心中有他的苦楚，但我还是装作生气的样子，也不问他，只两眼一动不动地看着他，等待他把心里的话说出来。

果然沉默了一会儿，这小子像是实在忍不住了，终于又抬起头来，看着我说："爸，我实话给你说吧，我名义上是灵健医院的院长，实际上我却什么也不是……"说着，这小子摇了摇头，像是十分痛苦的样子。我一听这话，便急忙说："怎么什么都不是？"他又苦笑了一下，然后突然大声问我："你说那样大一所医院，我们投资了一块砖、一匹瓦吗？既然连一块砖、一匹瓦都不占，那你说我们还有什么地位？"可说完这话，这小子的声音突然低了下来。停了一会儿后，用双手捧了头，然后才接着对我说："爸，这医院里还有胡灵的爸、胡灵的妈，还有胡灵呢！"又像自言自语地说，"是的，胡灵的爸现在已经退了休，虽然退休后和一群老头在河边遛鸟、打太极拳，也没来医院挂个什么名，连来也很少来。可是你想想，这医院不但是他亲手开，甚至那些医生、护士都是他亲自选的，他能放下医院不管？表面上看他并没怎么过问医院里的事，实际上医院里的一切都在他的掌控之中……"

说到这里，这小子的眼里出现了两股愤怒的火苗，像是马上就要爆发似的，可很快这两道火苗就熄了。然后这小子仍像刚才一样，一边无可奈何地摇头，一边继续对我说："还有胡灵，爸，怪我当初小看了她！别看她一点也不懂医，可是医院一成立，她就把财务大权抓到手上了。每个科室和医生要完成多少医疗和创收任务，哪种病做什么检查，用什么药，医院里哪些需要开支……都是她说了算。当然，爸，我怀疑这都是我那个老丈母在背后给她出主意！我那个老丈母，爸你又不是不知道，她在县医院当过十多年妇产科主任，你说她对医院哪儿不熟悉？她一天都在医院里晃来晃去，医院里一丁点事情都逃不过她的眼睛。爸，你说，有了胡灵她爸和她妈，医院里还有我什么地位？我表面上是一院之长，实际上医院每月赚了多少钱，进药的渠道是什么，药的差价是多少……这些我统统都不知道！不但这些不知道，连我每天挣的钱，也尽数归了胡灵的保险柜，自己想用点钱，不怕爸笑话，反倒得向胡灵讨了！还有，爸，在这个医院里，不管是医生还是护士，心里都十分明白真正的老板是谁，只是碍于我还是胡灵丈夫的身份，大家表面上对我还算尊敬，实际上并没把我放到眼里，有事都去问胡灵和胡灵的母亲了……"

说着说着，这小子的声音逐渐低了下来，最后才说："爸，我现在才后悔不该和同学分手。当初只想攀高枝儿，可哪晓得攀来的，只是人家的一部赚钱机器。可话说回来，爸，人在世界上怎么能平等呢？能怪谁呢？我常常想，爸，要是你能拿出一百万、两百万给我投在这医院里，你看我能不能当家做主？可现在这么大一座医院，你连一匹瓦、一块砖都没有，就像倒插门女婿一样，你怎么不吃受气饭，不被管家婆管着？"说到这里，这小子两眼里开始闪出两道期盼的光芒，紧紧地看着我说，"所以，爸，我请你回去给苏二娘说一声，就说我对不起她，让她赶快到县医院去动手术，她不但胆囊里有结石，胆囊管和胆总管里面都有，而且结石很大，不动手术是会很危险的！"

一听他这么说，我的心顿时软下来了。我还不知道这小子是这样，要不是我来城里对他兴师问罪，他永远不会告诉我这些。这时，我突然想起我那天来看他医院的时候，他说自己好需要人帮助，也许从那时，他就开始忍受寄人篱下那份孤单和痛苦的折磨了，可是我这个当父亲的，既没有问他，更没有给他帮助。当然，即使我知道了，我一个乡下医生，又能给他什么帮助呢？想来想去，还是怪自己无能。于是我也不再生他的气了，只是说："到你这儿来动手术不是一样吗？"他听了这话，眼睛里更流露出了一种十分尴尬和无奈的神情，说："爸，请你不要让我像耗子钻风箱——两头受气了，好不好？"又说，"反正都是给钱，到哪儿动不一样？"听了这话，我知道这小子在医院里确实有他的为难之处，于是也不再说啥了，三下五除二地吃了桌上的早餐便回家了。

回到贺家湾，我径直去了苏孝芳的家。可是家里只有平安两口子在。我问："你妈他们呢？"平安的女人桂琴回答我说："我爸和冬梅陪我妈到二面山的庙里烧香去了！"我一听，她还真去求菩萨了。她人都没在家里，我也不好跟平安两口子说什么，只好先回来了。回到家里，我给你彩虹婶说了贺健这小子现在的事。我原来不打算给她说的，怕她听后着急，但又一想，好歹是她一把屎一把尿养大的，怎么能不给她说呢？果然，你彩虹婶刚听完我的话，便着急地叫了起来："怎么是这样一回事呢？怎么是这样一回事呢？原先听说他找了个当官的老丈人，还以为他一步登天了呢，怎么会是去吃人家的受气饭呢？"我说："还是过去的老年人说得对，笆笆门对笆笆门，板板门对板板门，以后儿女打亲家，我们是什么门就对什么门了！"我又说，"管他现在受多少窝囊气，他也怪不到我们！是他自己哥儿愿、姐儿愿，心甘情愿的，连打结婚证都没告诉我们，我们把他带大就尽到责任了！"可你彩虹婶听了我的话，还是不断地叹气。我知道，哪个做娘的知道自己儿子日子过得不如意后，心里会不牵挂？

第二天上午，我又去看苏孝芳，没想到这鬼女子这天的气色比过去还好了些。她一看见我就高兴地说："干爸，你说怪不怪，昨天我们到二面山那座庙里去求了菩萨，晚上我的肚子果真就不那么痛了！"我说："有这样灵验，那是你的心理因素在作怪！"她说："真的呀，干爸！"见我不相信的样子，贺长寿这个老实疙瘩竟然也说了一句："往天早上她最多喝半碗米汤，今天却吃了一碗稀饭！"我说："不管怎么说，你们还是得到医院去！"说完我又看着苏孝芳说，"贺健说了，你不但胆囊里有结石，胆管和胆总管里都有，只有动手术才能解决问题，信菩萨是不能解决问题的！"可是我的话刚说完，这鬼女子却说："干爸，我听庙里的人说，只要每个月的初一、十五，多去烧几回香，菩萨真的就能保佑病好。"又说，"我再去烧几次香试试，万一好了呢？"我见自己说服不了他们，便说："你们一味要去信菩萨，那就由你们去信吧，如果误了病，可别说我没有提醒你们！"说完这话，我就回去了。

我的话果然很快就被言中了，就在苏孝芳第四次去二面山庙里烧香的时候，她倒在了半路上，最后还是贺长寿一步一步地把她背回来的。贺长寿把她背到家里往床上一放，就跑来找我。我一听，急忙又跑到了她家里。十来天不见，这鬼女子已经消瘦得不成人形，脸上没有一点血色，像是搭张纸就可以当死人哭了！我一看，便说："不是菩萨会保佑你吗，怎么这么个样子了？"不等她说什么，我又接着说，"你也不想想，二面山离我们这里十多里路远，又是上坡又是下坡，你以为你是好人？就来来回回走这二三十里路，也把你拖垮了！"冬梅见我只顾数落她妈，便说："万山叔，我妈都有好几天没怎么吃饭了！"听了这话，我才停止了抱怨，给她挂了一瓶糖水，然后说："先休息一下，等我回去先想想怎么办才好。"

晚上，我给贺健打了一个电话，我说："你小子明天把做手术的器械和药品带上，回家来一趟！"这小子一听我这话，像是摸不着边际似的问了一句："爸，带手术器械回来做什么？"我说："你苏二娘的病重了，可到县医院去又没那么多钱，到你那儿来又不想让你两头受气，你把手术器械带回来就在家里做，在家里做你总不会收那么多的钱了吧？"这小子以为我是和他闹着玩的，便说："爸，你开什么玩笑……"他话还没完，我就说："你听老子的口气是在和你开玩笑吗？都这时候了，老子还有心情跟你开玩笑？"这小子这才像是认了真，说："爸，你不是开玩笑，怎么会说出这么幼稚的话？在家里能做手术？"我说："为啥不能做？"他说："我问你，爸，即使苏二娘已经做过CT和B超了，可家里能做血常规检查吗？有心电图机，有手术室、抢救室吗？还有，有血源吗？如果手术时内脏出血，出现了血压往下掉，病人就十分危险，你知道吗……"说着说着，他像是有些激动了，又接着说，"你以为只凭你那个血压表、体温计和听诊器，就能够做手术……"我听他这么说，也没好气地对他说："你小子别给我说这么多，过去白求恩不也是在窑洞里给八路军做手术吗？"我的话刚完，这小子就说："你那是说的什么年代的事了？我只问你，爸，你知不知道现在的医患关系有多紧张？出一个医疗事故，把家里全部财产赔进去都不够！"我说："我怎么不知道医患关系紧张？可每个人都像你一样见死不救，医患关系就不紧张了吗？我是没有CT，没有B超，没有血常规检查，也没有心电图机，没有手术室、抢救室，更没有血源，可是我有同情心，不能见死不救！"又说，"即使你苏二娘在家里动手术动死了，我担保不会有任何人找你麻烦……"他没等我说完便又说："爸，我知道，问题不在于会不会有人找我，而是我作为一名医生，我不能去冒这个险！我请您站在我的角度想一想，爸，我还年轻，如果真出了医疗事故，我就完了！爸你真要我这么做，你不是在为我，而是在害我！你过去经常给我们说医生是个风险很高的职业，生命完全掌握在医生的手里，稍一疏忽，一条生命没有了，要我们小心谨慎，可是今天你怎么给我说起糊涂话了？"然后不等我回答，又接着说，"对不起了，爸，我知道你会责怪我，可城里有城里的锣，乡下有乡下的鼓，我只能这样了，还是叫长寿叔和平安把苏二娘赶紧抬到县医院动手术吧，越往后拖说不定花费越高！"说完就挂了电话。

听了这小子一通话，大侄儿你猜怎么着？我原先以为自己会生气的，可竟然没有。不但没有，心里还有点理解他了。是的，我过去确实反复给他们说过病人的命攥在医生手里，医生一定要小心谨慎，可今天自己怎么就对这小子说出那样一番话来了？也许一样犯了病急乱投医的毛病吧！所以等自己冷静下来后，我才觉得自己刚才的话确实不妥并感到了几分后怕，感到自己真是老糊涂了。

第二天一早，我便赶到苏孝芳家里，对长寿、平安和冬梅说："快，快，绑滑竿把你妈送县医院动手术，我亲自陪你们去！"长寿、平安和冬梅一听这话，都有些愣了，半天平安才嘟囔似的说了一句："动手术哪有钱？"我说："上次在贺健医院里，不是说只要有四千块钱，就可以动手术了吗？我这里有两千多块钱，你们先拿去用到，上次从贺健医院里回来，你们不是还剩有一千多块吗？加起来也就有四千块了！平安你到湾里再借个一千把钱回来，我想就差不多了！"一听见我这话，几个人像是看到了希望，便各自都去忙开了——平安出去借钱，冬梅立即生火做饭，长寿这个老实疙瘩则拿起弯刀，到屋后竹林里砍竹子绑滑竿去了。吃过早饭，长寿和平安父子便抬着苏孝芳朝县城去了，我和冬梅跟在他们后面。

可是令我们没想到的是，当我们到了县医院，找到医生，把这鬼女子的病给医生大概说了一下，接着我又把在贺健医院里检查的检查单全部给了医生。那医生翻了翻检查单，又俯下身子先用手指在苏孝芳的肚子上敲了敲，又用听诊器听了一遍，然后便开了一张单子对我们说："先去交钱吧。"我们问："交多少？"他说："暂时交到一万五，以后多退少补！"

一听这话，我们都傻了，像不认识一样大眼瞪着小眼。过了半天我才回过神，说："医生，怎么要这么多钱？前不久灵健医院的医生检查过后，叫他们只交四千块钱就可以做手术，可现在……"那医生听了我的话有些不耐烦了，立即板着脸对我说："那你们当时为什么不做呢，啊？实话给你们说，如果当时做，也就四五千块的样子！可现在病人的病情比过去严重多了，出现了许多并发症，不但胆囊管被阻塞后，胆汁排不出来使胆囊出现了继发细菌感染，形成胆囊炎，还有胰腺炎，得先在医院住下来，等炎症消下来后才能做手术。并且病人的身体状况这么差，手术做了后，住院的时间恐怕也要比其他病人长，这些难道都不花钱吗？"又说，"如果一万五千块钱能够打住，都算你们运气好了！"

听完这话，我们还是像雷击中了一样，目瞪口呆地站在那里，不知说什么好。医生见我们这副样子，便说："你们去一边商量商量吧，要治，就去交钱；不治就抬回去！"说完便走了。

冬梅把母亲扶到走廊的椅子上坐下，贺长寿和平安像是霜打蔫的丝瓜耷拉着头一言不发。苏孝芳见丈夫和儿子那样，便说："把我抬回去吧，哪找那么多钱来治？我死了算了！"我说："走，给我抬到贺健这小子的医院去，老子亲自守着他，看他治不治？不治今天我一把火把医院给他烧了……"可是我的话还没完，苏孝芳急忙对我说："别、别、别，干爸，不要作难他了！"我嚅了嚅嘴想说什么却没说出来。孝芳大概知道我想说什么，马上又抢在了我的前面说："你如果真要去给他添麻烦，我就马上在这里一头撞死！"我听了这话，又看了看她的眼神，她的眼神是坚定不移的。我没办法了，只喃喃地说："这是怎么回事呢？这是怎么回事呢……"

正在我无计可施的时候，冬梅忽然一下松开了她的母亲，站起来大声说："你们等着，我出去想想办法！"一听这话，大家都吃惊地望着她，似乎不认识了她似的。过了一会儿我才回过了神，对她问："你一个小孩子，能想到啥子办法？"她说："万山叔，你别管，你们就在这儿等着，我要不了多久就回来！"说完不等我们再说什么，就朝楼下跑去了。

等冬梅跑出医院后，我才明白过来她也许是出去借钱，可她人生地不熟的，能借到什么钱？如果让她去借钱，还不如我去向贺健这小子借！一想到这里，我也对长寿和平安说："你们也先在这里等着，我出去一趟就回来！"我以为他们会问我到哪儿去，可两个绝望的汉子只互相望了一下，一句话也没说。

我跑下楼梯，走出医院大门，径直朝贺健的医院跑去了。到了他的医院，这小子正在给一个病人检查病，看见我又来了，先叫我在旁边凳子上坐下，他把病人检查完了，又开了处方让病人拿走后，才对我说："爸，又有什么事？"我听他口气像是有些不耐烦似的，便说："也没啥事，我来找你算一算账！"这小子像是有些糊涂了，说："爸，算什么账？"我说："算我和你娘把你从一尺那么长，养到读大学，这中间你用了我们多少钱？算清了，你把钱一次性付给我，我以后就不会再来找你一丁点麻烦了！"这小子一听我这话，急忙起身去把诊室的门关上了。我知道这小子是怕医院里的人听见，面子上挂不住，于是干脆说："你关门做啥子，难道还怕人听见？我知道你当不到家，你去把胡灵叫过来，把你丈母娘也叫过来，我不怕，我就要当着她们的面算，人钱两清了，管她们把你当奴隶、当牛马使，我都没意见，算不清，可别怪老子今天不客气……"

这小子先还挂着一副猜疑的目光看着我，可越听我说，脸上越露出了慌张的神情。听到这里时，就再也忍不住了，便打断了我的话，带着一种心绪烦乱的口气对我说："爸，你说些什么呀？你到底有什么事就直说好了。这是医院里，一会儿病人来了，我不得不开门……"听他这么说，我的口气也有点软了，但我的脸仍然板着，说："有什么事？明说，老子现在急需要钱用，所以才来找你算账，算清了把钱一次性付我！"这小子听了我这话，又疑惑地看了看我，然后才问："爸，你需要钱做什么？"听了这话，我又没好气了，便说："做什么？救你苏二娘的命！你苏二娘抬到县医院来了，可因为你小子前次没给她做手术，现在病情加重了，出现了并发症，医院要先交一万五，他们在家里东借西借，只凑了五千来块钱，钱不够，不能入院，所以老子要来向你要养育钱！你小子不救，可老子不能见死不救！"

这小子听了我的话，眼神立即暗淡了下来，低下头想了半天，然后才抬起头对我说："爸，实在对不起，我没有那么多钱。医院的钱都是胡灵管着，实际胡灵也没管着，她妈才是真正的管家婆，我不好去向她要。"说完这话，这小子才又接着说，"我这里只有五千块钱，是病人给的红包积下的，胡灵和她妈都不知道，我就先借给苏二娘治病！"说着，就从衣服口袋里掏出一个信封来，放到我的面前。

我听说只有五千块，故意赌气没去接，并仍然气鼓鼓地说："我要你这五千元干啥子？腥不腥、臭不臭的！"这小子急了，做出痛苦的样子对我央求说："爸，我求求你了，我实在只有这五千块钱，你就不要逼着牯牛下儿了！他们有五千多元，加上这五千元有一万了！有了一万元，去给医生说说，是可以先住院的！"又说，"住下来后钱不够再说吧！"我一听这话也在理，便说："那好吧，老子就先收下你五千块养育费，以后我们又慢慢算！"说完我便把五千块钱揣进怀里，打开门出去了。

回到县医院，我看见冬梅已经回来了，正在和长寿、平安说着什么。我一见，便从口袋里掏出贺健那小子给我的五千块钱，大声对他们说："平安、冬梅，我从你们贺健哥哥那里借了五千块钱来，加上你们带的五千多块就是一万元了，你们去找医生先交到一万元，让你们妈把院住下再说！"说着我把钱递给他们兄妹。可冬梅一把拦住了我的手，脸上带着不高兴的神色说："叔，谁叫你去向贺健哥哥借的钱？他们是发财人，我们穷人怎么高攀得上？"我说："你说些啥呀？皇帝还有三门穷亲戚呢！再说，他是啥子发财人？"可冬梅仍然说："也不要，叔！"说完又怕得罪了我似的，紧接着又说，"叔，你是好人，贺健哥哥也是好人，可那天胡灵嫂子的妈说的话太伤人了，我一辈子忘不了，也不会去求他们了！"她的话刚完，苏孝芳也看着我说："你怎么去向贺健借钱，不怕为难他吗？"又说，"你把钱还给他，我们真的不要……"没等她说完，我就马上说："不要，难道你的病不治了？"这时冬梅突然说："叔，钱我已经借到了！"一听这话，我立即吃惊得瞪大了眼睛，看着她问："你到哪儿去错的？"她说："那天我在大街上，无意中碰到一个好姐妹，她原来也在深圳打工，和我一个厂，后来回县城找了事做，我就是向她借的！"又说，"我们已经把钱都交了，入院手续也办了，现在医生正在给我们调整病房呢！"

一听这话，我马上忘记了心里的所有不快，也没问她借了多少钱，便高兴地说："那我们还站着做啥，赶快问问医生病房调整出来没有呀！"冬梅说："就是，我们马上去问！"正说着，一个护士拿着一个病历卡在走廊里叫了起来："苏孝芳，哪个是苏孝芳？"一听这话，我们几个人都立即举起手叫了起来。那护士一见，便说："三二一室，你们跟我来！"一听这话，平安和冬梅立即搀扶起他们母亲朝护士走去了。我和长寿也跟着走了过去。

长话短说吧，大侄儿，苏孝芳在医院里住下后，只留下了冬梅在医院里照料，长寿、平安和我当天下午就回来了。走的时候，我又把贺健的五千块钱给冬梅，可冬梅这丫头人小鬼大，比我想象的还倔，她以钱够了为理由，硬是不接我的钱。苏孝芳也叫我把钱还给贺健。我知道她们不接这钱是各有各的心思，冬梅是恨，孝芳是疼，但不管她们怀着啥心思，我都不好将话说穿，只好将钱揣走了。

苏孝芳在县医院住了半个月，取出了大大小小几十粒石子，尽管出院时身体还十分虚弱，但总算不遭病痛的折磨了。冬梅在她娘还没出院的时候，就又出去打工了。我们都知道她急于挣钱还账，这个心情是理解的，所以谁也没有责怪她。

苏孝芳回家又将息了十多天，身体渐渐好起来，脸上又恢复了先前那种红润的颜色，眼睛中也有了光芒。又过了几天，就又扛起锄头，和长寿、平安一起下地干活了。看着她的身体恢复得很好，所有的人都替她高兴。

可是没想到，不久又出事了。这次出事不再是苏孝芳，而是冬梅。

这天我和你彩虹婶吃过早饭，你彩虹婶洗了碗，我们都扛起锄头，去房屋后面那块菜地挖地去了——我们想把地挖过来炕一段时间，白露过后好点菜。这时冬梅突然来了，她看见我和你彩虹婶在挖地，就怯怯地喊了一声："叔！婶！"声音低得像蚊子叫一样。但因为四周很静，我们还是听见了她的喊声，抬起头一看，我和你彩虹婶都吃了一惊：才一个月的时间不见，这丫头怎么变成这样了？

比起她妈生病时，她的身子消瘦了许多，脸色黄黄的，完全失去了那种红润水灵的光彩，嘴唇苍白，一点血色也没有。不但如此，过去那一对亮闪闪的眸子，如今不但黯淡无光，而且躲躲闪闪，像是怕见人一样。她看见我们的目光在她身上游移，似乎知道我们在怀疑她什么，不等我们开口，便说了一句："叔，我找你给我看一下病……"那声音仍然是充满不安和惶恐的。

一听这话，我就说："好哇，冬梅，你妈病了的时候，回来还好好的，怎么就病了呢？"这丫头没有答应，只紧紧咬住嘴唇。你彩虹婶便对我说："回去再问吧，在地里问啥？"听了这话，我果然把锄头挖在地里，走出来，和她一起往家里走了。

回到家里，我打开门，让她进屋坐了，我去灶屋里打水洗手。洗了手出来，看见她把头垂在胸前，用脚指头在抠着鞋底。见她这样，我想让她放松一些，便说："啥时回来的，冬梅？"这丫头听了我的话还是没有抬头，只低低地回答了一句："昨天晚上。"我说："怎么晚上才回来？"她没有答。我见她苦闷忧伤的样子，以为她是因为自己的病——年轻人没得过病，一旦得了点小毛病便以为不得了，往往会这样抑郁绝望的。因此我不打算再问了，就坐到诊桌边，同时也叫她坐过来。她犹豫了一会儿，这才磨磨蹭蹭地坐过来，可仍然低着头，眼睛看着桌子上。我说："冬梅，把手伸过来，叔给你把把脉！"可是她把手放到胸前，半天没有动。我又说了一遍，她还是没动，好像害怕什么似的。我有些不明白了，便看着她问："你怎么了，冬梅？"我的话音刚落，没想到她苍白的嘴唇急剧地动了几下，突然"哇"的一声，趴到桌子上伤伤心心地哭了起来。

我一下慌了，不知这丫头到底发生了啥事，急忙去拍她的肩头，一边拍一边说："冬梅，你哭啥？啊？有啥你给叔说，不要哭，啊！"可她并没有住声，肩膀一耸一耸，越哭越伤心了。我见自己劝不了她，心里便想姑娘家身上的病是不是不好对我这个大男人说？于是我又对她说："你是不是不好对我说？要不我去把你婶叫回来，有啥事你对她说吧！"说着我正要起身，这丫头却忽然止住了哭声，将头一抬，满脸泪花地对我说："不，叔！"我一听这话便说："那就给叔说吧，叔又不是外人！"她听了，忍住眼泪，掏出一张面巾纸将脸上的泪水擦了擦，这才对我说："叔，你是好人，你知道道骂我打我都行，可不准告诉别人！"我说："叔知道，叔是医生，替病人保守隐私是医生的医德，你放心，有啥尽管告诉叔！"这丫头又耸了一下鼻子，然后看着我，突然石破天惊地说了一句："叔，我

238

得了性病……"话音未落，又马上伏在桌子上小声地抽泣起来。

尽管我心里有些准备，可听了这话，还是像听到晴天霹雳一样大吃了一惊，立即脱口而出："你、你怎么……"下面的话我怎么也说不出来了。大概是我的惊愕吓住了她，她忽然又抬起头看了我一眼，长长的睫毛挂满泪水，目光中充满哀怨和恐惧。一看见那目光，我的心像是被人揪了一把，立即恢复了一个医生应有的冷静，于是马上安慰地对她说："不要紧，冬梅，你好好地给叔说，叔一定想办法治好你的病，啊！不要哭了，也不要不好意思，叔是医生，你告诉我不要紧，啊！"

我劝了很久，冬梅终于渐渐平静了，她这才擦干眼泪对我慢慢地说了起来。她说："叔，我这病是为我妈得上的……"我一听叫了起来："啥？"她说："那天在县医院，我看见我妈没钱住不了院，你们都很着急，我就跑出去借钱，这事叔还记得吧？"我说："叔怎么会不记得呢？"她说："我还给你们说过，我是跟一个要好的姐妹借的。这个姐妹原来和我一起在深圳打工，后来见打工挣不到钱，就回来了。我和哥把妈带到贺健哥哥医院里检查那天，没想到我们在街上碰到了，我才知道她现在在城里一家夜总会里做'三陪'。当时我也没想到跟她借钱，因为我知道做'三陪'是怎么回事，因此我有些看不起她，只说了一会儿闲话就回来了。那天在县医院里，看见我哥、我爸和叔你们一筹莫展的样子，我的心像刀子绞一样难受，我知道她的钱有些脏，可是如果我妈不能住院动手术，我就可能会永远失去她了……"说着说着，两滴又大又圆的泪珠又倏地从眼眶里掉了下来，可她咬住嘴唇，迅速用手擦去了。然后停了一会儿，她才接着说："这时我才决定去向她借钱。没想到她大大方方地借给了我两万块钱，于是我拿着这两万块钱去医院交了费，这样才救了我妈的命……"

说到这儿，她的嘴角往上动了两下，像是想笑却没有笑出来的样子，然后又继续说："我妈的命保住了，可没想到我却遭了厄运。我妈动了手术的第二天，我那个姐妹提了一袋水果来看我妈，她问候了我妈几句后，就把我拉到一边，对我悄悄说：'冬梅，我是特地来告诉你一个好消息的，我们娱乐城差人，这几天正在招人，你不要再到那么远去打工了，就到我们娱乐城来，可比你打工强多了！'我一听这话，脸上就像被火烤着一样热辣辣起来，急忙说：'不，我绝不做三陪！'她一听这话，就说：'什么三陪，你别说得那么难听嘛，其实我们也是做服务工作！'又说：'死丫头，我这都是为你好，到娱乐城来工资高，再说凭你的模样儿，到里面来不愁挣不到钱！你不来娱乐城，单靠你打工，什么时候能把账还清？'她没有提她的钱，但我一听，知道是她担心我还不起她的账，才给我出这个主意的，便说：'你放心，我一定会尽快把你的钱还清的！'她说：'我倒不是担心你还不起我的两万块钱，来娱乐城挣钱快，我是真心地为你好，你再好好想想吧！'说完她也没有再劝我，就走了……"

她歇了一会儿，理了理头发，然后才又继续对我讲："她走后，我的心里却不平静了。我想我虽然穷，但我却不靠自己的身子挣钱！我怕她再来劝我，又想尽快挣钱把她的账还清，所以还没等到我妈出院，我就又回深圳原来那家工厂去了。可令我没想到的是，因为我回家耽误的时间太长，厂里以为我不去了，重新从外面招了人进去，顶替了我原来的岗位。这样一来，我便没活儿干了。我又到其他的厂去问有没有活儿，可这时又不是招工时间，几个厂都说他们现在岗位都满了，等春节后招工的时间再来。可我哪儿能等到春节后呢？我现在就需要吃饭、需要挣钱还账呀！我心里痛苦极了，不知该怎么办。正在这时，那个借钱给我的姐妹又给我打电话来了，听说我在深圳没找到工作，她又劝我回去到娱乐城上班……"

说着，冬梅垂下了头，像是十分后悔和痛苦的样子。我去给她倒了一杯水来，可是她却没有喝。过了一阵，才又抬起头对我说："叔，你心里一定骂我了吧？是的，都怪我一时被鬼摸了脑壳，竟然真的糊里糊涂地回来在娱乐城上了班……"说到这里，她似乎不想再往下说了，猛地住了口，咬住了嘴唇。我害怕她又哭，便又说了一句："冬梅，叔不会骂你，叔怎么会骂你呢？叔知道你是没办法了才走这条路的！"她听了我这话，使劲忍了一会儿，没让自己眼眶里的泪水掉下来，然后才十分痛苦和懊悔地说："可是，叔，都怪我，我原先只是打算把那两万块钱的账还清了，就永远不做'三陪'了。可我哪里知、知道，我从没经历过那、那种事，也没有人给我说、说过该怎么防、防护，所以只、只坐了几、几次台，我就染、染上了性病……"说着，她像是实在忍不住了，眼泪又哗哗地掉了下来。

看着她难过的样子，我的心里也很不好受，便马上对她说："别伤心，冬梅，叔完全理解你！"又说，"只要不是艾滋病，现在医学这么发达，治疗一点性病是不成问题的，你放心！"她听了我的话，又流了一会儿泪，然后才接着刚才的话说："我知道自己染上了性病，害怕极了，又不好意思到正规医院去看病，有天我在街头看到一张小广告，上面写着'难言之隐，一针了之'的话，于是我就到那家小诊所去打了一针，病不仅没有好，反而还加重了……"

没等她说完，我便说："你怎么相信街头那些骗人的小广告？"又说，"你怎么不去找你贺健哥哥，让他给你检查检查呢？"冬梅听了我这话，又把头低了下去，沉吟了一会儿才回答我说："叔，我去过，可我没勇气走进贺健哥哥医院的大门。有次，我提了一袋水果，在医院大门口站了半天，可还是回去了。一想起胡灵嫂子那双眼睛和她妈那天那番话，我心里就害怕了，我怕她们知道后嫌我脏，把我从医院里赶了出来……"说到这里，她忽然流着泪看着我说，"可我知道自己并不脏，叔！你知道我从小就是一个规规矩矩的好孩子，爸爸和娘都爱我，我读书也用功，要不是家里没钱，我是可以上高中、读大学的。我知道你是好人，不会嫌我脏，所以我才回来找你给我治疗，你可一定要救我……"说到这里，她又哭了起来。

听完她这一番话，我又看了看她那一双像小鹿一样陷入绝境的目光，心都快融化了，急忙说："你放心，孩子，我一定要把你的病治好！"又说，"不过，叔还对你说句话，你要叔治你的病，你还得要到医院里检查清楚了叔才好治！"她一听这话，又马上像是不相信似的看着我。我不等她说话，又急忙说："叔通过你妈这次的病，明白自己行了一辈子的医还是有缺陷的，要不然我不会把你妈的胆结石当胃病来治。到医院检查虽然贵一些，可那些仪器能把你肚子里的什么病都看出来，这样就可以少走许多弯路……"我还没说完，冬梅又表现了害怕的样子，说："这、这……"我知道她担心什么，就说："你不用怕，冬梅。如果你害怕，叔不好陪你，明天我让婶亲自陪你到县医院去……"说到这里，我想到她可能还缺钱，于是又说："如果你没钱，叔这儿有，你放心，检查费和药费叔都给你垫着……"姑娘听了我这话，似乎放心了，说："叔，除了爸爸妈妈外，就数你们待我好了，这辈子我还不了你们的情，下辈子也要报答你们！"我说："快别那样说，在我们心里，很早就把你当成自己的女儿看待了！"又说，"那就这样定了，明天你来喊我们，我们一同进城去！"冬梅点了点头，算是答应了我的要求，接着站起来走了。可走到院子里又返了回来，看着我再次叮嘱说："叔，这事你千万要保密，尤其别让我爸和我妈知道，他们知道了，说不定又会气病的！"我说："我知道，冬梅，我和你彩虹婶绝不会把这事说出去！"她听了我这话后，这才放心地走了。

冬梅走了以后，我又到屋子后面去挖地，你彩虹婶见了我说："什么病看了这么大半天？"我没有回答她这话，却是看着她说："你不是早就想去看看贺健这小子的医院吗？明天我们一起就去看看吧！"她听了我这话，看了看我，然后才问："怎么突然想到叫我去看贺健的医院了？"我说："顺便还要去做一件善事！"她问："我又不是观音菩萨，能做啥子善事？"我说："你去做了就是观音菩萨了嘛！"她又问："究竟是什么事，这样神神秘秘的？"我说："你要答应了保密，我才给你说。"她似乎意识到了一点，便说："是不是冬梅这鬼丫头出了啥事？"我说："你猜对了，人家就是来求我们的呢！"说着，我一边挖地，一边把冬梅刚才对我说的话，和我的打算全告诉了你彩虹婶。你彩虹婶听完，既像是没想到又像是着急似的说了起来："这死丫头，怎么会出这样的事？怎么会出这样的事？"我说："孩子得的病脏，可她的心不但不脏，还比很多人干净，所以我们不能不救！"你彩虹婶说："我又没说不救，我只是说这丫头太可怜了！"说完我们就都不说什么了。

　　第二天一早，这丫头果然过来喊上我和你彩虹婶，一起到了县医院。检查性病是在皮肤科，我去挂了号，便在走廊的椅子上等着，让你彩虹婶和冬梅进诊室去了。没过多久，你彩虹婶和冬梅都出来了。我急忙迎过去问："怎么这样快？"你彩虹婶扬了一下手里的化验单说："还要去交费、化验。"我说："我去吧。"她说："女人的事，哪要你去哟？"说着亲自去交了费，然后带着冬梅去做了化验。过了大约一个多小时，你彩虹婶和冬梅从化验室出来了，脸上的表情比先前轻松了许多。我又迎着她们问："情况怎样？"冬梅低了头，你彩虹婶却说："不要紧，只是普通的淋病！"说完又对我说，"你再等一等，我们去找医生开药。"我怕医生又开大处方和贵药，急忙说："不用在这里开药了，把化验单拿去给贺健这小子看看，让贺健给开点药，我亲自去，我不相信这小子这点事都不做！"说着，我从你彩虹婶手里要过了化验单。可冬梅一听，却急了，马上说："不，叔，不能让贺健哥哥知道！"我知道这姑娘的心思，立即说："放心，冬梅，我不会让贺健哥哥认出这化验单上的名字的！"说着，我掏出钢笔，反复在化验单上"贺冬梅"这三个字上涂了又涂，直到涂得黑成一片才停止。

　　涂抹完毕，我们就朝贺健这小子的医院走去。可走着走着，你彩虹婶却突然站住了，然后把我拉到一边，说："我和冬梅就在这里等你，你一个人到贺健那里取药吧！"我说："都进城来了，你不去看看？"她说："反正就是一座医院，有啥看头？以后要到他那儿去，多的是时间，现在赶快把药取出来让冬梅吃！"说完又低声对我说，"孩子刚才对我说，她十分难受呢！"听了这话，我心头一热，便马上对她说："那好，以后我再陪你进城来看他！"说完，我这才大步往这小子的医院走了。

这小子一看见我又去了，便说："爸，你来了！"我因为心里着急，也没工夫和心思跟他说白话，便开门见山地说："我今天是专门来向你求助的！"他立即问："爸，是什么事？"我一听，便掏出了冬梅那张化验单对他说："我接诊了一个病人，是那种病。你知道，我们中医对付那种病，虽然也有效果，但时间较长，给病人造成的折磨太大，我想用西医给她治疗，好让她早些解除痛苦，可你知道这不是凉寒感冒，在药上我拿不准，所以老子今天是特地向儿子请教来了！"他一听我这话，便笑了起来，说："爸，你终于知道中医的缺陷了！"我说："现在不是讨论缺陷不缺陷的问题，你赶快看看化验单，给我开个处方，病人还等着我拿药回去呢！"又说，"你不要给老子开大药方哟，老子知道你怕我占了你们医院的便宜，我拿到外面药店里去买！"这小子知道前两次的事对不起我，心里还是有些不安，所以这次听了我的话便说："看爸说的！"说完，接过化验单看了起来。看完以后对我说："爸，这只是一般的淋病，不要紧，我开点抗生素，回去按时吃和按时注射，很快就会好的！"说完他果然开了处方，并且这次什么也没说，亲自去药房把药拿来交给了我。我拿了药便到街上来找到你彩虹婶和冬梅，然后一起回去了。

回到家里，我便给冬梅注射了一支抗生素，又把口服药给了她，告诉了她服法。病一看准了，对症治疗起来效果自然明显，只连续注射了三天抗生素，冬梅的病情就大大减轻了。一个星期以后，冬梅的病就完全好了。这姑娘的病一好，就再也没有回娱乐城，在家里住了一段时间，春节过后，就又出去打工了。所以想起这点，我觉得贺健这小子还是算做了一件好事。

第十三章　你彩虹婶丢下我走了

　　你彩虹婶是在苏孝芳动手术的第二年去世的。病来得很突然，事先一点征兆也没有。当然不是没有征兆，是我们都忽视了。那年你贺世普老叔在城里退了休，被贺端阳三顾茅庐请回来做我们贺家湾矛盾纠纷调解小组组长，和立德、东川、大成几个贺家湾在外面吃国家粮的退休老汉成立了一个"贺家湾返乡退休老人协会"。过春节时，他们几个人出钱请了竹阳镇的川剧团来唱戏。村里好多年都没唱过戏了，所以那天来看戏的人，不但里三层外三层把学校外面的操坝站满了，连那棵老黄葛树上和学校的围墙上都爬满了人。那天唱的是一出苦戏。戏唱完以后，大家都觉得不过瘾，这时也不知是哪个装怪，突然在人群里看见了你彩虹婶，就故意大喊起来："郑医生，我们请郑医生上台给我们唱一段《红灯记》，大家说行不行？"大侄儿知道当年你彩虹婶是我们大队宣传队的台柱子演员，她演的李铁梅在全公社的文艺调演中还得过奖呢……哦，我前面说过的？对，你看我这人，老了忘性就是大，前面说了的话后面就忘记了。好，不说过去的事了，只说那人的话一完，很多人都跟着他叫起来："对，郑医生唱个老歌给我们听听！"

　　那天，你彩虹婶跟我坐在一起的，大侄儿你都知道，这人老了就不好看了。你彩虹婶已经不是当年演小铁梅的样子了，发胖和长宽了的腰身、大腿，代替了过去苗条的身段。花白的齐耳短发，代替了原来那根垂至腰际的又粗又长的独辫子。满脸细细的皱纹，代替了早先那张清秀、妩媚的面孔，手背上呈现出几块老年妇女常见的黑褐色斑点。你们文化人有句酸溜溜的话叫作啥？岁月不留情！对，这人的心性再高，可也是经不住岁月的磨蚀对不对？听见大家朝她喊叫，她就红了脸，然后不好意思地说："老都老了，想唱也唱不出来了，一副破喉咙，要多难听就有多难听……"可是没等她说完，那些人还是朝她起哄，说："难听我们也要听，你就不要推辞了！"又说，"不就是过年图个热闹吗？又不是哪里比赛！"

说着，一些人还过来拉你彩虹婶，你彩虹婶知道没法推脱了，便又找了一个借口，说："我连歌词都记不得了，还唱啥？"可那些好事者又说："记不得我们帮你记！"接着还憋出当年你彩虹婶扮演李铁梅的声调来，"奶奶，你听我说——"引得场上一阵大笑。你彩虹婶听见这鸭公叫的声音，也忍不住笑起来，说："你既然记得，你上去唱嘛！"他们说："我们要有你唱得好，就上去唱了！"说着，喊的喊婶，喊的喊妹子和嫂子，还有喊郑医生的，都把你彩虹婶往台上推。你世普老叔见了，大约想起了当年追求你彩虹婶的事，这时也想重温一下旧梦的，也怂恿她说："彩虹，唱就唱，怕啥，你又不是没唱过？"说完这话后又说，"你来唱，我还是来给你拉胡琴！"

众人一听这话，更高兴了，争着把你彩虹婶拉到了台上，又跑去把剧团的板胡拿来给了贺世普。你彩虹婶知道今天不唱不行了，便说："你们逼鸭子上架，羞死了人！"众人说："不羞不羞，我们欢迎！"说完鼓起掌来。你彩虹婶咳了两下，似乎在为演唱做准备。贺世普也坐下来，调了调琴弦，做好了准备，然后朝你彩虹婶点了点头。可贺世普正要拉弦的时候，这时琴弦却"嘣"的一声从中间断了，声音十分清脆。我一听那断弦的声音，心里一颤，似乎遭人打了一下似的。但我并没有往一边想，只是觉得奇怪："怎么琴还没有拉弦就断了？"贺世普也像是感到十分奇怪，把琴弦反复看了看，然后重新换了一根弦。贺世普把新弦调了调后，才咿咿呀呀地拉了起来。开始拉得很不连贯，像杀鸡杀鸭一般，拉了一会儿过后慢慢地找着了一些感觉，琴声才渐渐地有些悦耳起来。戏班里打鼓和打板的师傅在旁边，也赶热闹似的帮着敲起了鼓板。场上这时安静了下来，大家的目光都看着你彩虹婶。贺世普先拉了一遍过门，才对你彩虹婶说："好，现在开始！"你彩虹婶听了这话，像当年一样，手握在胸前，做了一个甩辫子的动作，动作自然是僵硬的。当然，众人也没介意，尤其是那些从当年走过来的一伙老人，像是沉浸了昔日的氛围中。贺世普拉了过门，你彩虹婶念了一句道白："奶奶，你听我说——"念完，就随着贺世普的琴声和剧团师傅鼓板的节奏，唱了起来：

我家的表叔数不清，

没有大事不登门。

虽说是亲眷又不相认，

可他比亲眷还要亲……

　　刚唱了几句，台下就有人跟着轻声地哼了起来，后来越哼声音越高，慢慢地盖住了台上你彩虹婶的声音。你彩虹婶唱了几句，渐渐感觉跟不上气了，急忙背过身子，连续打起嗝来。贺世普一见，急忙停止了伴奏，对你彩虹婶问："你怎么了？不能唱就别唱了！"台下的人一看，也都住了声音，有些诧异地看着你彩虹婶。你彩虹婶又打了几声响亮的嗝，才回过头来对贺世普说："没啥，继续拉！"贺世普果然重新操起琴，继续往下拉，直到彩虹婶坚持着唱完，这才停下来。你彩虹婶唱完后，场上只有少数年轻人鼓掌，大多数人，特别是从当年走过来的人，有的垂着脑袋像是在深思，有的干脆眼角挂着泪水。他们不知在想什么？或者是在缅怀那个物资极度匮乏但精神却十分充实的年代，或是在感叹岁月的无情，昔日的窈窕少女成了今天的垂垂老妇！他们更不知道，几个月后，你彩虹婶就离开大家走了。后来我想，那天他们带有几分玩耍心情的临时动议，或者就是老天爷故意安排的，让她用这种方式与人间告别。

　　不过当时我也并不知道这些，回到家里我才问她："你怎么唱着唱着打嗝了？"她说："我也不知道是怎么回事，喉咙里老是有种酥痒的感觉，像鸡毛粘到了上面一样。嗝也多，想忍也忍不住……"没等她说完，我认真看了看她的脸色，发现她的脸色有点发灰，带点病态的苍白，便又问了她一句："喉咙只是发痒？痛不痛？"她说："痛倒不怎么大痛，但有时吞口水有点不顺畅，像有东西在那儿挡了一下似的。"听了这话，我叫她把舌头伸出来看了看，然后又叫她把手伸给我，我给她把了一下脉，完了后我又问她："还有哪儿不舒服？"她说："除了喉咙有些不舒服，我也没觉得还有什么不舒服，人老了嘛，反正会这儿不生肌、那儿不告口的，管那么多！"我一听这话，有些放心了，就按照治疗慢性咽炎的方子，给她开了一剂中药。

　　可是连续服了好几服中药，不但没减轻她那打嗝的症状，反而还严重了。有时睡着睡着觉，我突然会被她一串响亮的嗝声惊醒，另外吃饭和吞口水，不仅仅不舒服，还有些发痛。过去她是饭干饭稀都能吃，可现在饭稍干一点，她就要去泡米汤。看见她这样，我突然有一种不祥的预感。有天晚上我对她说："我们好久没进城了，明天我们进趟城，好不好？"她听了这话立即问我："进城去做啥子？"我说："到贺健医院里去，让他给你检查一下病！"她说："我不去！"我说："怎么不去？"她说："不检查没病，一检查哪儿都是病！"又说，"你还是继续给我开中药吃！"我说："俗话说，医生治不到自己的病，我一连给你开了七八服药，可你吃了都不见效……"她似乎不想让我说下去，我的话还没完，她就打断了说："谁说的没有见效，我这两天就觉得好多了！"又说，"再说，医生治不到自己的病，可我又不是你，怎么治不到？"我说："一起过了几十年，连你也变成了我，我也变成了你，所以就治不到了！"她听了这话突然笑了，脸上泛出了一抹红晕，这是她在我的脑海中保留的最后一次微笑。笑完了才说："真的不去，就这么一点小病，去麻烦他做啥子嘛？再说，你也不是不知道，自己的儿子是丫鬟吊钥匙——当家不做主，去了，又会让他两面作难，你说是不是？"我说："他再做不了主，可你是他妈！"可她还是坚持说："你放心，我现在就是喉咙有点毛病，还吃得走得，离死还远得很！"又说，"要去你去，我反正是不得去的。"我说："专门让你去检查病的，你都不去，我去做啥？"

接下来，我只好又继续给她开中药吃。这样又大约过了半个多月，我不但发现她吃饭吞咽越来越困难，人也迅速地消瘦了，脸上呈现出一种菜青的颜色。这时我不敢自己做主了，立即给贺健这小子打了电话。

我把他娘的症状给他大概说了一下，这小子一听完，可能心里比我清楚，立即就在电话里大声对我说："爸，那你还等什么？明天就带到我这儿来检查一下！"我说："我早就叫她来检查，可她不愿来，怕你小子又耗子钻风箱——两头受气！"他听了这话，像是更急了，说："爸，你现在还说这些，赶快带来检查！我估计妈的病非常严重，大概是……"说到这里，这小子突然不说了。我听了他这半截话，心里更没了底，立即问他："是啥？"这小子仿佛怕我担心，马上把他刚才的话收了回来，说："我也说不清，明天检查了再说！"

第二天，我们就进城去了。那天，我坐在灵健医院贺健这小子的诊室里等候检查结果，诊室的墙壁一片雪白，在头顶节能灯的照耀下，发出惨白的光辉。屋子里暂时还没有病人来，十分安静，我坐了一会儿，突然觉得不安起来。我想起了几十年前叶院长对我和你彩虹婶说过的几句话，他说："医生的诊所是两个世界，对一些人是中转站，在你那儿治好了病，他活了下来，可对另一些人来说，却可能是最后的归宿。"我不知道你彩虹婶此时会被这个"中转站"给转到哪里去？我默默地在心里为她祈祷，希望她能继续被转到生的旅途上，陪伴我走完最后的人生。

正在我胡思乱想的时候，贺健这小子进来了。这小子脸上挂着一种肃穆而肃杀的表情，上嘴唇咬着下嘴唇，走进屋子，"咚"的一声就把门关上了，然后在椅子上一屁股坐下，翻了翻眼睛，一言不发地看着天花板了。一看他这副表情，我便意识到了不好，我想问他什么，却又不好开口，于是便也默默地看着他，等着他开口。

屋子里安静得能听见节能灯发出的"呲呲"声，空气似乎就要爆炸了。就这样过了一会儿，这小子终于像忍不住似的把身子坐直了，然后看着我说了一句："妈的病不太乐观！"听了这话，我才急忙问："该不是绝症吧？"他又停了一下，然后垂下了头，像是喃喃自语地吐出了几个字："食道癌晚期……"

尽管我心里早已有了一种不祥的预感，但一听到这个消息，我还是像当头被人打了一闷棍似的，一下子傻了。我身子僵硬地坐在凳子上，可觉得整个人都有些飘忽，我的身边，响着风、云、狂飙、旋流等各种各样的声音，脑子和心里一片空白，只目瞪口呆、绝望地望着墙壁。

那天，我也不知道我和你彩虹婶是怎样走出贺健这小子的医院的。我只记得这小子留过我们，还要你彩虹婶留下来住院，可是你彩虹婶却说什么也不答应。她提着贺健这小子给她开的药，还笑着说："你妈就这样娇气？你给我开了这样大一包药，我回去吃了就会好的，还住啥子院？"又说，"我在这里住院倒是吃现成的，可你老子回去哪个煮给他吃？"贺健这小子紧紧地咬着嘴唇，我看得出他在努力克制着不让泪水掉出来。他没有再留我们，把我们送了出来。这天他把我们送得很远，出了南门场口，又送到马鞍山垭口。过了垭口后，他忽然从口袋里掏出了一沓钱塞到了我的手里，又压低了声音悄悄对我说："爸，你是医生，知道得了这种病，我们都无力回天，这点钱拿回去，妈想吃什么，你就尽量给她买，啊！"我说："她要是吃得下去，又是好人了！"这小子又说："要实在不行，还是抬来住院吧。虽然我们救不了她的命，却可以延缓一下她的痛苦。"我说："她要是愿意住院，今天就不会回去了！连今天来检查，都是我再三动员的，她知道你在医院里当不到家，所以不愿给你添麻烦，你知道吗？"说完我就转身走了。走了很长一段路，我回过头去，看见贺健这小子还站在垭口上看着我们。我心里一热，觉得这小子还是很有孝心的，只是这辈子错找了一个当官的老丈人，才弄得人不人、鬼不鬼似的。

长话短说吧，大侄儿，你彩虹婶回到家里，又拖了三个多月的时间才去世的。我简直都不敢给大侄儿说她受的那种折磨，那是活活地被饿死了的。最初从城里回来后，她还慢慢咽得下去稀饭，可后来就不行了，只能进一点流食，后来连流食也不行了，就靠吊针维持那一口气。她原来的体重是一百一十多斤，到她死的时候，我去把她往椅子上抱，那身子轻得像是一张纸，一身的骨头似乎要戳破皮肤钻出来。我看着那副样子，什么也说不出来，只有眼泪哗哗地往下掉。贺健这小子真的还算有良心，在你彩虹婶生病期间，三天两头往家里赶，有时赶回来都深夜了，第二天天不亮又赶回去上班。可胡灵在这期间只回来了一次，你说这是怎么回事？

你彩虹婶出殡那天，这么给大侄儿说吧，连电影里演的场面也没那么悲壮和感人。怎么回事？连我也没有想到会有那么多人来送你彩虹婶上山！不但贺家湾的人全来了，连周围周家沟、雷家湾、苏家河湾……听到消息的人都来了。我估计那天至少有一两千人，许多人我都叫不出名字。我这个院子不但阶沿上、两边路上站满了人，连外面大路上也是插笋子的人。不断有人挤到棺材前来，看一眼棺材里的亡人就放声大声。一个人哭，引来一大片悲声。我认真看了看，那些挤到棺材前来跪拜、烧纸和放声大哭的，都是你彩虹婶接生来到人世的，年纪大的有四十多五十岁，差不多都做奶奶了。小的只有几个月，他们还啥都不懂，只瞪着一双明亮而稚嫩的眼睛看着周围大放悲声的人群。我这时才知道，几十年来，你彩虹婶用她的双手，迎来了这么多生命，人们怎不为她感到悲痛呢？这还不是最奇怪的，最奇怪的事发生在抬她的灵柩到上马坟埋葬时，几分钟前天上还是红火大太阳，突然一下阴了下来，还没等人们弄明白是怎么回事，老天爷就哗啦啦地下起了雨来。你是知道我们乡下这个风俗的，就是出殡时下雨，那是老天爷在流泪，说明死者生前好事做得多，老天爷也受了感动，因此才流泪的。雨下得还不小，大家都没有带雨伞，便淋着雨往坟地里走。可因为人太多，前面的人到了坟地，后面的人还没有走出院子。后来大家便不再按顺序走，像马蜂乱了营一般从四面八方踩着泥泞朝坟地跑去。那天，冬梅这丫头也特地从广州赶了回来，可她回来没赶上出殡，听说她彩虹婶已经抬上山了，便连身上背的背包都没放，就跌跌撞撞往坟园跑去了。到了墓前，兴成等"八大金刚"正往墓穴里铲土，她突然"哇"的一声就扑到坟堆上，一边号啕大哭，一边双手在坟堆上又抓又刨，似乎想刨开棺材再看看你彩虹婶一样。人们见她哭得这么伤心，也跟在她后面哭起来。看见冬梅这么哭，这时我又想起这辈子没满足你彩虹婶的心愿生个女儿的事来。老辈人说："女儿哭娘是真哭，媳妇哭娘是假哭！"我想这话真是不假。从你彩虹婶咽气到出殡，我就没见过两个儿媳妇像冬梅这样哭过。贺春家里的不管真假，还干号了几声，胡灵连干号都没有干号。我想我今后死，也肯定别指望这些东西哭了。想着这些的时候，我心里就又后悔死了！我想如果有下辈子，我和你彩虹婶一定要生一窝女孩儿，死了也好有人哭坟！

你看我又说到一边去了？人哪里来的下辈子哟？还是说这辈子的事吧！不过这辈子的事，我都给大侄儿说完了，再要说的就是等着自己闭眼睛的事了。可是我还不晓得阎王爷啥时候勾我的生死簿，所以我现在也就给大侄儿说不出那时的事。大侄儿专门回来听老叔讲这辈子的事，还说要把老叔写进书里，老叔也没啥感谢你，我就送你两样东西，你可千万不要客气，你收下了就是给了老叔最大的面子……什么东西？你跟老叔到里面屋子来看一看就知道了……

你看见柜子上那两个瓶子了吧？那就是我跟你说的从我们家祖上传下来的青花药瓶。土改时被贺老三抱了回去，可这东西又不能拿来泡酸菜，做盐罐嫌大，做米缸嫌小，在一般的人家里用处不大。我行医以后，贺老三又把它们抱来给我了，说："贺万山，还是物归原主！"我爷爷行医时，药橱上摆放着八九只那样的瓶子，可我现在只有两只了。我现在只跟大侄儿一个人说，那只长颈圆肚形状的瓶子，还是明代的，可是件宝贝呢！那只葫芦状的，是清代的，说起来也是件宝贝了！大侄儿你再看这只药臼，这可全是精铜炼制出来的呢！古人看铜器的好坏，就是看铜器上面的颜色是不是一片纯青绿色，如果一丝不杂，莹润如水磨，那就是上品了。大侄儿你看这药臼的颜色，是不是一色的纯青绿？还有这只药戥，大侄儿，这可不是一般的药戥！上一回苏孝芳到县医院做手术时，我看见他们中药房用的药戥是用铜做的，可你看看我这药戥是用啥子做的？是用象牙做成的呢！这才是真资格的药戥，用了这么几代人了，你看上面的刻度和准星还清清楚楚！还有这只药碾，大侄儿，你看它像不像一条小小的独木船？从这只圆铁饼中间穿一个柄过去，两脚踩住柄前后滚动，真有点像行船呢！这东西现在很少见了，上次苏孝芳动手术，我在县医院中药房也没见着药碾，我估计他们现在制散、制丸、制膏，都是用机器把药面打出来的，所以用不着药碾了！这些东西都是从我爷爷手里传下来的，可惜传到我这儿传不下去了！大侄儿你是知道的，我现在用不着这些东西了。贺春这小子当游医、卖假药，我不能把这些东西给他，给了他就等于糟蹋了祖传的宝贝。贺健的医院里尽是洋机器，他哪里用得着这些？所以老叔想把这几件东西送给你……大侄儿你先别摇头摆手的嘛，听老叔把话说完！老叔虽然文化不高，可知道你们文化人喜欢收藏个宝贝啥的，这几样东西，虽然算不上稀世珍宝，却件件都是文化呢，是不是？老叔知道把这几样东西给你，你会爱惜它们，心疼它们，看见它们你也会想起我！你要是愿意留下就留下，要不愿意留下了，有朝一日你把它们捐给国家，这也是为国家做贡献是不是？要是你在捐给国家的时候，在旁边写上一句"贺家湾村医贺万山捐献"的字，你老叔不是就跟着这些古董留名了？大侄儿你说老叔说得对不对？你要是觉得老叔说得对，老叔就给大侄儿把这几件东西包起来！说来说去，这还是我们叔侄间的缘分呢……

2010 年 9 月构思

2013 年 4 月—6 月第一稿

2013 年 8 月改于渠县工作室